KB120784

서로의 표정이라서

시작비평선 0023 문신 평론집 **서로의 표정이라서**

1판 1쇄 펴낸날 2023년 9월 22일
지은이 문신
펴낸이 이재무
기획위원 김춘식, 유성호, 이형권, 임지연, 홍용희
책임편집 박예솔
편집디자인 민성돈
펴낸곳 (주)천년의시작
등록번호 제301-2012-033호
등록일자 2006년 1월 10일
주소 03132 서울시 종로구 삼일대로32길 36 운현신화타워 502호
전화 02-723-8668
팩스 02-723-8630
블로그 blog.naver.com/poemsijak
이메일 poemsijak@hanmail.net

ISBN 978-89-6021-729-4 04810
978-89-6021-122-3 04810(세트)

값 24,000원

*이 책은 (재)전라북도문화관광재단 2023년 지역문화예술육성지원사업에 선정되어 보조금을 지원받은 사업입니다.

서로의 표정이라서

작가의 말

어린 시절에 간직했던 아름답고 신성한 추억이 가장 훌륭한 교육이 될 겁니다. 인생에서 그런 추억을 많이 간직하게 되면 한평생 구원받게 됩니다. 그 추억은 언젠가 여러분의 영혼을 구원하는 역할을 하게 될 것입니다. …(중략)… 아름다운 이 추억이 우리를 커다란 악으로부터 지켜 줄 겁니다.

—도스또예프스끼, 『카라마조프 씨네 형제들』 부분

지난 몇 년간 시를 읽고, 시에 관해 이런저런 말을 덧붙여 온 활동은 쉽게 경험해 볼 수 없는 일이었다. 그건 시를 쓰는 일과는 다른 차원의 경험을 가져다주었다. 읽은 시에 관해 나름의 생각을 쓰지 않아도 되는 일에 비하면, 말하기 위해 읽어야 하는 곤혹함은 상상 이상이었다. 그것을 두고 비평가의 숙명이라고 말해 버리는 건 책임의 무게를 조금이라도 덜어내려는 수사일 것이다. 그러나 그런 책임의 무게에 앞서 내가 맞닥뜨렸던 일은 나 스스로 틀에 갇힌 시 읽기를 하고 있다는 참담함이었다. 한 편 한 편의 독무獨舞를 나는 군무群舞로 뭉뚱그려 읽었고, 대열에서 이탈하는 시에 대해서는 미련을 두지 않았다. 지금 생각하면 그건 정당하지 못한 시 읽기였다. 나는 시에도 나에게도 친절하지 못했다. 오, 무심히 놓아 버린 시들이여, 용서하기를!

그러나 또 한편으로 나는 시 읽기 자체를 좋아했고, 즐겼고, 누렸다. 시를 읽으면서 다른 이의 "아름답고 신성한 추억"을 떠올려 보려고 애를 썼다. 그의 어린 시절에 관해, 그가 구원하려는 영혼에 관해, 그의 주위를 어슬렁거리는 커다란 악에 관해 상상하다 보면, 시는 내가 궁금해하는 걸 아낌없이 꺼내 보여 주었다. 그건 경이로운 경험이었다. 다른 의미에서, 그건 내가 잃어버렸던 어린 시절을 이식받는 일이기도 했다. 추억의 아름다움과 신성함이 그렇게 시를 통해 나에게 왔다. 이렇게 말하는 일은 사실 부끄러운, 그러나 내가 어찌할 수 없었던 일에 대한 뒤늦은 조용한 고백이다. 제대로 말하자면, 나에게는 아름답고 신성한 추억 같은 어린 시절이 없었다. 특히 문학적 자양분으로서의 추억을 생각한다면 내가 구원받을 일은 일어나지 않을 것이다.

그건 인생의 공백이었다. 그런 시절이 있었나 싶게 완벽히 지워진 상태 말이다. 뒤늦게 생각해 보니 공교롭게도 그 공백을 발견한 시점과 내가 시를 쓰기 시작한 시기가 얼추 맞아떨어진다. 그러니까 시를 쓰면서 나는 추억의 허기를 달래고 싶던 것이었다. 시를 쓰면서 나는 '어린 나'를 만나고 싶던 것이었다. 그러나 결과적으로, 이런 표현이 가능할지 모르겠지만, 그건 이루어질 수 없는 가능성이었다. 불가능성이 아니라 이루어질 수 없는 가능성 말이다. 그 의미를 묻는 이가 있다면 나는 이렇게 대답할 준비가 되어 있다. 시를 읽는 동안에는 아름답고 신성한 추억에 근접했다고 믿었지만, 시를 다 읽고 나서는 그 추억이 끝내 내 것으로 간직되지 않았다고.

어쭙잖게 시 비평에 발을 들인 건 간직되지 않는 그 추억에 항의하기 위해서였다. 그러므로 엄밀히 말하자면 이 책에 실린 글들은 비평이 아니라 항의서라고 해야 마땅하다. 게다가 그 항의서는 시를 향해서도 아니고 시인을 향해서도 아닌, 결국에는 나 자신에게 들이밀기 위해 작성한 것이었다. 이렇게 말할 수밖에 없는 심경을 이해해 주는 사람이 있을 것이다. 이루어질 수 없는 사랑을 갈구하며 밤마다 쓰는 편지의 최후를 상상할 수 있다면, 나의 비평이 맞이하게 될 아침의 표정을 떠올리는 게 어렵지 않을 것이다. 대단한 것도 아니고, 기억하거나 기념할 만한 것도 아니다. 한 가지 그래도 강조하고 싶은 것은 이 글들만큼은 밤을 새워 가며 간절하게 썼다는 것.

아무래도 내 것으로 간직되지 않는 것들이어서 조금 더 간절했을 것이다. 그러나 글도 나만큼이나 간절하게 쓰였는지는 확신할 수 없다. 나아가 그만큼 간절하게 읽힐 거라고도 장담하기 어렵다. 그러함에도 한 가지 분명하게 말할 수 있는 건 내 비평이 다루고 있는 시인들의 시만큼은 어디 내놓아도 손색없을 만큼 간절한 작품이라는 것. 기꺼이 시를 내어 준 시인들에게 고마운 마음을 전한다. 모두가 시 읽기의 어려움과 글쓰기의 곤혹함을 아는 분들이어서 부족한 글일망정 기꺼이 품어 주리라 생각한다.

다시 생각해도 비평은 참 어렵다. 그래도 계속해서 비평에 관심을 두는 건 간절한 믿음이 있어서다. 비평이 문학을 커다란 악으로부터 지켜 줄 것이라는.

2023년 가을

문신

차 례

제2부

제3부

제4부

제1부

20세기의 긴 터널을 빠져나오자, 문학의 밑바닥이 하얘졌다

—이천 년대 시의 자유와 좌표

1.

가와바타 야스나리의 소설 『설국』은 이렇게 시작한다. "국경의 긴 터널을 빠져나오자, 눈의 고장이었다. 밤의 밑바닥이 하얘졌다. 신호소에 기차가 멈춰 섰다."

많은 (예비)작가가 이 문장을 필사하고 암송했을 것이다. 몇 개의 비슷한 문장을 써 보고는 또 싱겁게 지워 버리는 장면을 상상할 수 있다. 그것은 고전, 정전, 명작이라고 명명된 텍스트를 향한 보통 사람들의 숭배와 절망의 현실적 모습이다. 벤야민이 세상에 아우라를 툭 던져 놓았을 때부터 정전을 향한 비의적 숭배가 시작되었는지도 모른다. 정전 혹은 고전에 독자의 이해 수준을 넘어서는 비밀스러운 결정체가 반드시 숨어 있다는 믿음이 만연해지면서, 정전은 자신의 의도와 무관하게 점진적으로 우상이 되어 갔다. 지금 우리가 머릿속에 떠올리는 상당수의 작가와 작품이 그러하다.

그런데 정전은 끝내 경전의 수준으로 입지를 끌어올리지는 못한 것 같다. 지난 세기, 숱하게 쏟아져 나왔던 정전들의 견고하게만 보였던 체제는 세기의 교체 과정에서 흔들리기 시작했다. 정전에 대한 독자의 경배는 시들해졌고, 독자가 떠난 정전의 궁전은 "날로 밤으로/ 왕거미 줄치기에 분주한 집"(이용악, 「낡은 집」)이 되고 말았다. 1960년대 김수영과 신동엽, 1970년대 신경림, 김남주, 김지하 등, 1980년대 이성복, 황지우, 백무산, 박노해 등, 1990년대 김혜순, 나희덕, 김선우, 이문재, 최승호 등, 십 년 주기로 새로운 문학적 구심점을 구축해 온 정전의 세계는 21세기로 접어들면서 새로운 현상과 맞닥뜨리게 되었다. 평론가 신형철은 이 새로운 현상을 '뉴웨이브'라고, 권혁웅은 이 무렵 등장한 젊은 시인들의 감각을 '미래파'로 명명하면서 담론의 차원에서 21세기를 개시한 바 있다.

> 한 편의 시가 사람을 바꾸고 세상을 바꾸었던 때가 있었다는 식의 의심스러운 노스탤지어는 갑갑할 뿐만 아니라 수상하다. 시는 하찮은 것이다. 시가 위대한 것이라고 생각하는 사람은 시를 사랑할 줄 모르는 사람이다. 시는 하찮은 것이지만 다른 대단한 것들이 하지 못하는 일을 한다. 주체들이 앓고 있는 증상들을 언어라는 가장 기초적 수단을 통해 표현하는 일을 한다는 점에서 시는 가장 근본주의적으로 하찮고 가장 진실하게 사소한 그 무엇이다. 도착적이고 반反고백적이며 환상적이고 비非계몽적인 이들의 시는 불투명한 우리 시대가 낳은 가장 투명한 증상들이다. 물론 진실은 언제나 건강한 자들이 아니라 앓는 자들의 편에 있다.[1]

신형철의 지적처럼, 이제 '시가 위대한 것'이라고 생각하는 사람은 거의 없다. 아니, 확실하게 말해 두는 게 좋겠다. 처음부터 시가 위대한 것이라고 믿었던 사람은 없었다. 다만 시가 위대한 것이라고 믿으라는 사람과 그것을 믿어야만 한다고 생각했던 사람들이 있었을 뿐이다. 밤의 종교처럼

---

1 신형철, 「진실은 앓는 자들의 편에」, 『몰락의 에티카』, 문학동네, 2008, 230쪽.

시는 언제나 믿음으로 창작되었고 믿음으로 유포되었다. 시를 믿어야 교양인이 될 수 있다는, 혹은 마음의 안정과 감정의 평화를 얻을 수 있다는 의심스러운 약속이 난무했고, 그 약속을 운명처럼 지켜 온 사람들이 있었다. 시의 성소와 문학의 성지를 순례하는 독자들은 시인의 말씀을 새겨들었고, 시심詩心으로 충만해져서는 현실과 상상을 구분하지 못하는 지경에 이르기도 했다. 돌이켜 보면, 그때가 좋았다. 정말 좋았다.

이제, 세기말의 긴 터널을 빠져나온 문학 앞에 펼쳐진 것은 또 다른 의미에서의 설국說國이다. 전 세기에 비해 현 세기의 시는 난무하는 말들로 복잡하다. 시가 말의 내적 질서라는 암묵적 규율을 위반하는 현장에 서 있으며, 무질서한 말의 성찬 내지 무분별한 말의 작란作亂을 도모하는 데 혈안이 되어 있다. 그런 까닭에 삶의 여백과 말의 여백이 실종되었다는 진단이 남발되는 실정이다. 그러거나 말거나 난설亂說, 괴설怪說, 잡설雜說, 횡설橫說, 요설饒舌, 농설弄舌 등 변칙적이고 변종적인 말씀이 거침없이 쏟아진다. 세기말의 터널을 빠져나오자 갑자기 맞이한 이 같은 설국 앞에 독자들의 밑바닥이 하얘지는 것은 당연한 일이다.

> 요즘 시인들의 작품이 엉망이라는 얘기를 가끔 듣는다. 사실 이런 얘기는 요즘 애들 버릇없다는 말만큼이나 오래된 말이다. 최근의 시들이 비판받는 요지는 대개 이 시들이 요령부득의 장광설이거나 경박한 유희의 산물이라는 것이다. 시가 헛소리에 가깝다, 쓸데없이 길기만 하다, 거기에 덧붙여 시들이 음악을 잃었다, 이미지의 결이 일정하지 않다, 화자가 혼란되어 있다, 사회와 역사에 대한 안목이 결여되어 있다, 진지한 고민이 없다, 징그럽다…… 같은 말이 덧붙는다.[2]

---

2 권혁웅, 「미래파, 2005년 젊은 시인들」, 『미래파』, 문학과지성사, 2005, 148쪽.

권혁웅이 요약한 것처럼, '장광설'과 '경박한 유희의 산물'이 최근 시의 전부는 아닐지라도 이전에 비해 두드러진 것은 사실이다. 물론 시가 그래서는 안 된다는 규약도 없고 또 그걸 폄훼할 이유도 없다. 문제는 독자와 관계를 맺어 가는 과정에서 장광설이나 유희가 발생시키는 부작용이다. 이 부작용이 전적으로 시인의 탓은 아니다. 어쩌면 시인은 혹은 시는 최선을 다하고 있는지도 모른다. 최선을 다해 시대 감각을 읽어 내고, 최선을 다해 동시대 독자와 교감하고자 하며, 최선을 다해 사회와 역사를 바라보고 있을 것이다. 그러나 최선을 다하는 주체를 빼고 나면, 누구도 그것을 인정해 주지 않는다는 고민이 남는다. 왜 21세기는 그리고 우리 시대의 독자는 시인의 장광설과 경쾌한 유희를 최선을 다해 들어 주지 않는 것일까?

2.

장광설이나 경쾌한 유희를 생각하기 전에, 그동안 문학이 다소 엄숙하게 다루어졌다는 사실을 인정해야 할 것 같다. 작가는 시대의 양심-지식인으로 존재했고, 독자는 그런 작가를 다른 측면에서 우러러본 게 사실이다. 근대문학이 전개되는 과정에서 작가는 독자로부터/역사로부터/사회로부터 주어진 소임에 충실했다. 작가는 개인적 상상력에 앞서 사회 · 역사적 상상력을 발휘하였고, 독자는 작가의 목소리에서 시대의 징후를 읽어 냈다. 삶의 부조리함과 욕망의 공포에는 누구 할 것 없이 공감했다.

그러나 작가가 시대적 양심과 사상을 선도하는 사람이라는 관점에는, 그에게 소외된 사람을 대변하는 에이전트로 기능하기를 바라는 암묵적 동의가 전제되어 있다. 모든 지식인이 권력이라는 발광체發光體를 향해 날아들 때, 예술가만이라도 빛에서 소외된 어둠을 지켜 달라는 주문이 그치지 않았다. 그것은 지난 세기가 사회 · 역사적으로 암흑의 시대여서가 아니라, 그 시절 자기 목소리를 공식적 · 공개적으로 표명할 수 있는 거의 유일하게 예외적인 존재가 작가였기 때문이다. 작가는 가장 낮은 곳에 있는 사람들 가운데 가장 높은 위상을 지닌 존재였다. 작가는 소수의 엘리트에게만 개방된 공적 매체에 글을 쓸 수 있었고, 실제로 글을 통해 시대의 어둠을 폭로하기도 했다. 작가는 자의든 타의든 무거운 짐을 짊어질 수밖에 없었고, 아무리 고되더라도 정치 · 경제적으로 독자의 편에서 너무 먼 곳으로는 달아날 수 없었다.

그러나 21세기 들어 많은 것이 달라졌다. 눈에 띄는 것은 문학이 유통되는 방식이다. 작가와 독자를 매개하는 매체의 변화는 문학이 존재하는 방식에 영향을 미쳤다. 장터 문화가 마트 문화로 급속하게 재편된 것처럼, 인쇄 매체는 디지털 매체로 '거의' 완벽하게 변신했다. 이 과정에서 새로운 변화에 적응하지 못하고 많은 문학 매체가 사라졌다. 계간 『동서문학』이 2005년 봄호를 내지 못하고 폐간되었고, 계간 『세계의 문학』이 통권 158호를 끝으로 2015년 겨울에 폐간되었다. 장애 문학을 표방했던 『솟대문학』이 2015년 겨울호를 끝으로, 계간 『소설문학』도 2015년 가을호를 마지막으로 역사를 마감했다. 시 전문 계간지 『시인세계』는 2013년 가을호를 끝으로 무기한 휴간에 들어갔고, 시 전문 계간지 『시안』도 2013년 가을호를 마지막으로, 2000년 가을 창간되었던 『시평』도 54호를 끝으로 2013년 종간되었다. 시 전문 월간지 『유심』은 2015년 12월호를 낸 후 폐간되었다.

중요한 건 문학잡지가 전례 없이 폐간되는 와중에도 한편에서는 새로운 문학 환경에 재빠르게 적응해 가는 모습이 나타났다는 사실이다. 대표적인 매체가 한국문화예술위원회의 '문장웹진', 창비 문학블로그 '창문', 문학과지성사의 '웹진문지', 웹진 '시인광장' 등이다. 이들 웹진은 인터넷 기반의 새로운 문학 유통/소통 체계를 구축하는 중이다. 나아가 1인 1스마트폰 시대에 발맞추듯, 창비에서는 시 전문 모바일 앱 '시요일'을 내놓기도 했다. 서울문화재단도 2018년 1월 문학 전문 웹진 '비유'를 창간하였다. 서울문화재단 주철환 대표이사는 "웹진 '비유'는 읽는 사람과 쓰는 사람이 괴리되지 않고 함께 문학의 과정, 의미를 고민하고 나누는 새로운 형태의 문학

잡지로, 시민들이 쉽고 재미있게 문학을 만나고 작가와 보다 가깝게 소통하는 기회를 제공할 것"이라고 밝히고 있는데, '읽는 사람과 쓰는 사람이 괴리되지 않고 함께하는 문학의 과정'이 최근 십여 년간 한국문학의 특징을 요약해 준다.

웹진 창간뿐만 아니라 전통적인 인쇄 매체도 새로운 체제와 디자인을 선보이기 시작했다. 소설 잡지 『악스트』가 2015년 7 · 8월호로, 격월간 『릿터』가 2016년 8 · 9월호로 창간되었다. 창비는 『문학 3』을 2017년 1월호로 창간했는데, 『문학 3』은 연 4회 발행하던 계간지와 연 2회 발행하는 반년간지의 중간 형태를 표방하면서 연 3회 발간하고 있다. 창간사에 해당하는 「〈문학 3〉을 시작하며」는 최근 십여 년간의 한국문학 현상의 한 특징을 단적으로 보여 준다.

> 문학은 작가의 자리와 독자의 자리를 따로 두지 않습니다. 언제나 작가는 먼저 예민한 독자의 자리에 있으며, 독자는 문학보다 더 문학적인 발언과 행위로 작가의 자리를 겸해 왔습니다. 마찬가지로 작품의 자리도 따로 있다고 말할 수 없습니다. 문학이 전통적인 방법을 넘어서 도처에 존재한다는 사실을 우리는 매 순간 강렬하게 경험하고 있습니다. …(중략)… 『문학 3』은 문학의 자리를 따로 두지 않으려 합니다. 각각의 장소에서 이루어지는 의외의 만남으로, 그 만남이 빚어내는 기쁨으로, '나-너-우리'가 만드는 무언가에 '문학'의 이름을 두고자 합니다.
>
> —「〈문학 3〉을 시작하며」 부분

'독자의 자리와 작가의 자리를 따로 두지 않는다'는 입장은 독자와 작가의 경계가 무너졌다는 사실을 시인하는 용감한 발언이다. 물론 그렇게 된 데에는 세기 교체기와 맞물려 출현한 쓰는-독자군의 성장이 있다. 쓰는-독자의 특징은 쓰기 위해 읽는 자이면서 읽기보다 쓰기에 매진하는 독자이다.

정전의 유효기간이 다한 것과 마찬가지로 쓰는-독자가 출현하면서 쓰는 자로서 작가의 위세가 결정적으로 꺾이게 되었다. 그에 반해 그동안 순수한 의미에서 독자로 남아 있던 사람들이 쓰는 자로 변신하면서 한국문학의 몸집은 급속도로 커졌다. 이러한 현상을 두고 일각에서는 비만한 작가군이라는 씁쓰레한 이야기가 흘러나오기도 한다. 이러한 현상에 대해 쓰기의 진입 장벽을 낮춘 디지털 매체에서 그 원인을 찾는 것이 일반적이다. 인터넷 기사에 댓글을 다는 일은 물론, 개인 블로그 등에 글을 쓸 수 있게 되면서 쓰기 능력은 전문 능력의 범위에서 조금씩 제외되어 왔다.

이같이 인터넷에 기반을 둔 디지털 기기가 보급되면서 매체는 대중성 확보를 우선 과제로 삼았다. 그 결과 엘리트 작가들이 전유했던 '지면'의 아우라가 사라졌고, 누구나 글을 쓸 수 있는 디지털 '화면'의 시대가 된 것이다. '화면'의 장점은 제약이 없다는 것이다. 지면처럼 청탁이나 편집이 필요하지 않고 편집자의 개입도 최소화되어 있다. 『설국』의 어법을 참고하자면, 21세기의 긴 터널을 빠져나오자 눈앞에 하얘진 매체가 놓여 있게 된 것이다. 이제 그 화면에 누구라도 글을 쓸 수 있게 되었다. 이른바, 쓰는 자의 시대가 된 것이다. 쓰는 자는 작가와는 또 다른 의미를 지닌다. 작가가 독자를 염두에 두고 유통과 소비를 겨냥한 쓰기에 치중한다면, 쓰는 자는 쓰는 자체가 목적인 변종들이다.

이렇게만 보면 표면적으로 21세기에도 문학은 매체의 변화에 발 빠르게 적응해 가는 것처럼 보인다. 문학의 종언 담론이 무색하게 한국문학은 기민하게 출구를 모색하는 전략을 꾸미는 것 같다. 문학의 위기 담론을 세계적으로 공유하면서 이천 년부터 '서울국제문학포럼'을 꾸려 오는 것도 마찬가지다. 지금까지 네 번 개최되었는데, 주제의 흐름을 보면 한국문학과 세계문학의 고민과 관심이 무엇인지 짐작할 수 있다. '경계를 넘어 글쓰기'(제1회, 2000년), '평화를 위한 글쓰기'(제2회, 2006년), '세계화 속의 삶과 글쓰기'(제3회, 2011년), '새로운 환경 속의 문학과 독자'(제4회, 2017년)로 이어지는 주제에서 눈에 띄는 건 단연코 '새로운 환경'이다.

> 베스트셀러 작가는 자기에게나 다른 사람에게나 뛰어난 작가로 인식된다. 또 얼른 보기에 실용적 의미를 갖지 않는 생산 활동을 통하여 생활 수단을 확보하고 삶의 의미를 정립하려니만큼 작가는 시장의 추세 또는 외부의 평가에 민감하지 않을 수 없다. 또 시장 속에 놓이는 작가는 그것을 부추기는 통신 매체 속에 놓이게 된다. 요즘 세상에서 광고는 판매 증가에 필수 요건이다. 그리하여 세계 시장의 판매고가 얼마인가, 매체의 평가에서 얼마나 회자되는가 하는 것들이 평가의 척도가 되는 것이다.
>
> 그러다 보면 이러한 일들은 작가 밖에서 일어나는 일이 아니라 그의 마음을 사로잡는 영향이 된다. 그리하여 작가는 작품을 구상하고 제작하는 현장에서부터 시장—그것도 자기 사회의 시장만이 아니라 세계시장을 마음에 두게 된다. 반드시 의식하는 것이 아니라도 그것이 마음에 스며드는 것이다.[3]

인용문에서도 밝히고 있지만, 새로운 환경은 시장(market)을 인정하는 순간 발생한다. 시장의 형성은 순수문학과 대중문학의 편 가르기를 무용하게 만든다. 문학 시장이 형성되면서 문학의 머리에 '관冠'처럼 씌워져 있던 '순純'이 떨어져 나갔다. 문학의 순수성이 녹아내리는 것을 많은 문학인이 지켜보았다. 좋은 작품과 팔리는 작품이 같지 않다는 것을 목격했고, 우열의 기준이 교묘하게 개정되는 현장에 저도 모르게 동참해 왔다. 문학 시장이 개장하면서 좋은 것은 잘 팔리는 것이라는 인식이 작가들 사이에서 서서히 자리를 잡아가는 중이다. 줄곧 수사적으로 활용되었던 '숨어 있는 보석' 같은 작품은 이제 존재할 수도, 존재해서도 안 되는 죽은 표현이 되고 말았

---

3 김우창, 「새로운 환경 속에서의 문학과 독자—과밀 환경 속의 마음의 공간」, 스베틀라나 알렉시예비치 · 고은 · 김우창 외, 『새로운 환경 속의 문학과 독자』, 민음사, 2017, 11쪽.

다. 중요한 건 시장을 형성하는 출판 자본, 독자 자본—독자가 문학의 소비 주체라는 점에서 분명 자본가적 요소를 지녔다.—은 물론 작가들마저도 의식적으로든 무의식적으로든 문학의 시장성에 주목하기 시작했다.

그렇다고 해서 시장이 최근에 갑자기 등장한 것은 아니다. 작가가 탄생하는 순간 문학 시장은 규모의 대소를 막론하고 자연스럽게 형성되었고, 작가에 종속된 변수로서 문학 담론을 뒷받침했다. 어쨌거나 작가의 역량이 시장의 판세에 큰 영향을 주었던 것이다. 그러나 문학 시장이 활성화되고 매체가 늘어나면서 작가도 기하급수적으로 배출되었다. 그런 상황에서 작가 간의 경쟁은 어떤 식으로든 치열해질 수밖에 없었다. 지면과 독자의 증가 폭보다 작가의 증가 폭이 커지면서 나타난 불가피한 현상이었다. 이 과정에서 문학 담론의 주도권이 시장으로 넘어가는 건 당연했다. 작가가 시장을 선택하는 것이 아니라 시장이 작가를 선택하게 되면서, 작가가 시장구조에 얽매이는 상황이 만들어졌다. 세기 교체기에 활발하게 논의되었던 문학 권력 담론이나 주례사 비평 담론 등은 문학 시장에 나타난 불공정한 거래 관행을 걸러내기 위한 시도였다. 그러나 시장의 담론을 막아 내기에는 애초부터 힘에 부치는 논의였다. 시장은 이미 다루기 어려운 유령이 되어 있던 것이다.

3.

문학이 시장에 종속되기 시작하면서 시장을 움직이는 보이지 않는 손에 주목했다. 그 손이 영민하고 건전한 독자의 것이었다면 좋았겠지만, 시장의 생리는 그렇게 단순하지 않다. 출판 자본이 시장의 정점에 우뚝 서게 되면서 이들이 세우는 풍향계에 따라 작품을 생산하고 소비하는 지경에 이르렀다. 그렇다고 해서 문학의 자율성 · 작가의 윤리성 · 독자의 심미성이 명백하게 훼손당했다고 말하기도 어렵다. 한국문학은 어떤 면에서는 지극히 완고하고 보수적인 입장을 취하는 것 같지만, 생존과 결부된 문제에서만큼은 기민하고 통찰력 있는 태도를 보여 주었다. 문학은 다변화된 매체를 적극적으로 활용하는 쪽으로 방향을 잡았고, 시장이 통제하는 상황에서 비교적 시장성을 활용할 수 있는 지점을 눈썰미 있게 찾아냈다. 그리하여 문학은 시장성을 갖춘 매체와 연대하는 것으로 새로운 환경에 적응하기 위한 단초를 마련하였다. 영화나 드라마 같은 영상 콘텐츠의 소스sauce가 되기를 거부하지 않은 것이다. 스스로 목적이고자 했던 문학이 한편으로는 자기 위상을 낮춤으로써 다매체 시대에도 살아남을 수 있는 활로를 열어 둔 것이다.

서사문학이 대중 속으로 걸어 들어가면서 떠들썩해진 것과 달리 시문학은 조금 다른 지점에서 돌파구를 마련하였다. 기성 시 문법에서 자기를 소외시키는 전략을 앞세운 새로운 시인들이 등장한 것이다. 세기 교체기의 혼란 속에서 등장한 그들은 지난 세기로부터 결정적인 영향을 받지 않았다. 그들은 새로운 세기를 가장 흥미로운 감수성으로 받아들인 젊은 시인이었고, 세기말의 터널을 빠져나온 한국문학의 하얘진 밑바닥을 '모니터'로 인식한 최초의 시인종詩人種이었다. 이를테면 그들로부터 한국문학은 원고지에서 모니터로 인식의 감각이 전환되었던 셈이다. 권혁웅의 통찰처럼, 그들은 태어나면서부터 모니터로 세상을 바라본 '모니터킨트'였다. 권혁웅은 유형진의 시 「모니터킨트」를 분석하면서 그들이야말로 "모니터가 바로 자연"인 부류이며, 그들에게서 "모니터 안팎을 가상과 현실이라고 구분할 수가 없다"[4]고 하였다(우리가 그들을 일러 '미래파'라고 호명했고, 그들을 향한 당시의 비평적 찬사는 굉장했다).

> 새로운 세대의 많은 시들에는 '나'가 없다. 그들은 자명한 '나'를 지우면서 미지의 '나'를 찾아간다. 자아의 나르시시즘을 넘어 점멸하듯 출현하는 주체성의 영역을 탐험한다. 더불어 타인의 타자성을 동일화

4 권혁웅, 앞의 책, 167쪽.

> 하는 서정적 메커니즘을 거부하면서 타자와의 진정한 만남을 위해 방법적 갈등을 격렬하게 실험하고 있다. 자연을 풍경으로 만들어 상상적 낙원을 건설하려는 욕망과 그 찰나적 위안 역시 이들의 흥미를 끌지 못한다. 그것은 점차 가상화되어 가는 세계 속에서 기껏해야 '가상의 가상'을 구축하는 일이 될 수 있다는 위험을 꿰뚫고 있다. 그들의 시에 현실(reality)이 없어 보이는가? 그들은 '나'와 타자와 자연의 어떤 '실재(the Real)를 향해 나아간다.[5]

그들의 시에서는 전통적인 의미의 '나'를 찾아보기 어렵다. '나' 주체의 은폐는 작가에게 씌워졌던 관(혹은 아우라)이 떨어져 나갈 때 자연스럽게 나타날 수 있는 현상이다. 문학 담론에서 작가의 몰락은 시인들에게 '나'를 감추는 방법으로 먼저 나타난 것이다. 이러한 현상은 시인들 스스로 선택한 자기 소외의 결과이다. 이것은 서사문학이 콘텐츠 자본을 등에 업고 소란을 선택한 것과는 사뭇 다른 행보다. 그리하여 결과적으로 그들은 그들만의 '실재'를 문학 시장에 편입시키는 데 성공했다. 새로운 밀레니엄의 첫머리를 오롯이 그들의 소외 담론으로 채울 수 있었기 때문이다. 그들은 기존의 시문학으로부터, 시문학의 독자로부터 선제적으로 소외를 선언함으로써 역설적으로 시장의 주도권을 거머쥘 수 있었다. 이 느닷없는 사태를 맞이해 한국문학은 십여 년 동안 그들에게 잡힌 볼모나 마찬가지였다. 물론 시간이 지나면서 그들의 소외에 소외당한 독자의 피로감이 가중되는 실정이지만, 그들이 돌파해 놓은 21세기 시문학의 흐름은 새로운 시인들을 보충받으면서 아직 건재한 것처럼 보인다.

이렇게 분출하듯 피어올랐던 세기 초의 시적 번뜩임이 한풀 꺾인 후, 진정한 의미에서 21세기형 시인들이 모습을 드러냈다. 이들은 1980년대 중후

---

5 신형철, 앞의 책, 202쪽.

반에 태어나 2010년을 전후하여 등단한 후 첫 시집을 낸 시인들이다. 송승언(1986년생, 2011년 등단), 박성준(1986년생, 2009년 등단), 박희수(1986년생, 2009년 등단), 안희연(1986년생, 2012년 등단), 김승일(1987년생, 2009년 등단), 강지혜(1987년생, 2013년 등단), 황인찬(1988년생, 2010년 등단), 이이체(1988년생, 2008년 등단), 서윤후(1990년생, 2009년 등단), 최지인(1990년생, 2013년 등단) 등이 그들이다. 이들은 세기 교체기에 청소년기를 지나면서 21세기의 문학 유산으로부터 비교적 자유로운 감각을 갖출 수 있었고, 미래파의 기세가 등등했던 시기에 시적 몰입도가 최상에 달했던 것으로 보인다. 그럼에도 이들은 미래파의 영향에 깊이 물들었던 것 같지는 않다. 미래파라는 비평적 수사의 시혜를 입었던 장석원, 황병승, 김민정, 유형진이나, 이들을 포함해 비슷한 맥락에서 신형철이 '뉴웨이브'라고 지목했던 이민하, 김행숙, 이장욱 등이 대개 1970년대 생으로 21세기에 등단했다는 점에서 송승언 등의 시인들과는 유전학적으로 다를 수밖에 없다. 미래파 혹은 뉴웨이브의 시적 입장은 그들의 의도와 외도에도 불구하고 20세기 문학 유산을 완전하게 삭제하기는 어렵다. 신형철이 비교한 것처럼, 이들은 1980년대 황지우나 이성복의 그늘을 어느 정도는 밟고 서 있는데, "중언부언을 중요한 발화의 방식"으로 삼아 "다성성多聲性"을 실험했다는 시적 특징을 장점으로 삼고 있다.[6] 그러한 의미에서 미래파는 교향악적 화음이라는 복층의 발화 리듬을 특징으로 삼았다고 할 수 있다. 반면 1980년대 중반생들은 교향악 무대에 협연자로 오른 독주자의 화법을 지녔다. 그들의 목소리는 다른 부수적인 것들을 압도하는 선명성을 갖추었다. 그러므로 이들 시인을 하나의 부류로 명명하려는 시도는 처음부터 실패할 수밖에 없다. 그들은 모래알 같다. 아무리 첩첩하게 모아도 그들은 독보적일 뿐이다.

6 권혁웅, 앞의 책, 149~150쪽.

오랜만에 공원에 갔어 다듬어진 길을 따라 걸으며 자주 보던 금잔화를 보려고 했지 그런데 그곳에 금잔화는 없었다

노란 게 예뻤는데 벌써 철이 지난 거구나 생각했지 그런데 철없는 사철나무도 마가목도 청자색 수국도 없었다

주인이 죽어 주인 없는 개도 없었고 아무도 없는 정자도 없었지 공원을 뒤덮는 안개도 없었다 모든 것이 흐린 공원이었는데 모든 것이 너무나 뚜렷이 잘 보인다

아무것도 없는 명징한 공원이었다
배후에서 갈라지는 길이 보이지 않은

—송승언, 「모든 것을 볼 수 있었다」 전문

이보다 선명할 수는 없다. 1연에서 '갔어' '했지' '없었다'라고 서술한 것은 모든 시어와 문장을 서술어의 자장 안에 완벽하게 가두어 놓는 장치다. '생각했지' '없었다'라는 2연도 마찬가지다. 3연의 서술어는 선명성의 전범을 보여 준다. '없었고' '없었지' '없었다'로 이어지는 부정의 연쇄는 어미를 교묘하게 변용하면서 단정적인 확신에 도달한다. 그야말로 "아무것도 없는 명징한" 상태에 도달한 것이다. 이러한 선명성의 기조는 이들이 20세기 문학사로부터 오염되지 않았다는 진단을 끌어낸다. 이들은 "매번 시 쓰는 게 재미있었다. 재미가 없었으면 관뒀을 것 같"[7]다고 말하는 부류다. 그러한 선언으로도 그들은 지난 세기 시인들과는 입장이 다르다는 점을 분명히 한다. 물론 한편에서는 그러한 입장의 가벼움을 우려하면서 훼손되어 가는 문학

---

7 송승언, 「나는 매번 시 쓰기가 재미있다」, 김승일 외, 『나는 매번 시 쓰기가 재미있다』, 서랍의 날씨, 2016, 174쪽.

정전을 걱정하는 목소리도 있다. 그 목소리 사이로 '요즘 시들은 무슨 말을 하는지 도대체 모르겠다'라는 매운 연기가 피어오르는 것도 사실이고, 그런 시들이 독자의 등을 떠밀어 낸다는 지적도 모르지 않는다. 거의 맞는 말일 것이고, 상당한 부분은 옳은 진단일 것이다. 그러나 문학은 20세기에도 그랬듯, 대중화되는 문제에 있어 다른 장르보다도 더 치열하게 내외적으로 다투어 오고 있다는 점을 생각할 필요가 있다.

4.

문학이 '대중성(화)' 문제로 격렬하게 충돌했던 문학사의 몇몇 지점을 우리는 알고 있다. 1920년대 프롤레타리아문학의 대중화 논쟁은 멀리 있고, 1980년대 운동 형식으로 제출되었던 민중문학 논쟁은 다소 가까워 불편하다면, 1960년대 김수영의 발언에서 문학과 대중성의 문제를 시작하는 것도 나쁘지 않을 것이다. 평론가 이어령과의 논쟁에서 김수영은 "무서운 것은 문화를 정치 사회의 이데올로기와 동일시하는 것이 아니라, 문화를 단 하나의 이데올로기와 동일시하는 것"[8]이라고 강조하면서 다음과 같이 덧붙였다.

> 따라서 내가 생각하기에는 오늘날의 우리들의 두려워해야 할 '숨어 있는 검열자'는 그가 말하는 '대중의 검열자'라기보다는 획일주의가 강요하는 대제도의 유형무형의 문화 기관의 '에이전트'들의 검열인 것이다. 단 하나의 이데올로기를 대행하는 것이 이들이고, 이들의 검열제도가 바로 '대중의 검열자'를 자극하는 거대한 테제가 되고 있는 것이다. '대중의 검열자'가 '눈으로 볼 수 없는, 자각조차 할 수 없는 …(중

8 김수영, 「실험적인 문학과 정치적 자유」, 『김수영 전집 2: 산문』, 민음사, 2012, 222쪽.

략)… 숨어 있는' 검열자라고 「문예시평」자는 말하고 있지만, 대제도의 검열관 역시 그에 못지않게 눈으로는 볼 수 없는, 자각조차 할 수 없는 숨어 있는 것이다. 이들의 대명사가 바로 질서라는 것이다.[9]

인용문은 평론가 이어령이 《조선일보》「문예시평」란에 쓴 「오늘의 한국 문화를 위협하는 것」(1968년 2월 20일)에 대한 김수영의 대응 글이다. 이 글에서 김수영은 문학과 자유의 관계에 개입하는 '검열자'를 따져 묻는다. 김수영은 '검열제도'가 곧 '질서'이며, 질서는 "눈으로 볼 수 없는, 자각조차 할 수 없는 숨어 있는 것"임을 피력한다. 김수영은 이어령이 주장한 '대중의 검열자'보다는 '대제도의 검열관'에 좀 더 발언의 무게를 실어 두고 있다(그렇다고 해서 김수영이 '대중의 검열자'를 부정하는 것은 아니다. 이어지는 글에서 김수영은 '대중의 검열자'와 '대제도의 검열관'의 균형을 피력한다). 그것은 '검열관'이라는 명칭 자체에 이미 권력의 일방적, 폭압적 지도의 혐의가 담겨 있다는 데서 확인된다. 게다가 '대제도'란 또 무엇인가? 그것은 '단 하나의 이데올로기'와 다른 말이 아니게 읽힌다. 김수영의 눈에 한국문학을 위협하는 것은 정치적 자유의 실종이며, 그것을 단적으로 보여 주는 실례가 제도적 검열이라는 것, 그리고 그것이 견고한 질서를 형성하고 있다는 것이다.

김수영의 시대와 세기를 달리하는 지금도 문학을 위협하는 요소는 크게 달라진 것 같지 않다. 그때나 지금이나 문학은 '자유'롭지 못한 게 현실이다. 문학이 자유로워야 한다고 강조하는 것 자체가 자유롭지 못한 문학 환경을 폭로하는 것에 가깝다. 김수영은 문학의 정치적 자유를 테제화하면서, 반세기 후에도 문학의 자유를 얘기할 거라고는 상상하지 못했을 것이다. 신자유주의 시장 체제는 문학이 '자유'가 아니라 '자본'에 예속화될 가능성을 극단의 수준까지 끌어올렸다. 이미 출판 자본이라는 '대제도'가 출현

9 같은 곳.

하였다. 그와 맞물려 대제도의 법조문으로 무장한 '검열관' 그룹을 향한 비판과 성찰의 목소리들도 있었다. 그런 일련의 사태 속에서 문학 권력이 존재한다는 심증이 확증과 다른 말이 아님도 알게 되었다.

이처럼 문학이 자본이라는 바이러스에 감염되었을 때, 21세기형 시인들은 자본이라는 항원에 항체를 형성한 것처럼 보인다. 그들은 20세기의 자유가 이데올로기라는 구조적 압력과 관련되어 있었다면, 이제 자유는 구조가 아니라 의지의 문제로 전환되어야 한다고 주장한다.

> 이마에 손바닥을 올리고 눈을 감는다. 아닌 것 같다. 맞을 수도 있다. 병원에는 안 갈 것이다.
>
> 어떤 것 같아? 사람들이 내 이마를 만지기 시작한다. 이봐요, 뭐라고 말 좀 해 봐요. 하나같이 눈을 감고 고개만 갸웃거리네.
>
> 사람들이 나 때문에 눈을 감을 때, 나는 눈을 크게 뜬다. 우리들에게 무슨 일이 일어나고 있는 걸까?
>
> 그냥 평범한 감기 같아. 비로소 네가 고개를 든다. 그런 것 같애. 한숨을 크게 쉬고, 나는 다음 사람에게 간다. 어떤 것 같아?
>
> 나는 겁이 나지만 마스크는 쓰지 않을 것이다. 마스크를 쓴 사람들은 늘 혼자 있었다.
>
> —김승일, 「의사들」 전문

이 시에서 화자는 "우리들"로부터 "나"를 이격시키고 있다. 그뿐만 아니라 '우리들⊃나'라는 포함 구조의 유산에도 동의하지 않는다. 그것을 증명하고 실현하기 위해 "마스크는 쓰지 않"는다. 중요한 것은 마스크를 쓰고 안 쓰고의 문제가 아니라, 쓰지 않겠다는 발화의 형식이다. "나는 겁이 나지만 마스크는 쓰지 않을 것이다"라는 발화를 보증하는 것은 전적으로 화자의 의지다. "겁이 나지만"의 역접 사유와 '것이다'라는 도래할 시간성은 의지의 개입 없이는 불가능하다. '겁'에 맞서는 의지는 '겁'이 거느리고 있는 예측 가능한 결과를 거부함과 동시에 인과의 필연성을 훼손한다. 그것은 인식과 실천의 상호성에 빗금을 긋는 것으로, 20세기에 만연했던 대제도의 검열을 무력화하는 전략이다.

인과에 대한 믿음을 포기한 것처럼, 21세기형 시인들은 작가와 독자 사이의 친연성에 그다지 관심을 보이지 않는다. 독자와 소통해야 한다는 강박으로부터 강박적으로 달아난다. 그런 까닭에 그들의 시는 자폐적이고 고립적인 세계 '속'으로 작아지는 듯 보인다. 요즘 시들은 읽기 어렵다고 말하는 것은 이런 현상에서 비롯된 것이다. 그렇다면 그들이 선택한 전략적 방법에는 그럴 만한 이유가 있을 것이다. 어쩌면 그들은 인과라는 부자유로부터 자기를 의도적으로 소외시키는 전략을 구사 중인지 모른다. 그리하여 그들이 21세기적 삶과 소통할 수 있는 새로운 형식의 시 문법에 상당히 접근해 있는 것인지 모른다. 조심스러운 가정이지만, 21세기형 시인들의 시선에 '자유'라는 단어가 포착되었을 거라는 '느낌'을 지울 수 없다. 질서와 검열로부터 소외되어 자유로워지고자 하는 그들의 시적 방법론이 그 '느낌'의 증거로 제출될 수 있을 것 같다.

독자로부터 외면받는 문학과 독자로부터 자기를 소외시키는 문학은 엄연히 다르다. 그것은 문학이 객체로 존재하느냐(독자로부터 외면받는 문학) 주체로 존재하고자 하느냐(독자로부터 자기를 소외시키는 문학)의 문제와 결부된다. 지금까지 문학의 위상은 독자를 염두에 둔 측면이 강했다. 아리스토텔레스 이후 문학 기능의 한 축을 독자와의 상관성에서 찾았기 때문이다. 그러나 최근 몇몇 시인들의 시에서 감지할 수 있는 특징은 기성 독자와의 소통에 참여하지 않으려는 소외 의지이다. 이러한 현상은 미래파로 불렸던 시인들에게서도 발견된 적 있다. 하지만 이 경우의 불통, 고립, 자폐, 난설 등은 독자를 염두에 두면서도 시가 가급적이면 독자와 불편한 관계를 유지함으로써 독자를 새로운 감각으로 각성시키고 싶다는 측면이 강했다.

그러나 21세기형 시인들은 처음부터 새로운 소통 체계를 만들고자 한다. 그 첫 단계로 선택한 것이 독백이다. 독백이 자신을 청자로 한 발화 방식이라는 점에서 문학의 발화 방식과는 근본적으로 다르다. 문학이 자기 고백의 양식이라는 기초적인 사실을 인정한다면, 고백과 독백의 차이는 비교적 명확해진다. 고백이 소통되기 위한 발화라면, 독백은 소외되기 위한 발화이기 때문이다. 소통되지 못한 독백은 소외되는 순간 소비되고 만다. 그것은 고백이 소통되면서 새로운 의미를 생산하는 것과는 완전히 다르다. 21세기형 시인들의 시가 놓인 지점이 바로 여기이다. 독백과 소외 그리고 소비. 그들은 그것들에서 21세기적 자유를 발견해 나가고 있다.

5.

이제 문학이 소비되고 있다는 사실을 부정하는 것은 무의미해졌다. 문학은 동시대 문화의 첨단에 서 있지도 않고, 시대의 운명을 예단하는 날카로움과도 조금씩 멀어지고 있다. 문학 생산과 소비의 선순환은 폐기된 지 오래고, 소비되지도 못하는 작품들이 은밀한 곳에서 사생아처럼 폐기되고 있다는 소문도 공공연해졌다. 가슴 아픈 것은 문학이 옛 명성을 회복할 것으로 기대하는 사람을 찾아보기 어렵다는 점이다. 눈앞에 닥친 불행을 두고 침묵하는 것으로 그 불행에 눈감으려는 무모한 노력처럼, 문학에 모여든 사람들은 문학의 문학성에 대해 말하기를 주저한다. 21세기에도 여전히 지난 세기의 문학성을 말할 수밖에 없다는 자괴감 탓인지도 모르겠다.

일정한 주기로 반복되어 온 문학의 문학성과 대중성 논쟁은 시기마다 그럴 만한 토픽을 생산했다. 밀레니엄을 전후하여 나타난 신서정론이나 미래파 논의, 문학 권력 논쟁이나 주례사 비평론, 표절 담론 모두 문학의 새로운 문학성을 시도하는 노력이었다. 이러한 논쟁 담론의 근본적인 동력은 21세기 들어 가속화되는 '소비되는 문학'일 것이다. 문학이 소비되는 현상에 대해서는 별도의 논의가 필요하겠지만, 그것은 비단 문학만의 문제는 아니다. 디지털 음원으로 출시되는 음악은 문학보다 먼저 소비재가 되었고, 그렇게 소비됨으로써 오히려 자본의 기획력을 생산해 내게 되었다. 문학도 새로운 대중매체의 시혜 속에서 소비재가 될 자격은 이미 충분히 갖춘 상태다.

그렇다면 21세기 문학의 문학성이 발을 디뎌야 할 지점이 분명해진다. 문학은 이제 소비되어야 한다는 사실을 공개적으로 선언할 시점이 되었다. 다만 염두에 두어야 할 점은 소비가 소진이나 폐기와는 다르게 재개념화되어야 한다는 사실이다. 소비는 생산을 촉진하는 방식으로 개념화되어야 하고, 그 개념에는 적어도 '자유'의 지분이 반영되어야 할 것이다. 이러한 문학 환경의 변화를 인정하지 못하는 작가 · 독자가 있다면 그들은 여전히 정전을 향한 믿음을 버리지 않는 전통주의자일 것이다. 그들은 문학이 목적에서 도구로 부차화되었다는 아쉬움을 말하겠지만, 엄밀한 의미에서 문학은 한 번도 목적이었던 적이 없었다. 문학의 본령은 그때나 지금이나 인간 삶의 부차적 도구에 지나지 않는다. 그렇다고 해서 애석해할 일은 아니다. 문학을 포함한 모든 예술이 탄생하게 된 근본적 배경을 떠올려 보라. 예술은 인간 존재의 현실 바깥에서 발생하여 인간의 현실 내부에 개입하려는 상상적 도구가 아니었던가?

21세기 들어 본격적으로 자본에 포섭되고 있는 문학을 우려하는 것은, 지난 세기 이데올로기에 복무했던 문학의 문학성과 비교하면, 공정하지 못하다. 이데올로기든 자본이든, 문학은 인간 현실의 내부 구조에 개입하고자 하는 상상적 지평이다. 인간 현실의 내부가 이데올로기적이면 이데올로기에 복무하는 문학이, 자본주의면 자본에 복무하는 문학이 현상되는 것은 지금까지의 문학사를 살펴봐도 어색한 일이 아니다. 문학의 위상은 이런 점에서 설정되어야 한다. 21세기의 문학을 20세기 현실의 좌표에 놓는 일은 부정할 수 없는 잘못이다. 그러나 여전히 20세기의 문학 관성에서 벗어나지 못한 사람들 사이에서 문학의 위기 담론이 생산되고 있다. 과거는 재현될 수 없는 현재이고, 미래는 재현되지 않는 현재이다. 문학의 위상이 어디에 놓여야 하는지 뻔하다. 문학은 재현될 수 없는 좌표가 아니라 아직 재현되지 않은 좌표에 자신의 입지를 마련해야 한다. 그럴 때 문학의 입장은 이데올로기도 자본주의도 아닌 자유의 지평에 놓일 수 있다.

지금, 세기말의 터널을 빠져나온 한국문학의 밑바닥이 하얘져 있다. 이제 텅 빈 화면에 새로운 문학의 위상을 그려 나가야 한다. 그러려면 터널 저편에서 보았던 문학의 지형은 잊는 것이 좋다. 하얗게 펼쳐진 지평의 구조를 새로 인식하고 그 위에 알맞은 문학을 설계해 나가면 된다. 마침 한국문학은 미래파라는 문학적 신호를 지나 또 다른 신호소에 다가가는 형국이다. 그곳에는 21세기형 시인들이 서성거리고 있다. 그들이 손에 쥔 승차권 뒷면에는 이런 문장이 인쇄되어 있다. "너의 눈을 째고/ 새로운 장미를 보라/ 그 구멍을 비집고 나오는/ 흰 뱀의 사정射精을"(박희수, 「죽음의 집 2」). 『설국』이 긴 터널 끝에서 눈(雪)의 지평을 보았다면, 21세기형 시인들은 "눈을 째고/ 새로운 장미"를 바라보고 있다. 거기에서 쏟아져 나오는 "흰 뱀의 사정"이 아직 재현되지 않은 문학의 자유/좌표가 되기를 기대한다.

호모 페이션스Homo patience를 기다리며

슬프네 나는 전체성을
전체성을 얻을 수 없네
—박희수, 「전체성」 부분

1.

근래 읽었던 시 가운데 비교적 또렷하게 남아 있는 인상이다. 시의 전체 맥락이 아니라 전체로부터 절단하여 뽑아 낸 저 구절은, 사실, 인간의 인간성이 실패했음을 경고하는 것처럼 읽힌다. 부분의 합은 전체를 초과한다는 생물학적 진리를 감안한다면, 전체성에 이르지 못하는 자기 한계의 벽면 앞에서 누구라도 슬프지 않을 수 없다. “전체성을 얻을 수 없”다는 것은, 다소 과장하자면, 자기의 자기성을 얻지 못하는 일이기 때문이다. 그래서였을까? 우리는 오랫동안 우리의 본성을 끊임없이 의심해 왔다. 나는 어디에서 왔는가? 나는 누구인가? 나는 어디로 가는가? 이 같은 존재론적 고민이 철학사의 중심축을 이룬다는 사실을 우리는 잘 안다. 존재 근거를 알 수 없다는 불안을 우리는 신화적 상상력으로 해소하고, 존재 이후의 세계를 종교적으로 구축해 왔다는 사실도 모르지 않는다. 그뿐인가? 생사生死의 순간은 어쩔 수 없이 단독일 수밖에 없다는 것을 깨닫게 되면서 ‘나’라는 개별성을 발견해 내기도 하였다. ‘나’를 발견한 그 순간을 우리는 의미 있는 사건으로 부르기도 한다. 알다시피 사건은 그 이전과 이후의 질적 전환을 도

모하기 때문이다. '나'를 발견한 최초의 순간을 통해 우리는 비로소 근대적 의미에서의 '나'로 존재할 수 있게 되었다. 이 '나'를 호모 사피엔스라고 우리는 불러 왔고, 그는 언제나 생각하는 순간에만 존재한다고 믿어 왔다.

때때로 나는 내가 여전히 어렸으면
어린애가 되어 따뜻한 해바라기 밑에 있으면 어떨까 생각해본다
그런 생각은 시간 속의 상상이라 여유롭다
그네가 벽에 오가는 그늘도 본다
어쩌면 오로지 그네를 보러 온 듯도 싶은데
앉아 타는 사람 없이도
혼자 미끄럽게 흔들리는 그네

—박희수, 「나와 해바라기와 그네와 그림자」 부분

우리의 생각은 이 시에서처럼 언제나 "본다"는 감각 경험을 통과할 때 구축된다. 이 사실은 매우 중요한데, 인간의 개별적인 감각기관과 그것들을 해명해 내는 컨트롤타워로서의 생각이 독립 층위에서 위계를 형성하지 않고, 인간적 차원으로 통합된 전체를 이루고 있기 때문이다. 그것은 당장의 감각 경험이 그것에 국한된 경험으로 끝나지 않고 이전의 유사한 자기 경험과 타자들의 간접경험까지 포섭한 경험이라는 걸 입증한다. 그리하여 전체는 부분의 합을 넘는다는 의미를 우리는 감각 경험과 사유 행위의 소통 맥락에서 실현하게 된다. 호모 사피엔스는 사유 행위를 존재 근거로 상정하고 있는 인간성이라고 할 수 있을 것이다.

그러나 호모 사피엔스의 사유가 힘을 잃고 있다는 진단이 심심찮게 보고 된다. 인간만이 생각하는 존재라는 그동안의 유일한 증거가 흔들리고 있기 때문이다. 특히 사유 활동의 진원이자 그 자체라고 하는 지능이 더는 인간 고유의 식별 표식이 될 수 없다는 증거들이 나오면서 이제 호모 사피엔스의 시대가 파국을 향해 가는 형국이다. 한동안 풍문처럼 흘려듣곤 했던 무서

운 이야기는, 그러나, 믿지 않으면 안 될 만큼 현실 세계에 발을 디뎌 놓았다. 그것은 예정보다 훨씬 일찍 플랫폼에 도착해 버린 기관차처럼 어리둥절함을 우리에게 가져다주었다.

2.

2016년 3월 9일 13시. 어쩌면 그 시각은 인류사에서 중요한 역사적 사건이 발생한 순간으로 기록될지 모르겠다. 그동안 낭만적으로 예견해 보곤 했던 인공지능 시대를 체감 현실로 본격화한 순간이기 때문이다. 바둑기사 이세돌 9단과 알파고AlphaGo의 첫 대국은 말 그대로 세기의 관심을 끌었고, 대국을 앞두고 전문가들은 물론 일반인들의 결과에 대한 추측이 난무했다. 그때까지만 해도 우리는 인간적 여유와 인간적 우위를 공공연하게 드러내었다. 그러나 예기치 않게(?) 알파고의 승리로 대국은 끝났고, 바로 그 시점에서 우리는 인간의 인간적 의미를 새삼 짚어 볼 기회를 맞이하게 되었다. 세간에서는 SF영화를 떠올리며 인류 종말을 성급하게 예견하였고, 전문가들 사이에서는 인공지능 개발의 윤리성을 강하게 내비치기도 했다. 더러는 헤겔의 변증법을 들먹이며 주인(인간)-노예(알파고)의 역전된 현상을 역사 발전의 필연으로 간주하기도 했다. 다양한 분야에서 분분한 견해들이 쏟아졌고, 분석했고, 결과를 예측했지만, 정작 인공지능과 인간의 공존 가능성에는 회의적인 것 같다. 영국 옥스퍼드 대학에서 강한 인공지능—약한 인공지능이 코딩된 명령 체계에 복종하는 차원에서의 지능이라면, 강한 인공지능은 진화된 형식의 인공지능으로 인간과 유사한 차원에서의 자기 주체성을 확보한 것으로 볼 수 있다.—의 출현이 인류에게 미치는 영향을 다양한 경로로 시뮬레이션했는데, 그 결과는 충격을 넘어 경악할 만한 것이었다. 시간적인 차이는 있지만, 최종적인 결과는 인류의 멸망으로 나타난 것이다.

그렇다면 인공지능 시대에 접어든 지금, 우리 인간은 붕괴해 가고 있는 것인가? 이러한 질문을 던지는 순간에도 인간적 모멸감이 차오르는 건 어쩔 수 없다. 도대체, 인간은, 왜, 자꾸, 그러는 걸까? 여기서 '그러는' 행위에는 많은 것들이 포함될 것이다. 그러나 결과적으로 인공지능의 시대를 예견(?)해 낸 데카르트의 명제를 그 자리에 넣어 보고 싶다. 코기토, 에르고 숨Cogito, ergo sum. 일찍이 데카르트가 '나는 생각한다, 고로 존재한다'라는 명제를 구축하고, 인간의 사유 활동을 존재 증명의 유일한 근거로 삼으면서부터 지능의 문제는 잠재적으로 존재를 불안하게 할 요소로 남아 있었다. 사유-존재의 구도는 우리에게 전 지구적 차원에서 다른 존재들을 제치고 독보적인 위치를 점유하게 했다. 인간은 고대의 자연법칙 시대를 극복하면서 자연스럽게 이성의 시대를 개척하였고, 중세 신들의 세계를 근대의 과학적 · 합리적 세계관으로 전환해 냈다. 그리고 지금은 그 연장에서 인간 스스로 신의 영역에 닿고자 한다. 그리하여 마침내 인간 존재의 유일성이라고 추켜세웠던 '지능'을 인공적으로 창조해 냈다.

인간의 인공지능 개발은 창조 신화를 떠올리게 한다. 여기에는 '닮음'이라는 매개가 놓여 있다. 신화시대에 창조자가 자신을 닮은 인간을 창조해 낸 것처럼, 우리 인간도 그러한 방식으로 인공의 지능을 개발하고 있다. 이 '닮음'의 담론은 알다시피 원본과 사본 간의 거센 투쟁을 필연적으로 동반하게 된다. 바벨탑 이야기가 신화시대에 벌어진 원본-사본 간의 투쟁이라면, 장차 인간 지능-인공지능 간의 투쟁도 충분히 예측해 볼 수 있다. 그리고 아직 도래하지 않은 그 결과를 우리는 미루어 짐작해 볼 수 있다. 어쩌면 미래로부터 '불안'이라는 기관차가 너무 일찍 현재의 플랫폼에 도착해 버린 건 아닐까?

그런데 '불안'이라는 기관차에서 플랫폼에 발을 딛는 것은 호모 페이션스(Homo patience, 고민하는 인간)다. 미래로부터 그(불안)가 우리 시대에 도래함으로써 우리는 이제 '고민하는 인간'의 시대로 접어들었다. 아우슈비츠에서 인간의 인간성을 목격한 후, 빅터 프랭클이 인간적 불안을 고민하는 인간으로 대체한 사실을 우리는 알고 있다. 그런 점에서 호모 페이션스는 인간적 불안을 기저 감각으로 지녔다고 할 수 있다. 17세기 데카르트의 사유하는 인간이 현 세기에 이르러 고민하는 인간으로 개종되고 있는 것이다. 이 같은 개종을 강요하는 것은 역설적이게도 사유하는 인간에게 잠재된 본질적 속성이다. 인간 지능의 한계를 실험하고자 하는 호모 사피엔스의 노력은 창조자처럼 행세하면서 새로운 질서를 구축하고자 하는 욕망에 포섭되었다. 그리하여 새로운 그러나 불완전한 세계는 우리에게 불안을 미리 끌어다 주었고, 호모 사피엔스의 자긍심에 조금씩 균열을 발생시켰다. 이 균열을 보수하기 위한 대안으로 호모 페이션스가 긴급하게 호출된 형국이다.

산과 산 사이 작은 마을 위쪽
칡넝쿨 걷어 낸 뒤 뙈기를 둘러보는데
밭의 경계 삼은 왕돌 그늘에 배 깔고
입을 쩍쩍 벌리는 까치독사 한 마리
다 가까이 오면 독 묻은 이빨로
숨통을 물어뜯어 버리겠다는 듯이
뒤로 물러설 줄도 모르고 내 낌새를 살핀다
누군가에게 되알지게 얻어터져
창자가 밖으로 쏟아질 것만 같은데
꺼낸 무기라고는 게 기껏 제 목숨뿐인 저것이
네 일만은 아닌 것 같은 저것이
저만치 물러난 산그늘처럼 무겁다

—이병초, 「까치독사」 전문

이 시에는 고민하는 인간의 전형이 제시되어 있다. 그가 바라보는 "까치독사"는 "누군가에게 되알지게 얻어터져/ 창자가 밖으로 쏟아질 것만 같은" 존재 상실의 위기에 처해 있다. 이 경우 사유하는 인간이라면 '까치독사'의 존재 위기를 담론 삼아 그것의 의의, 예컨대 생명의 소중함이라거나 뱀의 신화적 의미 혹은 맹독의 치명성 등을 밝혀 나가겠지만, 고민하는 인간의 경우에는 '까치독사'의 처지에 깊이 공감하고, 그것이 "네 일만은 아닌 것 같"다는 상황의 전이를 경험한다. 나아가 결정적으로 '까치독사'와 그것을 바라보는 화자는 각자의 층위에서 서로 무관하게 존재하지 않는다는 인식에 이른다. 그리하여 "저만치 물러난 산그늘"이 '까치독사'와 화자가 서로 작용하는 시간(그늘)과 공간(산)으로서의 삶이라는 전체성을 드러낸다. 이 시에서 '까치독사'와 화자의 전체성은 "무겁다"는 것으로 비유되는 삶의 비의秘意일 것이다.

그렇다면 고민하는 인간이란 누구인지는 짐작할 수 있다. 다만 분명하게 해 두어야 하는 것은 '사유'와 '고민'의 서로 다른 기능이다. 그것은 호모 사피엔스와 호모 페이션스의 구분이기도 하다. 기본적으로 데카르트의 명제에서 비롯된 호모 사피엔스는 사유 활동을 개인 존재의 근거로 삼는다는 점에서 사유화私有化된 사유思惟, 다시 말해 자기 존재의 사유이다. 반면 호모 페이션스는 타자의 처지와 운명에 공감하고자 하는 방법을 고민하는 인간이다. 그렇기 때문에 호모 페이션스에게 '나'는 자기로서의 '나'가 아니라 '너'에 대한 관계로서의 '나'가 되고, 반대로 '너'는 독자적인 존재가 아니라 '나'와 소통하는 차원에서의 '너'가 된다. 호모 사피엔스가 '존재하기'를 목적으로 삼는다면 호모 페이션스는 '관계하기'를 삶의 동력으로 채택하는 것이다.

3.

고민하는 인간의 출현으로 우리는 조금 복잡한 지능의 지형도를 그리게 되었다. 우선 사유하는 인간의 지능(Intelligence)이 있고, 그들이 창조해 낸 인공지능(Artificial Intelligence)이 있다. 여기에 고민하는 인간의 지능이 더해져야 한다. 그 지능을 어떻게 불러야 할지는 모르지만, 고민하는 지능은 감각 작용과 지능의 총합이 부분의 합을 넘어서는 전체성으로서의 지능이 될 것이다. 그것은 사유하는 지능이나 인공지능과는 다른 지능이다. 사유하는 지능이 감각 정보를 합리적이고 이성적인 판단으로 종합하여 처리하는 과정에서 감각의 역할을 의심하고 배제하고 있다면, 고민하는 지능은 그러한 감각 경험의 특수한 구체들을 예민하게 고려하는 지능이다. 이는 인간은 사유하는 지능으로는 규정하기 어려운 섬세한 감각이 있다는 점을 인정하고, 그러한 섬세한 감각들이 지능과 분리되는 것이 아니라 지능과 협력하면서 유기체적 자기 충족에 도달한다는 사실을 전제한다.

또 하나, 알파고의 사례를 통해서도 우리가 목격한 내용이지만, 인공지능은 어떠한 경우라도 자기 존재의 이익에 충실하며 자기 진리에만 복무하는 특성이 있다. 이 같은 목표 중심의 지능은 배타적 속성을 지닌다. '나'의 목적 이외에는 어떤 것도 고려하지 않고, 어떤 것으로부터도 영향받지 않는다. 이세돌 9단이 대국 과정에서 어려움을 토로했던 것 가운데 하나로 알파고가 지능 외에는 어떤 것도 드러내지 않는다는 점이었다. 감각의 미묘한 작용 변화를 읽어 내지 못한다는 것은 그걸 마주하고 있는 인간에게는 충분히 비인간적이다. 그렇기 때문에 어떤 의미에서 보면, 이세돌과 알파고의 대국은 취조 형식과 다름없었다. 알파고에게 이세돌은 마치 피의자처럼 날것으로 노출되었고, 알파고는 강하게 쏘아 대는 불빛 저편 어둠 속에 감정과 감각과 감성을 숨기고 있었다. 이 같은 비대칭적이고 일방적인 구도 속에서 건져 낸 1승은 분명 인간의 인간성, 좀 더 분명히 말해서 고민하는 인간성의 성과였다고 할 수 있다.

이쯤에서 우리는 고민하는 인간 이세돌이 대국 후에 무엇을 했는지 상기할 필요가 있다. 그것은 '복기하기'였다. 상황이 끝난 후에 첫수부터 마지막 수까지 그대로 따라가면서 상황을 분석하는 일은 부분과 전체의 관계를 짚어 가는 일이다. 그런 점에서 각각의 수가 물리적인 총합을 넘어 전체성을 지향한다는 바둑과 단순한 낱말의 결합, 시행의 배열 너머의 이야기라는 서정시는 닮았다. 서정시란 극도로 단순하게 말하자면 감각 체험의 정서적 재배열이기 때문이다. 따라서 '복기하기'는 서정시의 핵심적인 작동 원리 중 하나가 된다. 이 복기 과정을 통해 우리는 고민하는 인간의 한 전형을 확인할 수 있다.

비 온 뒤끝, 꽃잎 떨어져
담쟁이에 장미꽃이 피었다
사진 한 장 못 박고 넘어갔다
단속 카메라 위에 얹힌 눈이 미끄러져 내리면서
렌즈를 덮고 있었다 휘인 눈은 아직도 미끄러지고 있다
키스 한번 못한 첫사랑이 여태
담장의 덩굴장미처럼 두근거리고 있다
…(중략)…
그 별이 늘 그 자리에 뜨듯
흐르나 정지된 것들 걸리는 것들
현상은 하지 못하는 것들
촉이 생긴 것들이 있다 크헝크헝
꿩처럼 울면서 메주콩 같은 눈물을 흘리던,
가슴에 들어 관솔이 된,
현상 불가의 것들도 있기는,
있는 것이다

—윤관영, 「것들, 지나가다」 부분

고민하는 인간은 늘 복기한다. 그러나 그것은 "현상 불가의 것들"이다. 세상에는 상식으로는 설명하기 어려운, 인간의 한계를 넘어서는 불가항력의 사건들이 존재한다. 고민하는 인간은 실체가 모호한 것들을 통해 계통적인 기억과 환유적인 체험을 넓혀 간다. 그 방식이란 "흐르나 정지된 것들 걸리는 것들/ 현상은 하지 못하는 것들"에 대해 '촉'을 세워 감각하는 것이다. '촉'은 논리적으로는 설명할 수 없는 어떤 것이다. 그러므로 그것은 "담쟁이에 장미꽃이 피었"어도 "사진 한 장 못 박고 넘어"가는 일이기도 하다. 여기서 사진을 찍는 행위는 사건을 감각하고 그것을 명백한 사건으로 기록하는 일이다. 따라서 "눈이 미끄러져 내리면서/ 렌즈를 덮고 있었다"는 진술은 사건의 기록을 유보하는 일이며, 그럼으로써 사건의 논리적 인과를 덮어 버리는 일이다.

사유하는 인간은 이처럼 논리적으로 해명 불가능한 시의 세계를 논리적 · 합리적 질서로 치환해 내고자 노력해 왔다. 그것은 일종의 권력 행사였다. 모든 사건을 자기 통제의 그늘에 두고, 그것들을 특정한 기준에 따라 질서화하는 것이야말로 권력이 아니고 무엇이겠는가. 특히 인공지능은 완벽하게 통제할 수 있는 것이 아니면 결코 네트워크를 확장하지 않는 것으로 알려져 있다. 사유하는 인간의 지능이나 인공지능은 자기를 중심에 두고 타자를 외부에 두는 중앙집권적 사유의 전형인 셈이다. 그러므로 알파고의 등장은, 엄밀한 의미에서 새로운 사유 형태가 아닐 수 있다. 오랫동안 우리 삶의 통제관 역할을 해 왔던 사유하는 욕망의 다른 모습일지도 모른다.

그렇더라도 인공지능의 실체는 인간의 인간성을 각성하게 만든 충분한 계기가 되었다. 인공지능을 통해 고민하는 인간을 발견한 것은 사유하는 인간의 시대에 작별을 고하는 결정적 장면인지도 모른다. 그것은 원시 자연의 시대–그리스 철학의 시대–중세 신의 시대–근대 이성의 시대를 거쳐 온 인간의 문명사적 전개가 또 다른 변곡점에 도달했음을 보여 주는 징후로도 읽힌다. 인류는 역사의 변곡점마다 세계관에 큰 폭의 변화를 만들어 왔고 세계관의 변화는 문학에도 치명적인 영향을 미쳤다는 사실을 떠올릴 때, 인공지능의 등장은 새로운 문학적 자세와 세계관을 요구할 것이다.

이제 인공지능 시대를 살아갈 삶과 문학의 대안적 세계관은 무엇이어야 하는지 진지하게 물어야 한다. 인공지능이 사유하는 인간의 지능에서 비롯되었고, 인공지능의 능력 가중치가 월등하긴 하지만, 많은 면이 서로 닮았다는 점에서 고민하는 인간의 지능은 새로운 세계 인식 방법이 될 수 있을 것이다. 알다시피 고민하는 인간은 홀로 존재하는 인간이 아니라, 더불어 관계하는 인간이기 때문이다. 홀로주체가 아니라 서로주체이기 때문에 고민하는 인간은 인간의 인간성을 전체성의 차원에서 실현해 내는 존재가 된다. 고민이란 대상에 대한 공감을 바탕으로 감각과 사유의 총합으로서의 전체성을 추구하기 때문이다.

그러므로 인공지능의 시대에 시는 호모 사피엔스가 누렸던 고독한 시선의 권력에서 벗어날 필요가 있다. '나'의 시가 아니라 '우리'의 시가 되어야 한다는 의미다. 고민이란 언제나 '나/너'의 문제에서 '우리'의 문제로 나아가는 속성이 있다. 그것은 롤랑 바르트가 말한 바 있는 '매혹의 복수형'이다. 그동안의 서정시가 '고독한 단수형'으로서 발화자의 목소리에 힘을 실어 주었다면, 인공지능 시대에 고민하는 인간이 누벼야 할 시의 세계는 '나' 아닌 '우리'의 삶을 건드리는 복수형의 매혹에 도전해야 한다. 그것은 읽는 자이면서 쓰는 자, 즉 고민하는 인간의 세계이다. 그럴 때 고민하는 시/시인, 쓰면서 읽고 읽으면서 쓰는, 다시 말해 작가이자 독자인 시인들의 활약을 기대할 수 있을 것이다.

새로운 문학의 '서언'을 쓰기 위하여

문학이 존재하는 것일까? 이 물음은 오랫동안 문학 공동체 내부를 공명해 왔다. 하지만 제대로 답을 얻은 적은 없는 것 같다. 존재한다는 것이 어떤 상태를 말하는 것인지, 문학이 무엇인지에 관해 쉽게 합의하지 못했기 때문일 것이다. '문학' 혹은 '존재'라는 기표의 의미와 상징은 지금까지 실체를 온전하게 드러낸 적 없었다. 문학 공동체의 구성원 누구도 그것이 낱낱이 밝혀질 것으로 생각하는 것 같지 않다. 다만 이렇게는 말할 수 있다. 문학이 존재하는지는 알 수 없지만, 문학을 둘러싼 구성체(예를 들면 작가, 책, 독자, 출판사, 관련된 정부 기관 등)는 실체적으로 존재한다고.

중요한 것은 문학 구성체의 유기성이다. 생명 있는 것들이 그러하듯, 문학 구성체도 나타나고 성장하고 소멸하는 변화의 한 지점을 점유한다. 작가의 탄생과 죽음, 책의 출판과 폐기, 독자의 유입과 이탈 같은 경험 진리가 그것을 설명한다. 우리의 경험 진리는 모든 것이 변한다는 것을 첫째 덕목으로 삼는다. 이것은 한 번도 위반된 적 없었고, 앞으로도 그럴 거라고 기대되는 진리이다. 따라서 가장 확실하게 말할 수 있는 진리는 존재하고자 하는 모든 것들은 삶에의 충동으로 가득하다는 것과 충동 앞에 죽음이 운명적으로 놓여 있는 것이다. 내가 아는 한, 이러한 충동적 운명에서 예외적인 경우는 없었다. 그래서일까? 삶을 향한 충동이 결국에는 죽음에 닿는다는 모순에서 역사 발전의 한 양상을 짚어 내기도 했다. 충동은 삶을 밀어가고, 운명은 충동의 힘이 다하는 자리에 죽음의 그물을 드리우고 있다. 이 진리의 궤도에 올라선 순간 모든 것은 예외 없이 변한다.

그렇다고 해서 변화를 발전과 동일시하고 싶지는 않다. 발전 이데올로기가 우리 삶을 안락하게 이끌어 온 건 사실이지만, 지금 우리 삶이 더 나은 방향성을 지녔는지는 여러 면에서 의구심을 자아내기에 충분하다. 이를테면 이런 식이다. 먹고 입고 누리는 생리적 욕구라는 측면은 과거에 비해 풍요로워졌다고 말할 수 있다. 그러한 것들을 생산해 내는 도구들—자동차, 컴퓨터 등의 생활 수단들—도 인간 노동을 능가하는 효율을 보여 준다. 그렇지만 '우리'는 어떤가? 문명의 도구들 말고 그 도구를 만들어 이용하는 우리는 얼마나 나은 사람이 되었는가? 도구를 마주하는 우리 영혼의 현재를 묻고 싶은 것이다.

이런 물음에 게오르그 루카치는 다음처럼 말한 적 있다. "영혼의 현실에는 두 가지 유형이 있다. 그 하나는 삶이고, 다른 하나는 살아감이다."[1] 그에 따르면 '삶'은 이미지를 창출하는 원칙이고, '살아감'은 의미를 설정하는 원칙이다. 루카치가 말한 영혼의 형식을 말하기에 앞서, 나는 인간이 이렇게 탁월한 사유의 주체일 수도 있다는 사실 앞에 조금 경건해진다. 그렇지, 우리가 그런 존재였지. 그런데 삶-이미지, 살아감-의미의 형식으로 우리의 현실을 들여다볼 줄 아는 사람이 드물어졌다. 단도직입적으로 말해 '살아감-의미'의 형식보다는 '삶-이미지'가 주는 안온함을 만끽한다는 느낌이다. 굳이 의미를 생각하지 않아도 되는 시대라서 그럴 것이다. 이미지가 재생하는 것을 생각 없이 바라보기만 해도 우리 삶은 더없이 충족되

1 게오르크 루카치, 홍성광 옮김, 『영혼과 형식』, 연암서가, 2021, 48쪽.

는 시대다.

시뮬라크르 담론을 떠올리지 않더라도 일상에서 이미지에 집착하는 우리를 발견하기는 어렵지 않다. 주로 스마트 기기를 통해 구현되는 이미지의 세계는 생각할 틈을 주지 않겠다는 듯 '구현된 이미지'를 '구현될 이미지'가 대체해 버린다. 이미지는 사유 대상이 아니라 감각적으로 소비되는 환영이라는 말이다. 그렇게 본다면 우리 삶은 사유되지 않고 소비될 뿐이다. 이렇게 데카르트를 역사의 공동묘지에 안장한 후, 우리는 호모 콘수무스Homo Consumus, 즉 소비하는 인간을 향해 나아가는 중이다. 세상은 소비될 뿐 사유되지 않는다는 피켓이 거리 곳곳에 견고하게 서 있다. 문제는 소비 행위에는 충족이 없다는 것. 모든 소비는 공허를 만들고, 공허의 자리에 새로운 소비가 욕망된다. 욕망을 부추기는 소비의 메커니즘이 우리가 살아가고 있는 자본주의의 내심이다.

여기에서 자본주의 체제의 공과를 이야기하지는 않을 것이다. 우리는 지금 유례없는 물질적 풍요를 누리는 중이고, 계속해서 우리 삶이 발전해 갈 거라는 믿음으로 오늘을 지나가고 있다. 한편에서는 한계치에 도달해 있는 무한 경쟁과 부의 쏠림, 특히 생태 환경의 무분별한 파괴 등에 대한 비판을 제기하지만, 자본주의 체제는 그러한 논의마저도 자본 증식의 한 방법으로 삼켜 버린다. 자본주의 체제를 슬기롭게 극복하려는 시도마저도 새로운 자본을 창출하는 시스템에 편입되는 것이다. 이러한 체제가 경계 없이 증식해 가는 과정에서 우리는 자본주의의 객체적 사물로 존재하게 되었다. 인간을 위한 자본주의가 아니라, 그러한 체제 유지를 위해 인간이 상품으로 소비되는 것이다.

불편한 사실은 자본주의 체제의 목에 방울을 달아야 할 우리가 자기 목에 방울을 달고 이 체제의 성실하고 근면한 스마일 맨이 되었다는 점이다. 체제에 대한 고민보다는 체제와 더불어 살아가는 데 골몰하고, 때로는 체제를 이용하고자 하는 영악함도 은근히 드러낸다. 이것을 생명 충동으로 가득한 삶의 본질이라고 말할 수도 있을 것이다. 지금 우리는 자본주의 체제의 찬란한 순간을 경이롭게 목격하는 중이다. 그 이미지에 현혹된 사이에 우리를 둘러싼 생태 환경은, 어둠이 내려앉듯 우리 내면을 점령하였다. 첨단의 시대, 이미지의 시대, 자본과 부의 시대, 행복의 시대…… 같은 빛이 강렬하게 우리를 매혹할수록, 그 뒤에서 한때 우리가 자랑스럽게 가슴에 품었던 인간의 조건들은 어둠의 폐허처럼 무너져 내렸다. 그 잔해 어딘가에 문학도 깔려 있을 것이다.

문학 생태의 위기 담론은 새삼스러운 게 아니다. 역사적 격변기마다 가장 먼저 존재론적 수치를 견뎌야 했던 것이 문학이다. 일제강점기에, 군부독재의 시절과 민주화 운동 과정에서, 그리고 후기자본주의의 용광로에서 문학은 동시대의 비극을 온몸으로 받아안아야 했다. 그것은 문학이 존재하는 이유였다. 시대를 전망하고 시대를 진단하며 시대를 추수하는, 이를테면 문학은 인간 삶의 미래-현재-과거를 모두 떠안아야 했다. 그럴 때마다 문학은 존재론적 변화를 끌어냈고, 문학적 정체성의 갱신을 이루어 왔다. 그리고 우리는 그러한 순간에 문학이 얼마나 위대했는지를 기억한다. 자본주의식으로 말하자면, 시대의 부름에 응답할 때 문학은 가장 생산적인 방법으로 존재의 소명을 다했고, 그 과정에서 문학은 자신을 둘러싼 사회구성체의 본질에 누구보다 예민하게 감응했다. 현대문학사가 아름답게 기억하는 1980년대 문학이 그러했다.

기억하는가! 그 시절, 우리는 역사 발전 과정에서 우리 사회의 구성체에 관한 다양한 논쟁을 시도한 적 있었다. 마르크스-레닌주의 이론을 바탕으로 1980년대 이후 우리 사회가 진입하고 있는 사회적 생태계를 바라보는 다양한 관점이 충돌하였다. 사회구성체 논쟁을 통해 우리는 식민지 반봉건사회론과 신식민지 국가독점자본주의론을 기본 축으로 삼아 우리의 삶이 놓여 있는 생태적 장(field)을 파악하고자 했다. 이러한 시도는 인간의 삶이 그를 둘러싼 유물론적 · 이데올로기적 조건들로부터 강하게 제약받는다는 사실을 전제한 것이었다. 돌이켜보면 그 시절은 역사적 변곡점이었고, 문학은 격변의 소용돌이를 일으키는 데 적어도 부끄럽지 않은 역할을 했다. 우리 사회를 구성하는 주체는 누구인가? 그 사회를 구성해 가는 이데올로기는 무엇인가? 이런 질문을 받아 든 문학이 할 수 있는 최선은 견고한 것들에 저항하겠다는 약속이었다. 한나 아렌트가 강조한 것처럼, 약속은 "자기 지배와 그에 따른 타인 지배에 의존하는 지배 형식의 유일한 대안"[2] 능력이 있다. 군부독재 또는 자본주의 같은 '지배 형식'을 대체할 수 있는 '유일한 대안' 행위가 바로 '약속'이었던 것이다. 1980년대 문학이 빛날 수 있었던 것도 '지배 형식의 유일한 대안'으로서 저항에의 약속이 있었기 때문이었다. 이 약속을 실현하는 일은 변화였다. 90년대 이후 우리 문학이 얼마나 숨 가쁘게 변해 왔는지는 말하지 않아도 안다. 그러나 문학은 변화에 그치지 않고, 변화 자체에도 끊임없이 저항했다. 다양한 문학적 논쟁이 바로 변화 자체에 저항하고자 하는 또 다른 문학적 약속이었다. 변화의 자연발생적 이행에 저항하는 방식은 '어떻게' 변해야 하는지 그 방향성 논쟁으로 드러났다. 이천 년대 초반에 이루어졌던 문학 권력 논쟁이 적절한 사례가 될 것이다.

우리 문학사에서 논쟁은 시대와 함께 문학을 변화시켜 온 중요한 기제였다. 멀게는 1920년대 내용–형식 논쟁이 있었고, 1960년대의 참여–순수 논쟁, 이후의 민족문학 논쟁 등 '논쟁'은 당대 사회를 구성하는 '지배 형식'에 저항하는 방식이었다. 이천 년대 문학 권력 논쟁도 새롭게 제기되는 삶과 사회의 요구에 대한 약속의 형식이었다. 90년대 들어 구심적으로 작동하던 이데올로기가 해소되고, 주변부를 겨냥하는 원심적 사회구성체가 대두되는 시점에서 편중된 문학 권력을 해체하고 분산하여 재구성하고자 하는 약속은 필연적이었다. 돌이켜보면 논쟁 당시에는 논쟁 효과가 나타날 것 같지 않았지만, 논쟁의 여파는 새로운 방식으로 문학을 둘러싼 담론을 구성하기 시작했다. 가장 눈에 띄는 논쟁 효과는 다양성이 아닐까 한다. 신춘문예나 문예지를 통한 등단 제도에 저항하는 작가들의 영향력이 높아진 것은

---

2 한나 아렌트, 이진우 옮김, 『인간의 조건』(제2 보급판), 2019, 351쪽.

물론, 지역 문단의 활성화 및 새로운 문예지의 창간 등은 외견상 우리 문단 생태의 건강지표가 되고 있다. 줄기차게 반복되는 문학의 위기 담론 속에서도 문학 매체는 꾸준히 증가하는 중이고, 작가 및 작품집의 양적 성장 속도는 따라가기 버거울 정도다. 이러한 추세와 맞물려 문학에 투입되는 각종 공적 자금의 규모는 어떤가? 양적 측면에서 본다면, 문학 창작의 주체(작가)와 매체(문예지, 출판사 등) 그리고 자본(각종 지원금) 등 문학 생산력은 폭발적으로 증가하는 것처럼 보인다. 문제는 문학의 생산(창작)이 재생산(감상)으로 원활하게 연계되지 못한다는 점이다.

문학 재생산의 주체가 독자라는 사실은 문학 구성체 논의의 핵심이다. 문학이 존재하는 곳은 작가도 책도 출판사도 아니다. 오래전에 이미 문학은 독자를 통해 존재를 증명해야 하는 장르임이 판명되었다. 문학의 위기 담론도 문학 생태의 변화 담론도 모두 독자라는 변수에서 발생했다. 독자의 위기 앞에 작가도 출판사도 뾰족한 대안을 마련하기 어려운 실정이다. 문학이 '쓰기'와 '읽기'의 마주 보기 형식으로 존재하기 때문이다. 문제는 문학이 아직도 '쓰기-읽히기' 관점에 머물러 있다는 점이다. 여기에는 문학 담론의 헤게모니를 생산자(작가)가 거머쥐어야 한다는 오랜 관습의 그림자가 드리워 있다. 자기 작품을 독자에게 읽혀야 한다는 가부장적 소통 방식 앞에 재생산자(독자)는 분연히 저항함으로써 문학 담론의 생태에 균열을 일으켰다. 또 하나, 문학 생산 방식에 나타난 변화에도 주목하고 싶다. 오랫동안 문학 생산 수단이었던 '책'의 영향력이 주춤해지는 사이 '온라인 플랫폼'이 확실하게 자리 잡았다. 문학의 재생산 방식이 독서를 떠나 온라인 '접속'으로 이동하는 중이다. 최근 문학 생태의 위기 담론은 이러한 문학 생산 방식의 변화와 무관하지 않다.

이러한 생산 방식의 변화를 일찍이 받아들였던 장르는 대중음악이었다. 음반 혹은 CD라는 음악 생산 수단이 음원 파일로 변환된 후, 음악을 재생산(소비)하는 방식에 획기적인 변화가 나타났다. 그것은 음악의 존재 방식을 새롭게 규정했다. 음원 시대가 되면서 음악은 감상(향유)되는 대상이 아니라, 소비되어 폐기되는 소모품으로 전락했다. 이런 재생산 패턴은 음악의 생산과 재생산 주기를 짧게 만들었다. 지금 대중음악만큼 발 빠르게 새로운 생산물이 나타나는 예술 장르는 없다. 문학도 대중음악이 걸었던 길에 접어든 형국이다. 웹소설 등 온라인 플랫폼을 통해 문학이 재생산(소비)되기 시작한 것도 오래전이다. 읽고 보관하던 책에서 읽고 삭제하거나 접속을 차단하는 방식의 문학 재생산 시스템이 가동하면서 문학의 존재 방식에도 변화가 불가피해진 셈이다.

이렇게 문학을 둘러싼 생태 환경이 변하는 동안, 그 생태계에서 살아가야 할 문학 구성체의 대응은, 우려 섞인 목소리에 비하면, 생각보다 미미했다. 책의 시대가 저무는 동안 붉게 물든 노을의 아름다움에 취해 있는지도 모르겠다. 그러나 이내 캄캄한 어둠이 내리리라는 것을 우리는 안다. 그래서 뒤늦게나마 문학은 어떻게 존재해야 하는지를 우리는 묻는다. 그러나 사실 문학은 어디에 존재해야 하는가, 하고 먼저 물어야 할 것이다. 문학의 존재 장소에 따라 그 존재 이유가 드러날 수 있다고 믿기 때문이다. 이미 소설이나 동화 같은 이야기 장르에서는 생산 단계에서부터 독자의 보이지 않는 개입이 이루어지고 있다. 문학의 존재처가 독자라는 사실에 동의한 것이다. 그러나 시나 시조 같은 서정 장르는 여전히 문학 생산 주체에 기대고 있다. 물론 서정 장르는 사적이고 내적이며 주관적이라는 사실을 모르지는 않는다. 그렇지만 재생산(읽기) 과정 없이 시(조)의 생산이 활발하기를 바랄 수는 없다. 재생산 주체(독자)의 생산 주체(작가)에 대한 저항은 강력하고 돌이킬 수 없는 시대적 흐름이다. 그렇다면 이제 어떻게 할 거냐?

참고할 수 있는 이야기가 없지는 않다. "우리는 '다른 목소리(the other voice)'를 통한 전언 방식과 소재의 다변화를 꾀하면서 동시에 우리 시대의 결핍 요소들을 채워 가는 이른바 '역진逆進'의 방식"[3]에 도전할 필요가 있다.

3 유성호, 「책머리에」. 『정격과 역진의 정형미학』, 작가, 2014, 7쪽.

'다른 목소리'의 근원을 탐색하고 그 가능성을 살피는 일은 문학 구성체 모두가 참여해야 할 논쟁거리다. 작가의 목소리와 독자의 목소리 그리고 매체의 목소리를 따져 묻고, 시(조) 장르의 격格과 형形과 식式이 요청하는 목소리를 캐물어야 한다. 어쩌면 시(조)의 격에서 작가의 목소리를, 형에서 독자의 목소리를, 식에서 매체의 목소리를 새겨들을 수 있을지도 모르겠다. 시(조)가 요구하는 생산자(작가)의 인격, 성격, 품격이 무엇인지 치열하게 논쟁이 이루어질 때, 시(조)의 재생산(독자의 읽기) 시스템이 가동될 것이다. 이러한 생산-재생산의 구조 속에서 온라인 플랫폼을 비롯한 다양한 영역에서 생산 방식이 결정된다면, 문학 생태 담론에 '다른 목소리'로 대응할 수 있지 않을까?

2021년 《동아일보》 신춘문예 시조 부문 심사평 가운데 '다른 목소리'의 징후가 있어서 소개한다. "말에 대한 철학이 필요하고 말에 대한 각성이 필요한 이 시대, …(중략)… 현실에 대한 안티테제적 외침"이 필요하다는 심사평에 귀를 기울여야 한다. 지금까지 생산자와 재생산자 그리고 생산 수단 같은 문학 구성체의 구조적 단위를 이야기했지만, 이들 사이를 유기적으로 연계해 주는 건 문학의 존재 형태인 '말', 즉 언어이다. 그러니까 '다른 목소리'는 사실 '다른 말'이고, '다른 말'에는 '다른 철학'을 담아내야 한다. 변화란 이런 다름을 요청하는 내적 힘의 움직임이다. 문학을 둘러싼 생태 환경이 지금까지와는 '다른 목소리'를 요청한다면, 우리는 기꺼이 그 요청에 '다른 말'로 응답할 수 있어야 한다. 익숙한 목소리에 저항할 때 정체된 문학 담론의 '안티테제'를 생산할 수 있다. 그러므로 이제는 문학의 생산-재생산의 주체와 생산 수단으로서의 매체, 존재 형태로서의 언어를 아우르는 문학 구성체에 관해 고민해야 할 시점이다. 그리하여 그동안 우리 문학이 '재현'해 왔던 '삶' 말고 잠재적인 '살아감'을 '표현'할 수 있는 문학 생산 방식에 대해 논쟁했으면 좋겠다.

문학과 사회의 역사 발전 단계에 따르면, 지금이야말로 근대문학의 '종언' 이후 새로운 문학의 '서언'을 요구해야 할 단계이다. 이 단계에서 새로운 문학의 '서언'을 쓸 수 있는 사람은 지금보다 조금 더 나은 영혼을 동경하는 사람일 것이다. 루카치에 따르면 동경은 모든 형식을 파괴하는 속성이 있다. 따라서 종언 시대 문학의 지배 형식을 파괴하고 새로운 문학의 '서언'을 쓰게 될 동경하는 자를 기다려 보기로 한다.

한국문학은 성공해야 하는가?
—한국문학의 세계화 가능성과 과제

1. 작가의 성취인가, 한국문학의 성공인가?

“소재는 한국적인 것으로 하되, 주제는 범세계적인 관심사로 해서 소설을 쓰면 한국문학은 어렵지 않게 세계문학이 될 수 있을 것이다.”(김성곤, 「문학의 집 서울」, 2021년 11월호, 8쪽)라는 메시지를 곧이곧대로 확정하는 일은 말하는 사람이나 듣는 사람 모두의 상황을 불편하게 만들 뿐이다. 말하는 쪽에서는 얼마간 과욕을 부려서라도 한국문학의 세계화 가능성에 방점을 찍고 싶었을 것이고, 한국문학의 세계화 명제를 기대하며 경청한 사람이라면 싱거운 이야기로 치부하고 말 내용이기 때문이다. 그럼에도 끊이지 않고 한국문학의 세계화 담론이 제기되는 데는 그만한 이유가 있을 것이다.

세계화 담론이 20세기가 남긴 유산이라는 사실을 부정할 사람은 많지 않을 것이다. 냉전체제가 해체되고 새로운 질서로 세계가 재편되는 과정에서 세계화는 우리에게 ‘강요된’ 생존 전략이자 우리에게 주어진 유일한 ‘선택지’였다. 세계화를 선두에서 이끈 것은 알다시피 자본과 시장의 논리였다. 우리의 경우 세계화는 국제통화기금(IMF)의 감독 아래 이루어진 셈이다. 그런 점에서 세계화는 주어진 것일 뿐, 우리의 의도나 의지가 제대로 반영되었다고 보기 어려운 측면이 있다. 이러한 세계화는 백여 년 전의 개화 담론을 연상케 한다.

그러다 보니 세계화 명제는 굴욕적인 그림자를 거느리고 있는 듯하다. 범위를 좁혀 문학을 대상으로 하더라도, 우리 문학의 세계화를 이야기하는 자리에는 늘 서구 유럽 사회라는 기준이 놓여 있고, 세계화의 문은 그 기준을 충족할 때만 열린다고 생각하는 분위기다. 이것은 일종의 인정받기다. 외국, 그중에서도 영어권 국가에 한국문학이 번역되는 것을 세계화의 일차적 목표로 상정하고 있다는 뜻이다. 그래서일까? 한강의 『채식주의자』가 맨부커 인터내셔널상(Man Booker International Prize)을 수상했을 때, 언론과 문단의 찬사는 떠들썩했다. 언론에서는 맨부커상이 노벨문학상, 콩쿠르상과 더불어 세계 3대 문학상이라고 강조하면서, 한강의 수상에 세계적인 권위로부터 인정받았다는 후광을 덧씌우기도 했다. 이 과정에서 한국문학이 세계적인 수준에 근접했다는 자랑을 은연중 마음에 품은 사람이 늘기 시작했다.

하지만 그건 의미 있는 이벤트였을 뿐, 한국문학의 세계화를 가늠하는 지표로 보기에는 무리가 있다는 지적도 만만치 않다. 평론가 오길영은 한강의 수상 소식으로 떠들썩했을 때, 이렇게 말한 적 있다.

> 맨부커 인터내셔널상이 권위 있는 문학상임은 분명하다. …(중략)… 훌륭한 상임에는 분명하지만 호들갑을 떨 일도 아니다. 비영어권 문학에 대한 대우와 인정의 표현이라고 보면 틀리지 않는다. 내가 이런 말을 하는 이유는, 이번에도 작가 개인의 수상을 두고 한국문학의 경사라니, 한국문학에 빛이 보인다는 등의 호들갑이 보이기 때문이다. 경사인 것은 분명하지만 그렇다고 저절로 한국문학의 위상이 높아지는 건 아니다. 모든 걸 국가대표라는 프레임에서 보려는 탓이다. 좋은 작품이 좋은 번역자를 만나 좋은 문학상을 받은 것뿐이다. 이 하나의 사례를 두고 마치 한국문학의 중흥이 오기라도 한 듯이 떠들 일이 아니다. 한 나라 문학의 부흥은 그런 식으로 오지 않는다. …(중략)…

> 마치 한 작가가 그 상을 받음으로써 비로소 한국문학이 뭔가 한 단계 높은 위치에 오른 것인 양 착각한다면 곤란하다. 그건 강하게 표현하면 문화적 식민주의의 또 다른 모습이다.[1]

오길영은 '작가 개인의 수상'을 '한국문학의 중흥'으로 받아들여서는 곤란하다는 점을 밝히면서, '문화적 식민주의'를 경계한다. 그 배경에는 한국 사회에서 유독 강하게 드러나는 '국가대표 프레임'이 있다고 지적하는데, 이런 현상은 한국 사회 특유의 공동체 의식이 발현된 까닭이다. 역사적으로 우리는 개인의 성취나 영달을 가문의 성취와 동일시해 온 버릇이 있다. 혈연 · 학연 · 지연 같은 연줄 의식도 마찬가지다. 개인의 성취는 그 개인이 속한 준거집단의 성취로 환원되므로 모든 개인은 그 자체로 집단의 대표성을 띨 수밖에 없다. 지금 생각하면 꽤 근사한 해프닝에 불과하지만, 노벨문학상 발표 시기가 되면 특정 시인의 집 앞에서 문전성시를 이루었던 언론의 풍경도 그런 예에 해당한다.

문화적 식민주의는 한국문학의 세계화 혹은 세계문학 속의 한국문학을 정립하려는 시도가 필연적으로 부딪치는 지점이다. 알다시피 한국에서 본격적인 근대문학은 서구 문학을 받아들이는 것에서 시작했다는 생각이 널리 퍼져 있고, 이후에 전개된 문학사는 서구 문학의 수용사에 가깝기 때문이다. 따라서 근대 이후의 한국문학은 이미 세계문학에 편입된 상태이며, 세계문학을 구성하는 소수의, 그리고 변방의 문학으로 존재해 왔다. 그럼에도 계속해서 한국문학의 세계화 담론이 제기되는 이유는 분명하다. 오길영식으로 말하자면, 그것은 순수한 의미에서 근대문학의 본산으로부터 '인정'받고 싶은 욕망이 크기 때문이 아닐까? 출판 시장의 확장도 두 몫쯤 거들었을 것이다.

1 오길영, 「작가는 국가대표가 아니다」, 『아름다움과 지성』, 소명출판, 2020, 355~356쪽.

2. 『저주토끼』의 도전과 한국문학에 드리운 문학적 주술

한강의 맨부커 인터내셔널상 수상 소식은 한국 사회에 노벨문학상 말고 세계적인 문학상의 존재를 알리는 계기였다. 이후 비영어권 작품이 국내에 번역 소개되는 자리에는 맨부커상 수상 이력이나 후보작에 선정되었다는 정보가 핵심으로 담겼다. 언론에서도 매년 맨부커 인터내셔널상 수상자 선정에 촉각을 곤두세웠다. 이런 현상은 노벨문학상 수상 시기의 풍경과 무척 닮은 것처럼 보인다. 이에 비례하여 노벨문학상에 대한 언론과 문단 그리고 대중적 관심이 줄어든 건 기억해 둘 만하다. 어쩌면 한국문학이 도전할 수 있는 현실적인 목표가 맨부커 인터내셔널상 정도가 아니겠는가 하는 세간의 실망이 반영되었을 것이다.

어쨌건, 한국문학이 한국 독자는 물론 다양한 국가의 시민에게 읽힌다는 건 작가에게는 의미 있는 일이다. 덩달아 그 작가에 연줄이 닿아 있는 '한국' 나아가 '한국문학'에도 어떤 식으로든 뜻깊은 일이다. 이것은 한국문학이 오래전부터 한국 작가의 작품을 번역하고 해외에서 출판하는 사업을 꾸려 온 보람이다. 알다시피 21세기 벽두에 한국문학번역원이 출범하면서—1996년부터 2000년까지는 (재)한국문학번역금고를 운영하여 한국문학 해외 선양 사업을 추진했었다.—'한국의 문학과 문화를 해외에 전파하여 세계 문화의 형성에 기여하고자 하는 한국 정부의 뜻을 실천'해 오고 있다. 한국문학번역원 출범 이후 번역원에서 지원한 번역 출간 지원 작품은 1,800건이 넘는다. 최근 몇 년간의 정보를 보면 해마다 130여 건에서 180여 건의 해외 출판이 이루어지고 있다. 2022년은 7월 말 기준으로 63건으로 공시되어 있다(한 작품을 여러 나라의 언어로 번역 출간한 경우 그것을 개별 건으로 산정하고 있으므로 해외에 번역되는 국내 작품의 수는 줄어든다).

한국문학을 외국에 번역 소개하는 일은 공적 자금을 투입하든 그러지 않든 우선은 마땅한 일이고 필요한 사안이다. 그리고 그간의 노력 덕분에 드물게나마 해외에서의 동의와 인정을 받는 한국문학이 심심찮게 나타나고 있다. 2019년 김혜순의 시집『죽음의 자서전』이 그리핀 시 문학상(Griffin Poetry Prize)을 받는가 하면, 윤고은은『밤의 여행자들』이라는 작품으로 2021년 영국 추리작가협회(CWAW)에서 주관하는 대거상의 번역추리소설 부문을 수상하기도 했다. 손원평의 소설『아몬드』는 2022년 일본 서점대상 번역소설을 수상했는데, 주목할 점은 이 상은 출판사나 작가, 평론가들이 선정하지 않고, 온 · 오프라인에서 책을 직접 판매하는 점원들의 투표로 결정되었다는 사실이다. 손원평의 경우 국내 작가의 작품이 해외에서 대중적인 구매력을 확보할 수 있다는 지표가 되기에 충분해 보인다.

그러나 2022년 올해 특별하게 눈에 띄는 '사건'이 있었다. 2022년 맨부커 인터내셔널상에 정보라의『저주토끼』가 최종 후보작 6편 중 한 편으로 선정된 것이다(박상영 소설가의『대도시의 사랑법』이 1차 후보에 있었다는 점도 기억해 둘 만하다). 수상에는 실패했지만 정보라의『저주토끼』는 그동안 한국문학이 해외에 번역 소개했던 작가 및 작품류와 얼마쯤 거리가 있다는 점에서 눈길을 끈다. 세부적으로 보면 이견이 있을 수 있지만, 그간 한국문학을 번역 소개하는 과정에서 눈에 띄는 특징은 국내에서 상당한 인지도를 얻은 작가와 문학적 완성도에 대한 우호적인 평가를 얻은 작품이 주로 선정되었다는 사실이다. 2022년에 한국문학번역원 지원 사업을 통해 해외에 번역된 주요 작가는 한강, 정유정, 김언수, 황정은, 김혜진, 서수진, 황석영, 배명훈, 장강명, 박완서, 이기호, 장은진, 강화길, 조남주, 이꽃님, 김숨, 김초엽 등 한눈에도 이미 작가적 역량과 작품의 대중성을 인정받은 작가들이다.

이들에 비해 국내 문단에서의 인지도나 작품의 대중적 관심이 높지 않은 정보라의 작품이 맨부커 인터내셔널상 최종 후보작에 선정되었다는 것은 두 가지 면에서 주목할 만하다. 하나는 정보라가 거의 알려지지 않은 소설가라는 점이고, 또 하나는『저주토끼』가 한국문학에서 오랫동안 독점적 지위를 누려 왔던 순문학(?) 혈통으로부터 반걸음쯤 비켜서 있다는 사실이다.『저주토끼』에 실린 작가 소개에서 눈여겨본 지점은 정보라 작가가 "SF와 환상문학을 쓰기도 하고 번역하기도 한다"라는 대목이다. 실제로 그는 중편「호」로 제3회 디지털작가상 모바일 부문 우수상을, 단편「씨앗」으로 제1회 SF 어워드 단편 부문 본상을 받은 것으로 알려져 있다. 디지털작가상은 로맨스, 역사물/팩션Faction, 추리, 판타지/SF 등을 공모 부문으로 하는데, 문화체육관광부에서 후원하고 (사)한국전자출판협회에서 주관한다. 이를 통해 알 수 있는 것은 디지털작가상이 대중적인 소재와 스토리 위주의 작품을 요구한다는 점이다.

어느 날 물을 내리고 화장실을 막 나오려 할 때였다.

"어머니."

그녀는 뒤를 돌아보았다. 변기 속에서 머리가 하나 튀어나와 그녀를 부르고 있었다.

"어머니."

그녀는 '머리'를 한참 동안 가만히 쳐다보았다. 물을 내렸다. 쏴아 하는 소리와 함께 '머리'는 사라졌다.

그녀는 화장실을 나왔다.

—「머리」 부분

S12878호는 전원을 넣자마자 웃으며 나를 바라보았다. 이번에 새로 추가된 기능이다. 섬세하고 작은 변화이지만 무척이나 정교하게 구현되었다. 앞으로 나올 모델들은 기종에 따라 수줍게 웃거나 눈을 살짝 내리깔았다가 쳐다보거나 대담하게 웃으며 손을 내미는 등 여러 가지 행동 양식을 추가해서 '성격'을 시뮬레이션해도 좋을 것 같다. 나는 이런 사항들을 '비고'란에 간단히 입력했다.

이제 상호작용을 시험해 봐야 한다. '첫인사'다.

"안녕."

내가 말했다.

「안녕하십니까.」

S12878호가 인사를 받았다. 내가 물었다.

"넌 이름이 뭐니?"

「제 이름은 샘Sam입니다.」

—「안녕, 내 사랑」 부분

이것은 오래전에 어디선가 읽은 이야기이다.

옛날에 어떤 남자가 겨울에 눈 덮인 산길을 가다가 덫에 걸려 몸부림치는 여우를 보았다. 여우의 털가죽은 돈이 되므로 남자는 여우를 죽여서 그 가죽을 가져가려고 가까이 다가갔다. 그러자 여우가 고개를 들고 마치 사람처럼 남자에게 말했다.

"나를 풀어 주시오."

남자는 깜짝 놀랐다. 그러나 동시에 남자는 덫에 끼인 여우의 발목에서 번쩍이는 액체가 흘러나오는 것을 보았다. 여우는 피가 아니라 황금과 같은, 황금처럼 보이는 것을 흘리고 있었다.

—「덫」 부분

인용문은 『저주토끼』에 실린 단편들의 도입부다. 「머리」는 기담奇談처럼 보이고, 「안녕, 내 사랑」은 SF 서사의 전형적인 출발점이다. 그리고 「덫」은 전래담의 한 형태라고 할 수 있다. 이런 류의 서사는 인류의 문명사와 생활사가 복잡하게 분기하고, 세목으로 분화되기 이전의 삶을 다루는 특징이 있다. 이는 각 민족의 창조 신화나 건국신화가 발생 모티프나 서사 구조에서 상당 부분 유사한 모습을 보인 것에서 확인할 수 있다. 게다가 이런 서사는 지엽적으로는 삶의 양상을, 거시적으로는 세계 인식의 한계를 비유적으로 포착해 내는 특징이 있다. 이를테면 가장 오래된 이야기인 신화에서부터 최신의 삶, 나아가 도래할 삶을 미루어 반영하고 있는 SF 서사까지 시차를 초월하는 서사적 긴장과 단순한 구조가 있다는 것이다.

정보라의 『저주토끼』는 한국어로 창작되어 영어로 번역되었다. 이 과정에서 필연적으로 번역되지 못한 잉여의 서사와 정동이 남을 수밖에 없다. 이러한 개별 언어의 번역 한계와 구체적 뉘앙스의 누락을 극복하기 위해 정보라가 채용한 전략은 인류 보편적 서사담이었고, 세부 장르가 뭐건 간에 판타지적 요소에 전체 서사를 기대어 놓았다. 이렇게 판타지에 기대는 서사담은 비유적일 수밖에 없다. 내 생각에는 이것이 『저주토끼』가 영국에서 주목받은 가장 그럴듯한 이유이다. 비유 서사는 이야기의 발생 배경이나 서사 맥락을 삭제하더라도 해석하고 이해하는 일에 왜곡이나 누락이 거의 없다. 게다가 비유 서사는 독자의 상황 맥락이나 문화적 배경을 반영하여 상상적으로 새롭게 읽어 낼 수 있는 맥락의 공백이 존재한다. 독자들이 자기 서사를 반영하여 감상할 수 있는 장르 가운데 하나가 디즈니의 애니메이션일 것이다. 이들이 표방하는 것은 민족 · 국적 · 인종 · 성별 등을 뛰어넘는 보편적인 서사이고, 그들이 주로 사용하는 방법은 판타지다. 판타지라는 보편적 서사에는 숨구멍처럼 서사 맥락의 공백이 존재하는데, 이 지점이 문화적으로 다른 사람들이 이물감 없이 서사에 다가가게 해 주는 쿠션으로 작용한다.

이런 관점에서 최근 한국문학의 주류에 극적으로 편입되고 있는 SF 장르는 한국문학이 세계문학으로 영역을 확장할 수 있는 중요한 교두보라는 생각이다. 김초엽의 『우리가 빛의 속도로 갈 수 없다면』이나 천선란의 『천 개의 파랑』 등은 재미와 문학성을 동시에 충족시켜 주는 것으로 인정받고 있다. 얼마 전까지 문학적 변방이라고 여겼던 SF 서사는 이제 많은 예비 작가들이 도전하고 싶은 무대가 되었고, 복도훈의 『SF는 공상하지 않는다』 같은 SF 서사에 대한 본격적인 평론집도 발간되고 있다. 이런 상황은 우리가 그동안 삶의 지평이라고 견고하게 믿었던 일상이 더는 우리의 두 발을 지탱해 주지 않는다는 걸 문학적으로 반영한 결과다. SF는 이제 환상이나 가상이 아니라 현실에 안착하고 있으며, 이러한 사실은 종언론에 매몰되고 있는 근대문학에 신선한 공기를 불어넣고 있다. 이렇게 그간 장르문학으로 치부하고 경원시했던 SF 서사, 판타지 서사 등을 과감하게 받아들이고 있는 것으로도 한국문학은 '한국'이라는 한정 요소를 탈거할 준비를 하는 게 아닐까?

3. 김혜순의 시적 자전과 인류사적 운명, 타나토스

소설과 달리 시는 좀체 다른 언어로 옮겨 적기 어려운 장르다. 개인적인 경험이지만, 나는 국내에 번역 소개된 외국 시인의 시집에서 결정적인 시적 감흥을 발견하는 데 매번 실패한다. 번역하는 과정에서 상실되거나 변질되는 문학적 잉여가 많기 때문이다. 그러나 쥘리아 크리스테바의 말을 참고한다면 생각이 달라질 수도 있다. 그는 "제가 생각하는 시 쓰기는 시간을 헤치고 나가는 상처처럼 새로운 탄생을 가능케 해 주고, 우리들과 저로 하여금 인터넷 사용자들의 시 쓰기와 수아드가 자신의 웃음 속에서 새로 태어나는 가냘픈 떨림을 더 잘 듣도록 해 줍니다"[2]라고 했다. 여기서 '수아드'는 식욕부진증으로 치료를 받은 회교도 가정 출신 열네 살 여자아이다. 수아드는 인터넷에서 IS를 흠모하고 실제로 그들을 위해 봉사하고 자기를 희생할 생각을 하고 있었다. 그런데 어느 날 심리 분석 치료자들에게서 프랑스어로 번역된 아랍 시집 한 권을 빌려 읽게 되면서 수아드는 크리스테바의 말처럼 '자신의 웃음 속에서 새로 태어'날 수 있었다. 같은 글에서 크리스테바는 이런 이야기도 했다.

> 시적 언어는 모국어를 펼쳐 내며 정체성, 특히 국가적 정체성을 열

2 쥘리아 크리스테바, 「비탄의 시대에 시인들이 무슨 소용이 있는가?」, 스베틀라나 알렉시예비치 · 고은 · 김우창 외, 『새로운 환경 속의 문학과 독자』, 민음사, 2017, 320~321쪽.

어 주고 새롭게 합니다. 정체성은 시대에 뒤떨어진 반동적인 것이 아니라, 제가 강조하지만 무력감을 치료해 줍니다. 그럼에도 시인에게 정체성이란, 제가 이해한 바로는, 첼란이 말한 대로 상처로 남아 있는데, 그곳에 개별적인 숨결이 각인되어 여러 정체성들의 시기를 지나는 동안 견디게 해 주며, 콜레트가 말한 것처럼 영원히 다시 태어납니다.[3]

크리스테바가 말하는 '정체성'은 '상처'의 형식으로 보존되어 있으며, 상처를 바로 볼 수 있을 때 인간은 무력해진 자기를 독려하고 격려할 수 있다. 그렇게 해서 우리는 "영원히 다시 태어"날 수 있다. 이렇게 본다면 모국어로서의 '시적 언어'는 자기 상처로 이끄는 내비게이션으로 기능할 가능성이 커진다. 문제는 '모국어'다. 내가 알기로 세상의 어떤 모국어도 다른 사람의 모국어로 온전히 번역되지 못한다. 하나의 국가 내에서도 마찬가지다. 심지어 가족 내에서도 모국어는 같지 않다. 아니, 완전히 다르다. 우리가 한국어를 공유한다고 해서 '시적 언어'로서의 모국어까지 공유하는 것은 아니다. 편의상 국가 공동체를 염두에 두고 모국어라고 칭하지만, 엄밀하게 말하자면 모국어는 개인의 고유한 언어에 해당한다. 한국어 사용자로서 우리의 언어는 공유하고 공감할 수 있는 여지로 충만하지만, 정체성이나 내적 상처를 따져 들어가면 결정적으로 달라지는 지점이 생긴다. 그곳이 크리스테바가 말하는 "개별적인 숨결이 각인"된 상처들의 영역이다.

모국어의 정체성이 지닌 역설이 여기에 있다. 하나의 언어가 다른 언어로 번역될 때, 모국어 내에서 공유되고 공감되는 통상적인 콘텐츠는 탈락하거나 소실될 가능성이 커진다. 한국의 정서나 문화적 맥락이 영어로 온전히 재구성되지 못하는 것이다. 반면 모국어에서 공유되기 어려운 개인의 정체성이나 내적 상처 같은 개별적인 숨결이 각인된 콘텐츠는 다른 언어의

---

3 같은 곳.

문장으로 번역되기는 어렵지만, 충분히 전달되고 해명될 수 있는 것 같다. 공동체의 모국어는 번역될 수 있지만 전달되기 어렵고, 개별적인 숨결이 각인된 모국어는 번역되기 이전에 충분히 전유될 수 있다는 뜻이다. 여기에서는 전유되는 게 중요하다. 어떤 경험을 온전히 자기 것으로 받아들인다는 이 용어의 심층에는 경험된 텍스트에 수용자의 '개별적인 숨결을 각인'하는 과정이 전제되어 있기 때문이다.

김혜순의 시가 영어권 독자에게 전유될 수 있었던 이유도 마찬가지다. 김혜순의『죽음의 자서전』에는 시인의 개별적인 숨결과 상처가 각인되어 있다. "전철에서 어지러워하다가 승강장에서 쓰러진 적이 있었다. 그때 문득 떠올라 나를 내려다본 적이 있었다. 저 여자가 누군가. 가련한 여자. 고독한 여자. 그 경험 다음에 흐느적흐느적 죽음 다음의 시간들을 적었다. 시간 속에 흐느끼는 리듬들을 옮겨 적었다"[4]라는 말에서, 그의 시가 개별적인 숨결을 얼마나 명징하게 각인하고 있는지 짐작할 수 있다.

> 흰 토끼는 죽어서 빨간 토끼가 된다.
> 죽어서도 피를 흘렸기 때문이다.
> 잠시 후 빨간 토끼는 검은 토끼가 된다.
> 죽어서도 썩었기 때문이다.
> 토끼는 죽었기 때문에 자유자재로 커지기도 하고 작아지기도 한다.
> 커질 땐 구름 덩이 같고 작아질 땐 개미 같다.
> 너는 개미 토끼를 귓속에 넣어 본다.
> 개미 토끼 한 마리 귓속의 너른 풀밭 다 먹어 치우더니
> 먹구름보다 큰 새끼 두 마리 낳는다.
> 귀가 멍멍하다. 소리가 모두 멍멍하다. 귀가 죽어 간다. 토끼가 죽

4 김혜순, 「시인의 말」, 『죽음의 자서전』, 문학실험실, 2016, 126쪽.

어 간다.

죽은 토끼는 가끔씩 피 묻은 생리대로 환생한다.
너는 팬티 속에서 죽은 토끼를 꺼낼 때가 있다.

죽은 토끼를 꺼내서 다달이 벽에 걸었다.

토끼 귀처럼 냄새나는 울음을 벽에 걸었다.

—「달력: 이틀」 전문(『죽음의 자서전』)

『죽음의 자서전』은 김혜순의 모국어로 씌었지만, 그것을 한국인으로서의 모국어로 보는 건 바람직하지 않다. 그의 시는 한글 자모음의 연속체에 불과할 뿐, 기존 개념으로서의 모국어라고 부르기 곤란하다. 시집에는 오롯이 김혜순의 숨결이 담겨 있고, 그 숨결에는 전적으로 김혜순의 상처가 각인되어 있다. 이 말은 김혜순의 시에는, 설사 그가 한국인이라고 하더라도, 누구의 상처도 개입되지 않았다는 뜻이다. 그러므로 그의 시를 읽는 일은 한국어를 독해하는 일이 아니라 김혜순이라는 존재를 해독하는 일이 된다. 그럴 때 시적 언어는 부차화되고, 다른 언어로 번역되더라도 시적인 존재의 상실은 최소화된다. 게다가 그의 시는 비유의 사다리를 자유자재로 옮겨 다니기 때문에 다른 언어로 번역되기보다는 다시 창작되기를 요구한다. 「달력: 이틀」에서 토끼, 죽음, 피, 개미, 먹구름, 생리대, 울음 같은 시어를 곧이곧대로 번역해서는 이 시의 존재론적 숨결에 도달할 수 없다. 이 사실은 강조될 필요가 있다. 한국문학의 세계화를 이야기하는 자리마다 '번역'의 질적 · 양적 수준이 거론되지만, 김혜순은 번역 이전에 모국어를 사용하는 시인의 개별적인 숨결이 시급하다는 사실을 실천적으로 증명하기 때문이다. 모국어의 맥락과 배경 위에서 창작된 시가 아니라, 스스로 자기 존재의 배경과 맥락을 창조해 가는 시 쓰기가 필요하다는 뜻이다.

이런 관점에서 이천 년대 한국시가 나아가는 방향은 긍정적으로 보인다. 모국어의 공동체적 강박—한국적인 역사와 문화의 특수성 위에 올라서고자 하는 욕망—을 벗어나려는 시도들이 있고, 실제로 모국어의 개별적 숨결—존재의 상처를 응시하고 다시 태어나고자 하는 욕망으로서의 정체성—을 파고드는 시가 많아졌다. 최근의 시가 공동체적 강박에서 개별적인 숨결로 축소된 세계를 포착함으로써 역설적으로 다른 모국어로 번역되고 재창조될 수 있는 여지를 확보하게 된 것이다. 따라서 한국문학은 세계문학에 편입되기 위해 분투하는 문학이 아니라, 세계문학으로서의 정체성을 이미 확보한 문학이라는 판단이다.

4. 한국문학은 더 큰 삶을 말해 줄 수 있는가!

지금까지 한국문학은 서구라는 타자로부터 인정받는 일에 각별하게 관심을 보였다. 한국 작가의 해외 문학상 수상은 국위 선양의 차원에서 받아들여졌고, 심지어 이민진의 『파친코』 사례처럼 '한국계 작가'가 영어로 쓴 소설이 주목받는 일마저도 한국문학이 이룬 성과와 유사한 수준으로 받아들이는 경향이 있었다. 고개를 끄덕이고 넘어갈 수 있는 일이겠지만, 숨을 한번 고르고 다시 생각해 보면 여전히 한국문학은 세계문학이라는 거대 타자로부터 자유롭지 않다는 생각이다. 이 생각의 밑자리에는 서구로부터 인정받고자 하는 불가능한 욕구가 깔려 있다. 게다가 언제부터인가 세계문학과 어깨를 나란히 견주고자 하는 조급함이 한국 문단을 마취하고 있다는 혐의를 지울 수 없다.

그런 점에서 '한국문학의 세계화'는 교묘하게 자신을 위장한 불온한 수사일 확률이 높다. 그 검은 베일을 벗겨 보면 그 안에는 '문학 상품의 세계화'라는 민낯이 숨어 있을 것이다. 이에 관해 소설가 최윤은 "문학이 세계화와 연관해서 우려할 만한 입장은 바로 언어예술 작품이 지닌 특수성으로 인해서 세계화에 저항하는 지점들을 도외시하고 여느 상품의 세계와 논리 속으로 문학을 끌어들이려는 시도들"[5]을 경계한 바 있다. 물론 전 지구적 자본주의 체제에서 문학의 상품화를 부정할 수는 없다. 한국문학이 성장하고 성숙하려면 출판 산업의 성장과 성숙을 도모하는 게 당연하다. 그렇더라도 한국문학의 세계화는 그 명제가 누락하고 있는 것을 분명하게 밝힐 필요가 있다. 따라서 한국문학의 세계화라는 명제를 위해, 한국문학이 세계적인 출판 시장의 유통 구조에 편입되려면 어떻게 해야 하는가, 라는 질문이 필요하지 않을까? 그럴 때 한국문학은 세계 시장에 놓인 하나의 '상품'이 될 수 있다. 그런 다음 세계적인 문학 유통 시장에 내놓을 상품의 질적 수준을 고민해야 한다. 이 문제는 수전 손택이 독일 서적출판조합 평화상을 받으면서 했던 연설의 한 단락이 좋은 참고가 될 수도 있겠다.

> 문학, 세계문학을 접할 수 있다는 것은, 국가적 허영, 속물주의, 강압적 지역주의, 알맹이 없는 교육, 결함 있는 운명과 불운의 감옥에서 탈출하는 길이었습니다. 문학은 더 큰 삶, 다시 말해 자유의 영역에 들어가게 해 주는 여권이었습니다.
>
> 문학은 자유였습니다. 독서와 내성內省의 가치가 끈질기게 위협받는 요즈음, 더더욱 문학은 자유입니다.[6]

인용문의 첫 문장을 읽고 나면 100여 년에 불과한 한국 근대문학의 흐름과 교묘하게 겹친다는 느낌을 받는다. 1980년대까지 국가주의 혹은 민주주의적 관점의 문학이 이어졌다면 1990년대부터는 출판이 하나의 산업으로 확장하면서 후기자본주의적 속물주의가 한국문학을 잠식해 버렸다. 그렇

---

5 최윤, 「세계화와 문학적인 것의 회복」, 르 클레지오 · 가오싱젠 · 김우창 외, 『세계화 속의 삶과 글쓰기』, 민음사, 2011, 197쪽.

6 수전 손택, 홍한별 옮김, 『문학은 자유다』, 이후, 2007, 274쪽.

다면 이천 년대 이후 한국문학의 모습은 어떤가? 지난 세기와 비교하면 한국적 · 민족적 · 이념적인 부분에서 훨씬 자유로워졌다. 반면에 한국문학은 과거보다 출판 자본에 깊이 종속되었다는 우려 섞인 말들이 떠돌고 있다. 작가가 문학 창작자의 정체성을 희석하고 자본 생산을 위한 소모품으로 전락하고 있다는 목소리가 심심찮게 들린다. 눈에 띄는 사례는 『82년생 김지영』의 작가이다. 2016년 10월에 출간된 이 소설이 이듬해 베스트셀러가 된 후, 작가는 『그녀 이름은』(2018), 『사하맨션』(2019), 『귤의 맛』(2020), 『우리가 쓴 것』(2021), 『서영동 이야기』(2022) 등 1년에 한 권꼴로 장편소설을 출간하고 있다. 그사이에 단편 소설도 적지 않게 발표했다.

작가의 창작 역량에는 개인차가 있고, 매년 장편소설 한 권 분량의 원고를 써내는 일이 버겁지 않은 작가도 있을 것이다. 그럼에도 한국문학이 소위 뜨는 작가를 '다루는' 방식은 소모적이라는 혐의에서 자유롭기 어렵다. 자본주의의 속성을 보여 주는 '물 들어올 때 노 젓는다'라는 유행어가 문학 담론에도 유효한 상황이 되고 있다. 그래서 '문학은 자유였습니다'라는 수전 손택의 말에 더욱 귀를 기울이게 된다. 이 말은 우리가 세계문학이라고 여기는, 서구라는 인정 집단으로부터 얼마나 자유롭지 못한가를 돌아보게 한다. 그뿐만 아니라 작가들이 자본주의적 출판 시스템을 유지하기 위해 얼마나 소모되고 있는지를 따져 묻게 한다. 수전 손택은 말했다. 그러한 "감옥에서 탈출하는 길"은 "세계문학을 접할 수 있"을 때이며, 그럴 때 "문학은 더 큰 삶, 다시 말해 자유의 영역에 들어가게 해 주는 여권"이라고. 과연 지금 한국문학은 세계문학으로 성공하는 일보다 "더 큰 삶"을 말할 준비가 되어 있는가?

그것은 한국문학이 서구라는 빛을 받아 비추는 달이기를 그만두고 스스로 빛을 낼 수 있을 때 가능할 것이다. 문화적 식민주의를 청산할 때 한국문학은 세계문학이 될 수 있다는 뜻이다. 그러자면 더더욱 한국문학은 자유로워야 한다. 서구의 시선으로부터 자유로워야 하고, 출판 자본의 손길로부터도 마찬가지다. 그러나 무엇보다도 한국문학이 세계문학으로 성공해야 한다는 명제로부터 가장 자유로워야 한다. 그럴 때 한국문학은 세계시민을 "자유의 영역에 들어가게 해 주는 여권"이 될 수 있을 것이다.

"내가 있다"—신 되기로서의 시 쓰기

—이천 년대 시의 몸과 감각적 주술성

1.

신화학자 조셉 캠벨은 "신화 자체가 노래인 것이지요. 육신의 에너지로부터 부추김을 받는 상상력의 노래, 이것이 신화입니다"[1]라고 강조했다. 폭넓게 받아들이자면, 그가 말한 상상력의 노래는 신화뿐만 아니라 현재 우리가 예술이라고 규정하는 거의 모든 분야를 포섭할 것이다. 사실 음악이나 미술 그리고 문학의 역사에서 신의 그림자를 지워 내고 나면 남는 게 별로 없기도 하다. 그런데 그의 말에서 특별히 눈길을 끄는 것은 상상력의 노래가 육신의 에너지로부터 부추김을 받는다는 대목이다. 그것은 신성함의 역사가 육체와 정신, 몸과 마음의 분리를 기반으로 성립되어 왔다는 그간의 통념을 정확하게 위반한다. 몸의 죽음으로 영생을 얻는다는 신화적 설정이 20세기 내내 우리 삶과 윤리의 정서적 토대로 작용했던 걸 알고 있다. 어떤 이유에선지는 모르지만, 이분법적 사유 방식은 포용적 관계망이 아니

1 조셉 캠벨 · 빌 모이어스, 이윤기 옮김, 『신화의 힘』, 고려원, 1996, 66쪽.

라 배타적 소외를 강화했다. 욕망의 너저분한 덩어리인 몸보다는 신의 음성과 소통할 수 있는 정신이야말로 인간 존재의 본질이라는 관점이 오랫동안 우세했다.

이런 사정을 알고 있다면 신화가 몸의 부추김에 뿌리내리고 있다는 캠벨의 저의는 의아할 수 있다. 그러나 곧바로 그는 같은 책에서 "정신이라는 것은 삶의 향연입니다. 그것은 삶으로 들어가는 것이 아니라 삶에서 나오는 것입니다. 모신母神을 섬기는 종교는 적어도 이것을 바로 보고 있어요. 모신을 섬기는 종교에서는 세상이 곧 여신의 몸이자 여신 자체이지요"라고 부연한다. 그에 따르면 정신이 삶에서 나오는 것이라는 점과 상상력이 몸의 부추김으로 발생한다는 관점을 다르게 볼 필요는 없다. 계속해서 그는 '세상이 곧 여신의 몸'이라는 이야기를 하는데, 그의 말을 정리하면 정신은 삶에서 나오고, 그 삶이 펼쳐지는 세상은 여신의 몸이 된다. '여신의 몸'에서 삶의 향연인 정신이 나온다는 것이다. 신에게 바치는 모든 희생 제물이 사람이든 동물이든 몸의 형식으로 이루어져 있다는 점은, 그런 의미에서 다분히 상징적인 퍼포먼스일 것이다.

이것만으로는 충분치 않다면 니체의 이야기를 들어보는 것도 나쁘지 않을 것이다. 『비극의 탄생』에서 니체는 다음과 같이 강조한다.

> 그리하여 이제 신화 없는 인간은 영원히 굶주려서 모든 과거들에서 이리저리 땅을 파헤치며 뿌리를 찾고 있다. 설령 그가 가장 멀리 떨어져 있는 고대에서 뿌리를 캐내야만 하다고 해도 그렇다. 충족되지 않은 현대 문화의 저 거대한 역사적 욕구, 수많은 다른 문화들의 수집, 불타는 인식욕은 신화의 상실, 신화적 고향의 상실, 신화라는 어머니 품의 상실을 의미하는 것이 아니라면 무엇을 의미하는 것이겠는가?[2]

2 프리드리히 니체, 박찬국 옮김, 『비극의 탄생』, 아카넷, 2007, 274~275쪽.

이 글은 신화 상실의 원인이 인간의 "불타는 인식욕"에 있다는 걸 강조한다. 이는 역설적으로 신화가 인식 주체인 정신(영혼)보다는 감각 주체인 몸과 얼마나 친밀한 관계인지를 암시한다. "신화라는 어머니 품"은 캠벨이 말한 '여신의 몸'의 다른 표현이다. 이 대목에서 우리는 '어머니'의 원형성과 신화를 긴밀하게 연결해 왔고, 그런 의미에서 모성母性으로서 생명을 탄생시키는 자연성을 신화의 핵심 가치로 삼아 왔다는 사실을 기억할 것이다. 그간의 문학 문화 연구에서 생명의 탄생과 소멸의 순환을 중심으로 신화성을 해명해 온 과정이 맞춤한 예가 될 것이다. 그러나 인용 글에서 니체가 신화 없는 인간은 영원히 굶주린다는 '감각'의 문제를 제기하는 것에 주목할 필요가 있다. '불타는 인식욕'에 따른 신화 상실은 육신의 감각 소멸과 다르지 않다는 게 니체의 사유다. 인용문 바로 앞 문장에서 니체는 "신화의 파괴를 목표로 한 저 소크라테스주의의 귀결로서의 현대의 모습"을 언급하고 있는데, 니체가 말하는 소크라테스주의는 "아름답기 위해서는 모든 것이 지적으로 이해될 수 있어야만 한다"[3]라는 사실로 미루어 소크라테스주의는 반육신적/반감각적이라는 사실을 알 수 있다. 이 점을 이해한다면 신화는 육신의 에너지가 부추기는 상상력의 노래라는 사실에 충분히 동의할 수 있다. 그럴 때 육신의 에너지는 감각으로 치환되고, 감각적 형상화에 도전하는 예술이야말로 신화 그 자체라는 점이 완성된다.

그러므로 시는 원론적인 의미에서 그 자체로 신화일 수 있다. 시의 언어 작동 방식이 비유, 특히 은유를 내세운다는 점은 시의 신화적인 특성을 각별하게 증명한다. 신화가 드러난 이야기와 감추어진 진실을 구분한다는 점에서 그렇다. 보이는 걸 통해 보이지 않는 대상을 소환하는 기법은 시와 신화가 공유하는 방식이다. 이때 보이는 대상 앞에서 보이지 않는 대상을 호출하는 것을 우리는 주술이라고 해 왔다. 그런 까닭에 신화를 이야기하는

3 위의 책, 164쪽.

자리에는 주술이 언제나 그림자처럼 따라다닌다. 서정주의 시에서 신화 담론을 끌어내는 글마다 주술성이 빠지지 않는 이유이다. 이렇게 신을 대상화하여 호출하는 주술로서의 시 쓰기 방식은, 21세기 들어 스스로 신의 목소리를 발화하는 방식으로 전략을 수정한 듯하다. 이번 세기 초에 관심을 끌었던 일명 '미래파' 시에서 그 점이 강하게 드러난다. 그들의 시는 이전과는 다른 감각으로 '몸' 담론을 형상화했으며, 감각적으로도 다른 차원으로 도약하는 새로움을 보여 주었다.

2.

우리 시가 본격적으로 몸에 관심 두기 시작한 건 이천 년대이다. 그것은 시적 시선이 지난 세기의 사회 · 역사적 토대로부터 회수되어 '나'라는 자기를 향하기 시작했다는 뜻이다. 알다시피 20세기를 지나는 동안 우리 시는 사회 · 역사 · 현실 같은 삶의 조건들에 주목했다. 그건 인간의 삶이 그를 둘러싼 역사적 조건과 무관하지 않다는 걸 강조한 결과였다. 그러나 세기가 바뀌면서 조건들—이념적, 정치적, 윤리적—의 영향력이 힘을 잃었다. 현실사회주의가 몰락하는 과정에서 이념 공동체가 해산하고, 신자유주의 체제의 가열한 경쟁 구도에서는 개인의 개별적 생존이 무엇보다 절실한 문제가 되었다(과거에는 개인의 생존이 공동체와 운명을 같이한다고 믿었고, 그것이 삶과 예술의 실천으로 나타났었다). 삶에서 터져 나오는 아우성(상상력의 노래)의 근원이 외부—역사적 조건 같은—가 아니라 '자기'라는 조건에서 비롯한다는 자각이 시작된 것이다. 세기 전환기에 우리 사회에서 관심을 끌었던 '자기 계발' 담론은 그런 현상이 얼마나 보편적이었는지를 설명해 준다. 그동안에 삶의 원인과 동력이 외부에 있다고 믿었다면, 세기가 바뀌는 동안 삶의 동력을 자기 내부에서 찾기 시작한 것이다.

이렇게 변해 가는 삶의 패러다임이 예지력 있는 시인들에게 포착되는 건 당연했다. 몇몇 시인들이 자기 기원에 천착하기 시작했고, 그 직접 대상으로 '몸'을 내세우기 시작했다. 김경주 시인이 "외로운 날엔 살을 만진다// 내 몸의 내륙을 다 돌아다녀 본 음악이 피부 속에 아직 살고 있는지 궁금한 것이다"(「내 워크맨 속 갠지스」)라며 몸을 더듬는 행위는 기원으로서의 '자기' 탐색이다. 그리하여 그는 "언젠가 나는 당신의 잠든 눈을 가만히 만져 본 적이 있다고 고백해야겠다 구름의 내부를 천천히 거닐고 있는 나의 붓은 지금 혼수의 상태다 어둠 속에 웅크리고 있는 내 몸 안으로 기어 들어오고 있는 인간 하나 보고 있다면 나는 지금 당신의 눈빛이다"(「당신의 잠든 눈을 만져 본 적 있다」, 이상 『나는 이 세상에 없는 계절이다』, 랜덤하우스중앙, 2006)라고 하면서 "몸 안으로 기어 들어오고 있는 인간"을 응시하는 새로운 시선을 만들어 낸다. 이 시선은 자기 기원을 외부가 아닌 내부에 둔 새로운 눈이다. 이렇게 자기 기원의 시선을 확보함으로써 우리 시는 절대적 존재인 신의 음성을 찬양하는 단계를 넘어 스스로 신의 목소리를 가지게 되었다. 신이란 '내가 있다'라고 말하는 존재이자 자기 기원을 자기에게서 찾는 존재라는 점에서 그렇다.

비슷한 시기에 황병승의 시는 자기 기원을 발화하는 시의 계시적 화법을 보여 준다.

> 열두 살, 그때 이미 나는 남성을 찢고 나온 위대한 여성
> 미래를 점치기 위해 쥐의 습성을 지닌 또래의 사내아이들에게
> 날마다 보내던 연애편지들
>
> (다시 꼬리가 자라고 그대의 머리칼을 만질 수 있을 때까지 나는 약속하지 않으련다 진실을 말하려고 할수록 나의 거짓은 점점 더 강렬해지고)
>
> 어느 날 누군가 내 필통에 빨간 글씨로 똥이라고 썼던 적이 있다

(쥐들은 왜 가만히 달빛을 거닐지 못하는 걸까)

미래를 잊지 않기 위해 나는 골방의 악취를 견딘다
화장을 하고 지우고 치마를 입고 브래지어를 푸는 사이
조금씩 헛배가 부르고 입덧을 하며

도마뱀은 쓴다
찢고 또 쓴다

포옹을 할 때마다 나의 등 뒤로 무섭게 달아나는 그대의 시선!

그대여 나에게도 자궁이 있다 그게 잘못인가
어찌하여 그대는 아직도 나의 이름을 의심하는가

시코쿠, 시코쿠

—황병승, 「여장남자 시코쿠」 부분
(『여장남자 시코쿠』, 랜덤하우스중앙, 2005)

새로운 세기가 시작한 후, 곧바로 우리 시의 한쪽에는 20세기의 썰물을 딛고 21세기라는 밀물에 올라선 과도기적인 '시코쿠'들이 나타나기 시작했고, 이들의 새로운 물결을 두고 다소 성급하게 '미래파'나 '뉴웨이브' 같은 이름표를 붙이기도 했다. 거대한 역사의 물돌이 속에서 시코쿠들은 기성의 시 문법과 삶의 문법을 '다시' 해석하기 시작했다. 그들은 세계를 '다시' 해명하기 위해 캠벨이 말한 '육신의 에너지로부터 부추김을 받는 상상력'을 동원하기 시작했다. "이미죽은내가 엄마아빠의 살을 조근조근 손톱깎이로 뜯어 홈을 판다"(「김민정, 「살수제비를 끓이는 아이」, 『날으는 고슴도치 아가씨』, 열림원, 2005), "너의 흉건한 피로 새장을 꼼꼼히 칠해 보렴 그러고는 아버지는 팔과 다리를 구겨 새장 안으로 들어갔다"(이민하, 「앵무새 일가」, 『환상수족』, 열림원, 2005)처럼 몸을 이루는 '살'과 '피'의 상상력을 통해 새로운 시적 정체성을 확보하고자 한 것이다.

「여장남자 시코쿠」도 마찬가지다. "나는 남성을 찢고 나온 위대한 여성"이라는 선언은 우리가 알고 있는 아담의 갈비뼈 신화를 떠올리게 한다. 그러나 황병승은 그것을 '다시' 이야기하고 싶고, 다르게 말하고 싶어 한다. 그리하여 우리가 알고 있는 신화와는 완전히 다른 신화를 꺼내 놓는다. 그는 여성이 '만들어진 존재'라는 견고했던 20세기적 섭리를 파괴하고, 여성 스스로 자기를 '만든 존재'로 탄생시켰다. 이 시에서 '나'가 '위대한 여성'이 될 수 있는 이유는 스스로 "남성을 찢고 나온" 존재이기 때문이다. 이천 년대의 일부 시는 이렇게 기존의 시 문법을 '스스로 찢고 나'와서 자기를 발화하기 시작했다. 그건 신의 발화를 온전히 추종하고 암송하던 인간이 자기 목소리로 세상에 '내가 있다'라는 사실을 입증하기 시작했다는 뜻이기도 하다. '여장남자'가 "나에게도 자궁이 있다"라고 말하는 건 과거 신神의 세계에서는 불가능한 일이었지만, 스스로 신화를 말하게 된 이천 년대 시에서는 오히려 충분히 가능해졌다. 황병승은 이렇게 과거의 신화를 "찢고" 자기의 신화를 "또 쓴다". 그리하여 누구도 "나의 이름을 의심하"지 못하게 한다. 이것이 "나의 진짜는 뒤통순가 봐요"(「커밍아웃」)라고 말한 황병승의 진심이다. 황병승은 기존 세계를 전도하는 방식으로 자기 세계를 구축함으로써, 스스로 신적 계시를 내리는 존재로 커밍아웃한 것이다. 그런 까닭에 황병승의 시에서 '나'는 운명적으로 태어난 인간 존재를 거부하고 스스로 자기 성립의 신화를 써 나가는 목소리 주체라고 해도 좋을 것이다.

3.

그러나 감각하는 '자기'를 발견하는 순간 인간은 필연적으로 존재의 유한성을 깨달을 수밖에 없었다. 이러한 계기적 순간은 캠벨이 말한 어떤 신을 떠올리게 한다. "신에 관한 참 놀라운 이야기가 있어요. 어느 날 〈자기〉라고 하는 신이 '내가 있다'고 했더랍니다. 그런데 이 〈자기〉는 '내가 있다'고 생각하는 순간에 두려움을 느꼈더랍니다"라고 말한 후, 두려움을 느낀 이유가 "영원이라는 것을 인식했"[4]기 때문이라고 덧붙였다. 자기 인식의 순간에 신은 '영원'이라는 무한성으로 인해 두려움을 느꼈고, 혼자라는 외로움을 극복하기 위해 신은 자기를 닮은 인간을 창조했다. 나아가 그 인간의 외로움도 덜어 주기 위해 그 인간의 일부를 떼어 짝이 되는 다른 인간을 만들었다. 이것이 우리에게 널리 알려진 인류의 창조 신화이다.

신이 '영원'이라는 무한성을 통해 두려움/외로움이라는 자기 한계를 인식했다면, 인간은 영원할 수 없다는 한계를 절감함으로써 자기만의 시간이 정지되는 죽음에 남다른 의미를 부여해 왔다. 죽음 의식이 예술에서 중요한 주제로 다루어지는 이유가 이것이다. 그럼에도 이천 년대 우리 시에 형상화된 죽음의 방식이 남다른 것은 그간의 죽음과는 다른 양상으로 죽음을 드러내기 때문이다. 두드러진 차이는 죽는 대상이 '존재'냐 '몸'이냐이다. 20세기 시에서 죽음을 다루는 방식은 "나 하늘로 돌아가리라./ 아름다운 이 세상 소풍 끝내는 날,/ 가서, 아름다웠더라고 말하리라"(천상병, 「귀천」)처럼 죽음은 존재 자체의 소멸이었다. 죽음을 존재론적으로 다루는 방식은 "모판 위의 삶을 실은 홀수 층 엘리베이터와/ 칠성판 위의 죽음을 실은 짝수 층 엘리베이터는/ 1층에서 만난다, 울며 떨어지지 않으려는 가족들과/ 짝수 층 엘리베이터에 실린 죽음을/ 홀수 층 엘리베이터에서 내려 바라보는 사람들 앞에서/ 흰 헝겊으로 들씌워진 한 사람만/ 짝수 층 엘리베이터에 남고, 문이 닫히고"(나희덕, 「엘리베이터」)나 "오래전 할머니 돌아가신 후/ 내가 아는 으뜸 된장 맛도 지상에서 사라졌다// 장차 어머니 돌아가시면/ 내가 아는 으

4 조셉 캠벨 · 빌 모이어스, 앞의 책, 110쪽.

뜸 김치 맛도 지상에서 사라질 것이다"(이희중, 「숨결」)처럼 이천 년대 시에서도 여전히 미적 성취에 도달하고 있다. 그러나 이천 년대 시에서 '몸'을 통해 죽음을 형상화하는 방식은 새로운 다른 차원의 시적 감각을 만들어 냈다.

누가 네 몸속에서 물을 길어올리나

누가 네 몸속에서 섹스를 하고 있나

창밖에서 남자와 여자의 구두가
후두둑 후두둑 떨어진다

(넌 알고 있었니?
우리가 흐느끼는 소리로 뭉쳐진 존재라는 걸)

누가 네 속에서 풍금을 치나

누가 네 속의 진흙 속에서 푸들거리나

누가 네 속의 몇 개의 지층 아래서 벌떡벌떡 물을 토하나

(몇 세기의 지붕을 소리 없이 걸어가던 여자가
임신한 배를 껴안고
잠시 쉬는 테라스
눈물로 만든 렌즈들이 유리창을 쓰다듬고 있네)

—김혜순, 「심장의 유배—마흔이레」
(『죽음의 자서전』, 문학실험실, 2016)

김혜순은 『죽음의 자서전』 「시인의 말」에서 "잠이 들지 않아도 죽음의 세계를 떠도는 몸이 느껴졌다. 전철에서 어지러워하다가 승강장에서 쓰러진 적이 있었다. 그때 문득 떠올라 나를 내려다본 적이 있었다"라고 했다. 김혜순 시인이 "문득 떠올라 나를 내려다본" 행위는 존재의 죽음이 아니라 몸의 죽음을 감각하는 일이다. 내가 '자기 몸'을 감각하는 일은 '내가 있다'는 신의 인식과 같은 구조적 모티프다. 차이가 있다면, 몸을 인식하는 주체가 인간 '자기'라는 사실일 뿐. 이때 인식 주체는 오랫동안 서정시의 화자라고 알려졌던 '나(I)'가 아니다. 자기 죽음을 존재론적이 아니라 신체적으로 인식하는 주체는 '자기(Self)'가 된다. '나'의 자리를 '셀프Self'로 대체한 것은 어떤 의미에서 보면 인식론적 혁명에 가깝다. 김혜순이 "나를 내려다본 적이 있었다"라고 말했을 때, 전통적인 의미에서의 '나(I)'는 감각적인 대상으로 전락하고 말았다.

그렇다면 '셀프'의 정체를 밝혀야 할 필요가 있다. 결론부터 말하자면, '자기'로서의 충족적인 존재는, 짐작하다시피, 절대적 존재자 신神이다. '나'가 언제나 '너'로 대표되는 타자와 짝을 이루는 존재라고 한다면, 셀프는 타자 없이 홀로 서는 주체이다. 김혜순의 시에서처럼, 자기 '몸'을 인식하는 셀프 주체의 등장은 이천 년대 시에서 확고한 영역을 마련하였다. 셀프 주체에게 세계는 '몸'의 형상뿐이다. 김민정이 "네게 좆이 있다면/ 내겐 젖이 있다// …(중략)…// 두 짝의 가슴이,/ 두 쪽의 불알이"(「젖이라는 이름의 좆」)라고 말할 때도 마찬가지다. '좆'과 '젖'이 '있다'는 발견은 신이 '내가 있다'는 발견의 인간적 버전에 해당한다. 이렇게 '자기' 감각을 전면에 내세운 시들은, 오래전에 신화가 그랬던 것처럼, '몸'의 에너지를 추동함으로써 삶의 가치에 도전한다. 그것은 최근 우리 삶의 양상이 이전 세기와 달리 감각적 세련을 요청하는 것과 무관하지 않다. 20세기와 작별하는 순간 우리는 '의미'에 최적화된 의식의 조리개가 좁아지기 시작했고, 21세기가 열리면서 감각을 타고 흐르는 '재미'에 빠져들었다. 그런 점에서 이천 년대의 시는 캠벨이 "신화는 우리가 사는 삶과 구조에 어울리는 수준으로도 삶의 본을 제공해" 주는데,

"본이라고 하는 것은 우리가 사는 바로 그 시간에 적용되어야"[5] 한다고 강조한 우리 시대의 '본'을 충실하게 실천하는 셈이다. 그리고 그 '본'은 '몸'을 통해 '내가 있다'는 사실을 깨닫게 된 셀프의 등장으로 선명해지는 중이다.

4.

21세기 시에서 몸의 감각이 강조되고, 자기 몸에 관한 새로운 인식의 장이 펼쳐지고 있는 건 눈여겨봐야 한다. 시인들이 '자기 기원'을 '자기'에서 확인하려는 시도가 새로운 시적 도약이 될 수 있기 때문이다. 자기의 몸은 타자에게 대여할 수 없는, 오롯이 자기만의 세계이다. 21세기 시인들은 이전 시들이 사회 · 역사적 맥락에서 자기 몸을 희생하는 서사를 보여 줌으로써 몸을 동시대의 객체로 도구화해 온 전력에 반발하면서 자기 몸이야말로 자기 삶을 추동해 가는 유일한 세계이자 자족적인 세계라는 점을 내세운다. 이 과정에서 자기 몸을 해부학적으로 해체하는 방식으로 자기 기원을 추적하는가 하면, 억눌려 있던 몸의 감각을 새롭게 발견함으로써 자기가 '있다'는 사실을 감지해 내기도 한다. 이러한 일련의 흐름은 '독존'하는 신의 존재 방식과 같다는 점에서, 21세기 시인들의 시는 충분히 신화적이다.

그러나 좀 더 확실하게 해 두기 위해 덧붙이고자 한다. 이들 시에서 자기 몸에 관한 탐색은 그 자체로 종결되지 않는다. 시인들은 몸의 감각을 일깨움으로써 세계의 감각을 개시하고자 한다. 이를테면 몸의 감각을 추동하여 세계의 비밀로 들어가려는 주술을 부리는 것이다. "너는 문을 닫고 키스한다 문은 작지만 문 안의 세상은 넓다 너의 문으로 들어간 나는 너의 심장을 만지고 내 혀가 닿은 문 안의 세상은 뱀의 노정처럼 굴곡진 그림들을 낳는

---

5 위의 책, 49쪽.

다"(강정, 「키스」) 같은 발화 방식은 닫혀 있는 몸의 감각 세계를 소환하는 주술이 되기에 충분하다. 근래의 시가 자주 장황해지는 이유도, 또 맹목적인 중얼거림처럼 들리는 이유도 시인들이 주술적인 화법에 능숙해졌기 때문이다. 그런 점에서 최근의 우리 시는 시를 통해 신의 목소리에 도전하는 것 같다. 그것은 오래전에 시의 형식으로 계시된 신의 음성을 너무 늦지 않게 되돌려 주려는 시인의 응전이 되기에 부족하지 않다.

시대의 문학, 시대의 비평
—천이두론

1.

세 부류의 평론가가 있다. 먼저 다양한 문학 이론을 섭렵하여 그것을 날개 삼아 작품의 상공을 활공하는 평론가이다. 이 부류의 평론가는 작품 읽기를 통해 자신의 지적 유희를 만끽한다는 점에서 진지한 평론가라고 할 수 있다. 두 번째는 작품에서 충격된 감각적 인상과 자기 감성에 충실하여 작품에 투사된 자기 감정을 해명하는 평론가이다. 작품과 자기 감정 사이의 묘한 긴장과 이완을 통해 확보한 재미와 즐거움을 일상의 언어로 해설한다는 점에서 감상적 평론가라고 우선 말해 두겠다. 끝으로 작품을 작품이게 하는 작가의 방법론을 의심하면서 거기에서 새로운 미학적 가능성을 읽어 내고자 분주한 평론가가 있다. 기성의 독법에 얽매이지 않으면서 작품을 새로운 미학적 관점으로 설계하기 때문에 이 부류는 심미적 평론가라고 할 수 있다.

어떤 부류에 속하든, 평론가는 텍스트를 대상으로 놓고 주체의 자격으로 어떤 '행위'를 전개해 나간다. 이 행위는 표면적으로 텍스트(에 대한/를 통한) 읽기에 해당한다. 텍스트는 명백하게 주어진 것이므로 논의의 배후로 일단 밀어 두고, 괄호 속에 묶어 놓은 '~에 대한/~를 통한' 읽기의 맥락을 눈여겨볼 필요가 있다. '~에 대한' 읽기라는 맥락은 그 앞에 제시된 텍스트에 초점을 맞추게 된다. 이는 텍스트 자세히 읽기에 해당하는 것으로 보인다. 물론 여기에는 텍스트 자체뿐만 아니라 텍스트를 생산하는 요소들(사회, 작가, 독자 등)에 대한 읽기도 포함한다. 그렇더라도 텍스트 외부를 읽어 내는 일은 최종적으로 텍스트의 가치와 의미 산정에 마땅한 근거를 마련하기 위한 부차적 행위에 불과하다.

반면 '~를 통한' 읽기는 읽기 대상인 텍스트가 수단화되고 만다. 미학적 · 사회학적 · 정치학적 등등의 과녁에 적중하기 위해 텍스트는 경유지가 된다는 의미다. 텍스트 읽기의 목표가 자아 성찰, 힐링, 정서 치유 등을 겨냥하는 경우, 텍스트는 이들을 성취하기 위해 복무하는 소비재에 가깝게 다루어진다. 그런 까닭에 텍스트는 다른 텍스트로 언제든 교체될 수 있고, 용도를 다한 텍스트는 폐기되는 운명을 맞이한다. 이를 통해 텍스트의 가치는 그것을 읽어 내는 목적에 따라 달라질 수 있다는 점이 강조된다. 더구나 읽기가 지향하는 목표와 텍스트의 존재론적 의미가 얼마나 부합하느냐를 따져 묻는 일은 텍스트의 가치와 읽기 행위의 의의를 판별하는 중요한 계기로 작용한다. 그것은 읽기 행위의 '의도'의 문제이기 때문이다.

평론가의 텍스트 읽기는 바로 이와 같은 '의도'에 따라 그 방향이 명백해진다. 세 부류의 평론가가 존재할 수 있는 것도 읽기 '의도'와 관련된다. 물론 여기서 말하는 평론가의 부류는 물리적인 의미에서 평론가 개개인을 분류하는 데 국한되지는 않는다. 평론가는 때에 따라 자신의 텍스트 읽기 '의도'를 달리 설정할 수 있다. 그 경우에 각 부류의 특성을 한 개인이 모두 실현하기도 한다. 다만, 평론가에 따라 선호하는 비평 입론이 견고하고, 발휘할 수 있는 역량에 분별이 있으므로 보편적인 차원에서 진지한 평론가, 감상적 평론가, 심미적 평론가의 구분이 발생하는 것이다.

이와 같은 관점에서 평론가 천이두는 심미적 평론가에 가깝다.

천이두 비평은 그것의 존재를 스스로 규정하면서 예술 작품과 글쓰기의 현실적 관계를 정립하는 특징을 보여 준다. 이것은 문학작품의 주석 과정으로 전락하는 객관 비평/강단 비평에 대한 비판임과 동시에 주관적 인상으로 치부되거나 종종 불신을 받아 온 감각적 세계에 대한 비평적 의의를 제고시키는 의미를 갖는다. 과학적 논리만이 참된 비평으로 추앙받으며 한 예술가의 작품 세계를 객관적으로 설명할 수 있다는 편견을 일소한 그의 비평은 또 다른 형태의 예술적 글쓰기를 지향한다. 그것은 문학 이론 그 너머의 세계에 놓여 있는 문학의 아름다움을 발견하는 일이다. 그의 미학적 글쓰기는 어느 작품이 아름다운지 그렇지 않은지를 순간적으로 파악하는 감성과 직관의 순발력을 필요로 하는 비평 본연의 작업과 관련되어 있다.[1]

천이두의 비평 작업을 미학적 글쓰기 또는 예술적 글쓰기로 규정한 것은 텍스트 읽기 행위에 나타난 '감성과 직관'의 방법론에서 근거가 마련되고 있다. 이 경우 감성과 직관은 읽기의 다양한 방법들 가운데 천이두가 의도적으로 선택한 것이다. 그것은 읽기 대상이 문학 텍스트라는 점을 감안한 것으로 이해된다. 읽어야 할 텍스트의 성질에 따라 읽기 방법을 기획하는 것은 대상의 본질에 근접해 가기 위한 의지의 피력이라는 점에서, 천이두의 감성과 직관적 텍스트 읽기는 텍스트'에 대한' 읽기를 실현하는 적실한 방법론이 된다. 그러나 그의 텍스트 읽기 결과가 평문으로 도출되는 과정에는 감성이나 직관처럼 논리 너머의 읽기 방식과는 다른 점이 있다. 그것은 비평 활동의 본질적 의의를 외면하지 않는 천이두의 엄격한 태도에서 비롯된다. 천이두에게 감성과 직관은 논리와 체계로 나아가기 위해 이론의 유연성을 내적으로 구축하는 요소로 작동할 뿐, 비평의 목표 심급은 아

1 전정구, 「감성과 논리의 조화」, 『비평의 논리와 감성』, 역락, 2011, 336쪽.

니라는 사실이다.

기본적으로 천이두는 자신의 미학적 글쓰기를 실현하기 위해 감성과 직관을 활용한다. 이는 작가가 세계 인식의 방편으로 감성과 직관을 활용하여 심미적인 글쓰기를 실현하는 것과 다르지 않다. 시인이나 소설가의 글쓰기가 그러한 것처럼, 천이두는 비평문을 쓰는 과정에서 그것을 심미적으로 접근하기 위해 텍스트 읽기에 직관과 감성을 동원하는 것이다. 이 과정에서 그는 텍스트'에 대한' 읽기와 텍스트'를 통한' 읽기를 동시에 구축해 낸다. 이를테면 감성적 읽기에서 텍스트'에 대한' 읽기를 실현한다면, 직관적 읽기에서 텍스트'를 통한' 읽기가 도출되는 것이다. 텍스트'에 대한' 감성적 읽기에서 천이두는 문학의 본질에 대한 해명과 새로운 관점을 제시하고, 텍스트'를 통한' 직관적 읽기에서 그는 시대의 운명과 모순을 포착해 낸다. 그러한 의미에서 그의 읽기 행위에 은폐되어 있던 감성과 직관은 문학 자체에 대한 읽기와 동시대의 진실을 탈은폐시키는 천이두만의 방법론이 되는 것이다.

2.

천이두를 심미적 평론가 그룹의 일원으로 규정할 수 있는 근거는 그의 비평이 철저히 문학적 사건을 해명하는 데 할애되고 있다는 사실에서 말해질 수 있다. 그가 평론집을 내면서 『문학과 시대』(문학과지성사, 1982), 『우리 시대의 문학』(문학동네, 1998)이라고 제목을 붙인 것은 문학적 사건에 관한 그의 관심을 에둘러 표명한 것으로 보인다. 문학적 사건으로서의 작품을 탐색하고 거기에서 어떤 새로운 징후나 전망을 읽어 내는 일은 비평 영역에 국한되는 일은 아니다. 비평은 문학의 시대성과 시대의 문학성을 명확하게 가늠하고 분별해 주어야 한다. 문학의 시대성이란, 천이두식으로 말하자면, "문학을 통해서 우리는 시대 현실에의 비판자로서의 작가의 기능을 성공적으로 수행한 실례를 보"[2]는 것이다. 문학을 통해 시대를 읽어 낼 수 있을 때, 문학은 독자들에게 자신의 쓸모를 항변할 수 있게 된다. 또 하나, 시대의 문학성은 "문학이라는 발언 행위는 실제적 발언 행위와는 명백히 성질을 달리하는 발언"이며 "그것은 자기 충족적인 형식(form)을 통한 발언"[3]을 실현할 때 획득된다. 이를테면 시대의 발화 방식과는 다른 문학적 발화의 형식을 구축해야 한다는 말이다. 천이두 비평의 심미성은 이 같은 시대의 문학성을 확보하는 방식 속에서 구현되고 있다. 그렇다고 해서 그가 문학의 시대 의식을 소홀히 한 것은 아니다. 천이두에게 문학은 시대라는 현장을 떠나 존재할 수 없으며, 시대는 문학이라는 플랫폼을 통과해야만 역동성을 확보할 수 있는 것이다.

여기서 주목할 점은 그가 문학과 시대를 대등한 연결어미(~과)를 통해 같은 층위에서 바라보고 있다는 점(『문학과 시대』)과 추후 그러한 시각이 문학을 시대를 구성하는 종차(種差, ~의)로 바라보면서 문학이야말로 시대를 견인하는 핵심 요소라는 관점(『우리 시대의 문학』)으로 구체화되고 있다는 것이다. 이러한 천이두의 비평 의식은 초기 비평에서부터 줄곧 견지되어 온 태도이다. "우리의 신문학 60년은 …(중략)… 민족적 고유성에 대한 투철한 자각과 당대 현실에 대한 민감한 관심의 반영을 동시적으로 가능하게 하는 통일된 주체성을 간직하지 못한 채 오늘에 이르렀다"[4]는 그의 진단은 그의 비평적 입론의 배경이 되기에 충분했다. 천이두에게 민족적 고유성은 "한 문화 집단 혹은 문학 집단의 동일성(identity)을 표상하는 개념"[5]이다. 이러한 고유성이 '당대 현실'과 어떻게 만나느냐에 대한 방법론적 탐색이 천이두 비

---

2 천이두, 「세 가지 작가적 자세」, 『문학과 시대』, 문학과지성사, 1982, 166쪽(이하 천이두의 글은 따로 저자를 표기하지 않는다).

3 위의 책, 36쪽.

4 「풍속과 윤리」, 『종합에의 의지』, 일지사, 1974, 213쪽.

5 「전통의 계승과 극복」, 위의 책, 6쪽.

평의 한 세계를 만들어 온 것이다.

이처럼 문학과 시대에 관한 천이두의 모색은 우리 사회의 정치 사회적 현실을 합리적이고 타당하게 해석해 낸 결과로 보인다. 문학이 삶의 최저에서 출발한다는 사실을 전제할 때, 우리의 삶은 정치 사회적 격랑과 함께했다. 당연히 문학의 현장과 시대의 현장, 그리고 우리 삶의 현장이 다르지 않았다. 따라서 전쟁, 군부독재 등 시대적 암흑기를 살아 내는 동안 문학은 당대를 지목하고 해석하는 절대적 권위로 '시대 의식'을 내세울 수밖에 없었다. 삶이 엄혹한 규율과 제도에 감금당한 시절에 천이두에게 시대 의식은 곧 문학적 사건이었고, 당대라는 시대를 견인할 수 있는 인간의 형이상학은 문학적 사유와 상상력에 있었다.

> 현실의 모든 체제, 가령 정치 경제 사회의 모든 제도들은 끊임없이 안정을 지향하고 정착을 지향함으로써 부단히 인습화하려 한다. 문학이 실제 현실로부터 끊임없는 단절을 시도하려는 것은 바로 이러한 현실의 인습을 거부하려는 의지의 발로인 것이다. 그러므로 그들이 새로운 양식 창조에의 의지를 간직하는 것은, 바로 그러한 새로운 양식 자체가 현실에 대한 끊임없는 거부의 몸짓이며 인습에의 도전 행위로 된다. 그리고 이 점이야말로 현실의 제도로 하여금 그것이 곧잘 간과하게 마련인 근원적인 문제에 대한 반성을 촉구하는 계기로 되며, 인습에 묶여 있는 우리들로 하여금 그 완강한 인습의 우리 밖을 바라볼 수 있는 눈을 열어 주는 계기로 된다. 이런 계열의 문학이 간직하는 사회적 기능은 바로 이 점에 있다 할 것이다.[6]

천이두에 따르면, 문학의 사회적 기능은 "인습에의 도전 행위"를 통해

6 「현대와 인간과 문학」, 『문학과 시대』, 문학과지성사, 1982, 22쪽.

"현실에 대한 끊임없는 거부"를 지향하며, 그 지향의 동력은 "새로운 양식 창조에의 의지"이다. 천이두 비평이 심미적이라고 하는 것은 문학과 시대를 견인하는 일이 새로운 양식 창조를 향한 의지라는 사실을 추인하기 때문이다. 그것은 "역사의 출발은 이미 일어난 일을 정확히 파악하여 기술하는 일에 두지만, 문학의 출발은 앞으로 일어날 일을 자유분방하고 참신한 상상력에 의지하여 빚어내는 일"[7]이라는 확언에서도 알 수 있다. 천이두가 말한 '역사'가 '시대'의 다른 모습이라는 점에서, 천이두는 시대의 흔적으로 기록된 우리의 삶을 상상력으로 전개하는 일이야말로 문학의 마땅한 존재 의의라고 생각한다. 그럴 때 우리는 "문학적 진실(reality)"과 "역사적 사실(actuality)"[8]에 도달할 수 있다.

실제로 천이두의 비평은 문학적 진실을 향한 자세에서 한 번도 벗어난 적 없다. 황순원, 이호철, 하근찬, 최인훈 등 그의 초기 비평의 대상은 주로 '자의식과 현실'[9]의 차원에서 다루어졌다. 소설가 황순원의 「나무들 비탈에 서다」의 평문 제목이기도 한 이러한 인식은 1950년대와 1960년대 우리 소설의 한 국면을 적확하게 포착해 낸 것이다. 이 무렵 천이두의 비평은 삶의 집단이 표방하는 고유성으로서의 자의식을 동일성(identity)의 차원에서, 그리고 그것이 현실과의 접촉에서 어떻게 현실에 매몰되는가 혹은 현실을 포월[10]하는가를 주시한다. 이러한 그의 비평적 시야는 김승옥, 이동하, 박태순, 조정래, 윤흥길 등으로 이어지는 하나의 흐름을 만들어 냈다. 천이두

7 「문학과 역사」, 『우리 시대의 문학』, 문학동네, 1998, 108쪽.

8 위의 글, 109쪽.

9 천이두는 황순원의 「나무들 비탈에 서다」의 평문에 이 제목을 붙였다. 이는 1950년대와 1960년대 우리 소설의 한 국면을 적확하게 포착해 낸 것이다. 이 무렵 천이두의 비평은 인간의 내향성과 그 내향성을 가두고 있는 삶의 외적 조건들을 눈여겨보고 있었다.

10 '포월'은 초월에 대응한 개념으로, 구체적인 현실로부터 사고를 시작하자는 일종의 수사학적 표현이다.

의 비평적 관심이 된 작가들은 "시대 현실에 대한 그들의 작가적 자세"[11]를 집중적으로 추궁당했으며, 천이두는 작가들이 "자기에게 주어진 시대 현실을 재조직 · 재편성하는 마술의 거울"[12]을 어떻게 휘두르는지 긴박하게 따져 물었다.

이같이 천이두가 문학이 발생하는 시대에 주목하게 되면, 마땅히 따라야 할 것은 문학적 시대성에 대한 본질적 물음이다. 이 물음을 해명하는 데는 평문 「교훈과 유희」를 참고할 수 있다. "산문가가 현실 상황에 대하여 완전히 냉담해져 버릴 때, 그에게는 이미 대지를 떠난 안테우스의 비극이 기다리게 되는 것"[13]이라는 인식은 천이두가 문학의 근원이 되는 시대를 어떻게 바라보는지 해명할 수 있는 단서를 준다. 안테우스는 바다의 신 포세이돈과 대지의 여신 사이에서 태어난 거인으로, 발이 대지에 닿기만 하면 새로운 힘을 얻는 존재이다. 안테우스는 자기를 낳아 준 어머니, 즉 대지를 그리워하였으며 적과 싸우다가 곤란에 봉착할 적마다 어머니 품에 꼭 안기어 새로운 힘을 얻었다. 그러나 그것이 안테우스의 치명적 약점이기도 했다. 그는 누가 자기를 땅에서 떨어지게 할까 봐 두려워하였다. 결국 그의 적수였던 헤라클레스가 그의 약점을 간파하고 그를 땅과 접촉하지 못하도록 유인하여 공중에서 그의 목을 옭아 죽이고 만다.

이것이 천이두가 말하는 안테우스의 비극이다. 이 우화를 통해 천이두는 문학이 인간 삶의 토대인 현실에만 매달릴 때 결국 문학은 안테우스의 비극을 반복할 거라는 염려를 드러낸다.

> 문학은 사회와의 독립된 그 자체의 내재적 질서, 즉 문학적 관습을 가지고 있다는 것이다. …(중략)… 요컨대 문학과 사회와의 상관관계

11 「내 것과 남의 것의 부딪침」, 『문학과 시대』, 문학과지성사, 1982, 186쪽.
12 「제재와 방법」, 위의 책, 152쪽.
13 「교훈과 유희」, 『종합에의 의지』, 일지사, 1974, 232쪽.

는 일대일의 직선적인 것이기보다는 문학적 컨벤션이라는 내재적 질서의 압력에 의하여 굴절 왜곡된 양상으로 유지되는 관계이며, 문학 속에 반영된 당대 현실의 국면들 역시 문학의 형식적 조건들의 요구에 의하여 취사선택 내지 재구성 재조직된 것이라 할 수 있다.[14]

문학적 현실은 역사적 현실과는 다른 층위를 구성한다. 역사적 현실은 문학적 현실의 토대가 되고, 문학적 현실은 역사적 현실의 상상적 구현이 된다. 안테우스의 비극은 문학적 현실이 역사적 현실로부터 힘을 얻어 내는 구조에서 비롯한다. 문학적 현실과 역사적 현실의 단절에서 문학과 삶의 비극이 발생한다는 관점이다. 바로 이 점이 천이두가 비평의 예봉으로 삼고 있는 시대 의식이다. 천이두에게 시대란 단순히 역사적 현실을 반영하는 것에 그치지 않는다. 시대는 문학적 · 문화적 현실로 해석되고 분석되어 새롭게 형상화되어 나타남으로써 역사와 문학의 이중 국면이 실현되는 현장으로 이해된다. 그러므로 그의 비평에서 작가의 시대 '의식'은 비평의 핵심에 놓인다. '의식'의 유무와 심도에 따라 역사적 현실이 문학적으로 현실화하는 방식과 심미적 감각이 달라지기 때문이다.

역사와 문학의 이중 국면을 조직해 내는 방식은 전적으로 비평가의 역량에 달려 있다. 천이두는 이 분야에서 이른바 창조적 비평가의 면모를 보인다. 창조적 비평은 그가 조연현의 비평 세계를 검토하면서 주목한 바 있다. '작품 이상으로 창조적인 평론'을 창작하기 위해 그는 두 가지 조건을 내세웠다. 하나는 평론가 자신의 예술적 천분 내지 창조적 정열의 마련이고, 나머지 하나는 그러한 천분과 정열을 충족시켜 줄 대상을 만나야 한다는 것이다.[15]

---

14 「문학과 사회」, 『문학과 시대』, 문학과지성사, 1982, 32쪽.
15 「창조적 비평의 길」, 『우리 시대의 문학』, 문학동네, 1998, 97~98쪽.

작품의 열렬한 애호자이면서 자기 자신의 내적 생명에 충실하고 모든 사람이 납득할 만한 타당한 작품의 이해자이며 또 옥석을 가려낼 만한 투철한 판단력의 소유자이며, 따라서 모든 창작가가 신뢰를 걸 만한 지도 이념의 소유자, 이런 비평가야말로 자기 과업을 이상적으로 수행할 수 있을 것이다. 날카롭고 세련된 감수성 및 탁월한 창조적 개성을 갖고 있되 작품 그 자체에 대하여 초개성적인 타당한 퍼스펙티브를 견지할 수 있는 비평가, 작품의 바른 이해를 위한 치밀한 분석적 방법론을 갖고 있되, 유기적 전체로서의 직관적 감동이나 보편적 판단력을 아울러 행사하는 비평가, 보편적 가치판단의 기준을 간직하되 완전한 도그마에 떨어지지 않으며, 투철한 지도 이념을 제시하되 인습적인 아나크로니즘에 떨어지지 않는 비평가, 그러한 비평가가 되기란 실상 인간의 지평 위에서는 영원한 꿈에 지나지 않을지 모른다.[16]

이러한 견해에 따르면, 창조적 비평가는 "체계적 지식이나 보편적인 원리 따위가 아니라 각기 자기 나름의 개성을 갖는 천태만상의 작품들을 빈틈없이 받아들일 수 있는 포용적인 교양과 올바른 인상향수印象享受를 위한 날카롭고 세련된 감수성"[17]을 지녀야 한다. 천이두의 비평적 입론이 심미적이라고 말할 수 있는 것은 그의 비평 의식이 창조적 비평의 길에서 어긋나지 않기 때문이다. 이를테면 그가 "이 작품의 핵심적 의미는 단순히 사회의 비참하고 불행한 면을 고발하는 데 그치는 것이 아니다. 오히려 그처럼 비참하고 불행한 상황 속에서 인간의 양심은 어떻게 있어야 할 것인가? 그리고 어떻게 그 올바른 행방을 찾아야 할 것인가를 모색한 작품이기 때문이다"[18] 라고 한 것이나, "더욱 중요한 것은 인간의 숙명적 조건으로서의 고독을,

---

16 「비평의 이상」, 『우리 시대의 문학』, 문학동네, 1998, 118~119쪽.

17 위의 글, 115쪽.

18 「오발탄의 행방: 이범선 '오발탄'」, 『종합에의 의지』, 일지사, 1974, 248쪽.

추상적 서술이나 직선적 호소의 방식을 통해서가 아니라 존재 그 자체의 생생한 모습으로 포착하고 있다는 사실이다"[19]라는 것에서 천이두 비평의 창조적 개성을 확인하게 된다.

물론 비평의 제1원리는 면밀한 작품 독해이다. 그러나 읽기를 성립시키는 작품과 독자(평론가)의 관계에서 비중을 차지하는 쪽은 독자여야 한다. 독자의 '교양'과 '감수성'이 작품의 내적 질서와 그것의 발화를 감지하고 수용하는 가능성이기 때문이다. 그런 면에서 천이두는 탁월한 교양과 감수성으로 무장한 평론가였다. 그의 평문은 사유의 정치한 배치도 아름답지만, 문장의 일목요연함과 문체의 견결함이 무릇 인상적이다. 문장에서 사유가 잉태되고 문체를 통해 사유가 발화된다고 할 때, 천이두의 비평적 사유와 상상력은 화려하지 않지만 수려하고 현란하지 않지만 찬란한 지점을 향해 한껏 겨누어진 "고독하고 참을성 있는 내향성"[20]을 작동시킨다.

3.

지금까지 살펴본 것처럼, 천이두의 심미적 비평은 시대와 문학의 공교로운 접촉 지점을 발견하는 데서 출발한다. 그는 문학과 시대가 접하는 우연성이 인간 삶의 비의를 가장 적확하게 호출할 것으로 믿었다. 그가 "가장 이상적인 차원에 있어서의 창조적 비평의 경우란 그야말로 '기적적인' 우연의 만남에 의해서만 가능한 것"[21]이라고 주장한 것도 같은 맥락이다. 그리하여 그는 우연한 사건의 파장을 수용할 수 있는 지적 · 심미적 포용력을 비평으로 실현하고자 하였다. 그리하여 그의 실제 비평은 뉴크리티시즘의 정밀한

19 「존재로서의 고독」, 『문학과 시대』, 문학과지성사, 1982, 62쪽.
20 「현대와 인간과 문학」, 위의 책, 15쪽.
21 「창조적 비평의 길」, 『우리시대의 문학』, 문학동네, 1998, 98쪽.

작품 읽기를 기반으로 하면서도 그 형식적 기조의 이념을 제공하는 심미적 차원으로 시야를 확대해 나갔다.

시대와 문학에 관한 천착은 그가 비평의 비평다움을 얼마나 심도 있게 고민했는지를 알려 준다. 그는 「한국 비평의 네 가지 문제점」「창조적 비평의 길」「비평의 이상」 등에서 자신의 비평 입론을 전개하면서 (비평의) "방법이란 언제나 구체적 현실의 요청에서 생겨나는 것"[22]이라는 점을 강조했다. 문학과 시대가 접하는 '구체적 현실'에서 방법론을 찾아야 한다는 입론은 비평의 정석이다. 천이두는 구체적 현실에서 발생하는 비평의 방법을 믿었다. 역사적이고 문학적인 삶의 방식에서 비평의 방식이 부조浮彫될 때, 비평은 인간의 삶과 시대와 문학을 외면할 수 없게 된다. 바로 이 지점에서 비평은 작품의 해설에 그치지 않고 작품을 넘어 새로운 발견의 세계를 보여 주어야 한다는 규율이 탄생한다.

문학 담론의 영토에는 많은 평론가가 있지만, 그리고 평론가마다 저마다의 감식안으로 작품의 행간을 배회하면서 반짝이는 것들을 추수하고자 하지만, 천이두만큼 눈썰미 있고 통찰력 있게 작품의 세목들을 추려 내는 평론가는 많지 않다. 좋은 작품을 좋은 작품으로 보아 내는 용기가 부족한 평단에서 천이두는 거의 확신에 가까운 안목을 보여 주었다. 그의 눈에 든 작품들은 작품 안에 갇히지 않고 시대와 역사와 문학의 영토를 비옥하게 개척해 내는 힘을 가졌다. 그런 의미에서 천이두에게 작품의 힘이란 시대를 견인하고 역사를 구성하며 독자에게 인지적 · 감성적 충격을 주는 메타포metaphor였을 것이다. 그는 작품이 뻗어 나가는 힘의 방향을 조종하면서 작품을 넘어서는 비평 미학을 완성하였다.

좋은 비평은 우선 그 작자에게 좋은 충고가 될 수 있었고, 독자에게

22 「한국 비평의 네 가지 문제점」, 『문학과 시대』, 문학과지성사, 1982, 56쪽.

그 작품에 대한 좋은 안내가 될 수 있었고, 결국에는 비평가 자신의 훌륭한 자기표현의 자리로 될 수 있었다고 나는 생각한다. 말하자면 작가를 지도하는 기능, 독자를 계발하는 기능 그리고 비평가 자신을 표현하는 기능은 비평의 기본적인 기능이라고 생각한다.[23]

천이두가 생각하는 좋은 비평은 곧 좋은 작품과 다르지 않다. 좋은 작품이 그러는 것처럼, 비평가는 좋은 비평을 통해 작가와 독자와 비평가 자신에게 의미 있는 메시지를 발송한다. 작가에게는 작가의 몫을, 독자에게는 독자의 영역을, 그리고 비평가 자신에게는 비평적 갱신의 계기를 만들어 주는 것이다. 좋은 비평은 이 같은 것을 모두 부담해 내야 한다. 그러므로 비평가는 창조적이지 않으면 안 된다. 천이두는 그러한 부담을 비평적 안목으로 삼아 작품 너머의 비평, 작품 이상의 비평이라는 고유한 비평 영역을 가꾸어 왔다. 이것이 가능했던 것은 천이두가 지식으로 작품을 읽지 않았고, 눈으로 작품을 판별하지 않았기 때문이다. 천이두는 비평의 출발점에 심미적 관점을 세우고, 그 종착지에 창조적 방법론을 마련해 두고는 작품이 요청하는 바에 따라 비중의 편차는 둘지언정, 그 사이를 벗어나지는 않았다. 그런 까닭에 그의 평론은 명쾌하면서도 깊은 울림을 준다.

평론은 본질상 탐침의 세계이다. 작품이라는 경계 없는 세계에서 하나의 점을 찾고, 그곳을 중심으로 작품의 의미와 가치를 발굴하기 때문이다. 이처럼 고고학적 작업을 위해서는 오랜 작품 읽기의 경험이 전제되어야 하고, 평론가 스스로 자기 직관의 통찰을 신뢰해야 한다. 그런 점에서 천이두는 작품에 은폐된 세계를 투시해 내는 감각과 그것을 적재와 적소에 배치해 내는 (언어) 조형의 세련을 갖춘 평론가로 평가할 수 있다. 그러므로 그의 비평적 안목에 무장 해제된 작품들은 그 무장 해제됨을 자긍심으로 삼

---

23 「고독과 그 안팎」, 『우리 시대의 문학』, 문학동네, 1998, 75쪽.

아야 할 것이다.

특별히 강조해 말하자면, 천이두의 비평은 결국 천이두의 비평일 수밖에 없다. 이 주어와 술어의 동어반복은 천이두의 비평이 천이두 아닌 어떤 척도로도 재단되거나 평가되어서는 안 된다는 뜻이다. 천이두와 천이두 비평을 섬세하게 살펴야 하는 이유가 여기에 있다. 천이두와 천이두의 비평을 통하지 않고는 도저한 천이두의 비평 세계로 들어가는 문을 열 수 없다. 이제 그 자체로 비평의 시대였던 천이두와, 시대의 비평이었던 천이두의 비평이 다각적으로 조명되어야 한다.

제2부

'사이'의 원근법, 모색하는 연대(年代/連帶)의 윤리

—정양 시의 발생론적 위상학

1. '사이'의 이중노출

우리 삶의 지평은 시간, 공간, 인간이라는 세 범주에 걸쳐 있다. 시간과 공간이 자연법칙의 물리성을 띤다면, 인간은 사회윤리의 지배를 받는다. 그렇기 때문에 시·공간 범주의 지평이 간격(gap/space)의 현상을 보여 주고, 인간 범주의 지평은 관계(relationship)의 현상을 드러낸다. 이와 같은 '간격'과 '관계'의 현상을 통틀어 '사이'라고 할 수 있겠다. 그러므로 이 '사이'를 바라보는 우리의 방식이 곧 삶의 윤리가 되고, 그 윤리는 우리 삶의 경험 요소를 구체화하는 동력으로 작동하게 된다.

그런데 우리의 경험은 그 자체로 확정된 의미 경험이 아니다. 연속되는 또 다른 경험 구성 요소의 개입과 누적에 따라 과거 경험의 의미는 번복되거나 수정된다. 통상 이와 같은 인간 경험의 총체성을 지평 확장의 과정 혹은 개인의 연대기年代記로 설명하기도 한다. 그것은 단순히 누적된 경험의 총량이 삶의 외연으로 확장된다기보다는 누적의 경험을 초월하는 통찰의 지점을 확보한다는 말이기도 하다. 그런데 통찰의 지점은 주체의 시선이 거느리는 원심력의 범위와 구심력의 깊이에서 발생한다. 원심력의 외파가 인식의 소실점에 닿아 외부 정보를 경험 요소로 환원시키는 반면, 구심력의 내파는 성찰의 최저점까지 뿌리를 내려 견고한 주체의 자기 의지를 지지하기 때문이다.

이 같은 외파와 내파의 사이에서 시가 탄생한다. 외파의 충격이 크게 반영된 시가 주로 현실 지향적 경향성을 지닌다면, 내파의 파동에 휩싸인 시는 내밀한 자기 고백으로 경사되는 특징이 있다. 물론 시는 시인이 살아온 삶 혹은 영혼을 감각적으로 표현한 거라는 점에서 이 같은 경향성을 일반화하는 것은 정당하지 못할 것이다. 시에서 감각은 대개 이미지로 처리되고, 이미지는 사물이나 대상에서 촉발되어 그것의 단면을 드러내지만, 시 속에 드러난 이미지는 시인의 삶 이미지, 영혼 이미지 쪽에 가까워지기 때문이다. 다시 말해 시에서 이미지화된 대상들은 외적 사실(외파)의 반영인 동시에 시인 자신의 성찰적 모습(내파)이 된다.

정양 시인의 시적 인식도 기본적으로 원심적 외파와 구심적 내파 '사이'에서 발생한다. 정양 시인에게 외파는 주로 삶의 공동체적 요소들로부터 파생되어 나온다. 그것은 시간상으로는 전근대적 좌표상에 위치하며 공간상으로는 고향(전라도 땅)에 놓여 있다. 정양 시인은 산업화/근대화 이전 농촌 공동체 체험에 기대어 현재를 바라본다. 그 지점은 정양 시인의 유소년 시기와 맞닿아 있는데, 생애를 통틀어 가장 민감한 감각의 촉수를 세우고 있던 무렵의 세계 체험이 현재의 삶에 영향력을 행사하는 것이다. 과거와 현재 사이의 거리 감각을 발생시키는 이러한 시선을 우리는 정양 시인의 원근법이라고 해도 좋겠다.

한편으로 정양 시인의 내파는 끊임없는 "뉘우침" 속에서 발생한다. 등단작 「천정天井을 보며」는 정양 시의 내파의 근원이 어디에 놓여 있는지 암시해 준다. 그가 "우리 곁에서 수없이 떠나간 사람들의/ 남긴 시간을 보자,/ 우리의 살다 남은 시간을 보자"라고 할 때, 그의 시선은 "기억 밖"을 향한다. 그런데 기억의 바깥을 헤매던 그의 시선도 가끔은 기억의 안쪽으로 돌아오는 경우가 있다. 그런 경우란 "우리네 사는 일 따뜻하여/ 잠 아니 올

때”이다. 그럴 때 그의 시선은 “어쩌다 되돌아와서/ 내 영혼의 우수의 석경石鏡을 닦는다”. 영혼의 석경을 닦아 내는 행위는 “좀처럼 요약되지 않는 우리네/ 사랑이며 예감이며/ 뉘우침”이다. 여기서 중요한 사실은 우리네 사는 일이 결코 요약할 수 없다는 점이다. 그렇기 때문에 “뉘우침의/ 저 바람 소리엔 주석註釋이 필요치 않”다. 이렇게 해명이나 변명이 필요 없는 기억 바깥에 대한 “뉘우침”의 성찰을 우리는 정양 시의 원근原根이라고 불러도 좋을 것이다.

이처럼 정양 시인의 시선은 기억의 안팎을 무시로 조사照射한다. 그런데 시선의 초점은 늘 전근대와 근대, 기억의 안과 밖, 그 ‘사이’를 파고든다. 이를테면 정양 시인은 “떠나간 사람들의/ 남긴 시간”과 “우리의 살다 남은 시간” 사이를 탐조하면서 ‘남긴 시간’과 ‘남은 시간’의 분절점을 우리에게 보여 주고자 한다.

왜정 때부터
온갖 귀신들이 붙어살고 있었으므로
대낮에도 변솟길은 무서웠었다.
변소 당번이 되면
변소 구석구석에 스물거리는
낙서들까지
식은땀을 흘리며 지워야 했었다.
망측한 그림, 화끈한 소식들은
지워도 지워도 되살아났다.
더 화끈해져서 틀림없이 되살아났다.
아니꼽고 억울하고 무서운 것들이
점점 더 치사해지고 망측해지고
화끈해지는 동안에
수군거리며 키득거리며 우리는

얼마나 신명이 났던가.
얼마나 무섭고 신명이 나서
지우고 또 지우고 했던가.
수군거리며 키득거리며 우리는 또
얼마나 많은 세월을
다시 그렇게 살아왔던가.
마흔 넘어 찾아간
전라도 땅 공덕국민학교
그 변소는 그 자리에 아직 있었다.
요새는 또
무슨 귀신들이 새로
붙어사는지
수없이 지운 흔적조차 역연한
낙서들끼리
다시 그렇게 그렇게만 살아온
후줄근한 선배 하나를
식은땀을 흘리며 지켜보고 있었다.

—「모교 방문」 전문

이 시에서 시인의 시선은 "낙서들"에 초점을 맞추고 있다. "변소 구석구석에 스물거리는/ 낙서들"은 "지워도 지워도 되살아났"으며, 심지어는 "더 화끈해져서 틀림없이 되살아났다". 유기체로서의 인간 역사가 소멸과 생성의 무한 반복이라는 점에서 '낙서들'은 분명 알레고리로 읽힌다. 정양 시인에게 '낙서들'은 인간 역사의 구체적 모습이다. '낙서들'은 그리고 인간들은 "얼마나 많은 세월을/ 다시 그렇게 살아왔던가". 우리의 삶은 "아니꼽고 억울하고 무서운 것들"이어서 살아가는 동안 "점점 더 치사해지고 망측해지고/ 화끈해"진다. 그렇기 때문에 그 삶의 흔적을 지우는 동안 신명이

나기도 하지만, 삶의 흔적이 희미해질수록 신명은 무서움으로 대치된다. 어쩌면 '낙서들'이 완벽하게 지워지지 못하고 되살아나는 이유가 여기에 있을 것이다. 소멸에의 두려움이 인간의 삶을 "다시 그렇게 그렇게만 살아"가게 할 것이다.

삶의 연쇄 속에서 '남긴 시간'과 '남은 시간'은 분절되어 극명하게 대비된다. '남긴 시간'이 '낙서들'이라면, '남은 시간'은 "후줄근한 선배 하나"이다. 정양 시인은 두 시간의 '사이'를 동시에 보여 주기 위해 시선의 '이중노출' 방식을 채택한다. 이중노출이란 하나의 필름에 두 컷 이상의 이미지를 담아내는 사진술이다(당시 정양 시인이 사진 작업에 오랜 시간을 보냈다는 점을 생각하면, 그의 시에 나타나는 이중노출의 기법이 그리 특별한 것은 아니다. 이와 관련하여 정양 시인은 「암실일기」 연작을 남겼다). "전라도 땅 공덕국민학교"가 필름이라면, 그 필름 위에는 과거의 이미지와 현재의 이미지가 연쇄하면서 겹쳐 있다. 정양 시인은 '낙서들'과 '후줄근한 선배 하나'의 '사이'를 예리하게 파고들어 간다. 그곳에서 발견한 것은 "식은땀을 흘리"는 삶의 속성이다. '남긴 시간'을 지우는 행위에도, '남은 시간'을 바라보는 시선에도, '식은땀'이 흐른다. 그런 점에서 식은땀을 흘리는 것은 '뉘우침'과 다르지 않다.

원근법을 바탕으로 '남긴 시간'과 '남은 시간' 사이의 '뉘우침'을 탐구해 가는 시적 인식은 정양 시인의 초기 시편들을 발생시킨 동력이다. 첫 시집 『까마귀 떼』(1980)는 물론 『수수깡을 씹으며』(1984)에 수록된 대부분의 시편에는 전근대적 생활공동체의 흔적들과 그 흔적을 마주하고 있는 시인의 뉘우침이 편재해 있다. 그렇기 때문에 시인의 시선에 노출된 삶은 "검불 덮인 마늘밭/ 언 마늘씨를 캐 먹으며/ 아이들은 속이 쓰리"(「싸락눈」)고 "겨울밤 저 끝에서/ 마른기침 소리 한 소절씩/ 눈을 감고 주저앉"(「귀향」)을 수밖에 없으며, "무슨 치욕에 겨워/ 개처럼 끌려가서/ 맞아 죽는 꿈"(「꿈노래」)에 시달린다. 그것들은 "잊어버려도 잊어버려도 잊어버려도/ 끝끝내 남는 그리움/ 그 끝에 서서/ 끌썽이는 초저녁 별이 새로 돋는"(「초저녁 별」) 것처럼 전근대적 생활공동체가 시인에게 '남긴 시간'의 '낙서들'이다. 그런데 전근대적 생활공동체가 남긴 시간의 낙서들은 시 「내 살던 뒤안에」를 통해 앞으로 시인이 극복해 가야 할 삶의 '남은 시간'을 발견하는 계기를 마련한다.

아아, 그때 나는 두근거리며
팔매질당하는 한 마리
구렁이가 되고 싶었던가……
꿈자리마다 사나운
몰매 내리던 내 청춘을
몰매 속 몰매 속 눈감는 틈을
구렁이가 사라지고 있었다.
햇살이, 빛나는 머언
실개울이 환성들이
감꽃처럼 털리고 있었다.

—「내 살던 뒤안에」 부분

이 시에도 이중노출의 기법이 환상의 방식으로 처리되어 있다. "꿈자리"라는 하나의 필름에 "팔매질당하는 한 마리/ 구렁이"와 "햇살이, 빛나는 머언/ 실개울이 환성들이/ 감꽃처럼 털리"는 장면이 놓여 있다. 정양 시인은 두 장면의 '사이'에서 "몰매 내리던 내 청춘"을 끌어낸다. 성장통을 앓듯, 격정적인 시련의 과정을 거쳐 도달한 곳에는 '햇살'과 '환성들'이 있다. 그것들은 "눈감는 틈" 속에서 발견해 낸 환상이다. 눈을 감는 시선의 정지는 '뉘우침'의 계기가 된다. 눈을 감고 영혼의 석경을 닦다 보면 그 안에 환상처럼 '햇살'과 '환성들'이 나타나는 것이다.

정양 시인에게 햇살과 환성들은 그리움을 시각적, 청각적으로 형상화한 알레고리다. 햇살과 환성들은 "머언" 곳에 있다. 이 거리는 외파하는 거리가 아니라 내파하는 거리다. 그것은 기억의 안쪽으로 들어온 시선이 닦아 내는 석경 속에서 마주할 수 있는 그리움이기 때문이다. 눈을 감아도 새하얗게 눈부신 아침 햇살 같은 것, 그러한 그리움을 정양 시인은 눈을 감고 더듬는다. 그리하여 자신의 '남은 시간'과 마주한다. 그에게 '남은 시간'은 "꽃잎처럼/ 휘날리는 눈보라"로 형상화되어 있다. '꽃잎'과 '눈보라'의 이질적 감각을 결합함으로써 정양 시인은 삶의 "슬픔"을 펼쳐 보인다.

죄 많은 산자락들이 마침내
어느 아침 은빛 햇살로
눈부시다면
그리움이란 필시
이런 것이지 싶게
눈 감아도 보이는
벌판 끝까지
새하얗게 새하얗게 눈부신다면
수백 년 묵은 이 강산의
그리움으로
네 미친 머리칼에나 눈물로
휘감길거나
눈 감아도 다 보이는
벌판 끝까지
아우성치며 나뒹구는 네 슬픔을
휘감기는 눈물로나 빗어 줄거나.
눈보라여, 꽃잎처럼
휘날리는 눈보라여.

—「눈보라에게 3」 전문

정양 시인이 "머언"이라고 했을 때 그 거리는 그리움의 강도에 따라 유동적이다. 가장 그리운 것들은 가장 "머언" 곳에 있고, 그래서 더욱 간절해진다. 그것들은 시선의 소실점 너머에 있으므로 눈을 감지 않으면 볼 수 없는 것들이기도 하다. 정양 시인에게 그리운 것들은 "눈 감아도 다 보이는/ 벌판 끝"에 있는 것이다. 그러나 그리움은 꽃잎처럼, 눈보라처럼 아우성치며 휘날리는 '슬픔'을 거느리고 있다. 이 슬픔은 우리의 삶이 그리움의 희생양이 되어 "끝내 못 이겨 먹을 허무의 제단"(『빈집의 꿈』 자서)에 바쳐졌을 때, 어쩔 수 없이 새어 나오는 생명 의지의 기미 같은 것이다.

2. 무산無産의 현실, 그 실존의 무게

세 번째 시집 『빈집의 꿈』(1993)에 오면 정양 시인은 삶에 대한 그리고 생명에 대한 의지를 드러낸다. 이제 시인은 '머언' 곳으로 향했던 시선을 생활의 근황으로 소환한다. 생활과 시가 간격을 좁혀 동시대에서 조우하게 된 것이다. 그러다 보니 삶은 보다 자세한 내력을 갖출 수 있게 되었고, 환상의 세계가 아닌 실재의 감각 속에서 구체적 개인으로서의 실존에 가까워지게 되었다. 그런데 자세하면 자세할수록 역설적으로 보고 싶은 것들은 안 보이고 보고 싶지 않은 것들만 보게 되기도 한다. 우리는 그것들을 '현실'이라고 부르곤 한다. 현실은 언제나 뜻대로 마음대로 되지 않는 속성이 있다. 현실이 반복되면서 자연스럽게 만들어 내는 것 중에 윤리가 있고, 가치관이 있고, 제도와 규율, 힘의 기울기가 있다. 관찰하는 자가 있으므로 관찰되는 자도 있다. 그러는 사이에 현실은 일상이 되고 일상은 존재하는 모든 것들을 무감각하게 만들어 버린다.

한때는 이 세상
알고 싶은 것도 그리 많더니
세상 눈치 쌓이어
무얼 그렇게 몸살 나게

알고 싶었던가조차 그럭저럭
까맣게 잊고 지낸다

알 만한 것들은 어느새
다 알아 버리고 만 것이냐
알아도 알아도 소용없는 것들이
잊어버린들 아무 소용없는 것들이
언제부터 나를
가두는 것이냐

보일 속은 다 보여도
이 세상에 대하여 이제는
더 보일 속도 없다
더 보일 속도 없이
비천하게 비열하게 비겁하게
한 목숨 부비며 사는 것이
나에게는 그럭저럭 어울리는 일이라고
골백번을 다짐했던가

캄캄하게 갇히어
기를 쓰고 돌아눕는다

—「한밤중에 잠이 깨어」 전문

이 시를 통해 알 수 있는 것은 시인이 서 있는 지점과 시인의 시선이 가닿은 지점 사이에 '현실'이 있다는 점이다. 이를테면 실존의 고뇌와 유토피아의 상상 사이에 생활의 지평이 놓인 것이다. 정양 시인은 한때 "몸살 나게/ 알고 싶었던" 것들—시선이 초점화되어 있는 지점—로부터 시선을 거두어

들인다. 그 이유는 "세상 눈치 쌓이어" "비천하게 비열하게 비겁하게/ 한 목숨 부비며 사는 것"이 "그럭저럭 어울리는 일이라고/ 골백번을 다짐했"기 때문이다. 목숨을 부지하기 위해 세상 눈치를 보며 살아야 하는 것이 우리의 생활이며 현실인 것을 인정함으로써 우리의 삶은 생활/현실이라는 굴레에 "캄캄하게 갇히"게 되었다. 이 현실 인식에 대한 대응은 "기를 쓰고 돌아눕는" 역설적 상황의 굴욕으로 드러난다. 다른 어떤 걸 부수거나 뒤집어엎는 것도 아니고, 고작 자신의 몸을 뒤척이는 사소한 몸짓에 기를 써야 할 정도로 시인은 현실에 무력한 존재이다. 그런 점에서 현실의 굴레에 갇힌 시인은 '빈집'과 다르지 않다. 현실 속에서 생활인으로서의 시인은 "방문도 부엌문도 사립문도/ 다 떨어져 나가고/ 앞뒤로 휑하게/ 눈부시는 꽃/ 미치게 눈부시는 집"(「개나리꽃—빈집의 꿈 2」)이며 "하얀 울타리 안에/ 더 하얗게 눈 덮이는 집/ 눈부시는 무산無産의 무덤"(「눈—빈집의 꿈 10」) 같은 존재다.

그렇다면 '빈집'이 된 정양 시인이 꾸는 꿈은 무엇일까? "무산無産의 무덤"에서 알 수 있듯, 정양 시인의 꿈은 자본주의 시대와는 무관해 보인다. 그것은 "정말이지 한 번도/ 들춰 본 적이 없는 족보 더미"(「족보」) 같은 것이다. 무산자로 살아가는 시인에게 꿈은 현실의 계산법으로는 소용에 닿지 않는다. 그런 꿈마저도 요령부득하여 전전반측하기 일쑤다. 시인은 "잠 설치는 한밤중/ 거울 앞에서/ 거짓말처럼 자라서 숨어 있는/ 흰 머리칼을 뽑"(「거울 앞에서」)거나 "어느 날 밤 새로 나온/ 북쪽 이야기들을 읽고/ 며칠이고 며칠이고 잠을 설"(「별」)친다. 잠을 못 잘 정도로, 그래서 꿈마저도 빈집처럼 아무것도 생산해 내지 못하는 현실이란 "사람같이 좀 살아 보려고/ 뼈 빠지게 살아온 사람들은 말 그대로/ 뼈만 빠지고 마는 이 세상"(「뼈 빠지는 산천이 목을 놓아」)이다. 이러한 세상을 향해 시인은 "비분강개한 충혈된 눈알로/ 이 세상을 끝까지/ 끝까지 다 쏘아보"(「최루탄 2」)고자 하지만, 현실에 초점을 맞춘 시인의 눈에 "세상은 자꾸만/ 흐려 보인다"(「난시」). 그 이유에 대해 시인은 "안 보아도 좋을 속들이/ 자주 보여서/ 내 눈은 점점 더/ 흐려지는 것일까"라고 묻고는 "흐린 눈을 부비며/ 꿈 같은 새벽을 기다린다"

(「흐린 눈을 부비며」).

"혁명이라는 불편한 말"(「평화적」)들이 "도청되고"(「적막한 도청」) "지랄탄"(「최루탄 1」)과 "화염병"(「최루탄 3」) 속에서 "백골단"(「백골단」)이 "원천 봉쇄"(「새날이 오듯」)한 "오공 육공"(「사람들이 제아무리」)의 시대를 치열하게 견뎌내면서 기다렸던 '꿈 같은 새벽'은 네 번째 시집 『살아 있는 것들의 무게』(1997)에 이르러 모습을 드러낸다. 그런데 그 새벽은 "거짓말처럼 허망하게 잠들어 버린/ 사오 분쯤"(「토막 잠」) 사이에 온다. 그 허망한 찰나의 순간은 시인이 발 딛고 선 현실을 바꾸어 놓았다. 이제 현실은 "정의도 민주도 혁명도 없이/ 승리도 영광도 감격도 없이/ 최루탄도 없이 저절로 피는/ 덧없어라 휘늘어진 노란 개나리꽃"(「사진 찍기 2」)처럼, "다들 가고 없지만 누구 와도/ 헤어진 기억이 없"(「건망증 1」)는 후일담으로서의 일상이 되었다. 일상은 모든 것을 권태롭고 무감각하게 만들어 버렸다. 밖을 향해 곤두세웠던 감각의 촉수가 마비됨으로써 정양 시인은 비로소 자신—하이데거식으로 말하자면 느닷없이 세상에 내던져진 존재자—의 개별화된 삶을 돌아보게 된 것이다.

나는 한평생
얼마나 많은 꿈을 잊었나
사는 것이 잊어버리는 연습이라면
말도 안 되게 남은 꿈들은
언제 다 잊을 것인가

그 꿈 다 잊으려고 아침마다
잠이 모자라나 보다 아침마다
말도 안 되는 몇 토막 그리움으로
모자란 채로 나는 남는다

—「그 꿈 다 잊으려고」 부분

무감각을 강요하는 일상에서는 "많은 꿈" "좋은 꿈"이 필요하지 않다. "사는 것이 잊어버리는 연습"이라는 선언은 더는 '꿈'을 꾸지 않겠다는 다짐 같은 것이다. "잃어버린 줄도 모르면서/ 그냥쟝 잊어버리고 사는 것들"(「해장국밥 앞에서」) 앞에서 시인은 이제 "모자란 채로" 살아가기로 한다. 정양 시인이 자기를 모자란 존재로 여기는 이유는 "다시는 두근거리지 말자고/ 놀라고 난 뒤끝마다 다짐하지만/ …(중략)…/ 속고 당하고 다짐하고 잊어 먹은/ 짓밟힌 꿈들"(「건망증 2」) 때문일 것이다. 그것은 역사적 개인에서 일상적 개인으로 삶의 방향을 재정립할 때 가능하다. 이러한 방향 전환이 현실과의 대결에서 패배했다는 것을 의미하지는 않는다. 현실적 조건이 변화함으로써 그에 대응하는 전략 또한 수정되어야 하기 때문이다. 혁명이 후일담 형식으로 무디어 가는 상황 속에서 현실 인식은 거시적 시선에서 미시적 시선으로 옮겨 가게 되었다. 이 과정에서 정양 시인은 일상을 살아가는 실존의 무게를 발견한 것으로 보인다. 역사의 무게를 짊어졌던 어깨에 새롭게 올라앉은 실존의 무게는 포클레인으로 "송사리 중태기 새우 피라미 기름치 같은 잔챙이들이나 줍는"(「흙 범벅으로」) 것과 다르지 않다. 정양 시인은 그처럼 가벼운 실존의 무게를 자본주의 시대의 비애로 치환해 놓고 있다. 정양 시인에게 자본주의는 '오공 육공'이나 '백골단'의 새로운 모습에 가깝다.

쇠창살로 얽힌 개차가 왔다
개값이 금값 되는 복더위를
미처 못 기다리고 이 이른 봄에
김 씨는 개를 팔아 치울 작정이다

앉은저울이 나오고
김 씨가 먼저 저울 위에 올라선다
그렇게 사납던 개들이
개장수 앞에서는 오금을 못 편다

오들오들 떠는 개들을
김 씨가 차례로 끌고 나온다

앉은저울 위에 김 씨는
엉거주춤 개를 보듬고 앉아서
저울눈을 헤아린다
김 씨 몸무게를 빼고
남는 무게가 개값이란다
근당 사천오백 원

오들오들 주인 품에 안기어
무게를 잰 개들은
저마다 주인 몸무게를 빼고
무더기로 개차에 실리어 떠나고

김 씨는 다시 저울 위에 올라
혼자 무게를 잰다
마지막 무게가
저울추에 매달려 흔들리고 있다

—「무게」 전문

혁명과 역사와 투쟁의 구호가 잦아들면서 본격화된 것은 자본의 시대이다. 자본의 시대에서는 역사의 현장도 한낱 구경거리에 지나지 않는다. "역사는 음흉했어도 낙화암에는/ 떼죽음도 거짓말도 아름다운가/ 믿기지 않는다는 듯이/ 목숨 대신 돌팔매를 던져 보는 사람들/ 바위 끝에서 사진 찍는 목숨들"(「사진 찍기 1」)은 역사의 비극마저도 후일담의 담론으로 일상화해 버린다. 자본주의는 인간의 역사를 상품화하는 전략을 취함으로써 새로운 시대 윤리를 만들어 버렸다. 자본주의 시대의 윤리는 모든 존재 가치가 자본의 무게로 측정될 수 있다는 환상을 심어 주었다. 이를테면 자본주의는 한 손에 '저울'을, 다른 손에는 '칼' 대신 '돈'을 들고 있는 디케Dike인 것이다.

그렇기 때문에 인간의 관점에서 보면 '김 씨'의 가치와 '개'의 가치는 별개이지만, 자본주의 입장에서는 '김 씨'나 '개' 모두 저울추의 기울기가 발생한다는 점에서 환금 가능한 사물에 불과하다. 정양 시인은 이 같은 인간성 상실의 사태를 냉정하게 직시한다. 그는 이 사태의 원인이 자본주의에 있는 것이 아니라 역사적 인식을 후일담에 가두어 버린 우리 자신이라고 생각한다. 개의 씨 받기를 하면서 "암캐 주인이 오리털 잠바 안주머니에서/ 만 원짜리를 꺼내어 수캐 주인에게 건"네는 것이나, 그것을 받은 수캐 주인이 "바지 뒷주머니에 만 원짜리를 구겨 넣는" 행위를 통해 인간들 스스로 생명 있는 존재를 자본화하여 바라보고 있음을 지적한다. 개구리 알이 "남문시장에서는 한 대접에/ 이천 원도 넘는다고" 하고, "까마귀는 한 마리에/ 십만 원도 넘는다"(「들거나 말거나」)거나 "야생 청둥오리 혓바닥이/ 아이들 경기에 특효라고/ 정력에도 그만이라고/ 한 마리에 오만 원은 받는다고"(「청둥오리」) 여기는 건 다반사다. "너구리 쓸개도 더러/ 찾는 이가 있어/ 박 씨는 나흘째/ 임자를 기다"(「너구리」)리는 "돈독이 오르든/ 돈독으로 시들든/ 한번 잡아먹어 보자고"(「황소개구리」) 덤벼드는 우리야말로 눈먼 디케일 수 있음을 은연중에 폭로한다. 그럼으로써 시인은 "문명과 자본과 탐욕과 파멸을 누구도/ 끝끝내 피하지 못하는 것을"(「무난골」) 경고한다. 그렇지만 그들은 또한 "담배나 끊어 볼까/ 단식이나 할까"(「창밖에는」), "마신 술보다 몇 배나/ 찬물을 퍼마시는 아침"(「아침 햇살이」), "해장국밥이 뜨거워서 접시에 덜어 먹는다/ 그들도 해장국밥을 덜어 먹는다"(「말 없는 사람들」), "뜰에 옮기려고/ 진달래 캐러 왔다가/ 진달래꽃 흐드러진 산자락,/ 삽자루에 기대어/ 넋 놓고 꽃구경만 한다"(「진달래 캐러 왔다가」) 등 저마다의 무게로 살아가는 갑남을녀에 불과하다. 그만큼 자본주의는 혁명보다 빠르게 현실이 되어 버린 것이다.

이처럼 정양 시인은 『살아 있는 것들의 무게』에 이르러 역사적 개인에서 일상적 개인으로 전환된 삶의 세목들 '사이'를 들춘다. 『빈집의 꿈』을 통해 역사적 현실과 역사적 개인의 '사이'를 탐구하면서 대체로 사회적 발언과 전망을 드러냈다는 점을 기억하고 있다면, 정양 시인의 시적 여정에서 원심력의 파동이 축소되면서 그 에너지가 내파에 집중되고 있음을 눈치챘을 것이다. 다른 각도에서 보면 현실 세계의 역동성이 약화되었다는 사실을 읽어 낼 수 있다. 이러한 사실은 정양 시인의 시가 철저하게 현실 대응의 사태 속에서 발생하고 있음을 확인시켜 준다.

3. 연대하는 생태론의 윤리들

그렇지만 『살아 있는 것들의 무게』 4부에 이르면, 정양 시인은 초기 시에서 보여 주었던 고향이라는 공간과 그곳에서 공동체적 삶을 형성했던 전근대적 시간에 대한 기억을 빠르게 되살려 낸다. "품고 잠들고 싶은/ 청춘이 없는 이마빡/ 만나고 싶은 되새기고 싶은/ 역사가 없는 이마빡/ 암시랑토 얼토당토않은/ 이마빡을 또 짚"(「이마를 짚고」)어 봄으로써 정양 시인은 짚이지 않는 '청춘'과 '역사'를 소환하고자 한다. 이러한 회귀는 너무나 가벼운 실존의 무게를 자각한 결과로 보인다. 역사는 후일담이 아니라 언제나 현재의 사태여야 한다는 당위, 실존의 무게는 역사적 무게여야만 한다는 각성이 다섯 번째 시집 『길을 잃고 싶을 때가 많았다』(2005)에서 나타난다. 그 각성이 정양 시인을 "전라도 김제 땅, 올망졸망한 야산의 끝자락에 기대어 드넓은 들판을 껴안고 있는 마현리, 예전에는 '마재'라고들 불렀"(「자서自序」)던 곳으로 돌아가게 했다. 정양 시인은 그 이유를 "나이 탓"이라고 겸손하게 가리고 있지만, 그 이면에는 현재의 현실에 대한 불편한 속내가 감추어져 있다는 걸 우리는 모르지 않는다. 그것은 '오공 육공'의 시대를 치열하게 살아낸 사람들끼리 눈짓으로 공유할 수 있는 존재 위기의 경고음이기도 하다.

고향 마을에는 남의 말
알아듣는지 못 알아듣는지
영 헷갈리게 하는
벙어리 하나 있었습니다

귀신도 귀신도 저런 귀신은 없다고
저렇게 알아듣는 걸 보면 언젠가
말문이 열릴 수도 있겠다고
정말로 알아듣냐고 대놓고 물어도
말없이 싱글거리기만 하는 그 벙어리 때문에
마을에서는 하여튼 말들이 많았습니다

모진 일 모질게 다 삼켜 버리는
끝끝내 말 없는 푸른 하늘이
요새는 가끔씩 그
벙어리처럼 싱글거리며

세상일 모질거나 부질없거나
모르는 듯 모르는 듯 살아가라고
나에게도 어렵사리 귀띔을 해 준답니다

—「푸른 하늘이」 전문

귀향 형식은 귀향하는 사람의 아우라Aura에 따라 귀향자에 대한 환대의 방식이 달라진다. 아우라란 예술 작품의 원본에서 만날 수 있는 독특한 분위기라고 한 벤야민의 정의에 따르면, 한 개인의 아우라란 실존의 분위기와 다르지 않을 것이다. 그렇기 때문에 금의錦衣로 단장한 귀향이라면 환대는 당연히 축제 형식으로 주어지겠지만, 환향 년/놈으로서의 귀향이라면 환대는 싸늘한 냉소와 더불어 뒷말들이 밑자락에 깔리게 된다. 귀향의 행보는 환대의 방식이 어떠하든 크고 작은 소동으로 어수선할 수밖에 없다.

그런데 정양 시인의 귀향은 환대도 냉대도 아닌 침묵이 맞이하는 형식이다. "말없이 싱글거리기만 하는 그 벙어리"는 "고향 마을"의 제유라고 할 수 있다. 귀향자에게 "세상일 모질거나 부질없거나/ 모르는 듯 모르는 듯 살아가라고/ 나에게도 어렵사리 귀띔을 해" 주는 것이 최선의 환대일 수밖에 없는 이유는, 시인이 살아 냈던 현실의 폭압이 사실은 고향 마을에도 비슷한 무게로 주어졌기 때문이다. 정양 시인의 현실은 곧 고향 마을의 현실이었으며, 그 현실은 모두에게 침묵하기를 강요한 것이었다. 그러므로 정양 시인에게 귀향이란 현실로부터 자신을 은폐하기 위한 것이 아니라, 현실을 살아가는 실존적 개인이 자신의 내적 세계를 드러내는 과정이라고 할 수 있다. "모진 일 모질게 다 삼켜 버리는/ 끝끝내 말 없는 푸른 하늘"은 '오공 육공'의 시대를 건너온 정양 시인의 내면 풍경과 다르지 않으며, 그렇기 때문에 "귀띔"은 내면 가장 깊은 곳에서 울려 나오는 다짐으로 들린다. 그런 점에서 정양 시인의 고향 회귀는 현실에서 길을 잃어버린 역사적 개인의 외파 에너지가 실존적 개인의 내파 에너지로 완전히 전환되었다는 것을 선언하는 것이라고 할 수 있다.

이제 정양 시인은 "80년대식 자랑과 열정과 사랑만으로/ 한세상 툴툴거리다가 마침내 시동이 꺼질,/ 영영 시동이 꺼진 그 먼지 위에 누가/ 무심히 똥차라고 끼적거릴,"(「똥차」) 것들로 눈길을 돌린다. '80년대식 자랑과 열정과 사랑'에 대해 세간에서 후일담이라는 자조적인 용어를 동원한다면, 정양 시인은 후일담을 아예 '똥차'라고 말해 버린다. 그러므로 정양 시인에게 어제의 일을 떠올리는 것은 "겨우내 투전판에서/ 나락 마흔 섬 날려 먹고/ 속 터지는 만석이는/ 그 속 차리느라 고개 숙이고/ 새벽마다 고샅길 개똥을 줍는"(「이른 봄」) 것과 다르지 않다. '개똥을 줍는' 것으로 상징화된 정양 시인의 시 쓰기 방식은 『길을 잃고 싶을 때가 많았다』에서뿐만 아니라, 여섯 번째 시집 『철들 무렵』(2009)에서도 계속된다. 종태 애비, 장구재비, 꽃각시

할머니, 또랑광대, 영이누나, 판쇠 등 고향 사람들과 은행나무, 화순둠벙, 고라실 논바닥 등 고향 마을을 매개로 떠오르는 기억들이 산다는 것의 가장 순수한 형식으로 드러난다. 그 형식은 역사, 현실, 실존을 거쳐 온 삶이 이제 그것들을 모두 포섭하는 생태적 관심사들과 교감하면서 정제되고 절제된 정서를 심화시킨다.

정양 시인이 보여 주는 생태적 관심은 보폭이 일정하지 않은 삶에 균형을 잡아 가는 과정으로 보인다. 현실로부터 물러나 고향 마을로 귀향한다는 것은 역사적 개인으로부터 실존적 개인으로 기울어 가는 삶의 방향 전환일 것이다. 이 과정에서 정양 시인은 변증법적 균형 감각을 유지하고자 하는데, 그 방법론으로 채택된 것이 생태론적 윤리이다. 생태론은 실존과 현실 그리고 역사를 아우르는 자연의 생성과 순환 법칙이자 삶의 리듬이기 때문이다. 24절기에 담겨 있는 농경문화의 삶을 다양한 생명현상을 동원하여 형상화하고 있는 시집 『철들 무렵』에서 그러한 노력을 읽어 낼 수 있다.

『철들 무렵』을 통해 정양 시인은 현실과 역사 그리고 개인의 실존 방식을 제시하고 있는데, 그것은 생태론적 연대성으로 압축할 수 있다. 생태론적 연대성은 현실 역사의 한계에 맞닥뜨린 실존적 개인이 선택할 수 있는 거의 유일한 삶의 방식일 것이다. 모든 역사 법칙, 모든 현실 법칙은 자연 순환의 생태적 리듬 안에서의 법칙이기 때문이다. 그런 면에서 정양 시인이 현실 역사로부터 부과된 실존적 개인의 고립감이나 무력감의 자폐적 상태에서 발견한 생명현상에 주목할 필요가 있다.

출근하면서 연구실 문을 잠근다
누가 문을 두드려도 시늉도 하지 않으리라
마침 강의도 없다 밖에 안 나가려고
쉬야도 세면대에 하고 점심 저녁 쫄쫄 굶고
앉았다 일어났다 눈 감았다 떴다 어둡도록
불도 안 켜고 무슨 쭘뺑인지 나도 모르겠다

나를 위해서든 누굴 위해서든
아무 짓도 하지 말아야 세월이 옹골질 것 같다
봄날이 오든 가 버리든 밤낮이 길든 짧든
내버려 둬라 내비 둬라 냅 둬라 낯익은 말투로
시간이 나를 포기할 때까지 나도
세상을 포기하면서 뒨전거렸다
퇴근은 해야지 싫어 하루 종일
아무도 두드린 일 없는 문을 멋쩍게 열고 밖에 나선다
갈 데가 집뿐인가 집뿐인가 주억거리는 주차장 불빛에
산수유꽃 몇 그루 빈 주차장보다 더 적막하게 피어 있다

—「춘분」 전문

"문을 잠"그는 것, "문을 두드려도 시늉도 하지 않"는 것, "점심 저녁 쫄쫄 굶"는 것, "아무 짓도 하지" 않는 것 등은, 조금 과장하자면, 자폐적 고립을 자처하는 일이라고 할 수 있다. "봄날이 오든 가 버리든 밤낮이 길든 짧든/ 내버려 둬라 내비 둬라 냅 둬라"고 함으로써 정양 시인은 "시간"이나 "세월"로 대치된 현실이나 역사로부터 스스로 유폐된다. 그렇기 때문에 "갈 데가 집뿐"이다. '연구실'이나 '집'은 타자로부터의 관심을 차단할 수 있는 실존의 공간이다. 정양 시인이 실존적 개인으로 살아가고자 하는 배경에는 "돌아가며 벼슬자리나 나눠 먹는/ 그런 잔치에 섞이고 싶지 않았을 뿐/ 내 겪은 당당한 세월을 무엇으로도/ 맞바꾸고 싶지 않았을 뿐/ 결코 삐치거나 앙심 먹은 일은 없"(「한식—개자추의 말」)다는 자기 존재에 대한 믿음이 있다. 자기 실존에 대한 믿음은 현실과 역사를 누구보다 치열하게 살아온 사람만이 얻을 수 있는 것이다. "얼다 녹은 냇물에/ 살얼음 낀다 살얼음 밟듯/ 목숨 걸고 봄이 오는지/ 궁금한 수심水深을 길어 올리는/ 피라미 한 마리"(「입춘」)처럼, 현실과 역사를 살아 낸 사람이 길어 올리는 '수심'의 깊이가 바로 실존이기 때문이다. 그 수심을 알기 때문에 정양 시인은 "아무도 안 만나고/ 아무

짓도 아무 말도/ 하고 싶지 않을 때가 많다”(「그게 그거라고」).

그러나 “문을 멋쩍게 열고 밖에 나”서면 그곳은 더는 고립된 실존적 공간이 아니다. “주차장”은 끊임없이 들고 나는 사람들이 만나고 헤어지는 연대의 공간이다. 어둠이 내린 주차장을 비추는 “불빛”은 그곳이 폐쇄 공간이 아니라는 사실을 강조한다. 종일 “무슨 쭘뺑”처럼 고립되어 있던 정양 시인은 그 불빛 아래서 “산수유꽃 몇 그루”를 발견한다. 그 하루의 최초이자 최후의 순간에 발견된 ‘꽃’은, 그러나 “적막하게 피어 있다”. 이 적막함은 정양 시인과 ‘산수유꽃’과의 심적 거리를 단적으로 드러내는 정서 내용이다.

숨 막힐 듯 숨소리 죽인
새벽 비 온다
속옷까지 젖도록 속속들이
숨을 죽이고
새벽 비는 숨 막히게
누굴 보고 싶은가

—「새벽 비」 전문

「춘분」에서 확인했던 것처럼, 정양 시인에게 사물의 연대는 적막함으로부터 비롯된다. 적막함은 실존이 삶의 최저에서 마주하게 되는 감정 상태이다. “결코 무너질 수 없는 어여쁘고 간절한 소원 하나/ 무너지다 무너지다 만/ 간절한 돌탑으로 남아 있”(「결코 무너질 수 없는—미륵사지에서」)는 것이 적막함이다. 이 적막함은 “숨기고 감추고 묻어 두어도/ 마침내는 이렇게 드러나”(「사랑니」) “느릿느릿 걷는 부끄러운 목숨 하나를”(「목숨」) 그리워하게 만든다. 정양 시인에게 그것들은 “가까워도 멀리 보이는/ 뒷거울 속 네 뒷모습”(「이별」)이며, “이십 년이 훌쩍 넘도록 어둠 속에서 질기게 접선을 기다리는 우리의 80년대”(「접선을 기다리는」)이다. 정양 시인은 이 최저의 바닥에서 “숨 막힐 듯 숨소리 죽인” 채 적막하게 내리는 “새벽 비”를 보며 “누굴 보고 싶은가"라고 묻는다. 보고 싶어 하는 것, 누군가와 연대하고자 하는 것, 그것은 생태론적 윤리의 첫째 항목일 것이다.

4. 다시 '사이'의 연대年代 혹은 연대連帶

그런 면에서 보면, 정양 시인은 등단작 「천정天井을 보며」에서부터 줄곧 연대를 기획해 온 것으로 보인다. "더러는 죽고, 더러는/ 살아서 소식 없는/ 우리 곁에서 수없이 떠나간 사람들의/ 남긴 시간을 보자./ 우리의 살다 남은 시간을 보자"(「천정天井을 보며」)며 '떠나간 사람들'과 '우리'의 연대를 모색하더니, 근작에 와서는 "왔다리 갔다리 시계불알 화학 선생님은/ 분필 하나 달랑 들고 교실에 들어선다/ …(중략)…/ 그날은 왔다리 갔다리를 잠시 멈추고 칠판으로 다가가서/ '모든 생물은 H_2O를 보지保持한다'라고 적힌// 보지保持 밑에 밑줄을 두 개나 쫙쫙 긋고/ 분필로 그 밑줄을 톡톡 두드리"(「화학 선생님 2」)던 '화학 선생님'을 불러낸다. '떠나간 사람들' 중 하나라고 할 수 있는 화학 선생님을 통해 정양 시인이 말하고 싶은 것은 "모든 생물은 H_2O를 보지保持한다"이다. 수소와 산소 분자의 연대를 통해 생명의 원근原根이 만들어질 수 있다는 것. 이러한 비유가 겨냥하는 지점은 비교적 명확하다. 역사와 현실과 실존의 연대를 통해 비로소 우리 삶이 균형을 찾을 수 있다는 믿음이다.

정양 시인은 바로 그것들 '사이'의 연대성을 탐구해 왔다. 역사와 개인 '사이'의 연대성을 탐구하기도 했고(『까마귀 떼』, 『수수깡을 씹으며』), 현실과의 '사이'에 천착하기도 했으며(『빈집의 꿈』, 『살아 있는 것들의 무게』), 자기 내면과의 실존적 '사이'를 파고들기도 했다(『길을 잃고 싶을 때가 많았다』, 『철들 무렵』). 그런 점에서 정양 시인의 시가 탄생하는 지점을 현실과 역사와 실존의 '사이'라고 해도 좋을 것이다. 그러나 여전히 그것들 '사이'의 연대는 미완에 머물러 있다. 서로 '관계'를 맺고 있지만, 그 관계는 '간격'을 전제하고 있기 때문이다.

백발 성성한 지금도 이 세상에는
그른 일들이 옳은 일보다 많다는 걸
나는 믿지 않을 수가 없다

—「화학 선생님 1」 부분(『문예연구』, 2014. 봄호)

정양 시인은 "그른 일"과 "옳은 일"의 '사이'에서 시를 쓰고 있다. 정양 시인뿐만 아니라 '우리 곁에서 수없이 떠나간' 시인들이 그렇게 시를 썼고, 앞으로 시를 쓸 시인들도 그러할 것이다. 그러므로 시가 써지는 시대는 언제나 불행하지 않을 수 없다. 그 불행한 시대에 시는 결코 종결될 수 없다. 지금까지 무수한 시들이 쓰였지만, 앞으로 또 그만큼의 시들이 써질 것이다. 현실과 역사와 실존의 '사이'가 사라지지 않는 한, '그른 일'과 '옳은 일'의 '사이'가 존속하는 한, 시인은 시를 쓸 수밖에 없다. 그런 의미에서 우리는 정양 시인의 시가 한 점으로 모이는 소실점을 이렇게 말할 수도 있겠다. 정양 시인의 시는 고독한 실존의 연대기年代記 혹은 연대기連帶記라고. 왜냐하면 모든 생명체는 고독에 뿌리를 내린 단독자의 삶을 살아가지만, 고독과 고독 '사이'의 연대를 믿지 않을 수 없기 때문이다.

결여된 말의 세계, 침묵의 시학

—최하림의 시적 자의식에 관하여

나의 시들은 내 서재와 책상 위에 있는 것이 아니고,
모두 그곳에, 그 빛과 어스름 속에 있다.
—「마당에 대하여」 부분

보물 지도에 보물의 위치가 명확하게 표기되어 있다면, 그곳을 향해 구불구불 펼쳐져 있는 아슬아슬한 길을 걸어가는 것은 보물 지도를 손에 쥔 우리가 마땅히 시도해야 할 노력일 것이다. 보물 지도가 가짜일 거라는 세간의 수군거림이 있더라도 마찬가지다. 우리 스스로 보물 지도가 허위라는 사실을 확인하기 전까지는, 혹은 보물 지도의 좌표를 우리의 날카로운 삽으로 파 보기 전까지는 보물 지도를, 그리고 그것에 대한 믿음을 믿어야 한다. 여기서 믿음을 믿는 것이 중요하다. 앞의 믿음이 보물 지도를 향한 인식론적인 거라면, 뒤의 믿음은 인식하고 있는 스스로에 대한 존재론적 믿음에 해당한다. 두 믿음은 때로 불화하기도 하는데, 이를테면 보물 지도의 좌표를 믿는 스스로에 대한 확신이 부족한 경우에 그렇다. 이 경우 우리는 존재론적 불안에 빠지고 만다. 이 과정이 반복되거나 지속되는 경우 자기 상실, 세계 착란의 사태에 노출되기도 한다. 세간에서는 이를 두고 비정상적이라거나 박약이라는 레테르letter를 붙이지 못해 안달이다. 그런데 시간이 흐르고 나면 세간의 레테르란 다만 흔적 없이 사라지는 풍문에서 한 걸음도 더 나아가지 못한 것임을 우리는 잘 안다. 레테르라는 꼬리표로는 본질을 설명할 수 없다. 어떤 것의 본성이 발현되기 시작하면 꼬리표는 저절로 우리의 관심 밖으로 사라지고 만다.

한 편의 시를 두고도 그렇지만, 한 시인이 전 생애에 걸쳐 거의 귀의하다시피 써낸 시편들을 두고도 이런저런 레테르가 붙곤 한다. 세간의 이목을 받았던 시인의 경우, 조금 과장해서 말하자면, 시인이 남긴 시편만큼이나 각양과 각색의 평이 떠돌아다닌다. 물론 시간이 흐르면서 무분별했던 레테르는 별 볼 일 없는 휴지가 되고, 세파를 견뎌 낼 만한 내구성을 갖춘 소수의 레테르만 남는다. 문학사를 포함하여 우리의 역사는 이러한 레테르의 내구력과 깊이 관련되어 있다. 그런 점에서 이 글은 불행하게도 최하림의 시 세계에 대한 레테르를 붙이는, 불필요하거나 무의미한 노동이 될 수도 있다. 역사적 개인으로서의 고행(김문주)이라거나 빛의 상상적 방법(김수이), '어둠'과의 오랜 힘겨루기(이희중) 같은 견고한 레테르를 생각한다면, 어쩌면 이 글은 세파에 쉽게 나가떨어지는 또 하나의 레테르가 될 가능성이 크다. 그럼에도 이 글에 주어진 소명이 있다면, 적어도 최하림이라는 시인과 그의 시 세계에 대한 세간의 관심이 지금보다는 조금 더 열기를 띠어야 한다는 역사적 바람을 상기하는 일이다.

따라서 최하림의 시를 읽기 전에 그의 산문 「마당에 대하여」를 한 단락만 읽어 보고자 한다. 그의 산문을 보물 지도 삼아 최하림의 시 세계를 탐색해 보기 위함이다. 지도란 으레 설명적이기 쉽고 좌표에 대한 충분한 자료를 품고 있으므로, 압축하고 비틀어 놓은 시적 상상에 다가가는 좋은 길잡이가 될 거라고 믿는다.

> 마당이 침묵하는 대지라고 한다면 그 마당은 밤의 마당이다. 밤의 마당은 캄캄해서 아무것도 보이지 않는다. 아무것도 보이지 않는다고 해서 아무것도 없는 것은 아니다. 어둠 속에는 무언가 차 있다. 아니 그것이 있으려고 한다. 밤의 마당에는 어둠의 인자들이 움직이고 있거나 멈추어 서 있다. 이때의 움직인다는 것은(멈추어 있다는 것도 움

직임의 동작 중 하나다) 두 가지 면이 있다. 하나는 어둠의 처소인 땅 속으로 들어가려 하는 것이고 다른 하나는 빛 속으로, 하늘로 올라가는 것이다. 실제로 어둠-밤에는 두 면이 모두 있다. 그래서 밤의 예찬론자들은, 밤이란 천상과 지하를 향해 끊임없이 운동하는 시간이라고 본다. 요컨대 내가 말하고자 하는 것은, 밤에는 모든 것들이 내재해 있으며, 모든 것들이 가능성으로서 있다는 것이다.[1]

최하림에 따르면, 마당과 밤은 "어둠의 인자들"이 작동할 수 있는 지평을 형성한다. 공간으로서의 마당을 x축으로 하고, 시간으로서의 밤을 y축으로 할 때, 두 축이 하나의 점으로 교차한 후 무한하게 연장되고 지속해가는 전면적인 지평에서 어둠의 인자들은 "움직이고 있거나 멈추어 서 있"게 된다. 최하림은 그러한 인자들을 처음에는 "무언가 차 있"는 상태, 다시 말해 "모든 것들이 내재해 있"다고 말한 후, 그것들이 "움직임의 동작"을 통해 "가능성으로서 있다"는 데까지 생각을 밀고 간다. 최하림은 여기에서 한 걸음 더 나아가 마당이라는 공간 지시적 x축과 밤이라는 시간 지시적 y축에 "땅속"과 "빛 속"이라는 심도深度를 부여한다. 이렇게 되면 이 글의 도입부에서 인용한 "빛과 어스름 속"에 시가 있다고 한 최하림의 발언이 어떻게 작동하는지 눈치챌 수 있다. 최하림의 시는 감각과 사유의 세계를 월경하여 스며드는 특징이 있다. 그러한 최하림식 시론과 관련하여, 이 글은 그의 시적 자의식이 투명하게 개진되고 있는 '시'에 관한 시편들을 살펴보고자 한다.

'내재'하는 밤의 가능성들

"밤이란 천상과 지하를 향해 끊임없이 운동하는 시간"이라고 말한 밤의

1 최하림, 「마당에 대하여」, 『멀리 보이는 마을』, 작가, 2002, 135쪽.

예찬론자들 속에는 최하림의 그림자도 어른거린다. 그런데 그 밤의 운동은 언제나 땅과 빛의 '속'을 지향함으로써 '내재'하고자 하고, 내재함으로써 미래를 확보해 내는 '가능성'이 되고자 한다. 이러한 움직임은 내밀해짐으로써 모종의 가능한 흔적을 남기는 일이 시적 사태를 이룬다는 최하림의 시적 인식을 보여 준다. 최하림에게 시적 사태는 내밀해지기 위한 운동의 지향적 처소로서 '땅속'과, 어둠 속에서 가능한 흔적을 남기기 위한 지향적 처소로서의 '빛 속'으로 스며드는 일이다. 그렇게 본다면 최하림의 운동성은 은폐와 탈은폐를 동시에 구현하는 가장 극적인 모순을 취하게 되고, 그러한 점에서 그의 시적 방법론은 다분히 벤야민적이라고 말할 수 있다. 벤야민이 "숨기기란 흔적 남기기를 의미한다. 그러나 보이지 않는 흔적 남기기다"[2]라고 했을 때, 숨기기/남기기, 보이지 않는/흔적 등의 충돌은, 최하림이 '움직인다는 것/멈추어 있다는 것'을 "움직임의 동작"이라고 한 것과 많은 면에서 일치한다. 이러한 최하림식의 시적 자의식을 비교적 선명하게 확인할 수 있는 시는 그의 두 번째 시집『작은 마을에서』에 실린「시詩」이다. 앞으로 확인하게 되겠지만, 최하림은 '시' 자체를 제목으로 삼아 적지 않은 시를 써냈다. 그러한 작품들은 그의 시적 자의식을 비교적 친절하고 순도 높게 담아내고 있다.

나의 시가 말하려 한다면
말을 가질 뿐 산이나 나무를
가지지 못한다 골목도 가지지 못한다

등불이 꺼지고 우리들이 깊은
어둠 속으로 들어가 불을 피우는 동안

---

2 발터 벤야민, 김영옥 · 윤미애 · 최성만 옮김,『일방통행로/사유이미지』, 길, 2009, 179쪽.

불길이 타올라
불의 벽에 서리는 그림자들의
꿈이여 빛이여

바람 소리 어둔 벌에 꽉 찬 영산강을 따라
걸어가고, 찢어지는 소리로
강물이 하늘의 마음을 울린들 어느
누가 낮은 가슴으로 울 수 있으리오
침묵인들 어떤 음조로 울리오

지옥의 기슭에 비 내리는 밤
나무들이 젖고 산이 젖고 주정뱅이들이
골목에 쓰러져 있으니 무덤들이 젖고 있으니

—「시詩」 전문[3]

이 시는 벤야민의 명제 '숨기기란 …(중략)… 보이지 않는 흔적 남기기'의 시적 버전이라고 해도 무방하다. 그렇게 본다면 최하림에게 '시란 …(중략)… 보이지 않는 흔적 남기기'라는 명제가 성립할 수 있고, 한 편의 시는 시적 사태의 언어적 흔적으로서, 그리고 그 흔적 '속'에 내재한 보이지 않는 가능성으로서 존재할 수 있다. 이러한 모순의 시적 방법론이 이 시의 발생적 기원을 이룬다. "나의 시가 말하려 한다면/ 말을 가질 뿐 산이나 나무를/ 가지지 못한다 골목도 가지지 못한다"라는 1연의 선언이 훌륭한 사례가 될 것이다. 무수한 사례들 가운데 하나에 불과할지도 모를 이 시행들은 어쩌면 최하림 시에 현현된 시적 기원의 한 얼굴일지도 모르겠다. 따라서 보물

3 인용 시와 쪽수는 『최하림 시 전집』(문학과지성사, 2010)에서 가져왔다. 이하 『전집』이라고 한다.

지도를 펼쳐 놓고 설정된 좌표를 더듬어 가듯, 이들 시행에 내재한 가능성을 좀 더 살펴볼 필요가 있다.

3행으로 구성되어 있지만, 1연의 문장구조는 단순하다. 1행이 '말하려 한다면'의 조건 제시이고, 2행과 3행은 이 조건의 결과가 실행되거나(2행) 실행되지 않는(3행) 사태를 보여 준다. 이 구문에서 눈여겨볼 점은 조건으로 제시된 '말'과 실행의 사태로 향하는 '말'의 비동일성이다. "시가 말하려 한다면/ 말을 가질 뿐"이라는 구문에서 앞의 '말'과 뒤의 '말'을 편의상 A와 a라고 해 보자. 벌써 눈치챘겠지만 A/a 관계는 라캉적이다. 라캉은 기호 a를 대타자 A에 대비되는 소타자로 사용하는데, "대상 a는 타자의 결여를 대표하며, 결여되어 있는 특정 대상이라기보다는 결여 자체를 뜻"한다. 그렇기 때문에 "대상 a는 대상 자체를 가리키는 것이 아니라 결여를 덮어 가리는 기능"[4]을 한다. 이 지점에서 대상 a는 '보이지 않는 흔적 남기기'의 벤야민과 만난다. '결여를 덮는 일'과 '보이지 않는 흔적 남기기'는 표면적으로 덮기/남기기라는 이질적인 사태를 말하는 것 같지만, 그 사태의 대상이 결여/보이지 않는 흔적이 됨으로써 본질적인 의미에서 동질성을 공유한다. '결여'와 '보이지 않는 흔적'의 사태가 다르지 않고, 결여를 덮는 일이 사실은 보이지 않는 흔적을 남기는 일과 다르지 않다는 것이다. 이렇게 본다면 a로서의 '말'(2행)은 '결여'를 "가질 뿐"이고, 그 결여의 흔적은 a에 부재한 "산이나 나무", "골목"으로 남는다. 이때 a에 결여된 흔적들이 산, 나무, 골목 같은 구체적인 감각 대상이라는 사실은 뜻밖이다. 최하림은 구체적 감각을 직접 제시하는 것보다 보이지 않는 흔적, 다시 말해 결여된 감각 대상을 덮어 버리는 방식의 시 쓰기를 방법적 기원으로 삼기 때문이다. 그렇기 때문에 "불길이 타올라" 모든 감각적 대상들을 연소시킨 후, 그 "불의 벽에 서리는 그림자들의/ 꿈이여 빛이여"라고 간구할 수 있고, "소리"를 "침묵"의 "음조"로 전이시킬 수 있

4 숀 호머, 김서영 옮김, 『라캉 읽기』, 은행나무, 2006, 163~164쪽.

다. 따라서 1연의 구문은 이렇게 다시 써 볼 수 있다. '나의 시가 말하려 한다면/ 말의 결여를 가질 뿐 보이지 않는 흔적은/ 가지지 못한다 감각을 가지지 못한다." 이것이 최하림이 '밤의 마당'에서 말한 산란하는 빛과 어둠의 운동성이 아닐까? 밤에 모든 것들은 감각의 촉수에 닿지 않도록 어딘가의 '속'으로 스며든다. 밤의 시학이 결여를 덮고 보이지 않는 흔적을 남기는 일이 바로 그렇다. 최하림 시의 이러한 특징은 그의 등단작에서부터 나타난다.

아무런 이유도 놓여 있지 않은 공허 속으로
어느 날 아이들이 쌓아 올린 언어
휘엉휘엉한 철교에서는 달빛이 상처를 만들며 쏟아지고
때 없이 달빛이 달린 거기

나는 내 정체正體의 지혜知慧를 흔든다

들어가라 들어가라 하체下體를 나부끼며
아이들이 무심히 선 바닷속으로

막막한 강안을 흘러와 사아死兒의 장소場所 몇 겹의 죽음
장마철마다 떠내려온, 노래를 잃어버린 신神들의 항구港口를 지나서

유리를 통과한 투명한 표류물漂流物 앞에서 교미기交尾期의 어류魚類들이 듣는 파도 소리
익사한 아이들의 꿈

기계가 창으로 모든 노래를 유괴해 간 지금은 무엇이 남아 눈을 뜰까

……하체下體를 나부끼며 해안의 아이들이 무심히 선 바닷속에서.

—「빈약貧弱한 올페의 회상回想」 부분(『전집』, 26~27쪽)

이희중이 밝은 눈으로 짚어 낸 것처럼, 이 시는 감각 대상을 관념화하여 침울하고 감상적인 어사를 늘어놓고 있다. 이러한 초기 최하림의 시적 풍경은 장차 그 인식의 폭을 확장하고 표현의 기법을 세련화하는 방식으로 갱신된다. 특히 밤의 이미지와 결여의 사태가 중요한 모티프로 작동하는데, 최하림에게 결여는 감각의 상실에 가까운 어떤 것으로 인식되기 때문이다. 이 시에서 "아무런 이유도 놓여 있지 않은 공허"가 그러한 결여의 방식에 해당한다. 그렇기 때문에 '공허'에 "쌓아 올린 언어" 또한 보이지 않는 흔적에 불과하다. 중요한 것은 결여된 것과 보이지 않는 흔적에 대한 탐색이 존재론적이라는 사실이다. 그리고 모든 존재가 스스로 자기 정체를 폭로하는 밤에, 그 밤을 향한 탐색이 목격한 것은 "달빛이 상처를 만들며 쏟아지"는 것들, 바로 말하자면, "정체正體"다. 정체에게 주어진 것은 "하체下體"뿐, 나머지 상체는 보이지 않는다. 그런 까닭에 온전한 정체를 이룰 수 없다. 다만 결여된 상체의 보이지 않는 흔적을 통해 정체에 내재된 가능성을 흐리게나마 읽어 낼 수 있다. 나아가 이 시에서 '사아死兒' '죽음' '표류물漂流物' '익사' 같은 시어들이 결여 혹은 보이지 않는 흔적 같은 것이라면, 그것들이 "아이들의 꿈"으로 수렴되는 것도 당연하게 여겨진다. '아이들의 꿈'은 언제나 내재된 상태에 있고, 폭발이 준비된 가능성이기 때문이다.

꿈 혹은 빛의 산란

그렇다면 최하림 시의 정체가 결여하고 있는 상체, 다시 말해 내재해 있는 가능성은 어떤 것일까? 하체의 연장을 통해 우리는 보이지 않는 흔적으로서의 상체를 상상해 볼 수 있다. 이 지점에서 우리의 상상은 당연하게도 밤의 공중에서 반짝이는 '어둠의 인자들'과 만난다. 최하림 시가 밤의 지평에서 대지 '속'으로 움직여 간 것이 바닷속의 '하체'라고 한다면, 하늘 '속'으로 올라가는 움직임은 밤하늘에서 반짝이는 '빛'이기 때문이다. 그러한 의미에서 공교롭게도 시집 『작은 마을에서』에는 「詩」라는 제목으로 몇 편이 실려 있는데, 앞서 살펴본 시가 최하림의 시적 자의식을 살펴볼 수 있게 했다면, 이제 보게 되는 작품은 결여된 정체의 사태와 그 이유를 보여 주는 사례가 될 것이다.

> 외로우므로 깊은 불을 지르고
> 꿈꾸는 놈이 있더라
> 술 마시는 놈이 있더라
> 바람 부는 날 바람처럼 마음을
> 달리는 놈이 있더라
> 수없이 들판을 휩쓸고 詩를 휩쓸어
> 그리움을 잃어버리고 그리움을 노래하는,
> 그래서 그리움이 너무도 푸르게
> 하늘의 별같이 되어 버린,
> 오오 이제 그의 외로움을
> 너무도 빛나게 비추어 주는
> 비렁뱅이 같은 詩, 비렁뱅이 같은
> 그대의 꿈의 빛이여
>
> —「시詩」 전문(『전집』, 121쪽)

최하림이 "가장 좋은 시 속에서도 시는 흔적을 남기지 않았다"(「시詩는 어디에」, 『전집』 94쪽)라고 했을 때, "시는 침묵 속에서 태어나고 완성된다"(『멀리 보이는 마을』, 128쪽)라는 그의 또 다른 말을 떠올리는 것은 적절하지 않을지도 모르겠다. 시의 '흔적'과 '침묵'은 어쨌든 연관의 고리가 느슨한 것이 사실이니까. 그렇지만 우리가 이 글에서 시종 말하고 있는 '결여'를 상기해 본다면, 침묵 속에서 태어나고 완성되는 시가 흔적을 남기는 일이 쉬운 일은 아니라고 짐작해 볼 수 있다. 그것도 '가장 좋은 시'의 경우에 말이다. 따라서 그에게 결여란 "더 이상 아무 가질 능력 없이 비렁뱅이 신세로/ 떠도는 도시 유랑인의 마음과도 같"(「겨울 우이동시牛耳洞詩」)고, "근육이 튼튼한 사내들이 밤거리를/ 헤매는 척박한 식민지 밤"(「백운부白雲賦 1」)과 다르지 않으며, "추억밖에 가진 것 없이 벌거벗겨진 겨울목"(「백운부白雲賦 2」)처럼 외롭고 고독한 상태에 비근한 것이다. 그렇기 때문에 결여의 세계는 "이슬/ 방울/ 속의/ 말간/ 세계"(「이슬방울」)에 가장 근접해 있다. 그 이유는 최하림이 결여하고 있는 것이 "꿈의 빛"이기 때문이다. 이를테면 최하림이 말하는 결여의 세계란 '비렁뱅이 신세' '척박한 식민지 밤' '벌거벗겨진 겨울목' 같은 감각의 세계를 내재하고 있는 '말간/ 세계'의 다른 표현이다. 그리고 그 세계는, 위에 인용한 시에 따르자면, 외로움에서 촉발된 "꿈꾸는 놈"의 세계를 그리움으로 "빛나게 비추어 주는" 세계와 다르지 않다.

외로움과 그리움이 우로보로스의 뱀처럼 서로의 잔상을 내재하고 있는 것은, 서로의 잔상이 사실은 자신의 가능성이라는 믿음이 있기 때문이다. 외로움은 그리움의 잔상 속에서 자기 본질을 파악할 수 있고, 그리움은 외로움의 보이지 않는 흔적을 통해 자기 존재의 필연을 예감한다. 외로움과 그리움이 이렇게 서로의 잔상 속으로 순환하는 이 명백한 구도가 가능할 수 있는 것은 모든 존재에는 필연적으로 충족될 수 없는 상실의 구멍이 나 있기 때문이다. 우로보로스의 형상 자체가 가운데가 텅 빈 환이라는 점은 그런 점에서 상징적이다. 특히 우로보로스의 형상적 상징이 안팎이 완벽하게 분리된 닫힌 세계라는 점과 그럼에도 환의 내적 세계는 그 자체로 충족되는 완전한 세계라는 사실은 최하림의 시에서 '결여'의 사태가 가능성의 세계와 다르지 않음을 강하게 확정한다. 세 번째 시집 『겨울 깊은 물소리』에 실려 있는 「시」는 결여의 사태와 가능성의 세계가 우로보로스의 뱀처럼 서로 원인으로서 그리고 결과로서 작동하는 방식을 보여 준다.

새로운 축성법으로 다산이 쌓아 올렸다는
아름다운 수원성이 그림처럼 보이는 곳에서
축사를 하였다

나지 마라 죽는 것이 고통이요 죽지 마라 나는 것이 고통이라는
원효사의 말을, 말이 많다고 생사고통生死苦痛이라고 했던 사복처럼

시 고통이라고! 니나노 집에서 김윤배 시인이
고통 시라고 했다

그래 그래 내가 사랑하는 고향의
다섯 살배기 은경이는 시를 '씨'라고 했지

그 씨를 들에 뿌렸지

꽃들이 무진장 피어났었지

—「시」 전문(『전집』, 207쪽)

이 시의 매력은 투명하다는 데 있다. 어느 한 군데 복잡하지도 않고 모호한 구석을 찾아볼 수 없다. 많은 생각을 하게 한다거나 읽고 나서 오래 곱씹게 하는 탁한 부분도 눈에 띄지 않는다. 상식적인 독자라면 이 시는 축자적인 읽기 활동이 동시적으로 시적 읽기 활동으로 전이되는 경험을 할 것이다. 이 시의 문장을 순차적으로 읽는 것만으로도 이 시가 말하고자 하는 바에 상당히 근접할 수 있다는 말이다. 그렇다고 해서 이 시의 의미가 호락호락하다는 뜻은 아니다. 이 시의 정곡이 어디에 있든, 독자들은 자신의 존재론적 경험을 걸고 이 시를 읽을 것이고, 그 결과 자신의 생애에 불을 놓을 수 있는 특별한 경험과 만나게 될 것이다. 어떤 이는 "생사고통"에서, 다른

이는 "시 고통"과 "고통 시"에서, 또 다른 이는 "시를 '씨'"에서 자기 존재의 영혼에 팟, 하고 푸른 영감의 불길을 그어 댈 것이다. 이렇게 편재적으로 독자와 마주할 수 있는 것이 이 시의 제목이 말해 주는바, 시의 본질이고 시의 사명이라고 하면 과장일까?

그러한 전제에서 이 시에는 최하림의 시론이 비교적 솔직하게, 그리고 선명하게 제시되어 있다. 아울러 이 시기에 들어서면서 초창기 그의 시가 지배적으로 다루었던 관념어의 우울하고 감상적인 세계에서 벗어나고 있음을 알 수 있다. 이렇게 최하림이 시적 투명성을 확보할 수 있었던 것은 '결여'에 대한 자의식이 성숙해졌기 때문이다. 다소 진부한 비유가 되겠지만, 금반지의 존재론적 가치가 금으로 반짝이는 테두리로부터 그 안에 동그랗게 결여된 부분으로 옮겨 간 것이다. 금반지의 본질이 금이 아니라 결여라는 것, 결여가 금반지의 본질이 될 때 비로소 손가락을 받아들일 수 있다는 진리의 사태에 최하림은 한층 다가간 것이다. 이러한 비유적 이해로부터 최하림은 시가 결여의 사태에 놓일 때 비로소 시는 시인과 독자를 받아들일 수 있다는 사실에 동의하게 된다.

그렇다면 이제 이 시에서 다른 부분들을 압도하는 치명적인 대목이 2연이어야 하는 나름의 이유를 마련하였다. 그중에서도 "나지 마라 죽는 것이 고통이요 죽지 마라 나는 것이 고통이라는/ 원효사의 말"을 받아, 그것을 "생사고통生死苦痛이라고 했던 사복"의 발언에 주목해야 한다. 물론 사복의 발언이 원효사의 산문과 의미상으로는 크게 달라진 것은 없다. 그렇지만 사복의 말에는 분명 원효사가 결여하고 있는 게 있다. 그것은 "말이 많다"라는 운문적 사유이다. 원효사의 산문이 논리를 펼쳐 냄으로써 청자의 이성적 판단에 호소하는 반면, 사복은 원효사의 논리를 결여함으로써 청자를 직관과 경험의 세계로 끌어간다. 이렇게 사복이 결여의 방식을 통해 호소하는 전략은 "시를 '씨'라고" 발화하는 구체적인 사례를 만들어 낸다. '씨'는 사실 잎과 뿌리, 줄기와 꽃, 열매와 향기 등을 모두 결여하고 있다. 물론 이때의 결여는 보이지 않는 흔적으로서의 가능성과 다르지 않다. 시가 그 스스로 뿌리를 내리고 줄기를 세워 그 가지 끝에 잎과 꽃을 틔우고, 열매와 향기를 퍼뜨릴 수 있어야 한다는 강박으로부터 시인은 "씨를 들에 뿌"려 두는 것만으로도 독자들의 직관과 경험 세계에 "꽃들이 무진장 피어"나게 할 수 있다는 데 도달한 것이다. 최하림은 이러한 시적 시도를 같은 시집에 실린 다음 시로 증명하고자 했다.

마음이 고요한 날은 나무들도 다 조용하다
가을바람 불어 버드나무 이파리들이 빛살같이 내리고
누가 부르는지 생각이 잠시 산란해지더니 가닥나무 가지에 비닐처럼 걸려 날린다 가라앉는다
창밖에 아이들이 지나가고 저녁이 지나가고 북악과 도봉도 지나간다

―「시詩」 전문(『전집』, 187쪽)

4행에 불과한 이 시는, 어떤 의미에서 보면, 중심이 없다고 할 수 있다. 중심이 보이지 않는다는 것은 이 시를 감상할 수 있는 핵심이 찾아지지 않는다는 뜻이다. 대신 이 시는 시인의 감각에 걸려든 소리와 빛과 움직임을 별다른 기교 없이 보여 주기만 한다. 그럼에도 "고요"와 "조용"의 세계를 누구보다도 선명하게 제시한다. 앞서 사복이 원효사의 산문에서 잡다한 논리와 인과를 제거해 버린 것처럼, 이 시에서는 '고요'와 '조용'을 구구하게 설명하지 않는다. 최하림에게는 이렇게 설명을 결여하는 것, 핵심을 결여하는 것, 중심을 결여하는 것……, 이것이 "무진장 피어"날 "꽃"들의 가능성인 "씨"로서의 시가 아닐까?

말의 속박 부서뜨리기

세 번째 시집 『겨울 깊은 물소리』 이후, '사복'적 시 쓰기는 눈에 띄는 시

적 방법론으로 자리 잡고 있다. 특히 현실과 역사의 사태에서 촉발된 감각 경험을 다루는 방식에서 그것을 확인할 수 있다. 물론 그 이전에 우리는 최하림을 역사적 존재로 소환한 적은 없지만, 그렇더라도 최하림이 시인으로서 누구보다 책임감 있게 역사적 사태와 마주했었다는 사실은 부인할 수는 없다. 그의 네 번째 시집『속이 보이는 심연으로』의「자서」는 역사적 사태와 마주한 그의 존재론적 입장이 어떤 심사로 구불거리는지 들려준다. "몇 해 사이 나를 괴롭힌 것은 죄였다. 5월 광주로부터 비롯된 이 생각은, 살아남은 자의 울부짖음에서 출발하여 씻어 내야 할 문화의 어둠, 혹은 형벌로 인식되기에 이르렀다. 이 주제에 한동안 매달리면, 죄는 감성적인 모습으로라도, 보이지 않을까 생각되었다"라고 시작한 글은 "그런데 개인사에 있어서의 돌연한 일로 그것은 다른 형태로 찾아왔다. 나는 자연 친화의 인간적인 모습을 보게 된 것이다. 자연과 나누는 감정의 지극한 평화! 그것은 문화의 때를 씻어 내는 일이었고 몸 살리기였다"라는 것으로 방향을 전환한다. 역사적 죄책감과 자연 친화의 인간 사이에서 최하림이 발견한 것은 "몸 살리기"라는 생명성이다. 그렇다면 그가 말하는 '몸 살리기'는 무엇을 말하는 것일까? 그것과 관련하여 다음 시는 시인으로서 최하림의 자의식을 비교적 선명하게 보여 주는 사례가 될 것이다.

한 시인이 있었습니다. 시인은 지독한 민주주의자여서 말들이 평등하지 않은 것을 좋아하지 않았습니다. 시인은 날마다 이 말은 저 말보다 작고 이 말은 저 말보다 짙고 이 말은 저 말보다 돼먹지 않았다고 불평하면서 아침저녁 말들을 찾았습니다. 시인은 책들을 뒤지고 시장통을 누비고 큰길을 지났습니다. 마을 앞 당산나무 아래서는 낮잠을 늘어지게 자고 과객과 장기도 한판 두고 산 넘고 물 건너 갔습니다. 어느 나라에서는 과부를 만나 오랫동안 살기도 했습니다.

그해엔 눈이 엄청나게 내리고
산사람들이 눈에 빠져 오도 가도 못했습니다

마음이 유리처럼 언 시인은
무릎을 쭈그리고,
멀리 꿈결처럼
말의 소리를 들으며,
말들이 등거리에서
서로 부르고 욕망하는 것을 보았습니다
시인의 가슴속에서는 수많은 봄과 가을이
한꺼번에 흐르고, 아침저녁이 함께 타올랐습니다
참을 수 없어서 시인은 길을 박차고
떠났습니다 저문 들녘에 무럭무럭
솟아오르는 길을 시인은 보았습니다 대무신왕의 마누라 것보다도
더 큰 똥 덩이에서 김이 솟아오르고
있었습니다 들개들이 으르렁거렸습니다
구린내가 진동했습니다

—「이 말 저 말 시인」 전문(『전집』, 262쪽)

이 시에서도 그 단면을 확인할 수 있지만, 최하림이 '말'에 관해 얼마만큼 강박적으로 반응했는지는 그의 산문에 잘 나타나 있다. 「시에 관한 단상」(『멀리 보이는 마을』, 108~129쪽)에서 그는 따로 '말에 대하여'라는 소제목으로 시와 말의 관계를 아포리즘으로 피력하였다. 그 가운데 "시는 말로 씌어진다. 때문에 우리는 말에 대해 생각하고 또 생각하지 않으면 안 된다. 말이란 침묵으로부터 나오는 것이며 침묵으로 돌아가고자 하는 의식을 갖는다"라거나, 또 다른 소제목 '말과 민족에 대하여'에서 "말이 민족과 민족의 역사를 지니고 있다면 침묵은 우주와 우주의 역사를 지니고 있다. 말의 속박은 여기서 끝나지 않는다. 말은 지방성과 계층성, 시대성을 담는다. 말은 역사라는 위도를 벗어날 수 없다. 그럼에도 시의 말은 그 모든 조건과 관계를 벗어나야 한다. 그것들을 부숴뜨려야 한다"라고 하면서 "시는 …(중략)…

언어로 지은 집"이라는 결론에 도달한다. 시의 말이 '역사라는 위도'에서 작동한다고 할 때, 최하림은 그러한 역사적 조건마저도 궁극으로는 '부숴뜨려야' 된다는 인식에 도달했는데, 이때 부서져 해체된 말이 바로 '침묵'이다. 이렇게 말은 '침묵'에서 나와 '침묵'으로 돌아간다. 우주적 사태인 침묵으로부터 발생한 말이 민족의 역사로 구체화된 시로 형상화된 후, 다시 우주적 침묵의 사태로 회귀하는 것이다. 이러한 사태를 통해 우리는 최하림의 침묵이 비유적으로 자기 '정체'에서 결여한 '상체'에 해당한다는 것에 동의할 수 있다. 따라서 최하림이 '몸 살리기'라는 생명성을 끌어온 것은 침묵의 형태로 결여되어 있던 상체를 회복함으로써 내재한/보이지 않는 가능성을 발견하고자 하는 시도였으며, 그런 시도를 통해 존재론적으로 결여의 결여가 되고자 했다. 다시 말해 우로보로스의 뱀에서 결여의 환을 자기 충족의 완전한 세계로 구축해 낸 것이다.

그렇지만 시 「이 말 저 말 시인」은 말과 침묵이 어긋난 상태, 민족의 역사와 우주적 사태의 순환이 원활하지 않은 사태를 보여 준다. 침묵의 결여 상태가 유지될 때 말은 "구린내가 진동"하는 "큰 똥 덩이"가 될 수밖에 없다. 이 시에 따르면 시인들이 "아침저녁 말들을 찾"아 나서는 것은 "말들이 평등하지 않은 것을 좋아하지 않"기 때문이다. 이 구문이 부정+부정인 것은 별도의 상상을 요구한다. 이 글이 계속해서 관심을 보여 온 결여의 사태를 떠올린다면, 부정 형식과 결여의 사태가 비록 그 존재론적 위상은 같지 않더라도 지향하는 바는 다르지 않다는 생각이다. '평등하지 않은 것'이란 결여 상태의 평등이고, '좋아하지 않'는 일은 결여된 좋아함일 수 있기 때문이다. 그런 까닭에 이 구문이 결여+결여로 축약될 수 있다면, 앞의 결여에 '내재성'을, 뒤의 결여에 '보이지 않는 가능성'을 각각 대입해 보면 어떨까? 그렇게 될 때, 우리는 이 글의 도입부에서 인용한 그의 산문 "밤에는 모든 것들이 내재해 있으며, 모든 것들이 가능성으로서 있다"라는 문장에 닿게 된다.

그러나 시인이 찾아낸 말의 사태는 "구린내가 진동"하는 "큰 똥 덩이"이다. 시인이 찾아낸 '똥 덩이'가 말의 사태라고 할 때, 진동하는 '구린내'는 그가 역사적 존재로서 가졌던 '죄의식'을 감각적으로 드러내는 일이 된다. 시는 이러한 역사적 사태로부터 다시 침묵으로 회귀해야 한다. 그럴 때 시는 말의 그림자가 될 수 있고, 말의 내재성 및 보이지 않는 가능성으로 작동하게 된다. 그것이 최하림이 말하는 말을 깨부수는 일이다. "돌로 쳐라 깨부숴 버려라/ 침을 뱉어라 울대를 비틀고/ 꽁지를 뽑아 버려라/ …(중략)…/ 더럽고 냄새나는/ 슬픈 것들아"(「말에게」, 『전집』, 276쪽)에서 보듯, '말'이란 '똥 덩이'처럼 "더럽고 냄새나는/ 슬픈 것"이다. 그러므로 말은 '돌로 쳐'대고 '울대를 비틀'거나 '꽁지를 뽑아 버려'야 하는 대상이 된다. 그렇게 깨부숴진 말의 세계가 결국에는 침묵에 근접한 세계이다. 최하림은 그러한 세계를 이렇게 형상화해 내고 있다.

詩와 밤새 그 짓을 하고
지쳐서 허적허적 걸어 나가는
새벽이 마냥 없는 나라로 가서
생각해 보자 생각해 보자
무슨 힘이 잉잉거리는 벌 떼처럼
아침 꽃들을 찬란하게 하고
무엇이 꽃의 문을 활짝 열어젖히는지
어째서 얼굴 붉은 길을 걸어
말도 아니고 풍경도 아니고
말도 지나고 풍경도 지나서
소태 같은 나무 아래 서 있는지

—「내 시는 詩의 그림자뿐이네」 전문(『전집』, 277쪽)

최하림은 2010년에 발간된 『전집』에 '시인의 말'을 쓰면서 침묵과 결여의 시적 사태를 다시 한번 피력한다. "침묵은 고여 있지 않습니다. 침묵은 흘러갑니다. 그것은 그려져 있지 않은 빈 공간이라 해도 됩니다. 그려지지 않았으므로 그것은 없고 '유有'의 세계를 감싸고 있으므로 그것은 있을 수밖에 없습니다. 그런데 이 '없음' 혹은 침묵을 나는 쓰기가 어렵습니다"(『전집』, 6쪽). 이런 사정에 마음을 열어 두고 「내 시는 詩의 그림자뿐이네」를 읽는 심정은 특별하다. 우선 제목에 두 번이나 사용되고 있는 '시'와 '詩'를 분별해야 했던 시인의 고뇌를 생각해 본다. '내 시'와 '詩'가 같지 않다는 데서 오는 시인의 자괴감을 짐작하기는 쉽지 않지만, 그러함에도 '내 시'를 '詩의 그림자뿐'이라고 인식할 때, 적어도 최하림의 내면에는 침묵이 결여된 형태의 '말'이 있었을 것이다. '詩'라는 기표를 통해 특별히 말(言)을 강조한 것은 그런 이유다. 따라서 '詩의 그림자뿐'이라고 한 최하림의 '시'는, 지금까지 우리가 전개해 온 논의에 기대자면, '더럽고 냄새나고 슬픈' '똥 덩이' 같은 '말'에 불과하다. 최하림에게는 침묵의 세계인 '詩'의 사태가 먼저 있고, 그 세계로부터 역사적 조건을 부여받은 '말'의 사태가 발생하는데, 이 말의 사태가 사실은 '詩의 그림자뿐'인 '시'가 되는 것이다. 따라서 "詩와 밤새 그 짓을 하"기는 했지만, 다시 말해 밤새 '詩'를 쓰고자 했지만 결국에는 "말도 아니고" "말도 지나"서 '詩'에 이르지 못한 참담함이 "소태 같은 나무 아래 서 있는" 사태로 귀결될 수밖에 없다. 이제 우리는 최하림이 "나는 詩 써서 시인이고 싶었건만/ 오늘은 느티나무 아래 시들을 모아/ 불태우"(「詩를 태우며」, 『전집』, 326쪽)는 까닭과 "남은 문장을 버리고 집을 나선다 이상한 해방감이 감돌면서 나는 찬 기운이 도는 길을 지"(「결빙의 문장을 읽는다」, 『전집』, 470쪽)나는 이유를 알 것도 같다.

마지막으로 다시 한번 최하림의 산문에 기대어 보자. 「시에 관한 단상」에서 그는 나르시스 신화에 나오는 "너는 너를 아는 날 죽게 될 것이다"라는 눈먼 예언자의 말을 끌어온 후, 이렇게 적는다. "시라고 하는 것은 '내면의 얼굴'이고 내면의 얼굴이라고 하는 것은 샘물에 비친 얼굴이다. 시인은 그 얼굴을 볼 수밖에 없다. 시인은 죽을 수밖에 없다"(『멀리 보이는 마을』, 110쪽). '내면의 얼굴'이 보이지 않는 가능성이자 결여된 존재라는 점에서, 그러한 결여를 마주하는 순간 시는 마침내 '말'의 사태를 지나 침묵하는 '詩'의 세계에 진입하게 된다. 이때 말을 다루는 시인의 죽음은 운명처럼 예정되어 있다. 시인은 다만 "꽃이여!라고/ 소리쳐 부르며/ 조용히 그 앞에/ 설 뿐! 그 뿐!"(「詩에게」, 『전집』, 264쪽)이다. 이 말이 시가 되기 위해서는 말을 결여하고 침묵의 사태 속으로 가라앉아야 한다. 따라서 최하림이 "세계여 나의 시는 이제 비 맞은 나무 비 맞은 새 비 맞은 들녘// 이런 시를 쓰면서 제법 나는 시인인 체하고 싶은 모양이지만, 엿 먹어라"(「詩」, 『전집』, 259쪽)라고 자신을 향해 통쾌하게 일갈한 것은 '내면의 얼굴'을 바로 보지 못한 채 '시인인 체하고 싶'어 하는, '똥 덩이' 같은 말의 욕망을 향한 자성自省이 될 것이다. 그럼으로써 최하림은 말과 말이 물고 물리는 '우로보로스의 말'에서, 말이 아니라 그것이 결여된 사태로서의 공백, 다시 말해 '내면의 얼굴'을 직시할 수 있다. 그러한 사태를 두고 최하림식 시적 침묵이라고 한다면 억지가 될까? "시가 말하려 한다면/ 말을 가질 뿐"이라는 그의 인식에 기대자면, 침묵이란 곧 말의 결여다. 그리고 말의 결여는 고독이다. 고독과 정직하게 마주하는 일은 나에게 결여된 '내면의 얼굴'과 운명적으로 맞닥뜨리는 일이다. 그런 까닭에 최하림은 시적 순간에 대해 이렇게 말할 수 있다. "내 고독이 내 앞에 있다"(「구천동 시론詩論」, 『전집』, 286쪽). 이 말이 거느린 그림자 속에 그의 시가 있다는 것을 우리는 이제 알 수 있다.

T-Text의 기원을 향해 미끄러져 가는 시간들

—강연호론

1.

'여기(Here)'에 시간(Time)을 의미하는 대문자 T를 앞에 세우면 곧장 '거기(There)'가 된다는 엉뚱한 상상으로 시작해 보자. 이 상상의 체계에서 주목할 것은 여기로부터 거기로 공간적 층위가 교체되는 현상에 시간성이 개입한다는 사실이다. 시간(T)은 여기(Here)가 거기(There)로 미끄러지도록 매개하는데, 그럼으로써 여기/거기의 공간 구도는 자연스럽게 지금/그때의 시간 구도로 존재 형식을 바꾸어 버린다. 하나의 상상에 불과하지만, 시간의 폭력적인 위력을 확인할 수 있다.

시간을 생각하다가 한번은 무심코 이런 메모를 한 적도 있다. 우리가 몸으로 살아가는 현실을 1세계('여기'의 세계)라고 한다면, 1세계에 대한 감각과 사유가 (시간을 타고) 미끄러져 편집된 경험 세계는 2세계로, 그 경험을 (또다시 미끄러진 시간의 끝에서) 미적 언어로 재구성해 낸 시 텍스트는 3세계로, 그 시를 읽고 (마찬가지로 시간의 미끄러짐에서 발생하는) 독자의 경험 세계는 4세계로 구분해 볼 수 있지 않을까? 물론 이때 각 세계의 기원 및 전제가 되는 세계는 여기(Here)의 세계에서 거기(There)의 세계를 향해 미끄러져 간다. 2세계가 '여기'라면 1세계는 '거기'가 되는 식이다. 그렇게 될 수밖에 없는 이유는 1세계와 2세계 사이에 유동하는 시간(T)이 놓여 있어서다. 그런데 알다시피 원본의 세계는 1세계일 뿐, 나머지 세계는 1세계를 (시간을 매개로) 거듭 복제한 사본에 불과하다. 물론 이때의 원본(Original)은 플라톤의 이데아와는 다를 것이다. 오리지널이 사본에서부터 역으로 짚어 가는 과정에서 마지막으로 인식된 실체에 해당한다면, 이데아는 실체의 오리지널을 넘어서는 지점에 있다. 그런 맥락에서 예술을 포함한 모든 감성적/지적 활동은 원본(몸-삶)을 카피하는 일에 불과하다. 따라서 인간의 의식 활동이 지극과 궁극에 이르더라도 결국에는 사본에 매달린 것에 지나지 않게 된다. 당연히 그런 것들은 시간을 견뎌 내지 못하고 쉽게 증발하고 만다.

여기서 오리지널이 카피되는 방법론 하나를 떠올려볼 수 있다. 타임 슬립Time Slip이 그것이다. 타임 슬립은 여기로부터 거기로 시간이 미끄러지면서 시간과 공간을 전복한다. 이때 중요한 건 시간은 단 한 번만 경험된다는 사실이다. 최초의 순간은 경이에 해당하지만, 그것이 반복되는 순간 습관이 되고 만다. 습관이 작동하면, 발터 벤야민의 어법에 따르자면, 모든 것은 증발해 버린다. 벤야민은 그렇게 증발해 버린 것을 '유실물'이라고 부른다. 대개 유실물은 '여기-없음'으로 처리되지만, 그렇다고 해서 그것이 아예 존재하지 않는다고 말할 수도 없다. 유실물의 없음은 지금-여기에서만 참일 뿐, 그때-거기 내지는 장차-어느 곳이라는 맥락에서는 '없지-않음'의 가능성으로 존재한다. 이런 맥락에서 지금-여기에서 증명된 없음은 그때-거기에서는 '없지-않음'의 존재 형식을 띤다. 굳이 없지-않음을 고수하는 것은 '유실물'이 '증발'이라는 형식 속에서 발생하기 때문이다. 증발된 것은 없음/있음의 구도에 포섭되지 않는다. 증발은 유/무, 존재/부재의 이분법적 인식 구획을 초과하는 데 있다. 그런 까닭에 없음에도 있지 않다고 확신할 수 없는 존재의 무중력 상태를 없지-않음에 포섭하고자 한다.

문제는 없지-않음의 상황이 지금-여기의 맥락이 아니라 그때-거기의 차원에서 발생한다는 사실이다. 모든 유실물은 증발하여 그때-거기로 모여들고, 지금-여기에 모인 사람들은 저마다의 탐침봉을 들고 그때-거기를 향해 침투해 간다. 그것은 없음으로부터 없지-않음을 향해 나아가는 일이기도 하다. 그리고 강연호의 시에서처럼, 그들은 없지-않음에 이르기도 전에 길을 잃고 만다.

2.

강연호의 시에서 '길-잃음'의 서사가 빈번하게 노출되는 것은 지금-여기에 있지 않은 유실물을 찾아가는 방법론적 기획이 실현되고 있기 때문이다. 그가 첫 시집 『비단길』(세계사, 1994) '자서自序'에서 "잘못 든 길이 지도를 만든다"라고 한 것도, 그 문장을 두 번째 시집의 제목으로 삼은 것도 지금-여기에는 없지만, 그때-거기에는 없지-않을 유실물을 찾아가기 위한 의도적인 길-잃음이라고 해야 옳다. 이러한 길-잃음 앞에 유실물은 없지-않기 위해 기꺼이 자신의 정체를 폭로하게 되는데, 강연호는 유실물의 자기 실종을 철회시키기 위한 수단으로 시간의 운명을 끌어들인다. 강연호의 시에서 줄곧 타임 슬립의 미끄러짐이 시적 방법론으로 작동하는 것이나, 길-잃음의 서사를 기억-잃음의 운명으로 드라마틱하게 환기하고 있는 것은 시간의 운명을 확보해 낸 덕분이다. 그런데 길-잃음의 시적 태도를 고수해 온 강연호에게 잃는다는 것, 다시 말해 뭔가를 유실해 버리는 일은 윤리적인 감각과 연관되는 것 같다. 시간의 격벽을 관통해서라도 기어이 유실물을 회수해야 한다는 강박은 강연호의 시적 윤리를 구축한다. 그런 까닭에 '제기천'이 복개되는 것을 두고 개천 하나가 폐쇄되는 범상한 일로 흘려보내지 않는다. 그것은 "최루가스를 피해 천변에 앉으면 뽀얗게/ 눈 흘기는 물살 사이로 부서지던 70년대와/ 80년대 그 미친 시절 다 지나갔다고/ 모두 잊고 덮어 두자는 약속"(「제기동 블루스 3」, 『비단길』)처럼 돌이킬 수 없는 운명 비슷한 무엇이 된다. 그럼으로써 복개되는 것은 제기천이 아니라 70년대와 80년대라는 "미친 시절"이 되고, 그 시절은 복개의 방식을 통해 유실물로 처리된다. 이러한 맥락에서 강연호에게 유실물은 '길'이라는 유동하는 공간으로 표면화된 시간의 운명과 그것을 등에 업은 '기억'임이 입증된다. 이제 강연호에게 길-잃음은 기억-잃음과 다르지 않다는 점에 동의하지 않을 수 없다. 강연호는 기억-잃음이라는 유실물을 회수하기 위해 길-잃음의 전략을 채택했고, 길-잃음을 통해 지금-여기에 있지-않은 유실물을 그때-거기의 없지-않음으로 치환해 낸다. 이러한 방법은 추억이나 회상과는 다르게 작동한다. 추억(회상)이 그때-거기를 지금-여기로 소환하는 전략이라면, 강연호의 길-잃음은 지금-여기로부터 그때-거기를 향해 미끄러져 가는 타임 슬립을 활용한다. 그러므로 강연호의 시간 운용법은 길/기억-잃음이라는 자기 실종을 실현하는 경우에만 선명해진다.

나는 아직도 강변에 서면
어느 강변이든 세상의 변죽 같아서
꺼이꺼이 울면서 강 건너간 노래를 부르고 싶다
망명과 귀순의 정치적 수사를 붙여 건너가고 싶다
밀사의 가슴 뛰는 도강록을 쓰고 싶다
어느 계절인가 쩍쩍 결빙하는 물결을 토막 내
그 혹독한 칼날에 마구 볼따구니를 부비고 싶다
허나 대충 살아서 미안한 날들은 덧없고
낡은 외투마냥 너덜거리는 내 심장을 향해
후회는 용솟음치고 무덤은 쿵쿵 굴러다닌다
나는 누가 고용하는 용병인가 외인부대인가
여기서 그만 건성의 싸움 부서지고 싶다
통곡뿐인 여인네의 자궁 속으로 기어들었다가
다시 열 달 깨끗이 채워 나오고 싶다

가슴에 화살 맞고 쓰러진 짐승의 더운 피를
내 혈관에 수혈하면 과연 열혈남아로 환생할 것인가
흐르는 강물이여
아니, 지금 막 흘러간 강물이여
세상의 변죽을 두드리다 지쳐 머리 싸매고
방금 네가 적시고 간 발끝을 내려다본다
나는 아직도 같은 강물에 두 번 발 담그고 싶다

—「나는 같은 강물에 두 번 발 담그고 싶다」 전문
(『잘못 든 길이 지도를 만든다』)

강연호의 시가 공간을 시간으로 전유해 내는 데 남다른 감각을 지녔다는 사실은 자명하다. 이 시는 기본적으로 "강변"이라는 공간을 점유하는 데서 출발하지만, 짐작하다시피 그곳은 타임 슬립을 위해 무작위로 선택된 지점에 불과하다. 강변이든 해변이든 혹은 도로변이든 강연호는 점유할 수 있는 공간에는 관심이 없다. 그에게 공간은 있지-않음이 실현될 수 없는, 즉 유실될 수 없는 명명백백한 좌표이기 때문이다. 강연호의 시적 시선은 그 공간이 기억하고 있는 시간의 파장을 향해 있다. 당연히 "강물"은 시간의 감각적 비유가 되고, 그것의 가시성을 통해 강연호는 개념 기호에 불과한 시간을 감각 자료의 수준으로 끌어내리는 데 성공한다. 삶이 감각과 물질성을 플랫폼으로 하는 에너지의 좌충우돌이라는 점에서 비감각적 자질인 시간을 감각화 내지 물질화하는 이유는 명백하다. 그것은 삶이란 지금-여기에서 진행될 뿐이라는 (고립적 및 폐쇄적) 동시성을 혁명적으로 전복하는 일이다. 물론 지금-여기의 유일성을 삶의 윤리로 추종하는 자들도 있다. 그들은 지난 시간과 도래할 시간은 상징적 삶(과거)과 상상적 삶(미래)에 불과하다고 믿는다. 상징적 삶이나 상상적 삶은 실제 삶에 영향력을 발휘할 자격이 없다는 것이다. 수긍할 수 있는 논리다. 알다시피 현실적인 차원에서 삶은 일회적이며 반복되거나 예습되지 않는다. '지금'이 도래하기 전이나 지나간 후의 일은 물리적인 삶과 무관하다. 살아 있다는 의미에서 삶이란 언제나 '지금'이라는 시간의 접점에서 발생하는 불꽃 같은 것이기 때문이다.

그럼에도 강연호는 "나는 아직도 같은 강물에 두 번 발 담그고 싶다"라고 시적 의지를 피력함으로써 지금-여기로부터 이탈하고자 한다. 강연호는 서정시가 시간의 경험 형식이라는 점을 누구보다 잘 안다. 그러나 강연호는 거기에서 한 걸음 더 나아가는 전략을 취하며 그의 시는 시간을 진실하게 경험하려는 의지를 보인다. 그러한 의지가 타임 슬립이라는 시간의 미끄러짐 원리를 작동시켜 '싶다'라는 발화 형식으로 표면화된다. 이때 진실을 향한 경험 의지가 겨냥하는 지점은 지금-여기가 아니라 그때-거기이다. 그리고 그때-거기는 지금-여기를 가능하게 하는 오리지널로 작동한다. 과거의 삶을 상징적이라고 한 이유가 여기에 있다. 강연호의 시를 줄곧 관통하고 있는 일관된 흐름은 지금-여기의 삶을 파생해 낸, 라캉적 의미에서, 상징적 세계를 향한 탐색이다. 알다시피 라캉의 상징계로 진입하는 데 필요한 것은 팔루스Phallus로 대변되는 절대성의 거세이다. 절대성을 상실한 상태에서 상징계로 진입하기 위해 우리는 언어를 학습하고 본능적 욕망으로부터 분리되기 시작한다. 그 결과 팔루스가 제거되면서 우리는 비로소 인간적인 분별과 자유를 획득할 수 있다. 그럼으로써 인간은 절대자의 이야기가 아니라, 바로 '자기'의 욕망과 결여를 이야기할 수 있게 된다. 강연호가 타임 슬립의 가능성을 발견하고 그때-거기를 향해 '싶다'의 욕망을 끌어올릴 수 있게 된 것은 그때-거기의 세계가 라캉의 상징계와 구조적으로도 기능적으로도 다르지 않음을 확인했기 때문이다. 라캉이 간파한 것처럼, 아버지(절대성)가 부재한 상징계는 언제나 (팔루스가) 결여된 세계이다. 그러한 이유로 결여의 틈에서 발생한 욕망은 부유하는 무의식의 영역이 된다. 이 분열과 간극의 세계가 그때-거기의 세계라는 것은 굳이 말할 필요도 없다. 그런 까닭에 그때-거기에는 지금-여기로부터 흘러 들어간 욕망의 기획들이 없지-않고, 언제라도 그것들은 지금-여기의 언어 질서 속으로 소환될 여지로 끓어오른다. 시를 쓰는 일은 그러한 들끓음을 언어로 발굴해 내는 과정이다. 강연호의 시가 라캉적이라고 하는 것은 그가 그때-거기의 무분별하고 무규칙적인 들끓음을 언어로 질서 지우고 있다는 의미에서다. 이건 또 다른 맥락이지만, 어떤 의미에서 강연호는 언어 이전의 세계인 지금-여기에 대해서는 아직은 할 말이 없는지도 모른다.

3.

이처럼 강연호가 『비단길』(세계사, 1994), 『잘못 든 길이 지도를 만든다』(문학세계사, 1995), 『세상의 모든 뿌리는 젖어 있다』(문학동네, 2001)를 지나는 동안에 한 번도 흐트러트리지 않았던 것은 그때-거기를 향한 시선이다. "새가 날아가자 나뭇가지 부러졌네/ 바람 한 점 없었는데/ 한참 뒤에 문득 생각난 듯이 부러졌네/ 모든 게 흔적이네"(「흔적」, 『세상의 모든 뿌리는 젖어 있다』)라고 그가 지금-여기의 파장을 감지할 때, 그의 시는 그 '흔적'의 근원을 향해 미끄러질 수밖에 없다. 그러나 세 번째 시집 『세상의 모든 뿌리는 젖어 있다』에서부터 강연호는 기억을 향해 다소간 의심의 눈초리를 보내기 시작한다. "기억은 허구"(「기억을 놓치다」)라는 느닷없는 각성은 "기억의 행방에 대해 오래오래 머뭇거"(「기억의 행방」)리게 했고, 비로소 "기억은 빛이 들어간 필름처럼 막막하다"(「사진」)라는 인식에 도달한 것처럼 보인다. 이러한 변화는 기억-잃음 내지 길-잃음의 방법론이 그 시효를 다했다고 판단했기 때문은 아닐까? 어떤 촉수동물보다 예민한 감각을 지닌 시인에게 문득 개시되고 있는 21세기는 하나의 존재론적 '사건'이 되기에 충분했다. 어떤 현상이 사건화되는 과정은 언제나 남다른 파장을 불러온다. 강연호는 21세기라는 '사건'을 목도하면서, 그리고 그 시간을 돌파해 가면서 새로운 시적 방법론을 모색했다.

언젠가 너를 본 적이 있지

내 얼굴의 거울은 타인의 얼굴인 것을
미처 알아보지 못한 척하지

거울아, 거울아, 이 세상에서 누가 제일 나 같지?
이미 답을 알고 던지는 질문을 뒤집듯
거울을 홱 뒤집어 보기도 하지
그 뒤에 꼭 누가 웃고 있을 것만 같아서
등골 서늘해지는 느낌을 즐기지

내 얼굴의 거울은 바로 네 얼굴인 것을
나는 언제나 너를 질투하지
거울아, 거울아, 이 세상에서 누가 제일 너 같지?
답이 마련된 질문을 거듭 던지며
뻔뻔하게도 나는 얼굴을 붉힌 적이 한 번도 없지

두드려라, 깨질 것이다
두드려라, 깨진 만큼 늘어날 것이다
나는 짐짓 지구본마냥 고개 기울여
늘어난 얼굴들을 빤히 쳐다보며 묻지, 누구시더라?

—「데자뷰」 전문(『기억의 못갖춘마디』)

이쯤에서 다시 라캉의 말을 새겨 보자. 라캉은 상징계를 설명하는 과정에서 인간의 무의식을 타자(Other)의 담론이라고 했다. 무의식은 의식(지금-여기)의 지점에서 보면 그때-거기에서 유동하는 시간이다. 시간의 분열된 층위는, 무의식이 구성하는 담론은 의식의 입장에서 타자일 수밖에 없음을 강조한다. 「데자뷰」에서 "누구시더라?"라고 묻는 행위는 지금-여기가 그때-거기의 타자성에 눈뜨는 과정에 해당한다. 타자의 담론은 "누구시더라?"처럼 질문 화법에 기대어 언제나 그때-거기의 시간 속으로 미끄러질 수밖에 없다. 강연호가 타임 슬립을 통해 줄곧 천착해 온 그때-거기의 세계는 명백히 타자의 담론인 것이다. 그리고 그 담론의 핵심은 기억-잃음이라는 유실물이다. 이러한 논의 속에서 이 시의 "내 얼굴의 거울은 타인의 얼굴"이라는 담론이 해명된다. 강연호에게 거울을 들여다보는 행위는 여기-있음을 증명하려는 시도도 아니고, 거기-없음을 확인하려는 조바심도 아니다. 어느 쪽이냐 하면, 강연호는 거기-있음의 자기 확신에 도달하려는 쪽에 가깝다. 그리하여 거울은 지금-여기를 비추는 것이 아니라 그때-거기를 지금-여기에서 증명해 내는 매개가 된다.

이처럼 강연호가 초기의 『비단길』 『잘못 든 길이 지도를 만든다』 등에서 길-잃음의 윤리를 강하게 요청했다면, 『세상의 모든 뿌리는 젖어 있다』와 『기억의 못갖춘마디』(문예중앙, 2012)에 오면서 길-잃음을 기억-잃음으로 대체하는 중이다. 길에서 기억으로의 전환은, 강연호의 시에서 그 원인을 찾자면, '아우라'의 발견에 있을 것이다. 그에 따르면 아우라는 찻주전자의 실금에 새겨진 "흙으로 돌아가는 중에 잠시 어리는/ 빛살 같은 것"(「아우라」, 『기억의 못갖춘마디』)이다. 이 실금에 빛살이 어리기까지 찻주전자는 무수한 찻물을 머금었다가 비웠을 것이다. 그런 까닭에 실금은 그 시간의 저편으로 미끄러져 간 기억이 찻잔에 새겨 넣었던 "차를 우려냈던 주인의 예법" 같은 윤리와 다르지 않다. 이 실금을 통해 강연호는 지금-여기로부터 그때-거기로 미끄러질 수 있는 타임 슬립의 전형을 발견했다.

찻주전자에 새겨진 실금에서 그런 윤리를 읽어 낼 줄 아는 시인의 눈썰미는 그 자체로 이미 동시대의 윤리 감각으로 무장하고 있는 지금-여기의 '아우라'일 것이다. 그런 의미에서 "아우라를 아는 사람은/ 아우라를 지닌 사람이다"라는 선언은 그때-거기로 유실되어 버린 것이 무엇이었는지 말해 준다. 여기(Here)에서 바라보면 모든 유실물은 거기(There)에서 반짝거린다. 강연호가 시적 응시를 통해 읽어 낸 아우라는 거기에서 여기를 향해 빛나는 어떤 것이다. 그것의 정체를 분명하게 밝히기는 쉽지 않겠지만, (그렇더라도 불완전하지만 가능한) 방정식 하나를 만들어 볼 수는 있을 것 같다. 거기(There)를 여기(Here)의 '데자뷰'로 인식하게 만드는 것, 다시 말해 There로부터 Here를 가능하게 해 주는 것이 대문자 'T'라는 논리다. 거기를 여기로 호명해 낼 때 거기로부터 분리되어 독자성을 구축하는 'T'의 정체에 대해 분분한 상상이 가능하겠지만, 가장 근접한 것을 꼽으라면 단연코 진리/진실(Truth)이라는 생각이다. 강연호가 지금-여기에서 그때-거기를 바라보는 것은 그곳에 세상의 모든 진리/진실이 있기 때문이다. 벤야민이 말한 유실물도 또 아우라도 이러한 T의 자장을 벗어나지 않는다. 강연호는 지금-여기에서 유실된/거세된 팔루스의 본질이 진리/진실임을 안다. 그리고 시간이 그것을 지금-여기로부터 그때-거기로 유실해 버린다는 것도 안다. 이러한 점에서 강연호가 타임 슬립을 시적 방법론으로 삼아 그때-거기에서 진리/진실을 찾으려 하는 것은 온당하다.

이제까지의 논의를 정리하면 이렇다. 지금-여기에서 그때-거기로 미끄러지는 것은 시간(Time)이고, 그때-거기로부터 지금-여기로 소환되는 것은 진리/진실(Truth)이다. 시간이 진리/진실이 되는 것, 그것은 역사를 초과하는 윤리다. 그런 면에서 강연호의 시는 벤야민의 유실물이나 아우라, 라캉의 팔루스와 동등한 층위에서 시적 오리지널을 탐색해 온 것으로 보인다. 그가 "글썽한 시선으로 바라보지 않아도/ 세상의 모든 뿌리는 젖어 있"(「세상의 모든 뿌리는 젖어 있다」)다고 했을 때, 그가 바라본 "뿌리"란 지금-여기에는 있지-않지만, 그때-거기에는 없지-않은 삶의, 윤리의, 언어의, 세계의, 그리고 진리/진실의 오리지널임을 이제는-더 이상 의심할 이유가 없다. 그러한 전제에서 강연호의 시는 오리지널 세계의 없지-않음을 증명해 내는 'T'(Time/Truth) 텍스트임에 틀림없다.

이별의 감별사
—김유석론

김유석은 삶의 매 순간에 이별의 등급을 매기는 이별 감별사처럼 보인다. 그는 삶의 맥락에 이마를 대고 이별의 온도와 이별의 심도와 이별의 속도를 감별한다. 이별을 감별하는 그의 감식안은 특별히 까다로운 것으로 알려져 있는데, 그는 미온적이거나 주저하는 이별에는 관심이 없다. 그가 특별히 생각하는 이별은 완성되는 이별이다. 알다시피 이별은 지연되고 반복되며 끊임없이 되살아난다. 후회와 반성이 이별을 지연시키는 악습이다. 김유석은 지연되는 이별을 못 견딘다. 그는 이별의 순간성, 이별의 유일성, 이별의 단독성을 선호하는데, 이것들은 이별을 이별로 완성하는 요소가 된다. 이별의 완성을 추구하는 그의 이별 감별법이 널리 믿음을 얻는 이유는 이별을 대하는 김유석의 까다로운 감식안 때문이다.

김유석의 시에서 완성된 이별을 읽어 내는 것은 어렵지 않다. 그는 개체 분리의 순간을 드라마틱하게 포착해 낸다. 그에게 포착된 드라마는 이별로 완성되는 삶이다. 표면적으로 그 삶은 존재했던 것이 부재하는 방식으로 전개되는 듯 보이지만, 김유석의 시에서 그것은 부재했던 것이 비로소 존재 의의를 획득하는 방식을 띤다. 이별이 완성되는 일은 그런 것이다.

감정만 남은 기억 같다. 까맣게 잊은 일들 까맣게 달고

눈이 까만 짐승이 품다 간 옛 집터, 술래처럼 서 있다.

까까중머리는 안 보이고 까막눈들만 말똥말똥 숨어 있는 장독 뒤

누군가 호명하면 입술이 까매질 것 같아

밥 누는 냄새나는 저쪽 세상에 대고

까마중아 까마중아, 제 이름 불러 가며 까맣게 익어 간다

—「까마중」 전문[1]

모든 시는 저마다의 이유로 창작되지만, 모든 시가 이별시가 되는 것은 아니다. 이별시에는 이별의 흔적이 남아 있다. 「까마중」에도 시의 모태가 되었던 것과 이별했던 배꼽의 흔적이 보인다. "저쪽 세상"이 그것이다. 시인은 "까마중"을 통해 부재하는 것을 존재의 영역으로 불러낸다. 그것들은 오래전 이별의 형식으로 사라졌던 것들이다. 그러나 그것들은 "감정만 남은 기억"처럼 완성되지 못한 이별이다. 기억되는 이별은 불완전한 이별인 까닭에 "까맣게 잊은 일들"이지만, 그것들은 여전히 "까맣게 달"려 있다. 김유석은 이 불완전한 이별을 완성하기 위해 이별을 다시 불러낸다. "누군가 호명하면 입술이 까매질 것 같"다는 것은 이별을 불러내는 순간 불러낸 주체마저 '까맣게' 잊힐 수 있음을 강조한다. 중요한 것은 호명 행위를 통

1 이 시는 『시를 사랑하는 사람들』(2018년 3-4월호)에 발표될 때 5연이 "밥 누는 냄새나는 저쪽 세상에 대고"였다. 이후 시집 『붉음이 제 몸을 휜다』(상상인, 2020)에 수록되면서 "감정마저 눌어가는 저쪽 세상에 대고"로 수정되었다.

해 불러낸 자의 입술이 '까매질' 거라는 인식이다. 그것은 호명 행위가 주체의 이별을 완성하는 주술로 작동할 때 나타나는 것이다. 김소월이 「초혼」에서 선취한 것처럼, 부르는 행위는 근본적으로 잊기 위한 것이기 때문이다.

그렇다면 김유석이 완성하고자 하는 이별은 어떤 것인가. 이 시에서 호명된 것은 "옛 집터, 술래처럼 서 있"는 대상이다. 시의 문법에 익숙한 사람이라면 '술래'의 정체가 호명자와 다르지 않다는 것을 감지해 낼 것이다. 이 시에서 호명 주체와 호명 대상을 동일성의 차원에서 볼 수 있는 것은 "기억"의 메커니즘 때문이다. 기억의 메커니즘은 "옛 집터"에서 작동한다. 눈여겨볼 점은 "옛"의 시간성과 "터"의 공간성이 매개될 때 기억이 작동한다는 사실이다. 알다시피 '옛'은 지금 부재한 시간이다. '터'도 마찬가지로 존재의 부재라는 공간성의 흔적이다. 이러한 시간성과 공간성의 부재 상태를 이별의 한 전형이라고 우리는 말할 수 있다. 다만, 부재의 이별은 미완성의 이별이기 때문에 김유석은 부재의 존재를 증명하는 역설을 통해 이별을 완성으로 이끌고자 한다. "까마중아 까마중아, 제 이름 불러" 대는 호명 행위는 "저쪽 세상"에 미완성으로 남아 있는 이별을 소환하는 주술인데, 주술을 반복함으로써 이별은 "까맣게 익어 간다". 그렇다. 모든 이별은 익어야 한다. 익는다는 질적 도약을 통해 이별은 "감정만 남은 기억"이거나 "까맣게 잊은 일들 까맣게 달고" 있지 않아도 된다. 감정도 남지 않은 상태, 잊었다는 사실조차 잊어버린 경지에 도달할 때, 비로소 완성된 이별을 만나게 되는 것이다.

호명 행위가 이별을 완성하는 반면, 듣지 않는 행위는 이별을 종결짓는다. 들을 수 없을 때 모든 이별은 그 자체로 이별 아닌 것이 되는 것이다. 이별 자체를 존재론의 영역에서 축출해 버림으로써 존재했던 흔적까지 존재 이전으로 돌려 버린다. 이것은 일반적인 죽음과는 다른 형태의 죽음이다. 생명 활동의 소멸이 우리가 알고 있는 죽음이라면, 김유석이 말하고자 하는 죽음은 존재 흔적의 소멸에 가깝다.

소는 세 번 운다. 배고프다 울고 새끼 생젖 뗄 때 울고

한 번의 울음은 들리지 않는다.

소는 버릴 게 없다 한다. 우족이며 꼬리, 소머리국밥에 내장탕, 하물며 똥오줌까지 거름으로 쓴다.

소도 버리는 게 있다.

오늘은 정읍장, 싸락눈을 밟고 온 트럭 짐칸 앞에 무릎 꿇고 떼쓰는 소야

터지지 않는 울음 혼자 삭히고 있느냐. 기억조차 없는 사래 긴 밭을 언제까지 되새기고 있을 거냐

자, 그만 가야지

시집보낼 딸년도 그믐달에 죄던 노름쟁이 끗발도 옛이야기구나

콧김이나 한번 더 쏘이고 차에 오르려마

목덜미 쓸며 돌아서는 박영감 귀머거리 다 되었다.

—「팔아먹는 슬픔」 전문

이 시는 삶의 농아聾啞적 비밀에 접근해 있다. 듣지 못하고 말하지 못하는 존재에게 허락된 것은 짐작하기다. 귀나 혀가 처리하는 감각 정보에 비하면 비효율적이지만, 짐작하기 방식은 섬세하면서 다층적이다. 그것이 시가 존재하는 방식 가운데 하나일 것이다. 폭로되지 않지만 짐작되는 것. 「팔아먹는 슬픔」은 세 번 폭로되지만 그중에 한 번은 농아적 비밀 속으로 숨

어 버린다. "배고프다 울고 새끼 생젖 떼 낼 때 울"지만 끝내 "한 번의 울음은 들리지 않"음으로써 시적 상황을 진공에 가두어 버린다. 진공이란 아무것도 없는 상태를 말하는데, 그렇기 때문에 없음 자체가 존재하는 모순적 상황이 만들어진다.

그렇다. 이 시는 "옛이야기"라는 표지를 믿을 때 명백하게 모순적이다. 그것은「까마중」의 "옛 집터"처럼 이 시를 기억의 메커니즘에서 작동하게 한다.「까마중」이나「팔아먹는 슬픔」이나 시의 플랫폼은 다르지 않다는 말이다. 이 시에도 "트럭 짐칸 앞에 무릎 꿇고 떼쓰는 소야" 하는 호명이 있고, "언제까지 되새기고 있을 거냐", "자, 그만 가야지", "콧김이나 한번 더 쏘이고 차에 오르려마"처럼 호명된 대상을 향한 반복적인 발화가 있다. 이 발화들은 '소'라는 호명 대상을 부재의 시 · 공간으로 소멸시킨다. 이때 소의 소멸이 동일한 차원에서 '박영감'의 소멸을 예비한다는 것을 모르지 않는다. 김유석의 시적 포석이 이것이다. 소와 박영감의 동질성은 "기억조차 없는 사래 긴 밭"에 있다. 눈썰미 있는 독자라면 눈치챘겠지만, 김유석의 시는 농경 부족민의 심층에 뿌리를 내려 두고 있다. 그의 시가 '터'나 '밭'의 대지적 상상력에서 성장과 소멸의 순환 구조를 드러낼 수 있는 것은 그런 이유다. 대지는 부재 속에 존재를 감춘다. 대지에서 부재는 존재가 되었다가 그 존재가 다시 부재로 돌아간다. 이 모든 과정은 시의성으로 결정된다. 대지에서 존재와 부재의 순환적 발현은 '때'의 문제인 것이다. 그러므로 모든 존재는 '때'를 기다리며 부재의 형식으로 대지에 깃들어 있다.

모든 이별은 기다림의 순간이다. 김유석은 이 기다림을 끝내고자 한다.「팔아먹는 슬픔」은 김유석이 기다림을 처리하는 사례에 해당한다. 이 시에서 부재를 향한 존재의 삭임과 존재를 향한 부재의 열망은 "터지지 않는 울음 혼자 삭히고 있"는 것으로 처리되어 있다. 여기서 눈에 띄는 것은 '삭히다'라는 시어의 활용이다. 일상 어법에서라면 울음이나 분노 같은 감정은 '삭이는' 방식으로 가라앉힌다. 반면 '삭히다'의 의미는 날것을 발효시켜 질적인 변화를 요구할 때 쓸 수 있다. 따라서 김유석은 "터지지 않는 울음"을 가라앉히고 싶지 않은 것으로 보인다. 이는 존재의 있음이 없음으로 변화하는 것을 통해 부재를 증명하는 것이 아니라, 있음의 질적인 변화 즉, 없음 속에 있음이 잠재적 상태로 보존되어 있는 변증법적 전망을 제시하는 방식이다. 「까마중」에서 소멸 혹은 부재화의 방식으로 "익어 간다"라고 한 것도 그런 경우에 속한다.

그렇다면 김유석 시에서 익어 가는 것, 삭히는 것, 있음의 없음, 존재의 부재 등이 노리는 발생론적 효과는 무엇일까. 알다시피 이러한 시도들은 기억에 매달려 있는 이별을 불러낸 후, 이별을 이별 이전의 혹은 이별을 초월하는 새로운 지점으로 도약시키기 위한 것들이다. 이 도약 과정에서 김유석은 기억을 헤집어 기필코 이별을 완성하고자 한다. 이제 보게 될 「마디」에는 이별을 완성해야만 하는 김유석 나름의 해명이 있다. 미리 말하지만, 이 시도 농아적 비밀의 전형으로 읽어야 한다. 시 제목이 지목하는 것처럼 '마디'는 생명이 새롭게 시작하는 지점이자, 이제까지의 생명이 종결되는 지점이기 때문이다. 삶/죽음, 시始/종終, 나/너 같은 이분법적 시야(視野, perspective)가 발화-수렴되면서 경계의 상상력이 발동되는 창조의 유일한 지점이 '마디'이다.

> 망설였던 거다.
>
> 한 칸 한 칸 오를 때마다
> 바람 속에서 중심을 솎던 흔적,
> 잠자리가 수평을 고르고
> 잎사귀들이 가로젓는 그쯤
>
> 살짝 발꿈치가 들릴 만큼만 세상이 바라다보이는
> 거기까지가
> 한자리에 묶인 꼿꼿한 생이었다.

오를수록 공것 같은 허공
오르면서 함께 생긴 벼랑을 끼고
휘청거리는 중심이 황홀해서
뿌리로부터 가장 먼 곳까지 와 버린 거다.

화관을 틀자
처음으로 어지럼증이 왔다.
멍든 듯 마디마디가 쑤셨다,
더 오를 수도 주저앉을 수도 없는 그쯤

익는다는 건 자기 연민의 극,

와르르 무너져 내릴 것 같은 흔들림 위에서
제 그림자 굽어보며
빼빼 말라 가는 수수깡들

내려오는 길은 애초부터 없었던 거다.

—「마디」 전문

단도직입적으로 말해 보자. 김유석은 "익는다는 건 자기 연민의 극"이라는 관점을 독자들과 공유하고자 한다. '익는다'의 자리에 '삭히다'를 넣어도, '있음의 없음'으로 대체해도, '존재의 부재화'로 바꿔도 결국 그 모든 동력은 '자기 연민'으로 수렴된다. 자기 연민이 '극'에 달해야만 익을 수 있고, 없을 수 있게 되는 (부재화의) 질적 변화를 도모할 수 있다. 문제는 어떻게 '극'에 이를 것이냐이다. 지금까지 살펴 온 바에 따르면, 극이란 완성된 이별의 순간과 다르지 않은 것 같다. 기억이라는 저장소에서 더 이상 소환할 것이 없을 때 이별이 완성되듯, '극'은 아무것도 없어서 "공것 같은 허공"에 다름 아니다. 그곳은 "더 오를 수도 주저앉을 수도 없는" 지점이면서 "와르르 무너져 내릴 것 같은 흔들림 위"이다.

이제 '자기 연민'의 차례다. 에둘러 말할 것 없다. '마디'는 곧 '자기 연민'이다. 왜 그러한가. 마디는 하나의 주기週期가 완성되는 최대 가능치다. 아무리 애를 써도 마디 밖으로 확장해 나갈 수 없다. 우리는 그러한 상태를 한계라고 달리 말하기도 한다. '최대 가능치=한계'라는 논리적 정합성은 일상 어법에서는 모순처럼 인식된다. 최대 가능치에는 긍정적인 관점이, 한계에는 부정적인 시각이 삶의 맥락으로 자리하고 있기 때문이다. 마디란 그런 상태다. 긍정성과 부정성이 혼재된 지점, 발화와 침묵이 다투는 지점, 개방과 폐쇄가 공존하는 지점. 이쯤 되면 마디를 자기 연민으로 볼 수밖에 없는 이유를 알게 된다. 자기 연민이 자기에 대한 긍정과 부정이 복잡하게 얽혀 있는 감정 상태라는 것을 우리는 안다. 이별의 상태도 마찬가지다. 이별은 있음과 없음의 섞임이라는 점에서 자기 연민의 페르소나persona가 된다. 그런 점에서 이별을 완성하고자 하는 김유석의 시도는 자기 연민의 상태를 해소하는 것과 맞물린다.

그렇다면 자기 연민이 발생하는 근본적인 원인이 궁금해진다. 「마디」에는 그것을 해명해 낼 아이디어가 있다. 먼저 "살짝 발꿈치가 들릴 만큼만 세상이 바라다보이는/ 거기"에서 모종의 암시를 얻을 수 있다. 비유적 의미에서 약간만 비약하자면, '거기'는 우리의 시선이 겨냥하고 있는 욕망의 지점에 가깝다. 문제는 '거기'가 도약 불가능한 지점이 아니라, 살짝 발꿈치를 들어 올리면 볼 수 있는 곳이라는 사실이다. 이 사소한 거리 사이에 우리의 "생"이 묶여 있다. 사소함이 욕망이 되는 순간, 더 이상 사소할 수 없다. 우리는 욕망이 개입된 사소함을 필생의 각오로 바꾸어 버린다. 그리하여 "휘청거리는 중심이 황홀해서/ 뿌리로부터 가장 먼 곳까지" 기어이 오르고 만다. 그러나 마지막 도약의 단계에서 필생의 각오를 찢어발기고 솟아오르는 사소함의 역설을 발견하게 된다. "화관을 틀자/ 처음으로 어지럼증"을 느끼는 것은 필생의 각오가 사소함으로 폭로되는 아찔함이다. 이 폭로의 확인이 결국 자기 연민을 발생시켰다. 그리하여 최종적으로 자기 연민은 "제 그림자 굽어보며/ 빼빼 말라 가는" 방식으로 실현된다.

집 나온 지 오랜 몸이 끈적임과 더듬이만 남아

맨살로 축축이 벽을 밀어 간다. 제자리인 듯 두리번두리번

벼랑을 바닥처럼 타는 집도 절도 없는 먼 노숙露宿

껍데기를 버리고 터득했을 느린 보법이 편안해 보이기도 하다.

어렵게 살기 쉽고 쉽게 살기 어려운 연체軟體의 세상이

완생完生에서 미생未生으로 시간을 데려가는 것 같다.

집으로부터 멀어지는 지루한 행보가 죽음과 닮아 가나

벽에 붙어 있는 한 용하게도 살아 있다.

—「민달팽이 한 마리가」 전문

자기 연민으로부터 놓여나는 방식은 크게 두 가지다. 자기 연민의 긍정적 속성을 계열화하는 방식과 부정적 측면을 전면화하는 방식이 그것이다. 긍정적 계열화는 자기 연민의 상태를 견뎌낸 후 최종적으로 그것을 극복해 가는 과정이 될 것이지만, 부정적 전면화는 절망과 좌절로 침잠하여 회복 불능 상태에 빠져 버린다. 「민달팽이 한 마리가」에서 김유석은 자기 연민의 긍정성에 좀 더 애착하는 것 같다. 우선 시적 대상으로 '민달팽이'를 삼고 있는 점이 그렇다. 우리의 언어 감각에서 민달팽이는 고행(苦行, 孤行)의 전형

으로 다루어져 왔다. 과연 이 시에서 민달팽이는 "지루한 행보가 죽음과 닮아 가나// 벽에 붙어 있는 한 용하게도 살아 있다"는 인식을 구성한다. 죽음을 향해 가는 매 순간이 살아 있음의 증거라는 관점은 고행의 상징이 되기에 부족함이 없다. 그것은 살아 있는 상태 속에 "맨살로 축축이 벽을 밀어" 가는 고행苦行과 "벼랑을 바닥처럼 타는 집도 절도 없는 먼 노숙"의 고행孤行이 존재하기 때문이다.

김유석은 민달팽이의 고달프고 외로운 삶의 행보를 통해 자기 연민을 견뎌 내는 해법을 제시하는 데 그치지 않고, 곧장 그것을 극복할 수 있는 방법을 시도한다. 그것은 "껍데기를 버리고" "연체의 세상"을 보여 주는 것이다. 이를테면 고체固體로부터 이탈을 시도하는 것인데, 고체의 상태는 앞에서 보았던 '마디'의 다른 모습이기도 하다. 단단하게 맺혀 있는 '마디'를 해체하고 무엇으로든 형체를 바꿀 수 있는 '연체'를 지향할 때, 삶은 "완생完生에서 미생未生으로" 나아갈 수 있다. 그럴 때 삶은 자기 연민의 욕망에 갇혀 있는 고체인 '완생'으로부터 아직 아무 것도 아닌 연체이지만 그 자체로 무엇이든 될 수 있는 가능성인 '미생'으로 질적인 변화를 도모하게 된다. 완생과 미생의 교차는 '마디'의 상징으로 수용된다. 마디란 한 주기의 파국이자 새 주기의 개시이기 때문이다. 마디는 닫고 여는 경계를 구축함으로써 마디 이전과 이후의 세계가 붕괴되지 않도록 해 준다. 우리 삶에서 '마디' 역할에 해당하는 것들을 여럿 찾아볼 수 있지만, 전/후, 좌/우, 상/하 등 분절된 질서가 붕괴되지 않도록 균형 감각을 회복시켜 주는 가장 확실한 것은 '저울'이 아닐까 한다.

1

대추나무에 커다란 호박 덩이 하나 매달렸다.

저울추 같다.

대추나무 꼭꼭 둘러 감고 호박 넝쿨이 대추알들 무게를 달고 있다.

요술 단지 아닐까? 콕콕 쪼면 흥부네처럼 보물들이 쏟아지지나 않을까, 참새들 부리가 발갛게 부르텄다.

2

대추나무가 호박 덩이를 내려놓는 중이란다.

혹시나 넝쿨이 끊어져 쿵, 엉덩방아 찧으면 나무아랫집 개미들이 놀랄까 봐

짱짱한지 쿡쿡 가시로 찔러 확인하면서

공중에 놀러 왔다 집으로 돌아가는 호박 넝쿨

아슬아슬 바래다주느라 대추알들이 온통 벌겋다.

—「허공을 다는 저울 2」 전문

'저울'은 그리스 여신 디케를 우리의 논의 속으로 소환해 낸다. 신화에서 디케는 눈을 가린 채 한 손에는 저울을, 다른 손에는 칼을 들고 서 있다. 중요한 것은 저울과 칼을 든 손 가운데 디케가 세상을 향해 내민 것이 저울이라는 사실이다. 저울은 정의를 상징하지만, 그에 앞서 저울에 올라선 존재가 스스로의 위상을 깨닫게 해 주는 척도이기도 하다. 저울로 계량화된 자기 확인을 통해 우리는 넘침과 부족함을 알게 된다. 정의는 저울에 올라선 존재 스스로 각성하기를 원한다. 그것이 이루어지지 않을 때 칼이 동원된다.

불균형에 대한 자기 각성은 김유석이 이별을 소환하고 그것을 완성하는

문제와 긴밀하게 엮인다. 이별은 정서적으로나 감정적으로 균형이 무너진 상태이다. 이별이 그 자체로 있는 한, 시간이 흐른다고 해서 균형이 회복되는 것은 아니다. 이별은 어떤 식으로든 종결을 거부하며 지연되는 속성이 있기 때문이다. 감정의 앙금, 미련, 추억 같은 것이 지연되는 이별의 구체적인 방식이다. 이별의 완성은 그 불균형을 해소하는 유일한 정의다. 이별의 동력이 한쪽으로 쏠릴 때 우리는 그 무게에 짓눌릴 수밖에 없다. 기억에 매달린 이별을 소환하는 일은 이별의 무게를 저울추에 견주어 보는 것. 그리하여 잉여의 무게를 각성하고 그것을 무無화 함으로써 마침내 이별은 완성된다. 이것을 우리는 (형벌을 부과하는 칼이 아니라 저울의 자기 각성에서 완성된) 정의라고 말할 수 있다.

시 「허공을 다는 저울 2」는 "호박 넝쿨이 대추알들 무게를 달고 있"는 상황을 주시하고 있다. 대추나무에 매달린 커다란 호박 덩이를 "저울추"로 바라보는 순간, 이 시는 대추나무의 자기 확인이라는 시적 지향점이 생긴다. 그것은 저울에 매달린 존재들이 피해 갈 수 없는 운명이다. 저울에 매달린 순간, 모든 존재는 저울추로 계량화된 자기 존재의 무게를 확인하게 된다. 이때 기억으로부터 소환된 이별이 저울추가 되는 것은 당연하다. 그렇기 때문에 이별을 완성하는 일은 호박 덩이처럼 아슬아슬하게 우리 존재에 매달려 있는 저울추를 최종적으로 내려놓는 일이다. 그 무게가 바닥에 닿는 순간, 우리는 짓눌렸던 "공중"을 다시 회복하게 된다. 있음이 없음으로 도래하는 순간, 이별은 마디를 지으며 완성된다. 그럴 때 이 완성된 이별로부터 우리는 새로운 이별의 전망을 확보한다. 사는 일이 이별의 연속인 이유는 우리가 스스로 자기 각성의 마디를 지을 줄 알기 때문이다.

이제 김유석의 시를 읽어 오는 동안 여러 차례 머릿속을 떠돌던 생각 하나를 꺼내면서 마무리를 해야겠다. 이 글을 시작하면서 김유석을 이별의 감별사라고 잠정적으로 말해 두었다. 그리고 그 발언의 유효성을 입증하기 위해 지금까지 그의 시가 이별을 완성하는 방식을 검토하였다. 이 과정에서 확신을 얻은 건 김유석이 아주 믿을 만한 이별의 감별사라는 사실이다.

그의 시는 우리 시대의 모든 이별을 감별하고 얻어 낸 것처럼 보인다. 그리고 그의 시는 여전히 우리 시대의 모든 이별들을 지금 감별하는 중이다. 그리하여 김유석의 시들은 우리 시대 이별의 무게를 재는 '저울추'가 되어 불완전한 이별을 완성하고자 한다. 그러니 우리의 기억에 매달린 이별의 무게가 궁금하다면, 김유석의 시를 저울추 삼아 슬쩍 견주어 보는 것도 좋을 것이다. 그 순간 당신의 이별도……, 완성될 것이다.

진심을 묻는 눈에게 나는 아무 고백도 하지 않았다

—김성규론

1.

가을에 나는 이렇게 시작하는 시 한 편을 읽었다. "나에게 진심이 어디 있는지 물어보지 말아 다오." 나는 이 문장을 읽는 데 꼬박 하루를 보냈지만, 이 문장의 비밀을 밝히지는 못했다. 그럼에도 몇 가지 깨달은 바는 있다. 먼저 '나'. 시에서 '나'는 화자에 귀속되는 대상—대상이라는 사실이 중요하다. 한 편의 시에 노출된 '나'는 나무나 바다와 마찬가지로 화자에게 포섭된 시적 대상이다.—이면서, 교묘하게 다른 시어들에 비해 윤리적 · 미적 우위를 점유한 것처럼 보인다. '나'는 세상을 향해 스스로를 대변하는 기표이기 때문이다. 그리고 '진심'이라니. 이 계량되지 않는 내적 열망을 이야기하는 것은 언제나 분란의 소용돌이 속으로 말려 들어가는 일이다. 진심은 오해의 가운을 걸치지 않으면 좀처럼 침실 밖으로 모습을 드러내지 않는 법. 그런 까닭에 진심은 자신의 좌표("어디 있는지")를 수시로 잃고 공기 중으로 분산하는 것처럼 보인다. 진심을 추적하는 화자의 지향("물어보지")이 자주 허공을 배회하는 것도 그런 연유다. 진심은 운명적으로 스스로를 차단("말아 다오")하고는 모든 물음을 묻는 자, 즉 '나'에게 돌려보낸다. 나의 물음이

나에게 귀속되는 시 쓰기에 대해서는 니체가 이미 이렇게 말한 적 있다. 시인이 형상해 낸 것들은 바로 그 자신이라고. 가을에 내가 읽었던 시 한 편은, 그런 의미에서, '나'의 자기 형상처럼 읽힌다. 다소 길지만 시를 찬찬하게 읽어 보기로 하자.

나에게 진심이 어디 있는지 물어보지 말아 다오
그 진심이 나를 죽였고
진심 때문에 여기까지 온 수많은 사람들

아이의 눈동자 속에는 빛나는 바다가 있고
바다의 심연 속에는 괴물이 살고 있네
진심을 묻는 당신은 두려움에 떨고 있다
두려움 속에서, 말하라고 다그친다
진실이 무엇이냐고

그러나 괴물이 떠오르길 기다리며
진심을 물어보는 자는 들여다보라
온화한 얼굴 안에 무엇이 있는지
수많은 사람들이 소리친다 한 사람을 둘러싸고
만약 그가 살아 있다면 온갖 괴물에 둘러싸여 공포에 떨었으리라

진심은 마음으로 아이를 죽이고
그 얼굴을 대면하고 싶어
지금 두려워 떠는 아이에게 진심을 말하라 다그친다
눈을 반쯤 감고 개에게 소리치는 주인처럼

오늘, 나는 갑자기 뛰어내린 사람의 장례식에 간다

다행이다 그는 일찍 죽은 것이다
사람들에게 자신의 진심을 들키지 않은 것이다
살아 있었다면 군중은
아직 떠오르지 않은 괴물을 수면 위로 끌어올렸으리라

나에게 진심이 어디 있는지 물어보지 말아 다오
알고 있겠지만
진심은 물어보는 당신 자신에게 있으므로
그 누구도 당신을 두려워하지 않으므로
오직 당신만이 자신의 진심을 두려워하므로

—김성규, 「진심」 전문(『창작과비평』, 2018년 가을호)

진심을 묻는 일은, 비유적인 의미에서 "바다의 심연"에 살고 있는 "괴물이 떠오르길 기다리"는 일이다. 조금 직접적으로 말하자면, 진심을 묻는 일은 "두려움"과 "공포"를 동반하는 일이다. 그런 까닭에 "자신의 진심을 들키지 않"기 위해서라도 "일찍 죽"는 일이 "다행"한 일이 되기도 한다. 일상 어법에서 보면 그것은 아주 참담한 일이지만, 우리는 오랫동안 진심은 그런 게 아니라고 믿어 왔다. 한 사람의 삶이, 주어진 시간을 다 살고 마침내 마지막 호흡을 다 소진하는 순간에도 진심만큼은 살아남을 것이라고 믿어 왔다. 진심은 존재론적 고뇌 앞에서도 결코 오염되지 않을 거라고 우리는 믿어 왔다. 그렇게 믿음 속에서 진심은 진심일 수 있었다.

그러나 김성규의 진심은 그 모든 진심의 담론을 위반해 버린다. 진심은 질문을 받은 자에게 있지 않다는 것이 표면적인 이유다. "알고 있겠지만/ 진심은 물어보는 당신 자신에게 있으므로" 진심이 어디에 있는지 물어보는 행위는 질문을 받는 자에게는 저항할 수 없는 폭력이 되고 만다. 그러나 이 정도에서 고개를 끄덕이고 말면 아무것도 이해하지 못한 것이나 마찬가지다. 김성규는 진심을 물어보는 자라면 "그 누구도 당신을 두려워하지 않"는

다는 우리의 믿음을 향해 마지막 시행을 숨은 패처럼 던져 놓는다. 진심이 어디에 있는지 묻고 있는 "오직 당신만이 자신의 진심을 두려워하"는 자라고. 진심에서 발흥한 존재론적 두려움은 질문을 받는 자가 아니라 질문을 던지는 자의 몫이라는 것. 그렇다면 묻는 자가 두려워하는 것은 무엇인가? 김성규가 같은 지면에 발표한 또 다른 시에서 가져오자면, 묻는 자가 두려워하는 이유는 진심에 "심판자를 심판하는 눈이 있"(「평화」)기 때문이다. 「진심」의 방식대로 말하자면, 묻는 자에게는 '심판하는 눈'으로서의 묻는 존재가 있다. '심판하는 눈'은 묻는 자의 외부가 아니라 "진실이 무엇이냐고" 물어야 하는 내면의 눈이 될 것이다. 나는 그 눈이야말로 우리 시대에 흔하지 않은 시인의 자의식이라고 생각한다. 김성규의 시를 읽는 동안 시행의 어느 갈피에서 문득 서늘한 그 눈과 마주치곤 했다. 그럴 때마다 눈은 이렇게 물었다. 네 진심은 어디에 있는가? 잠시 후 이런 메아리도 들려왔다. 묻는 자야말로 그 물음을 심판하는 눈이라고.

2.

김성규가 진실을 묻기 시작한 기원을 따지자면, 그의 등단작 「독산동 반지하동굴 유적지」까지 거슬러 가지 않으면 안 된다. 그 시에는 "동굴에서 세 구의 시신이 발견되었다"는 "신문 하단에 조그맣게 실린 기사"가 하나의 사실로 제시되어 있다. 알다시피 사실에는 언제나 진실을 증언하고자 하는 목소리들이 숨어 있다. 이를테면 "가슴을 풀어헤친 여인,/ 젖꼭지를 물고 있는 갓난아이,/ 온몸이 흙터로 덮인 사내"의 목소리가 "발굴을 기다리는 유적들"처럼 진실을 증언하고자 한다. 김성규는 진실을 '발굴'해 내는 고고학자가 되어 사실들의 세계를 누비며 증언을 청취하고 다닌다. 황현산이 시집 『너는 잘못 날아왔다』(창비, 2008) 해설에서 "김성규가 쉬지 않고 온갖 참상에 대해 그 몸서리치는 광경을 다른 모습으로 그려 내고, 마침내 불행의 수사학을 발명"했다고 짚어 낸 것도 같은 맥락에서이다. 불행의 수사학이란 진실을 증언하는 참담한 육성의 수사학과 다르지 않다. 다음과 같은 시가 그렇다.

달빛이 쏟아지는 방에 젖내가 번진다

방 안에 누워 눈을 감는다
눈을 깜박일 때마다 방바닥으로 흘러내리는 달빛
담요가 둥실 떠올라 창밖으로 떠내려간다

요람을 타고 가는 아이
주름이 많은 물결에 밀려
여인의 팔에 안긴다
젖을 빨며 울음을 토해 내는
아이야, 다시 깨어나지 마라

다독일수록 담요 속에 묻힌 아이가
팔다리를 허우적댄다
수많은 물결이 밀려와
이마에 쌓이고 쌓여
깊이를 알 수 없는 계곡을 만들고 있다

어떻게 울음주머니를 감추고
여기까지 떠밀려 왔을까
사내가 이불 속에서 신음 소리를 참고 있다

—「요람을 타고 온 아이」 전문

불행은 다른 말로 대체될 수 없는 몇 안 되는 낱말이다. 불행의 자리에 비참이나 슬픔이 들어설 수는 없다는 뜻이다. 불행은 겉과 속이 따로 없기 때문에 그 심연을 들여다볼 수 없고, 나누어 가지거나 조금쯤 덜어 내어 공감하고 공유할 여지도 없다. 「요람을 타고 온 아이」처럼, 불행은 한두 시행으로 전모를 이야기할 수 있는 것도 아니다. 누군가 불행하다면 그것은 삶의 한 시기를 두고 말하는 것이 아니라, 그의 삶이 총체적으로 불행하다는 뜻이다. 인용한 시가 그렇다. "젖을 빨며 울음을 토해 내는/ 아이야, 다시 깨어나지 마라"라고 속삭이는 여인이 불행한가? 아니다. "다독일수록 담요 속에 묻힌 아이가" 불행한가? 아니다. "사내가 이불 속에서 신음 소리를 참고 있"는 것이 불행인가? 아니다. 불행한 것은 그 모두가 잠들어 있는 "달빛이 쏟아지는 방"이다. 김성규는 불행을 '방'으로 기호화함으로써 여인과 아이와 사내를 불행의 총화로 인식한다. 불행은 방 안에 잠들어 있는 누군가의 문제가 아니라 방 자체의 문제인 것이다.

이쯤 되면 또 하나의 방이 떠오르기 마련이다. 그의 등단작의 배경이 된 '독산동 반지하동굴'이다. 「요람을 타고 온 아이」에는 동굴에서 발견된 '세 구의 시신'에 관해 증언하는 내용이 있다. 그런 까닭에 이 시는 김성규가 「독산동 반지하동굴 유적지」에서 발굴해 낸 진실에 가장 근접해 있다. 이렇게 김성규는 사실의 표층을 조심스럽게 걷어 낸 후 교묘한 방법으로 위장되어 있거나 안장된 내력을 고고학적으로 발굴해 내는 방법론을 통해 사실의 세계를 진실 쪽으로 조금씩 옮겨 놓는다. 그가 첫 시집에서 '방'과 '죽음'의 이미지를 비교적 적극적으로 개진하고 있는 것도 진실을 추적해 가는 그의 고고학적 방법론과 무관하지 않다. 김성규는 "열쇠로 방문을 연"(「5월에, 5월에 뻐꾸기가 울었다」) 후 방을 발굴하기 시작한다. 그 방들은 대개 "환하게 익은 죽음의 씨방"(「탈취」)의 모습을 하고 있는데, 그 방에서 김성규는 "유리창에 갇혀 있는 얼굴"(「유리병」)과 마주하는 일이 잦다. 그 얼굴은 "오랫동안 방문을 걸어 잠근 사람들"(「거식자」)의 표정을 한 채 "썩은 내 꾸역꾸역 피어오르는 방에서/ 어둠에 질질 끌려다니는 영혼"(「오후가 되어도 나는 일어나지 못하고」)이다. 그 영혼이 "밤마다 방 안을 걸어다닌다"(「황소」). 방 안에 갇힌 영혼은 이미 죽어 "차갑게 식어 있었다/ 소리를 질렀다/ 목소리가 나오지 않았"(「목소리」)기 때문에 스스로를 증언할 수 없지만, 김성규는 특별한 경우가 아니라면 그들의 무성無聲에서 죽음의 심연을 청취해 낸다.

이렇게 본다면 첫 시집에서 김성규가 보여 준 불행의 수사학이 주로 그로테스크한 죽음에 밀착되어 있음을 알 수 있다. 김성규는 죽음의 내장을 해부함으로써 죽음의 증언을 청취하고자 하지만, 그 반대편에서 죽음은 무성의 발화를 통해 진실의 발굴을 지연시킨다. 그런 까닭에 죽음의 심연을 대면하지 않고는 누구도 진실에 도달할 수 없다. 김성규가 "울음이 빠져나간 육신"(「붉은 샘」) 앞에서는 "모 든 것 을 버 려 야 영 혼 을 구 할 수 있"(「빛나는 땅」)다고 말하는 것도 그런 이유다. 죽음의 심연(이것을 김성규는 '영혼'이라고 생각하는 것 같다. 김성규의 시에서 영혼=진심=진실의 증언과 같은 도식을 발견하는 일이 어렵지 않다. 그런 의미에서 김성규 시에서 '불행의 수사학'은 '죽음의 심연'의 다른 표현이다. 불행과 죽음의 대응, 수사학과 심연의 대응이 김성규 시의 본질이라는 생각이다.)은 모든 것을 버림으로써 도달할 수 있는 곳이다. 비유적으로 말하자면, 죽음의 심연은 "죽은 할머니가 머리맡에/ 한 상 가득 허기를 차려 놓"(「겸상」)은 것과 같다. 허기는 무성이 감각적으로 발현되기에 실패한 전형적인 상태다. 이것이 김성규의 두 번째 시집 『천국은 언제쯤 망가진 자들을 수거해 가나』를 허기를 소모하는 존재들의 서사로 읽고 싶은 이유다. 이런 시가 적절하겠다.

점자를 읽듯 장님이 칼을 만진다

칼날에 피가 흐른다
사람들이 소리 죽여 웃는다

칼은 따듯하다!

자신이 새긴 글씨가 상처인 줄 모르고
기뻐하는 장님을 보라

쏟아지는 피를 손바닥으로 핥으며
자신도 모르는 글씨를
칼날에 새기고 있다

몸에서 잉크가 떨어질 때까지
더 빨리
더 빨리
마귀가 불러 주는 주문을
온몸으로 받아 적고 있다

—「방언」 전문

두 번째 시집에서도 김성규의 죽음 친화는 크게 변하지 않지만, 죽음을 병리적인 차원에서 발굴하던 것에서는 한발 물러선 인상이다. 죽음과 거리 두기를 시도하면서 김성규는 죽음 자체가 아니라 죽음을 환기하는 이미지와 죽음이 불러내는 사유 양상에 눈을 돌린다. 우선 이 시에서 점자, 장님, 칼, 피, 마귀 등의 시어는 그 단어를 읽고 들은 누군가에게 특별한 언어 경험을 선사한다. 돌멩이, 아파트 같은 단어가 큰 울림 없이(물론 특수한 경험을 가진 사람에게는 또 다른 문제이겠지만) 다가오는 것과는 다른 차원의, 이를테면 죽음의 심연에 심정적 파장을 일으킬 수 있다는 뜻이다. 그것은 점자나 마귀 같은 언어들이 감각 경험에서보다는 사유 경험에서 더 자주, 그리고 선명하게 경험된다는 것을 의미한다. 사유 경험이 의미를 확보할 수 있는 것은 그것이 어떤 식으로든 감각 경험을 환기해 내기 때문인데, 이때 환기되는 경험을 표준적인 의미에서 상상이라고 말할 수 있다. 그러니까 상상은 사유 경험이 불러낸 감각 경험의 세계인 것이다. 김성규의 두 번째 시집이 표준적이지 않은 상상 세계를 그려 내고 있다면, 그것은 그의 시가 사유 경험에서 비롯하고 있으며, 그의 시가 환기해 내는 감각 경험의 굴절이 표준적이지 않다는 것을 의미한다. "자신이 새긴 글씨가 상처인 줄 모르고/ 기뻐하는 장님"이 "쏟아지는 피를 손바닥으로 핥으며/ 자신도 모르는 글씨를/ 칼날에 새기고 있"는 감각 왜곡은 사유 경험 말고는 도저히 형상화할 수 없는 일이다. 이렇게 비감각적 세계를 사유 경험을 통해 시적 세계로 소환해 내는 방법론을 김성규의 시론에 끼워 넣어도 좋을 것이다. 그의 시가 사랑, 운명, 진리, 불행, 죽음 따위의 사유 경험을 포기하지 않는 한, 그의 시론은 언제나 정당화될 수 있다.

3.

앞서 사유 경험이 진실을 향해 열려 있다고 말한 바 있다. 그렇다면 '열려 있는 것'과 '환기하는 것'을 동일하게 생각할 수 있을까? 그렇지 않다. 사유 경험은 감각 경험을 환기하지만, 감각 경험은 진실의 편으로 섣불리 포섭되지 않는다. 감각 경험은, 알다시피, 사실에 관한 문제이다. 그런 의미에서 보면 김성규가 진실을 발굴하기 위해 끊임없이 사유했던 결과가 처음의 자리로 돌아와 버린 것 같다. 진실은 발굴하는 자에게 있으므로 진실은 환기되지 않고 언제나 자신을 향해 모든 가능성을 열어 놓는다. 그것이 김성규가 "적도를 걸어가는"(「적도를 걸어가는 남과 여」) 이유다. 적도야말로 모든 존재에게 열려 있는 지평의 최대가 아닌가. 이것은 김성규가 발굴하는 자에서 고백하는 자로 돌아온 결정적인 이유이기도 하다. 진실은 스스로를 향해 열려 있는 자의 몫이므로, 진실은 발굴이 아니라 고백의 대상이 되는 것이다.

죽은 물고기를 삼키는

두루미

목을 부르르 떤다

부리에서 빠져나온
푸른 낚싯줄
흘러내리는 핏물

목구멍에 걸린
바늘을 토해 내려
날개를
터는 소리

한번 삼킨 것을
토해 내기 위해
얇은 발자국 늪지에 남기며
걸어가는 길

살을 파고드는
석양을 바라보며
두루미가 운다

―「시인」 전문

김성규의 초기작「요람을 타고 온 아이」와 이 시를 비교해 보면, 발굴과 고백의 차이를 분명하게 알 수 있다. 앞에서 살핀 바 있지만,「요람을 타고 온 아이」에서 '울음주머니'는 감춰지고 '신음 소리'는 참아야 하는 내면의 세계였다. 이렇게 감춰지고 견뎌지는 것들은 고고학적으로 발굴되어야 맞다. 그에 반해「시인」에서는 "한번 삼킨 것을/ 토해 내기 위해" "두루미가 운다". 우는 것은 고백하는 일이고, 우는/고백하는 자는 '시인'이다. 그런데 우는 일이 그렇게 간단치만은 않다. 「시인」은 우는 자/고백하는 자의 심연을 드라마틱하게 보여 준다. 이 시의 문제적 대상은 "죽은 물고기"인데, 그것을 "두루미"가 삼킨다는 설정은 죽음 친화적인 시 세계를 구축해 온 저간의 사정을 감안할 때, 김성규식 시 쓰기의 한 양상처럼 보인다. 문제적 사건은 그 죽음을 삼키는 순간 발생한다. 이어지는 장면들은 문제적 사건이 야기하는 파장들이다. "목구멍에 걸린/ 바늘"은 더 이상 감춰져서도 안 되고 견뎌 내서도 안 되는 죽음의 기호이지만, 한번 삼켜진 죽음은 쉽게 토해지는 법이 없다. 설사 토해지더라도 "몸에서 뱉어 낸 것들에는/ 늘 더러운 피가 섞여 있는 법"(「은빛 연못」)이다. "죽음 직전, 인간은 가장 아름다운 꽃을 보"(「정원사」)는 것처럼 "살을 파고드는/ 석양"의 운명적 형식인 '더러운 피'는 심연에서 만날 수 있는 죽음의 징표에 해당한다.

이제 남은 것은 "바닥을 기어다니며 우는 사람들"처럼 죽음을 고백하는 일이다. 고백하는 일은 세계를 향해 스스로를 열어 놓는 일이면서 진심의 주체가 누구인지를 선언하는 일이다. 따라서 고백하는 자는 "수백 년 동안 죽지 않은 최고의 예언자"(「예언자」)일지도 모른다. 그렇다면, 진실로 그러하다면, 죽음을 삼키고 그 죽음으로 또 다른 죽음을 예언하는 시인이야말로 고백의 연금술사, 즉 예언자가 아닐까? 시인을 예언자로 보는 인식이 새로운 것은 아니지만, 김성규의 경우에는 조금 특별하게 생각해 볼 여지가 있다. 김성규의 예언은 삶보다는 죽음을, 미래보다는 과거를 향하기 때문이다. 김성규의 예언은 두 손을 모으는 기도의 형식이 아니라 바닥을 기는 울음의 형식이기 때문이다. 따라서 김성규의 시를 예언의 일종이라고 한다면, 그의 시는 진실을 발굴하는 예언이어야 하고, 진심을 고백하는 예언이어야 한다. 그러므로 김성규가 "서로를 찾아 헤매다 어디에서도 만날 수 없다면/ 적도를 향해 걸어가자"(「적도로 걸어가는 남과 여」)라고 한 것은 새겨들을 만하다. 김성규에게 적도는, 조재룡의 표현을 빌리면, "재난의 세계에서 파편처럼 솟아올라 산화하는 정신이라는 불꽃의, 그 순간의 장엄함"(해설 「영별 받은 자의 노래」)이 펼쳐지는 예언의 지점이니까. 그곳에서는 진심과 진실이 뫼비우스 띠처럼 분열하고 결합하면서 서로를 굴절시킨다. 이 굴절의 뒤틀림 속에 김성규의 울음이 있고 고백이 있다.

다소 복잡한 경로를 지나왔지만, 김성규 시의 노선은 비교적 선명하게 드러난 것 같다. 시집 『천국은 언제쯤 망가진 자들을 수거해 가나』 '시인의 말'에서 "시가 없었다면 …(중략)… 수많은 빛깔의 고통을 몰랐으리라"라고 고백한 것처럼, 김성규의 시는 '수많은 빛깔의 고통'에 대한 증언록이다. 그 증언의 대부분은 죽음의 심연에서 발굴해 낸 존재들의 참혹한 표정들이지만, 그 표정들이 그리 심각한 것만은 아니다. 김성규의 시에서 죽음의 표정들은 "스스로를 형틀에 매달고 살아가려는 망명자들"(「심문관」)과 다르지 않다. 죽음의 심연이라는 "형장에서 망명자들은 마지막으로 말"(「망명자」)한다. "아무도 장님인 저에게 돌을 던질 수는 없습죠 땅속으로 파고 들어간 방 한 칸, 누가 뭐래도 이 방은 우리의 왕국입니다요"(「천국은 언제쯤 망가진 자들을 수거해 가나」). 김성규는 줄곧 땅속 왕국(죽음의 심연)에서 들려오는 목소리에 귀를 기울여 왔다. 이쯤 되면 김성규가 묻고자 했던 진심의 향방을 가늠해 볼 수도 있겠다. 진심이 물어보는 자에게 있다고 했을 때, 물어보는 자는 듣고자 하는 자이므로, 결국 진심은 죽음의 심연에서 들려오는 증언에 귀를 기울이는 자의 몫이 아닐까? 이제까지의 시인이 물어보는 자였다면, 이제부터의 시인은 듣는 자이면서 고백하는 자라고 해야 할 것이다. 고백하는 자야말로 심판자의 눈으로 죽음의 심연을 들여다볼 수 있기 때문이며, 김성규의 경우처럼, 고백하는 일이, 사실은, 스스로를 잘 듣기 위해, 세계 속에, 자신의 심연을, 활짝, 열어 놓는 일이기 때문에, 그렇다.

'완벽完璧'이라는 무성음
—김종삼론

1. 김종삼

김종삼 시에 김종삼은 존재하지 않는다. 이 모순어법은 벤야민식으로 말해 분명한 '오해'이다. 벤야민이 조심스럽게 풀어놓지 않았던가. 오해를 통해 세상의 내면으로 향하는 길들을 볼 수 있었다고. 그런 점에서 김종삼 시에서 김종삼을 배제하는 일은 분명 의미 있는 오해일 수 있다. 우리는 그 오해를 통해 김종삼 시의 내면을 들여다볼 수 있기를 기대한다.

오해의 전략을 선택한 것은 나름의 이유가 있다. 오래 전 신비평에서 제기한 '의도의 오류' 이래, 작가가 '의도'한 바는 그 의도에도 불구하고 독자들에게 오해의 길을 열어 왔다. 작가의 '의도'와 독자의 '이해'가 동일성의 범주에서 소통해야 한다는 전체주의적 발상은 이미 '오류'임이 선언되었다. '의도=이해'라는 절대성이 삶의 준거적 지위를 보장받지 못하게 되면서 진리는 더 이상 신전의 첨탑에서 빛날 수 없게 되었다. 그렇게 거대 담론이 붕괴된 폐허의 자리에는 파편들이, 거대 담론을 각자의 위치에서 지지하던 파편들이 그 응집성 내지 집단성을 상실한 채 위대했던 시절을 아련히 새김질할 뿐이다. 그런데 바로 이 새김질의 고독한 행위에서 모종의 가능성이 포착되었다. 이를테면, 거대 담론을 대체할 관계론적 개인의 형상이 부조浮彫되어 나타난 것이다.

그렇다. 그 부조의 형상은 분명 관계론적이다. 돌출과 침하는 서로를 기준으로 삼는다. 이러한 아이디어를 따라서 유일자唯一者로서의 개인과 그 개인들의 합종연횡合從連橫이 구성하는 보편적 공동체는 당연히 상대성을 전략적으로 선택하였다. 상대성을 생존 조건으로 채택함으로써 오랫동안 군림했던 절대적 신화의 시대는 인간의 시대에 자리를 내어놓았다. 먼 옛날, 어두운 항해를 계시해 주었던 밤하늘의 별자리는 해체되고 새로운 삶의 계시가 될 별자리를 요구하는 중이다. 이 새로운 징후는 '있음(being)'의 존재론만으로는 세계의 현상을 감각할 수 없다는 것을 미리 보여 준다. 이제 그것을 대신할 새로운 존재론적 감각이 요구되고 있다. 우리는 그것을 '함(doing)'의 존재론에서 찾아볼 필요가 있다. 세상의 모든 존재는 소여된 재능을 발휘하는 것이 아니라, 재능을 발휘함으로써 스스로 소여의 존재가 된다는 것, 즉 스스로의 별자리를 생성함으로써 관계론적 본성을 삶의 동력으로 삼지 않을까 조심스럽게 기대하기 때문이다. 그런 점에서 거대 담론이 해체된 이후, 자기 중심을 상실한 개체들이 새로운 관계론적 역학을 구상해 가는 것을 우리는 '오해'의 도정이라고 불러도 좋을 것이다. 이러한 '오해'를 수긍하게 되면, 김종삼의 시에 더 이상 김종삼은 없다는 걸 인정하게 된다. 김종삼 스스로도 그 점을 알고 있었다.

> 발레리는 個我와 他我가 제각기 지니는 정신 면의 제 현상을 조절하는 정신의 기능을 정신의 정치학이라는 분야에서 해결 지으려고 하지만, 나는 그와 같이 위대한 시인이 아니어서 그런지 개아와 타아가 벗어지고 서로 얽혀져서 혼잡을 이루는 시의 雜談 속에서 언제나 한 발자국 물러서서 나의 시의 境內에서 나의 이미지의 관조의 시간을 보내

기를 더 소중히 여기고 있는 것이 사실이다.[1]

"언제나 한 발자국 물러서서" "이미지의 관조의 시간을 보내기"가 김종삼이 시를 쓰는 한 풍경이다. 물러서서 관조하는 대상은 "시의 雜談"이고, 그 잡담은 "개아와 타아가 벗어지고 서로 얽혀져서 혼잡을 이"룬 것들이다. 역으로 짚어 보면, 개아와 타아가 자기 존재의 '있음'을 "벗어" 버리고 "서로 얽혀"지는 '함'의 전개를 김종삼은 시적 순간으로 주목하고 있는 것이다. 그렇기 때문에 김종삼의 시는 존재를 증명하기 위해 노력하지 않는다. 김종삼 시가 비교적 높은 순도純度를 그 특질로 하는 이유가 여기에 있다. 부연하거나 설명하지 않는 대신 김종삼은 언어와 언어, 이미지와 이미지 그리고 인간과 인간 본질의 관계를 그려 낼 뿐이다. 언어와 이미지와 인간이 부조해 놓은 점과 점 사이에는 밤하늘처럼 까마득한 어둠이 놓여 있을 뿐이다. 우리는 그 심연의 어둠을 가로지르는 관계의 좌표를 김종삼 시에서 읽어 내야 한다.

2. 라산스카

김종삼이 순도 높은 시 세계를 추구한 흔적은 곳곳에서 발견된다. 「라산스카」「장편掌篇」「투병기鬪病記」「나」「나의 주主」「산」「소리」「올페」「원정園丁」「음악」「오늘」「전정前程」「무제無題」 등 동일한 제목으로 여러 편의 시를 남긴 것도 그 가운데 하나다. 「장편掌篇」의 경우 김종삼은 생전에 네 편에는

1 김종삼, 「의미의 백서」, 『한국전후문제시집』, 신구문화사, 1964. 이 글에서는 권명옥 엮음 · 해설, 『김종삼 전집』, 나남출판, 2005, 297쪽에서 인용했다. 이후 김종삼의 시와 산문은 『김종삼 전집』에서 가져온 것으로 따로 쪽수는 밝히지 않았지만, 같은 제목의 시가 여러 편인 경우 출전을 밝혔다.

번호를 매겼지만, 나머지 다섯 편에는 따로 변별적 기호를 부여하지 않았다. 이는 시인들이 자신의 작품에 독자적 생명을 부여하고자 하는 일반 의지의 강박에서 자유롭고자 했던 김종삼의 시적 지향을 보여 주는 단편이라고 할 수 있다. 하지만 눈여겨볼 것은, 확실히, 보다 내밀한 부분에 은폐되어 있다. 미리 말하자면, 김종삼은 동일한 제목으로 여러 편의 시를 남김으로써 완성을 향해 가는 미완성의 연속성을 자신의 시적 이념으로 삼았다는 점이다. 한 편의 시를 통해 자신의 세계를 결정하지 못하는 이 같은 유보적 전개 속에서 김종삼은 언어와 언어 사이, 이미지와 이미지 사이에서 자폐적 전언을 기획했다.

녹이 슬었던
두꺼운 鐵門 안에서

높은 石山에서 퍼부어져 내렸던
올갠 속에서

거기서 준
신발을 얻어 끌고서

라산스카
늦가을이면 광채 속에
기어가는 벌레를 보다가

라산스카
오래되어서 쓰러져 가지만
세모진 벽돌집 뜰이 되어서

—「라산스카」 전문

이 시는 여섯 편의 「라산스카」 중에서 가장 먼저 발표된 작품이다. 이후 김종삼은 다섯 편의 「라산스카」를 더 발표하는데, 김종삼에게 '라산스카'는 일종의 종교로 기능하는 것 같다. 정체불명의 이 시어에 대해 김종삼은 구체적인 해명을 유보했지만, 정한용은 암스테르담에서 활동했던 뉴욕 출신의 가수 헐더 라샨스카hulda lashanska일 거라고 조심스럽게 들추어낸 바 있다. 그렇지만 김종삼 시에서 '라산스카'는 구체적 개인으로 존재하는 고유명사로서가 아니라 절대자, 음악, 삶, 고독, 비애 같은 보통명사로 보는 편이 온당할 것 같다. 라산스카는 김종삼에게 음악일 수도 있고 삶의 비경祕境이기도 하며 더러는 시이거나 자기 자신인 것이다. 따라서 김종삼의 라산스카는 '밝혀진 밝혀지지 않은 존재'로 계속해서 효력을 유지할 것이다.

김종삼이 밝혀진 밝혀지지 않은 존재 모순의 정점에 주목하는 이유는 그것이 삶의 순도를 증명하는 거의 유일한 방법이기 때문이다. 존재와 비존재의 간극이 클수록 그 사이에서 발생하는 이미지의 예각은 날카로울 수밖에 없다. 이미지에서 모호한 경계의 번짐을 제거하고 남은 그 순수한 밀도를 삶이라고 한다면, 그러한 첨예한 이미지의 예각은 존재와 비존재의 동시성 속에서 발생하는 것이리라. 위 시에서 '녹-鐵門', '石山-올갠', '광채-벌레', '쓰러짐-뜰이 됨'처럼 존재가 자기 가능성을 은폐하고 있는 대위 관계의 동시성이 순도 높은 삶을 구축한다는 말이다. 김종삼은 그러한 삶을 구축하는 과정에서 라산스카를 인생의 긴 항로를 계시하는 별자리처럼 밝게 호명해 낸다.

우선 이 시는 1~2연의 '안에서/속에서'에서 확인할 수 있듯, 어떤 폐쇄된 공간으로부터 화자가 "신발을 얻어 끌고" 있다. 이때 '신발'이 환기하는 이미지는 일차적으로는 길 떠남의 공간 이동이 되지만, 궁극적으로는 삶의 비의를 깨달아 버린 존재론적 탈각의 계기에 다가선다. 그것은 폐쇄된 공간이 '두꺼운/높은'의 절대적 경지를 지닌 곳이라는 점에서 필연적이다. 화자는 "거기서 준/ 신발"을 신고 4~5연에서 라산스카를 거푸 호명한다. 이 호명을 통해 화자는 4연에서 "벌레를 보다가" 5연에 이르러 최종적으로 "세모진 벽돌집 뜰이 되”고 있다. 이러한 존재론적 변환의 과정을 정리하면 이런 이야기가 가능하지 않을까. 화자는 어떤 외부의 강력한 힘에 지배되고 있는데(1~2연), 그 권력으로부터 자신을 부추길 수 있는 어떤 매개를 부여받고(3연), 권력에서 한 걸음 물러 나와 권력에 지배되어 있는 자신의 본질을 목격한다(4연). 그리하여 최종적으로 1~2연의 지배적 힘이 소진된 후 화자 스스로 하나의 새로운 권력이 된다(5연). 그러나 새로운 권력은 폐쇄적이지 않다. “세모진 벽돌집”이 “두꺼운 鐵門”(벽돌집)이나 “높은 石山”(세모진)의 절대적 힘을 고스란히 수용하고 있지만, 화자가 최종적으로 도달한 지점은 그 힘이 절제되고 공유되는 “뜰”로 존재하기 때문이다. 이런 점 때문에 이 시는 “두꺼운 鐵門”이나 “높은 石山”이라는 폐쇄적 절대성을 “세모진 벽돌집 뜰”이라는 개방된 관계성으로 전환하는 존재론적 변모 과정을 순도 높게 제시할 수 있게 되었다.

김종삼의 첫 번째 「라산스카」가 대비되는 이미지의 대위 구조 속에서 존재의 변증적 전환을 이루고 있다면, 그로부터 20년 가까이 흘러 발표된 다음의 「라산스카」는 좀 더 간소한 형식 속에 존재론적 소멸을 담아내고 있다. 견고했던 절대성은 타자와의 관계성을 회복함으로써 연화軟化되고, 자기 존재가 자기 결정의 부산물이 아니라는 사실을 발견하게 된다. 김종삼이 스스로의 세계를 끊임없이 유보해 가는 이유는 이러한 존재론적 소멸을 누구보다 잘 알고 있기 때문이다. 그것은 김종삼의 초기작에서 충분히 예견되었던 일이다. “돌담이무너졌다다시쌓/ 았다쌓았다쌓았다돌각/ 담이쌓이고바람이자고/ 틈을타凍昏이잦아들었/ 다포겨놓이던세번째가/ 비었다”(「돌각담」)에서 확인할 수 있듯, 김종삼은 보편으로서의 삶의 불연속성(시적 행갈이 방식)과 적층적 반복성(“쌓았다”의 반복)을 수용하지만, “포겨놓이던세번째가/ 비었다”처럼 삶의 내부에서 발생하는 공동空洞에 시선의 초점을 맞춘다. 이러한 특유의 존재 방식 때문에 김종삼은 자신을 ‘진공의 격벽’ 속에 가둔 채 외부와 통하면서 통하지 않는 역설의 시간을 홀로 간곡하게 견디고 있는 것이다.

바로크 시대 음악 들을 때마다
팔레스트리나 들을 때마다
그 시대 풍경 다가올 때마다
하늘나라 다가올 때마다
맑은 물가 다가올 때마다
라산스카
나 지은 죄 많아
죽어서도
영혼이
없으리

—「라산스카」 전문(『누군가 나에게 물었다』, 민음사, 1982)

'진공의 격벽'에 갇힌 '나'에게 들려오는 '음악'은 과연 공정한 소리인가. '진공의 격벽' 속에서 바라보는 '풍경'은 정녕 가시적인가. 외부와 차단된 채 듣고 보는 감각은 잡음과 신기루가 제거된 순수한 소리이고 풍경일 것이다. 이 경우 이것들이 발생하고 전파하는 원점에 자연스럽게 감각의 촉수가 드리워질 수밖에 없다. 감각은 비결정적이고, 대체적으로 산만하여 원심적 파동을 일으킨다. 이렇듯 감각은 선험적이지 못하기 때문에 종종 믿을 수 없는 '운동'으로 간주되기도 한다. 그러나 엄밀한 의미에서 감각만큼 즉각적이고 직접적인 운동은 존재하기 어렵다. 이 즉각적 직접성이야말로 '순도'를 결정하는 거의 유일한 덕목이 아닐까. 이럴 때 '진공의 격벽' 속에서 듣고 보는 김종삼의 감각 운동은 감각 자체로부터 발생하는, 다시 말해 듣고 보는 주체의 자기로부터 발생하는 음악과 풍경이 된다. 이 자발적 감각 운동은 곧장 존재 발생의 원형으로 나아가게 되는데, 인간 존재의 현실인 '죄'와 현실 너머 낭만적 '영혼'의 대위야말로 인간 존재의 발생론적 원형을 상징하는 것이라고 할 수 있다. 이 구도 속에서 김종삼은 "죄 많아" "영혼이/ 없으리"라는 존재론적 비애에 도달한다. 죄와 영혼이 서로를 배제하는 관계라는 점에서 "많아"서 "없으리"라는 인식은 순수하게 자기 소멸을 이끄는 감각 운동이 된다.

이러한 자기 소멸에의 의지는 자기 내부의 '공동空洞'으로 사라져 가는 것, 즉 자기 꼬리를 집어삼키는 '우로보로스Ouroboros'처럼 김종삼은 끊임없이 자기 참조(self-reference)를 통해 '진공' 속에서 의미 없는 것들에 의미를 부여하고자 한다. 김종삼이 「의미의 백서」에서 "萬有愛와도 절연된 나의 의미의 백서 위에 노니는 이미지의 어린이들, 환상의 영토에 자라나는 식물들, 그것은 나의 귀중한 시의 소재들"이라고 한 것도 이러한 차원에서 수긍할 수 있다. 그리하여 우로보로스는 자기를 거의 삼켜 버리고 '영혼'을 진동하는 하나의 '시'로만 남는다.

> 미구에 이른
> 아침
>
> 하늘을 파헤치는
> 스콥 소리
>
> —「라산스카」 전문(『평화롭게』, 고려원, 1984)

이 시에서 "스콥"을 영어로 철자화하면 scop이 된다. 이는 중세 서구의 음유시인을 지칭하는 말로, 음유시인의 노래들이 바로크 종교음악으로 발전하여 독일 예술가곡의 기원이 되었다는 사실은 잘 알려져 있다. 이 시에서 김종삼은 지금은 아니지만 가까운 어느 날, 즉 "미구"에 "하늘을 파헤치는/ 스콥 소리"를 들을 것이라고 본다. 주목할 점은 앞서 본 「라산스카」와 달리 이 시에는 주체의 존재가 거의 소멸되어 있다는 사실이다. 원초적 시간성(미구) 속에서 시(스콥)만 남기고 홀연히 사라지고자 한 것이다. 이런 점에서 김종삼이 여섯 편의 「라산스카」를 쓴 것은 지속적으로 자기를 무화하여 시만 남기고자 한 존재하지 않는 존재하는 노정의 일환으로 보아도 좋을 것이다.

3. G 마이나

그러나 김종삼이 추구한 시가 둔감한 문자언어에 국한된 것은 아니다. 김종삼의 시적 세계에서 우선 고려되어 온 것은 그의 생애사와 밀착하여 교감하고 있는 음악적 영감이라는 사실은 잘 알려져 있다. 특히 「라산스카」의 '스콥 소리'는 김종삼의 활성화된 음악적 시 세계를 압축하여 보여 주는 상징 표지로 기능한다. 음악을 제재로 다루고 있는 김종삼의 시편들은 그런 점에서 '스콥 소리'가 구체적 순간들을 파동해 낸 울림의 기포들을 포착한 것들이라고 할 수 있다. "모든 예술은 음악의 상태를 동경한다"(《조선일보》, 1979. 5. 15.)라고 그가 말했을 때, 그에게 음악은 육체적 감각의 박동이자 생활의 리듬이고 때로는 삶의 어조로 다양하게 변모하는 생명 같은 것이었다.

> 아지 못할 灼泉의 소리. 의례히 오래 간다는, 물 끓듯 끓어 나는 나지막하여 가기 시작한.
>
> —「드빗시」 전문

우리의 생활이 도무지 알 수 없는 것으로 가득하다는 건 곤혹한 수사가 아니다. 생활의 현재는 즉자적 체험이어서 그 실체를 알 수 없고, 다가올 미래는 아직 오지 않은 체험이어서 바로 알 도리가 없다. 지나간 시간이라고 해서 온전히 그 정체를 파악할 수 있는 것도 아니다. 이 같은 정체불명의 순간을 우리는 살아간다. 그러므로 우리의 감각이 수거하는 모든 정보는 은유적일 수밖에 없다. '그것'이 아니라 '그것을 내함한 것'을 우리는 감각할 뿐이다. 그러한 사정으로 "灼泉의 소리"를 곧이곧대로 받아들일 요령이 우리에게는 없다. 김종삼이 기왕의 일상어보다는 개인적 시어를 즐겨 조어해 내는 특별한 감각을 지녔다는 사실을 감안하더라도, '灼泉'이라는 생경한 시어는 '그것'의 의미를 가늠하는 데 요령부득일 수밖에 없다. 축자적으로 풀이하면 끓어오르는(灼) 물줄기(泉) 정도로 말할 수 있겠지만, 이미 '그것'은 '그것'이 아니라 '그것을 내함한 것'이 되어 버린다. 이를테면, 기화하는 수증기가 '灼泉'의 '그것을 내함한 것'의 보편이라 하겠는데, 액체 상태의 '천泉'과 그것을 기체로 형질 변경하고자 하는 '작灼' 사이에서 이 시는 다양하게 리듬을 타는 것이다. "물 끓듯 끓어 나는" 그 리듬은 프랑스 작곡가 드뷔시(Claude Debussy)의 〈목신의 오후 전주곡〉쯤 될 것인데, "나지막하여 가기 시작한" 리듬은 위 시의 형식이 개방되어 있는 것처럼, 김종삼 시의 '미구'를 향해 연주된다. 그의 말대로라면, "미구에 이른/ 아침"에 그는 "세자르 프랑크와 에즈라 파운드를 경외敬畏하면서 아름드리 큰 나무들을 찍고"(《조선일보》, 1971. 8. 22.) 싶은 건지도 모르겠다. 감각의 이 율동하는 전개 속에서 김종삼의 시는 자기 소멸의 동공을 향해 격정적으로 침잠해 들어간다. 당연히 그 최저의 지점에서 만나는 것은 "아지 못할 灼泉의 소리"이다.

물
닿은 곳

神恙의
구름 밑

그늘이 앉고

杳然한
옛
G 마이나

—「G 마이나—全鳳來 兄에게」 전문

이 간결한 감각의 뼈대가 들려주고자 하는 것은 “G 마이나”의 감각적 율동이다. 그 율동은 “杳然”하기만 하다. “물”에서 “구름”을 거쳐 “그늘”로 이어지는 이미지의 연쇄가 그렇다는 말이다. 그 묘연한 이미지들이 “닿은 곳”은 “밑”이어서 그 또한 그곳에 닿기 위해서는 최대한 자신을 낮추어 “앉”아야만 한다. 이 ‘마이나’의 상징은 자연스럽게 “옛”이라는 시간성을 소환해 내고, 이미 소멸해 버린 시간에 대한 율동적 감각을 통해 김종삼은 역설적으로 ‘灼泉’의 이미지를 환기해 낸다. 이 기화하는 이미지는 부제로 붙은 시인 ‘전봉래’에 대한 헌사이자 김종삼이 “미구에 이른/ 아침”에 듣고자 하는 ‘스콥 소리’의 환상이다. 시인 전봉래는 누구인가. 김종삼에 따르면 그는 “원고용지 따위에 쓰는 그러한 유의 시를 쓰는 것이 아니라 가장 고귀하고 가장 최후의 遺作이라고 일컬을 만한 죽음이라는 작품을 쓴—동란 이후 최초이자 최후의 시인”(「피란 때 年度 전봉래」)이다. 최초이자 최후라는 이 역설의 감각이야말로 김종삼이 ‘마이나’에서 끓어오르는 ‘灼泉의 소리’, 즉 ‘스콥 소리’를 간취해 내는 묘연한 율동적 시가 아닐까. 이 경우 그의 시는 ‘가장 고귀하고 가장 최후의 유작이라고 일컬을 만한 죽음’에 그대로 닿는다. “얼마 못 가서 죽을 아이”(「그리운 안니 · 로 · 리」), “全裸에 감기어 온 얼룩진 少年의 주검”(「석간」), “죄 없는 무리들의 주검”(「부활절」), “죽어 간 사람들 사이에 세워진 아취”(「여인」), “他界에서의 屍體檢査를 진행하는 느낌”(「시체실」), “죽음의 재들이 날아와 붙고 있었다”(「개체」), “나는 다시 死體이다”(「첼로의 PABLO CASALS」), “人間虐殺工場이었던 아우슈뷔츠”(「실록」) 등 김종삼 시에 빈번하게 등장하는 죽음 이미지는, 그러므로 단순한 죽음 이미지가 아니라 그 자체로 ‘가장 고귀하고 가장 최초의 유작’으로서의 시인 것이다. 다시 말해 김종삼에게 시는 “棺 속에 넣었던 악기”(「음악-마라의 〈죽은 아이를 追慕하는 노래〉에 부쳐서」)였던 것이다.

石膏를 뒤집어쓴 얼굴은

어두운 晝間.

旱魃을 만난 구름일수록

움직이는 나의 하루살이 떼들의 市場.

짙은 煙氣가 나는 뒷간.

주검 一步直前에 無辜한 마네킹들이 化粧한 陳列窓.

死産.

소리 나지 않는 完璧.

—「십이음계의 층층대」 전문

김종삼의 시가 대부분 그렇지만, 특히 이 시는 죽음과 음악을 동 시간성에서 읽어 내지 않으면 안 된다. 음악에서 하나의 옥타브가 12개의 음으로 구성되었다는 점은 그 자체로 종결되는 "完璧"한 세계를 상징한다. 그것은 일 년을 열두 달로 구성해 낸 삶의 주기이면서 인간 존재의 삶이 죽음으로 완성되는 것의 은유인 것이다. "어두운 晝間"이 죽음(어두운)으로 완성되는 삶(晝間)의 적절한 대위로서의 은유가 되는 것도 그런 연유이다. 따라서 "어두운 晝間"이 환기하는 낮의 생명성과 어둠의 소멸성은 그 동시적 현현으로 인해 곧장 카오스chaos의 세계를 구축하고, 혼돈의 지점에서 존재의 生死는 非生非死를 그림자처럼 거느릴 수밖에 없다. 김종삼은 이러한 카오스의 세계에 질서를 부여하기 위해 음악을 도입한다. 그에게 음악은 "神의 노래"(「쎄잘 · 프랑크의 音」)이기 때문이다. 인간 존재의 상상적 범주 저편에 절대적 힘이 존재하고, 인간은 그가 부여하는 리듬에 따라 박동하는 삶을 살 수 있다는 김종삼의 믿음이 음악을 통해 구체화될 때, 음악은 "귓전을 울리는 무겁고 육중해 가는 목숨의 소리들"(「달구지 길」)로 우리에게 다가온다. 따라서 인간의 삶은 죽음의 리듬을 생산하는 것, 다시 말해 "死産"을 향한 고투의 악무한에 가까워진다. 이 도달 불가능한 지점을 향해 "움직이는 나의 하루살이 떼들"은 "石膏를 뒤집어쓴 얼굴"에서부터 "주검 一步直前에 無辜한 마네킹들"까지 폭넓은 스펙트럼으로 존재하는데, 그 존재의 범위를 '십이음계'의 세계라고 하면 지나친 상상일까. 그렇더라도 이 세계는 완성의 경지가 아니라 새롭게 구축된 혼돈의 카오스임에 틀림없다. 그리하여 '십이음계'의 세계가 "소리 나지 않는 完璧"이라는 역설은 삶과 죽음이 배타적이지 않고 오히려 서로를 견인해 가는 하나의 음악이라는 점을 강조한다. 소리와 소리 아닌 것이 어울려 하나의 음악이 구성되는 것처럼, 삶과 죽음도 똑같은 방식으로 인간 존재를 구성한다는 것이다. 김종삼이 하나의 세계를 또는 우리의 삶을 完成이 아니라 完璧이라고 한 이유가 여기에 있다. 우리 삶은, 그리고 음악은 完成의 세계를 유보하면서 完璧을 지지하는 악무한의 과정 자체이기 때문이다.

4. 장편掌篇

그렇다. '완성'의 세계는 인간 존재의 상상력 저편에 놓인 절대적 지경이다. 그 지경으로부터 음악은 흘러나온다. 산다는 것은 쉬지 않고 그 음악의 세계를 먼눈으로 바라보는 일이다. 용기 있는 사람들은 그 음악을 동경한 나머지 "어느 位置엔/ 누가 그린지 모를/ 風景의 背音이 있으므로,/ 나는 세상에 나오지 않은/ 樂器를 가진 아이와/ 손 쥐고 가"(「背音」)보기도 한다. 이 경우 "세상에 나오지 않은/ 樂器"를 카오스에 내재한 생산 가능성으로 읽어 낼 수 있으리라. 이 같은 독법이 허용된다면, 음악적 완성도와 무관하게 우리는 이미 그 같은 악기 하나씩을 연주하는 중이다. 삶이 음악이고 그 음악과 더불어 우리의 삶은 죽음을 향해 연주되고 있다는 점에서 그렇다. 이 '완성'을 향한 미완성의 음악을 김종삼은 "풍경의 배음"으로 배치할 줄 안다. 김종삼의 어법에 기대면, 그 풍경은 "장거리의 골목 안 한 귀퉁이"(「나」, 『자유공론, 1966. 7.)이자 "아름다운 꿈을 지녔던 그림자"(「여인」)이기도 하며, 아예 "아우슈비치 수용소의 한 부분"(「지대」)이 되기도 한다. 생활의 근거 또는 일상이라는 관념의 영역에서 김종삼은 완벽한 세계를 "어제 밤엔 팔리지 않은 아름다운 한/ 娼女의 다문 입처럼/ 오늘도 아침나절부터 누가/

배우느라고 부는/ 트럼펫”(「트럼펫」)의 멜로디로 구축해 낸다. 그러나 김종삼은 ‘풍경의 배음’으로 탄주되는 멜로디에 서사적 사건을 반주음으로 엮어 넣을 줄 안다. 이 경우 김종삼은 멜로디를 연주하는 오른손을 등 뒤로 숨긴 채 왼손 반주로만 무대에 오르는 피아니스트와 다르지 않다.

> 조선총독부가 있을 때
> 청계川邊 一○錢 均一床 밥집 문턱엔
> 거지 소녀가 거지 장님 어버이를
> 이끌고 와 서 있었다
> 주인 영감이 소리를 질렀으나
> 태연하였다
>
> 어린 소녀는 어버이의 생일이라고
> 一○錢짜리 두 개를 보였다.
>
> —「掌篇 2」 전문

이 시에서 “거지 소녀”와 “주인 영감”이 대위법적 멜로디를 형성한다면, “거지 장님 어버이”는 그 ‘風景의 背音’으로 은폐된 서사를 촉발하는 표지이다. 김종삼은 숨겨진 이야기를 전면으로 끌어내기 위해 “10전 균일상 밥집”이라는 공간과 “어버이의 생일”이라는 시간을 배경의 축으로 설정해 놓았다. 인물이 있고 시 · 공간의 현실적 배경과 사건의 단초가 압축적으로 제시되면서 이 시는 자연스럽게 서사를 작동시킨다. 이렇게 발생한 서사는 인간이 인간다울 수 있는 이유를 침묵으로 증명한다. “주인 영감이 소리를 질”러 대는 상황에서 “어린 소녀”가 맞받아 목청을 돋우는 것이 아니라, 오히려 침묵으로 “10전짜리 두 개를 보”여 주는 것, 이보다 명징한 사건의 폭발이 또 있을까. 이처럼 사건을 극대화하는 방법으로 청각을 시각으로 전치해 내는 감각은 김종삼 시에 드물지 않게 발견된다. 이를테면 “물 먹는 소목덜미에/ 할머니 손이 얹혀졌다./ 이 하루도 함께 지났다고,/ 서로 발잔등이 부었다고,/ 서로 적막하다고,"(「묵화」) 김종삼이 그려 낼 때, 김종삼은 발화되고자 하는 말을 삼켜 버리고 그 말의 진정성을 담보하는 방법으로 침묵의 무늬를 보여 준다. 들려주는 대신 보여 주는 이 형식을 김종삼은 掌篇으로 제출하고 있는데, 두루 알다시피 掌篇은 그다지 참을성 있는 형식이 아니다. 그러므로 단출한 형식 안에 서사의 구도를 갖추기 위해서는 말하기보다 보여 주기가 효과적이다. 김종삼은 掌篇에서 압축적인 장면을 통해 인간의 인간다움을 폭로해 내는데, 대개 폭로되는 이야기는 "내용 없는 아름다움"(「북 치는 소년」)으로 충만해 있다. 이 역설의 미학이 성립할 수 있는 것은 인간다운 이야기들이 압축적인 掌篇의 형식을 통해 구체화되기 때문이다. 그런 의미에서 掌篇은 시의 제목이라기보다는 김종삼이 나름 '완벽'을 구축하기 위해 전략적으로 마련한 미적 형식으로 보는 게 타당한 것 같다.

1947년 봄
深夜
黃海道 海州의 바다
以南과 以北의 境界線 용당浦

사공은 조심조심 노를 저어 가고 있었다.
울음을 터뜨린 한 嬰兒를 삼킨 곳.
스무 몇 해나 지나서도 누구나 그 水深을 모른다.

—「민간인」 전문

2연에 불과한 이 시는 1연과 2연이 각각의 역할을 충실히 이행하고 있다. 1연의 '사실'과 2연의 '사건'은 서로를 배경에 거느린 채 한 편의 서사를 형성한다. 물론 이 경우 '사실'보다는 '사건'에 관심의 초점이 놓이는 법이다. 이 시에서 사건은 "한 영아"의 죽음이 명시적으로 드러나 있지만, 그 '풍경의 배음'에 자리한 은폐된 사건을 우리는 보다 심각하게 환기한다. 명시적 사건으로부터 "스무 몇 해나 지나서" 발생하는 2차 사건의 본질이야말로 김종삼 시가 보여 주고자 하는 '완벽'한 인간의 인간성이 아닐까. 이러한 이야기는 '아우슈뷔츠'를 다룬 시편들에서 적나라하게 제시된다.

아우슈뷔츠 收容所 鐵條網
기슭엔
雜草가 무성해 가고 있었다

—「아우슈뷔츠 I」 부분

골목길에선 아희들이
고분고분하게 놀고 있고
이 무리들은 제네바로 간다 한다
어린것과 먹을 거 한 조각 쥔 채

—「아우슈뷔츠 II」 부분

人間虐殺工場이었던 아우슈뷔츠 近方에선 지금도 耕作을 하지 않는다 한다.

—「實錄」 부분

아우슈비츠 이후에도 시를 쓰는 것은 야만이라고 말한 이는 아도르노였지만, 그것을 증명해 낸 이는 김종삼이다. 김종삼은 掌篇의 형식 속에서 아도르노의 야만을 인간의 최대화된 인간성으로 증명한다. 인간이 인간일 수 있는 전제와 인간이어야 하는 조건과 인간으로 현시되는 전모를 기소한 아우슈비츠에서 아도르노는 인간의 인간성에 야만이라는 형刑을 선고하였고, 김종삼은 선고된 형을 掌篇에서 집행하고 있다. 김종삼의 수형자들은 "잡초가 무성"한 상태에서 "먹을 거 한 조각 쥔 채" "고분고분하게" 살아갈 뿐이다. 문명사의 전개가 폭력을 기반으로 한 탈취와 정복으로 점철되었다는 점을 상기하면, 고분고분함은 차라리 반문명적이라는 점에서 야만의 징후임이 틀림없다. 더 이상 "경작을 하지 않"음으로써 야만은 야만으로 고착되었다. 김종삼은 이러한 야만의 상황을 "어지러운 文明 속에서 날은 어두워졌다"(「가을」)라고 선언하고는 "遊牧民처럼/ 그런 세월을 오래오래 살"(「동트는 지평선」)아가고자 한다.

작년 1월 7일
나는 형 종문이가 위독하다는 전달을 받았다
추운 새벽이었다
골목길을 내려가고 있었다
허술한 차림의 사람이 다가왔다
한미병원을 찾는다고 했다
그 병원에서 두 딸아이가 죽었다고 한다
부여에서 왔다고 한다
연탄가스 중독이라고 한다
나이는 스물둘, 열아홉
함께 가며 주고받은 몇 마디였다
시체실 불이 켜져 있었다
관리실에서 성명들을 확인하였다
어서 들어가 보라고 한즉
조금 있다가 본다고 하였다.

―「掌篇」 전문(『누군가 나에게 물었다』, 민음사, 1982)

유목민이 되어 야만으로 산다는 것, 그것은 김종삼에게 그다지 어려운 일이 아니다. 김종삼은 언제나 "巨岩들의 光明/ 大自然 속/ 독수리 한 놈 떠 있고/ 한 그림자는 드리워지고 있"(「미켈란젤로의 한낮」)는 풍경을 시선의 안쪽으로 배치해 둔다. 문제는 그것을 바라보는 김종삼의 '풍경의 배음'이다. 김종삼은 이렇게 말한다. "나의 精神은 술렁이고 있다"(「個體」)라고. 이 술렁임이야말로 문명으로 개종되지 않는 야만의 주술이 아니고 뭐겠는가. 김종삼은 이 야만의 주술을 '죽음'의 제의에서 풀어낸다. 이 시에서 김종삼의 시선에 포착된 풍경은 "허술한 차림의 사람"이 풀어내는 고해(告解/苦海)다. "연탄가스 중독"으로 "두 딸아이가 죽었다"는 것, "나이는 스물 둘, 열아홉"이라는 것, "부여에서 왔다"는 것. 김종삼은 "이라고 한다"라는 간접화법을 통해 삶의 고해苦海를 고해告解한다. 그 고해(告解/苦海)에는 "형 종문이가 위독하다는 전달"이 담겨 있고, "추운 새벽"과 "골목길"이 포함되어 있다. 그러므로 이 시에서 "어서 들어가 보라"는 "나"와 "조금 있다가 본다"는 "허술한 차림의 사람"은 고해告解와 고해苦海로서 서로 술렁일 수밖에 없다. 이 평행한 긴장의 파장이야말로 인간이 서로의 인간성의 정곡을 찔러 대는 순간이 아니겠는가. 따라서 두 사람의 관계는 시 「미켈란젤로의 한낮」에서 제시된 "독수리 한 놈"과 "그 그림자"의 관계와 다르지 않다. 서로 기대어 존재할 수밖에 없는 공동 운명체, 김종삼은 그 '완벽'한 야만의 세계를 掌篇에 담아냈다. 그러므로 김종삼은 아우슈비츠 이후 '시'를 쓴 것이 아니다. 그는 오로지 掌篇을 썼고, 掌篇 속에서 상징적인 의미에서 '시'를 쓰지 못하는 인간의 야만과 그 야만의 인간성을 짚어 낸 것이다.

5. 올페

그래서일까. 김종삼은 야만으로서의 자신을 시로 남겨 놓기도 했다. "망가져 가는 저질 플라스틱 臨時 人間"(「나」, 『심상』, 1980. 5). 이런 시도 남겼다. "이름이 있다면/ 나이가 있다면/ 나이는 넘어야 하는 山脈들이었고/ 이름(筆名)은/ 아직 없다"(「나」, 『문학사상』 1985. 3). 그렇다, 김종삼은 스스로의 존재를 증명하지 않기 위해 시를 썼다. 그러나 또 이런 시도 남겼다. "쉬

르레알리즘의 시를 쓰던/ 나의 형/ 종문宗文은 내가 여러 번 입원하였던 병원에서/ 심장경색증으로 몇 해 전에 죽었다./ …(중략)…/ 아우는 스물두 살 때 결핵으로 죽었다/ 나는 그때부터 술꾼이 되었다"(「掌篇」). 그렇다, 김종삼은 혈육의 부재를 통해 자신의 존재를 "술꾼"으로 전경화하고 있다. 그리고 김종삼이 남긴 시에는 이런 것도 있다.

올페는 죽을 때
나의 직업은 시라고 하였다
後世 사람들이 만든 얘기다

나는 죽어서도
나의 직업은 시가 못 된다

宇宙服처럼 月谷에 둥둥 떠 있다
귀환 時刻 未定.

—「올페」 전문

1연에 "올페" 이야기는 "후세 사람들이 만든 얘기"라는 것과 2연의 "나의 직업은 시가 못 된다"는 선언 사이에는 묘한 등가 관계가 형성된다. "올페"의 명제가 '후세 사람들'에 의해 완성되었다면, 김종삼의 명제는 말 그대로 김종삼의 명제일 뿐 '후세 사람들'의 검증을 거치지 않았다. 3연에서 "둥둥 떠 있"는 주체가 누락된 것도 검증되지 않은 2연의 명제와 무관하지 않다. 김종삼은 '후세 사람들'이 '올페'의 "나의 직업은 시"라는 명제를 확정해 준 것처럼, "나의 직업은 시가 못 된다"는 자기의 명제를 '후세 사람들'의 판단에 맡겨 놓았다. "非詩일지라도 나의 職場은 詩"(「제작」)라고 했던 김종삼. '시의 직장'에 있었지만(있음, being) 역설적으로 시를 '직업'으로 누릴 수 없었던(함, doing) 김종삼. "'시인의 領域'에 도달하기엔 터무니없는 인간"

(「먼 '시인의 영역'」)이라고 자처했지만, 우리는 '시의 직장'에서 그를 쫓아내기에는 그의 시가 '완벽'하다는 걸 잘 안다. 그러므로 '후세 사람들'인 우리는 "귀환 시각 미정"인 김종삼의 "임시 인간"에게 어떤 식으로든 "이름(筆名)"을 지어 줄 의무를 나누어 가질 수밖에 없다. 그럴 때 김종삼은 시를 직업으로 하는 시인의 영역으로 귀환할 수 있고, 그럴 때 김종삼의 시에 김종삼은 존재할 수 있을 테니까.

제3부

내상內傷의 침묵을 깁는 일

—이병초 시집, 『까치독사』

1.

4월에는 괜히 우쭐해져서 여기저기를 기웃거리게 된다. 삐걱거리는 낡은 자전거라도 끌고는 좁다란 골목을 이유 없이 배회하고 싶어진다. 더러 낮은 담장 너머 내걸린 빨래에 시선을 두었다가 해진 소맷자락을 애써 외면하기도 한다. 하지만 외면한다고 잊히는 건 아닌 모양이다. 낡은 자전거 바큇살에 와서 치앙치앙 부서지는 햇살처럼 자꾸만 눈언저리를 누군가의 낡아버린 것들이 아프게 찔러 댄다. 그래서인가. 4월에는 저마다 조금쯤은 눈가가 짓무르기도 한다.

이병초 시인의 세 번째 시집 『까치독사』를 4월 이야기로 혼자 읽어 보는 것은 그러한 내심內心에 균형을 맞추기 위함이다. 우쭐과 짓무름 사이에 발생한 4월의 낙차를 오롯이 견디어 보고 싶은 것이다. 아…… 그러나 이 현기증을 어찌할 것인가. 아무래도 4월이 못내 좋아서 그만 까무러쳤으면 싶다. 먼 데서 낯선 울음이 불쑥 4월로 끼어들어 작년 재작년의 4월을 복기할 것만 같다. 이런 생각이 든 바에는 아예 그의 지난 시편들을 들추어 보는 것도 이 시기를 버티는 한 방법일 것이다. 엘리엇의 시구처럼, 4월은 죽은 땅에서 라일락을 피워 올리는 가장 잔인한 달이므로, 지난 시절의 울음 흔痕으로 4월의 역설을 오롯이 견디고 있는 그의 시를 읽는 일은 조금 덜 짓물러지는 일이 될 터이다.

> 수첩이나 봐야 생각나는 이름이 있다 어디서 뭐 하고 사는지 궁금해진다 나는 누구의 수첩 속에서 궁금한 이름이 되어 있는가
>
> —「묵은 수첩을 보며」 전문

이병초 시인의 첫 시집 『밤비』(모아드림, 2003)에서 접어 두었던 갈피를 다시금 펼쳤다. 시가 짧은 탓에 여백이 많은 그 페이지가 못내 허전했던지 이런 메모를 해 두었다. '나는 평생 수첩 하나 갖지 못했으니, 남 탓할 거 하나도 없겠구나.' 그러나 십 년 세월을 훌쩍 건너 새롭게 읽어 보니, 이렇게 능청스러울 수가. 누군가를 궁금해하는 일과 누군가 나를 궁금해할까 궁금해하는 일의 등가적 교환성을 이제야 깨닫는다. 뒤늦게 흐리고 둔하기만 한 눈썰미를 오래 탓해 본다. 비로소 같은 시집에 묶인 「우표」 한 구절의 표정을 실감한다. "잔돈 바꾸느라고/ 그냥 사 둔 우표가/ 열 장도 넘는다"는 생활의 행색이 딱 이병초 시인의 육성이다. 그는 하고 싶은 일(잔돈 바꾸는 일)을 위해 적어도 윤리적인 도리(우표 사는 일)를 먼저 챙기는 사람이기 때문이다.

2.

어쩌면 계면쩍기도 했을 이 교환의 형식은 잊고 있던 어떤 "이름"을 불러내는 데에도 동일하게 적용된다. 그냥 "어디서 뭐 하고 사는지 궁금해"도 좋을 일을 굳이 "수첩이나 봐야" 하는 (윤리적) 형식을 앞세운 것은 그 때문이다. 그리운 사람이나 보고 싶은 사람을 꼭 그런 식으로 불러내야 옳겠

는가. 불쑥 떠올려서는 궁금해하고, 무작정 전화를 걸어 잘 지냈느냐고 물어보면 안 되나?

> 저 초록색 갈피를 뒤적거리다 보면 그 속엔 알 품는 까투리가 친정집 주소 적으려다 솔가지 못 빠져나간 반달을 베낄 것 같고
>
> 축축한 겨드랑이 말리며 열차 바퀴 소리를 가만가만 재우던 채송화는 어디에 피었나 깜짝 마실 나왔다가 연둣빛 부리를 내민 옥수수알을 반갑게 쪼아 댈 것도 같고
>
> —「봄산」 전문

그러나 어쩌랴. "저" 하고 잠시 머뭇거리며 자기 사유와 감각 그리고 대상 사이의 거리를 재 보는 그의 어법이 매력적인 것을. 이 거리 재기 속에 이병초 시인의 방법론이 있다. 그는 만물萬物과 만상萬象과 만사萬事와 만인萬人의 속사정을 살피는 데 그다지 명민한 재능을 지닌 것 같지는 않다. 그러한 일에 빛나는 감각을 발휘하는 사람들은 어떤 '촉'을 지녀야 하는데, 그는 그러한 사회생리학적 눈치에는 무심하다. 조금 부풀리자면 우직하다는 말을 할 수 있겠고, 반대의 경우라면 사회적 감각이 무던하다고 할 것이다. 또 하나, 눈썰미 좋은 사람은 짐작하겠지만, 그는 거리를 두고 뭔가를 베껴 내는 데 탁월한 감각을 발휘한다. 여기서 베껴 내기는 '복제하기'가 아니라 '복기하기'라는 의미에서 그렇다. 그는 우리의 생활을 다시 살 수 없는 유일한 것으로 바라보고 있으며, 그 유일함으로 인해 우리의 삶이 가치 있고 아름답다고 견결하게 믿고 있기 때문이다. 다시 말해, 그는 복기하는 행위가 추억이나 기억을 소환하여 과거를 '다시 사는 일'이 아니라 현재를 '유일하게 사는 일'이라는 사실을 알고 있는 것이다.

이 점은 이병초 시인이 첫 시집에서부터 줄곧 견지해 온 시적 자세이다. 복기하기가 삶의 새로운 진실을 발견해 내는 일이라는 인식은 그의 현실적

모습과 한 치도 다르지 않다. 이를테면 그는 이런 생활 감각을 지닌 사람이다. 오전 열 시 무렵 그가 전화를 걸어 온다면, 필시 우리는 어젯밤 함께 술자리에 있었다는 뜻이다. 그는 술자리에서 노래를 즐기는 편이다. 그의 노래는 술자리의 흥을 한껏 돋우어 내지만, 대개의 경우 꽤 심각한 가사일 때가 많다. 그래서 그는 자주 목청을 높여야 했고, 고조되는 대목에서는 주먹을 부르쥐곤 했다. 더러 탁자 모서리를 움켜쥐기도 하지만, 열에 여덟 번은 옆자리에 앉은 사람의 손목이나 허벅지를 야물게 쥐어짠다. 그럴 때마다 이런 생각이 들기도 한다. 그는 저 긴밀하게 모여드는 아귀의 힘으로 시를 쓰는 것이 아닐까?

이병초 시인이 전화를 걸어 오는 이유는 이 같은 간밤의 술자리를 복기하기 위함이다. "신아, 잘 들어갔냐?"는 안부로 시작하는 그의 화법에도 단단한 아귀힘이 들어 있다. 게다가 그는 거의 예외 없이 이편의 이름을 꼭 불러 준다. 그러고는 술자리에서 혹시 마음 상한 일은 없었는지 묻는다. 서로의 기억을 하나씩 대조하듯 천천히 간밤의 일을 복기하고는 이런 말로 전화를 끊곤 한다. "담에 또 보자잉." 이러한 그의 육성을 듣는 일은 「봄 산」에서 본 것처럼, 온몸으로 알을 품는 까투리가 반달을 베끼는 일과 다르지 않다. 그럴 때 까투리의 육체성과 그것을 옮겨 적는 시인의 방법론은 온전히 하나가 된다. 말하자면 그는 '온몸'으로 시를 쓰고 있는 것이다. 따라서 그가 복기하는 생활은 이 '온몸'의 다양한 상처들임을 쉽게 간파할 수 있다.

> 산과 산 사이 작은 마을 위쪽
> 칡넝쿨 걷어 낸 뒤 뙈기를 둘러보는데
> 밭의 경계 삼은 왕돌 그늘에 배 깔고
> 입을 쩍쩍 벌리는 까치독사 한 마리
> 더 가까이 오면 독 묻은 이빨로
> 숨통을 물어뜯어 버리겠다는 듯이
> 뒤로 물러설 줄도 모르고 내 낌새를 살핀다

누군가에게 되알지게 얻어터져
창자가 밖으로 쏟아질 것만 같은데
꺼낸 무기라는 게 기껏 제 목숨뿐인 저것이
네 일만은 아닌 것 같은 저것이
저만치 물러난 산그늘처럼 무겁다

—「까치독사」 전문

표제작인 이 시에서 눈에 띄는 것은 "창자"이다. 그것은 "누군가에게 되알지게 얻어터져" "밖으로 쏟아질 것만 같"다. 충실하게 시를 읽어 온 사람이라면, 이러한 상황이 보여 주고자 하는 속사정을 어렵지 않게 짐작할 수 있을 것이다. 이 시의 전언이 동시대의 시적 생태계가 구축하는 문법에 비교적 충실하기 때문이다. "창자"로 주목된 온몸의 "목숨"을 지키기 위해 "입을 쩍쩍 벌리"고 "독 묻은 이빨"을 드러내는 '까치독사'의 사정이 절명의 순간에 닿아 아주 위태롭다. "기껏 제 목숨뿐인 저것"이라는 시선이 그것의 위기감을 증폭시킨다. 그러나 '까치독사'를 향한 시선은 이내 방향을 전환하는데, 전환된 지점에서 포착된 대상은 바라보는 시선 자체이다.

우리는 이러한 예를 알고 있다. 그리스 신화의 나르키소스는 물거울에 비친 자신을 욕망의 대상으로 바라보았다. 우리는 그 같은 자기 탐닉의 결과가 어땠는지도 잘 안다. 그러나 이병초 시인은 나르키소스의 탐닉과 몰두를 분별없이 답습하지 않는다. 그는 능숙하게도 "저만치"라는 거리 재기의 감각을 작동시킨다. 이럴 때 서정시는 자기기만에 빠지지 않고 적정하게 대상화된 자기 사유 혹은 자기 감각을 드러낼 수 있게 된다. 그래서일까? '까치독사'의 쩍쩍 벌린 아가리에서 연상되는 장면이 여럿 떠오른다. 밀레니엄이라는 말이 유행가처럼 흘러 다니던 무렵, 이병초 시인은 정말로 생활에 "되알지게 얻어터져" 창자를 다 쏟아 버리고 살았다. 그가 그 시절을 어떻게 복기하고 있는지 잘 모르겠지만, 그 무렵 그는 잔뜩 독 오른 한마리 '까치독사'임에 틀림없었다. 누구든 걸리적거리는 것이 있으면 "숨통을 물어뜯어 버리겠다는 듯이" 자주 노래했으며, 또 "저만치 물러난 산그늘처럼 무겁"게 쓸쓸한 뒷모습을 보이기도 했다. 단순히 생활고를 비유하는 차원에서만 그렇다는 뜻이 아니다. 어쩌다 핏발 선 눈으로 노래하는 모습을 보면 그는 영락없는 '까치독사' 그것이었다. 그러던 그가 정말로 "제 목숨"을 "무기"처럼 꺼내 들고 시를 쓰기 시작했고, 생활을 상대로 날카로운 이빨을 드러내기 시작했다. 그리고 이제는 그것들의 울음흔을 복기하는 중이다.

바늘로 닭 피를 찍어
이마빡에 새겼다는 개 혓바닥 문신은
평소 아무 티가 없다가
술기 오를수록 벌겋게
맹독을 문 저주처럼 또렷해졌다
왜 하필 개 혓바닥이냐고 누가 묻자
옛날엔 전쟁터에서 제 시체 잊어 먹지 말라고
먹으로 바늘뜸 뜬 게 문신이었다고
꼭 만나자는 약속도 없이
헐수할수없이 떠내려 보낸 게 사람뿐이겠냐고
귓속에 자리 편 새소리
댓잎에 베여 사각거리는 바람 소리를
개 혓바닥처럼 쭈욱 들이켰다

―「문신」 부분

복기하는 인간이 반성하는 인간과 다른 점은 이것이다. 반성하는 인간이 자신의 '행위'와 그 '결과'의 인과적 결합에 물음표를 붙여 새김질한다면, 복기하는 인간은 '행위자'와 그러한 행위를 가능하게 한 '내적 동기'를 다시금 짚어 간다. 범박하게 말해, 반성하는 인간이 발화된 전언을 수습하는 사람이라면, 복기하는 인간은 내상內傷의 침묵을 부각하는 사람이다. "평소 아무 티가 없다가/ 술기 오를수록 벌겋게/ 맹독을 문 저주처럼 또렷해"지는 "개 혓바닥 문신"은 그러한 의미에서 이병초 시인이 복기해야 하는 내상의 침묵이다.

이병초 시인은 이러한 내상의 침묵을 깁는 데 일가견이 있다. 그는 내밀한 언어와 생동하는 언어를 자재資財로 우리 삶의 헐거운 곳, 해진 곳, 쓸린 곳, 닳은 곳, 타진 곳, 올 풀린 곳 등을 잘 기워 낸다. 물론 그 솜씨를 감쪽같다고는 말하지 못하겠다. 직조 기술이 투박한 것은 그가 상처를 깁는 일과 상처를 치유하는 행위가 서로 다른 영역임을 알기 때문이다. 그는 상처를 기우면서 오히려 상처를 두드러지게 한다. 상처를 아예 기운 흔적으로 대체하여 전면에 내세운다. 그것이야말로 침묵하는 내상을 향한 최선의 애정임을 알기 때문이다. 그런 연유로 그의 시에는 상처를 기운 흔적들이 부끄럽지 않게 나타난다.

이를테면 "어떤 놈 후리러 왔나는 삿대질에 몰려 누런 백열전구 아래 빨래처럼 널브러졌던"(「만남」) 들몰댁, "으헙! 오야지를 겨냥한 삽날이 댕강 은행나무 밑동을 날려 버린"(「저녁나절」) 영호 성, "육이오 때 맞은 총알들이/ 여태 허벅지에 백혀 있던 즈아부지"(「입관入棺」), "인민군 들이닥쳤을 때 구장질 했다고 총살 직전까지 갔다는 외할아버지"(「겨울밤」), "행주를 쥐어짜듯 볼에 팬 반달을 지우며 창밖 나뭇잎들 휘감고 도는 바람 소리에 한눈파는"(「군산집」) 군산댁, "야간 일 나가려면 잠 좀 자 둬야 하잖아? 응짜를 하면 희끄무레 앞섶을 열어 토실토실한 알젖을 물리는 가시내"(「그해 여름」) 등의 군상群像이 그렇다. 그들은 지난 시절 "꼭 만나자는 약속도 없이/ 헐수할수없이 떠내려 보낸" 사람들이다. 이병초 시인은 내내 아파서 침묵하는 이들의 상처를 저마다의 육성을 통해 저마다의 사연과 내력을 낱낱이 노래한다. 이러자고 그는 "압구정동 봉은사 골목골목을 뛰어다니며 나는 카수가 되고 싶었다"(「색소폰 소리」)라고 한참 지난 일을 새겨 보는 것인지도 모르겠다.

3.

그렇더라도 누군가는 지금 “소나무 그늘도 솥 걸었던 자리도 없어지고/ 삐비가 허옇게들 쇠”(「삐비꽃」)어 버린 그 시절을 복기하는 일이 정치적으로 온당한가 묻고 싶을 것이다. 그러나 잠정적으로 그 점만은 서로 묻지 말기로 하자. 지난 시절이란 “물기는 죄 빠지고/ 단맛만 남아/ 제 몸 줄어든 자리에/ 뽀얀 분이 올”(「곶감」)라 있기 때문이고, 이 “뽀얀 분”이야말로 “사람 몸같이 따순”(「새소리」) 인간의 윤리이기 때문이다. 다시 말하지만, 이병초 시인은 소진해 가는 생활을 윤리적으로 교환하는 데 최적화된 사람이다. 그것은 “이빨 드러내고 앞발로 버티다 대문 지주목 밑동을 야물게 씹어 버”(「퇴근길에」)리는 일과 다르지 않다. 현실의 모순을 자기 삶의 윤리로 교환해 내는 방식 속에서 그의 생활은 갱신되고 그의 시는 전개된다. 그의 생활이 그렇고 그의 시가 그렇다는 뜻이다. 그러므로 그는 여전히 정치적으로가 아니라 윤리적으로 ‘되어 가는 중’이다. “너 이담에 뭐 될라고 그러냐 쫑알대는 목소리”(「또랑길」)가 그에게는 여전히 내상으로 남아 있고, 그는 그것을 시시때때로 복기하며 윤리적 부채를 탕감해 나갈 궁리에 여념이 없다.

사다리 타고 올라가서
탄저병 걸린 사과알들 따 낸다
작년 그러께와 다르게
아줌마들 품 사서 솎아 댈 만큼
사과가 종알종알 달렸었는데
초여름에 멧돼지 가족 들이닥쳐
가지가지 죄 찢어 놨다
잘라 낼 것 잘라 내고 동여맬수록
발길 옮길수록 오만정 다 떨어지는 엉망진창도
먹고살려는 녀석들 몸부림도 눈에 아팠다

…(중략)…

탄저병과 잎마름병과 땡볕이 어울린 사과밭
사다리 그만 좀 내려가라고
꽃눈 다치겠다고 더운 김 뿜어내는 사과밭
무성한 풀 예초기로 족치며 멧돼지 안 탄다는
전기 목책을 신청할까 말까 망설이며
망설이며 나는 사과 농사꾼이 되어 가리라

—「사과밭」 부분

"사과알들"을 "탄저병과 잎마름병" 그리고 "멧돼지 가족"들과 교환하는 일에서마저 이병초 시인은 철저하게 윤리적이다. "먹고살려는 녀석들 몸부림"이 문득 지난 시절 만났던 사람들의 몸부림으로 읽혔기 때문일 것이다. 그래서 그는 끝내 "멧돼지 안 탄다는/ 전기 목책을 신청할까 말까 망설이며 /망설이며" "사과 농사꾼이 되어 가"고자 한다. 오랜 망설임의 순간들을 그는 "바늘로 닭 피를 찍어/ 이마빡에 새"길 것이다. 그리하여 그가 마침내 사과농사꾼이 되는 날, 사는 동안 별로 티 내지 않던 그것들이 벌겋게 달아올라 우쭐거리며 우리에게 "이담에 뭐 될라고 그러냐"고 물어 오기도 할 것이다. 그럴 때를 대비해서라도, 하여튼, 우리는 뭔가 되기는 해야 할 터인데, 어쩌자고 4월은 벌써 5월이 되어 가고 있는지 모르겠다. 그러므로 다 소진되지 못한 4월의 불완전연소를 감히 생활흔生活痕이라고 말해도 좋겠다. 그것 또한 침묵의 내상임에 틀림없겠으나, 어쩐지 그것들은 4월 어딘가에서 깜짝 피어난 꽃처럼도 보인다. 환영幻影은 아니나 환영임에 틀림없는 이 역설을 이병초 시인은 이렇게 말한다. "때론 흉터가 끼닛거리였다고 …(중략)… 마음속 꽃눈 틔우다 덜 탄 토막들이 서걱거리며 별처럼 빛났다"(「소서小暑」)고. 이 '별'이야말로 이병초 시인이 기워 낸 아름다운 '흉터'의 울음흔이 아니고 무엇이겠는가. "마음속 꽃눈"이 내내 되어 가고 있는 "끼닛거리"로서의 시가 아니라면 도대체 무엇이겠는가.

호모 포에티쿠스의 귀환을 위하여

—박성우 시집, 『웃는 연습』

1.

늦은 오후, 기습처럼 폭우가 쏟아지다가 일찍 저물어 버린 날이었다. 혼자 시를 읽고 있자니 멀리서 어떤 기척이 다가오는 것 같았다. 그것은 무심코 눈이 마주친 낯선 사람의 미소처럼 가벼운 영감을 불러일으켰다. 이것을 저녁의 기척이라고 해야 할까. 읽던 시에서 눈을 거두어들이고 귀에 온 신경을 모았다. 기척은 문 앞에서 뚝 그쳤다. 빗방울 하나가 처마 끝에서 툭 떨어져 내린 후 찾아든 적막처럼 귓속이 고요해졌다. 이윽고 "집이 누구 지시오? 집이 누구 지시오?// …(중략)…// 집이는 밤낭구랑 대추낭구 읎지?"(「행복한 옥신각신」) 하는 '가춘할매'의 목소리가 문틈으로 스며들었다. 맞다. 그렇게 모든 것은 스며들었다. 빗줄기의 가지런함이 마른 바닥에 스미듯 어떤 삶과 어떤 사연과 어떤 침묵이 고요 속으로 스며들었다. 그렇게 스며든 기척들이 종국에는 한 편의 시가 될 것이다.

박성우의 『웃는 연습』을 읽는 동안 서로에게 스며드는 것들을 생각했다. 스며든다는 것은 어떤 틈을 발견하는 운명이고, 그 틈으로 모든 것을 밀어 넣는 투쟁이다. 그러나 결코 서두르지 않는다. 낯선 감각과 감정이 서로에게 다가가는 순간만큼 팽팽해지는 간격은 없다. 두 힘의 장력이 발산하는 긴장 속에서 박성우는 스미는 것들이 서로를 향하는 조심스러운 기척의 최대를 포착해 낸다. “집이 누구 지시오?”라는 가춘할매의 타진이 그렇다. 이 순간은 꼭 그래야만 하는 필연적 만남이라기보다는 불현듯 나타난 우연성에 기댄다. 우연성의 발화는 역설적이게도 어긋나지 않는 운명의 실현이기도 하다. 우리가 믿고 있듯, 운명은 우연의 힘으로 하나의 세계를 형성해 나간다. 그것은 사르트르가 “세계의 근본적 차원 가운데 하나”라고 말했던 바로 그 우연성이다. 근본적으로 우연과 운명은 서로를 향해 조심스럽게 스며드는 것이다. 박성우는 이질적인 두 존재의 우연한 만남을 운명의 시어로 포섭해 낸다.

> 내 눈물이 아닌 다른 눈물이 내게 와서 머물다 갈 때가 있어 내가 아닌 다른 사람이 내 안에 들어 울다 갈 때가 있어
>
> —「눈물」 전문

이 시에서 “다른 눈물이 내게 와서 머물다” 가는 구체적이고 필연적인 이유는 드러나지 않는다. “내가 아닌 다른 사람”이 누구인지도 밝히지 않는다. 시적 사건의 원인이 부재하고 그 결과를 짐작하지 않는 것은 두 존재가 운명 같은 우연으로 스며들었다는 증거다. 우연하게 스며드는 순간 그것은 거부할 수 없는 운명이 된다. 그러나 이 시에서 스미는 순간에 발생하는 존재론적 각성이나 의미의 파장은 포섭되지 않는다. 중요한 것은 “때가 있어”라는 진술이다. 무심한 듯 발화되는 이 진술 속에 박성우의 시적 방법론이 감추어져 있다. 그에게 시는 두 존재의 만남 자체이지 만남이 남긴 흔적이나 사건의 파장은 아니다.

사건의 파장은 시를 읽고 난 독자의 몫이다. 『웃는 연습』을 읽는 동안 저녁의 무늬는 숨결처럼 변해 갔고, 시는 먼 별빛처럼 까마득하면서도 뚜렷하게 눈을 떴다. 그것은 부정한 세태를 향한 날카로운 눈매인가(「카드 키드」

「넥타이」「백일홍」「수첩에는 수첩」 등) 하면, 위로받아야 할 사람들을 품어 안는 따뜻한 위안(「겨울 안부」「소년에게」「고추, 우선 도로」 등)이었다. 때로는 외로운 사람과 나란히 걷는 발걸음(「마흔」「나이」「도라지」 등)이기도 했다. "내 속을 가장 잘 아는 이는 칫솔과 숟가락이다"(「칫솔과 숟가락」)라는 짧은 시를 읽고는 그만 서늘해지고 말았다. 잘 아는 일이란 저렇듯 속으로 스며들지 않고는 가능하지 않은 일이기 때문이다.

이처럼 박성우는 시를 통해 독자의 내부로 스며들고자 한다. 그러나 그의 시가 간절하게 겨냥하는 대상은 따로 있다. 시적 감수성으로 충만했고, 시의 언덕을 한달음에 내달리기도 했으나 지금은 희미하게 그 흔적만 간직하고 있는 사람들이다. 사는 일에 치여 꿈을 놓아 버린 사람들. 퇴화해 버린 꿈의 흔적을 더듬고 있는 사람들. 그들은 멸망해 버린 시 왕조의 가솔처럼 뿔뿔이 흩어져 숨죽인 채 살고 있다. 박성우의 시적 여정은 그들을 찾아 나선 수행의 길이었다. 그리하여 마침내 한 고비의 끝에서 『웃는 연습』을 수행록으로 삼으니, 그간의 행적을 요약하자면 이렇다. "내 몸이 길어져서 짧은 하루였다"(「뱀」). 한 행에 불과하지만, 이 시는 '몸-하루'의 '긴-짧은' 불편한 동시성을 통해 역동적인 틈을 만들어 낸다. 박성우의 시는 이 틈에서 탄생하며, 틈을 빠져나오는 최초의 목소리를 우리는 이렇게 듣는다.

"시민(詩民, homo poeticus) 여러분, 우리에게는 박성우가 있습니다."

2.

시적 인간, 즉 호모 포에티쿠스는 어떻게 존재하는가? 그들이 존재하는 목적은 무엇인가? 이 물음은 시집 『웃는 연습』이 일관되게 품고 있는 질문들이다. 그것은 박성우가 시마다 점지해 놓은 운명의 별자리이기도 하다. 박성우는 이 물음을 던지며 이 세계의 견고함에 틈을 만든다. "커진 입이 나를 뛰게 한"(「개구리」) 것처럼, 틈이 벌어질수록 삶의 맥박은 빨라지고 호모 포에티쿠스의 귀환은 자명해진다.

마을버스 정류장 모퉁이에 구둣방이 있다
한 사람이 앉을 수는 있으나
누울 수는 없는 크기를 가진 구둣방이다

늦은 점심을 먹고 구둣방에 갔을 때였다
구둣방 할아버지는 수선용 망치로
검정 하이힐 굽을 두드리고 있었는데
웬일인지 구둣방 귀퉁이에
짜장면 빈 그릇 세 개가 포개져 놓여 있었다

어, 이거? 구둣방 할아버지는
위쪽 빵집 젊은 사장과
아래쪽 만두 가게 아저씨가 와서
짜장면 송년회를 해 주고 갔다고 했다
구둣방이 좁아 둘은 서서 먹고
구둣방 할아버지는 앉아서 먹었단다

구둣방 왼편에 놓인 서랍장 위에는
케이크 한 조각이 얌전히 올려져 있었다
검정 구두약 통 두 개와
한 뼘 반 정도 거리를 두고 있는
하얀 생크림 케이크 한 조각,
누가 놓고 간 거냐고 묻지 않아도
누가 놓고 간 것인지 알 수 있는

아내의 구두를 구둣방에 맡긴 나는
빵집으로 가서 빵 몇 개를 골라 나왔다
아내의 구두를 찾아갈 때는
만두 가게에 들러 봐야겠다고
생각해 보는 것만으로도 세밑이 따뜻해져 왔다

—「짜장면과 케이크」 전문

이유야 어쨌든, 한때 거리에 넘쳐 났던 호모 포에티쿠스들이 종적을 감춘 후, 혹독하고 삭막한 시절을 우리는 견뎌 왔다. 시의 세계로 들어가는 비밀의 문에는 자물쇠가 굳게 채워졌고, 시의 여정을 떠나는 순례객의 발길도 뜸해진 지 오래다. 호모 포에티쿠스들은 자본의 뿔피리 소리를 따라 미지의 암흑 속으로 사라지고 말았다. 기원전 철哲의 공화국에서처럼, 시와 시인은 21세기 자본주의와 위태로운 동거를 해 오고 있다. 물론 그러는 동안에도 저 어두컴컴한 자본주의의 그늘에서 시적 모색과 운동이 첨예하게 꿈틀거렸음을 모르지 않는다. 그러나 탐색과 탐침의 나날이 흘러가는 동안 가엾은 호모 포에티쿠스들은 시와 결별하게 되었고, 마침내 정처를 잃어버렸다(고 생각한다). 그러나 박성우는 "마을버스 정류장 모퉁이"에 있는 조그마한 "구둣방"에서 기어이 유물처럼 바래 가는 호모 포에티쿠스들을 찾아냈다. "구둣방 할아버지" "빵집 젊은 사장" "만두 가게 아저씨"가 그들이다. 그들은 은밀한 집회라도 하듯 좁은 '구둣방'에 모여 "짜장면 송년회"를 벌이는데, 가만 보면 호모 포에티쿠스는 그들만이 아니다. "구둣방 왼편에 놓인 서랍장 위에는/ 케이크 한 조각이 얌전히 올려져 있"는데, 묻지 않아도 그 케이크를 "누가 놓고 간 것인지 알 수 있"다. 오랜 옛날부터 호모 포에티쿠스들은 그렇듯 따뜻한 흔적을 남기는 존재였다. 세밑을 맞이한 호모 포에티쿠스들이 '짜장면'과 '케이크'로 서로를 위무하고 격려하면서 동질감을 확보하고 있는 이 시는 시인으로 하여금 또 다른 호모 포에티쿠스를 찾아 나서게 한다. 그리하여 "빵 몇 개를" 고르거나 "만두 가게에 들러 봐야겠다고/ 생각해 보는 것만으로도" "따뜻해"질 수 있는 시민詩民들의 연대가 "검정 구두약"과 "하얀 생크림 케이크"의 낯선 배치에도 스스럼없이 스며든다. 이 모든 일은 박성우가 찾아 나선 호모 포에티쿠스들, 다시 말해 자본주의를 향한 우리 시대의 작은 틈들이 만들어 낸 연대의 무늬다.

> 우편물을 들고 처마로 드는
> 우체부에게서 찐 옥수수 냄새가 난다
>
> 등기우편물 전해 주고 가는 우체부
> 오토바이가 호두나무 골목으로 꺾인다
>
> 젖은 우편물을 뜯어 보는 동안
> 우체부 오토바이 소리는 아주 멀어진다
>
> —「옥수수 비」 부분

> 금수 양반 종연이 양반 바우 양반
> 이장님 전 이장님 전전 이장님
> 예초기 뒤를 번갈아 따르며
> 길 안쪽으로 퉁겨진 풀을 쓸어 낸다
>
> 등허리 축축하게 길을 쓸고 집으로 들다 보니
> 안 쳐도 되는 우리 집 마당 앞 풀을
> 누군가가 참 깨끗하게도 싹싹, 쳐 두었다
>
> —「풀」 부분

"등기우편물 전해 주고 가는 우체부"도, "금수 양반 종연이 양반 바우 양반/ 이장님 전 이장님 전전 이장님"도 호모 포에티쿠스다. 그러나 눈여겨볼 것은 "안 쳐도 되는 우리 집 마당 앞 풀을" "참 깨끗하게도 싹싹, 쳐" 준 "누군가"이다. 여전히 우리 시대의 숨은 호모 포에티쿠스들이 많다는 뜻이다. 그들은 "화장실 바깥벽과 가죽나무 둥치 타고 오르던 환삼덩굴까지 말끔하게 걷어 내"(「금수 양반」)주고, "텃밭 옆 비닐하우스에 대강 넣어 둔/ 육쪽마늘과 벌마늘을 엮어 두고"(「아름다운 무단 침입」) 가고, "뭐라도 자셔 감서 일허라고/ 과일 보자기 두고 가"(「어떤 방문」)는 사람들이다. 박성우는 '누군가'의 익명성 속에 숨어 있는 호모 포에티쿠스들을 용케 찾아낸다. 우리 시대의 시민詩民을 알아보는 박성우만의 비법이란 이런 것이다. 그들은 "조팝꽃이 뭐냐고 물어오는 사람"(「조팝꽃 무늬 천」)이 아니라, "어느 폭설 밤에 고라니가 찾아와/ 콩 순을 따 먹은 게 아니라 밤마다/ 콩 순지르기를 하고 간 거라고"(「콩」) 생각하는 사람이다.

3.

눈발이 친다 한바탕 쓸어 낸
마당 위로 눈발이 날린다
싱건지나 꺼내 심심하니 밥 먹으려는데
인기척이 들려온다

시인 동상, 눈 옹게 회관이로 밥 묵으러 와!
맨발인 내가 신발을 신기도 전에
바우 양반은 씨익, 마당을 벗어나고 있다
일하는 손도 걷는 발도 하여간 빠른 바우 양반

나를 항상 '동상'이라 살갑게 부르는
바우 양반은 나와 스무 살 차이도 더 난다

마을회관은 그새 왁자하다 나는
내 몫으로 푼 시래깃국을 받는다
받고 보니 내 국그릇만 대접이다
다른 국그릇보다 두어 배쯤 큰 대접,

먹다 모자라면 더 달라 하라는 말
들으면서 나는 반주 한 잔씩 올린다
바우 성님 한 잔 더 허셔야지요,
말은 못 하고 그저 싱겁게 웃으면서

둬 시간 장작을 팬 사내처럼
땔나무 서너 짐 한 사내처럼
밥그릇과 국그릇을 싹싹 비운다

—「어떤 대접」 전문

스며드는 것들은 항상 기척을 앞세우고 온다. 그 기척은 호모 포에티쿠스들만의 언어다. 이 기척을 알아채지 못하면 스며들 수 없고, 또 스며들도록 틈을 내줄 수도 없다. 이 시에서 "바우 양반"보다 먼저 다가오는 것은 "인기척"이다. 기척은 언제나 앞서 살펴 가는 척후병으로서의 소임을 다한다. 스며들기 위한 틈을 탐색하는 것이다. 이러한 기척이 있기 때문에 우연한 만남도 운명적인 만남이 된다. 「어떤 대접」은 "말은 못 하고 그저 싱겁게 웃으면서" 서로가 서로를 향해 스며드는 기척들의 소란을 무음無音으로 포착해 낸다. "왁자하"지만 사실 그 왁자함은 "싱겁"기만 하다. 이 시는 목청이 높고 움직임이 커서가 아니라 표정이 다채롭고 마음이 넓어 '왁자'하다. 박성우는 그것을 "대접"의 중의성에 담아낸다. "시래깃국"을 퍼 담아내는 '대접' 속에 "시인 동상"을 '대접'하는 귀한 마음이 담겼다. 그것은 "다른 국그릇보다 두어 배쯤 큰 대접"이다. 이러한 '대접'이 스며드는 순간 "나는 반주 한 잔씩 올"림으로써 또 그렇게 스며들어 간다.

이렇게 자신을 열어 주고 서로를 향해 애써 주는 마음을 지닌 '양반'들이야말로 호모 포에티쿠스가 아닐까? 박성우에 따르면, 다른 사람을 귀하게 여기는 사람들이야말로 가장 귀한 사람들이며, 그들이 바로 양반이자 호모 포에티쿠스이다. 『웃는 연습』에 등장하는 양반들은 보통의 푼수를 지닌 사람들이지만, 그들은 은밀하게 서로를 알아보고 스며든다. 박성우는 이 결정적인 순간들을 위대한 포즈로 포착해 냄으로써 호모 포에티쿠스들의 사도使徒이고자 한다. 그런 의미에서 "떡갈나무 이파리에 구멍이 뚫려 있다/어느 애벌레의 날개를 키워 주었을 구멍"(「푸른 구멍」)도 양반이고, "짧은 앞다리 세우고 앉아 귀로 웃어 주는 석구상"(「석구상」)도 양반이다. "가짜 쟁기를 달아 끌며" "금수 양반과 함께 밭갈이 연습을" 하는 "이천십오 년 삼월생 황순이"(「우리 마을 일소」)도 양반에서 빠질 수 없다.

정읍 김정자는 봉화 김정자 내외에게
장판과 벽지를 새로 한 방을 내주었으나
봉화 김정자는 정읍 김정자 방으로 건너갔다
혼자 자는 김정자를 위해
혼자 자지 않아도 되는 김정자가
내 장인님을 독숙하게 하고
혼자 자는 김정자 방으로 건너가 나란히 누웠다

두 김정자는 잠들지도 않고 긴 밤을 이어 갔다
두 김정자가 도란도란 나누는 얘기 소리는
아내와 내가 딸과 함께 자는 방으로도 건너왔다
죽이 잘 맞는 '근당게요'와 '그려이껴'는
다정다한한 얘기를 꺼내며 애먼 내 잠을 가져갔다

—「다정다한 다정다감」 부분

이 시는 호모 포에티쿠스들이 스며드는 방식을 압축적으로 보여 준다. 호모 포에티쿠스들은 '다정'하고 '다한'하며 '다감'하다. 우리는 이처럼 '정'과 '한'과 '감'이 풍부한 종족들을 알고 있으며, 그들을 일러 '시민詩民'이라고 불러 왔다. 그들은 서로에게 서로를 "내주"는 사람들이며, 서로 "건너"다니다가 결국에는 "나란히 누"워서 "잠들지도 않고 긴 밤을 이어" 가며 "도란도란" "다정다한한 얘기"를 나눈다. 이때 중요한 것은 서로 스며드는 방식이 다르다는 점이다. 이를테면 한쪽이 "근당게요" 하면 다른 쪽에서는 "그려이껴" 하는 것이다. 스며든다는 것은 이처럼 이질적인 것과의 스스럼없는 소통이어야 한다. 그것은 '너'는 '나'가 아니라는 사실을 인정하는 것이고, 그러므로 '너'는 '나'와 같은 가치가 아니라 '너'만의 가치가 있다는 것을 분명하게 한다. "허리가 그냥저냥 펴지는 할매들은/ 윗가지에 더덕더덕 붙은 오디를 따고/ 허리가 영 시원찮은 할매들은/ 아랫가지에 대글대글 달린 오디를 딴다"(「오디」)는 일이 그렇다. 서로 스며드는 것들끼리는 "바늘 같은 것들이 모여 결국엔 거대한 눈발도 받아 내는"(「솔잎이 우리에게」) 연대의 운명을 나눈다. 박성우가 호모 포에티쿠스들을 찾아 나선 이유가 여기에 있다. "가만히 있을 수 없는 사람들"(「백일홍」)끼리 서로의 틈으로 스며들어 단단하게 결속되는 것. 그 연대의 힘이 서정시의 과거이자 현재이며 미래라는 사실을 박성우는 이번 시집에서 불가역적으로 확정한다.

4.

서정시가 결핍(틈)이라는 존재론적 불안에서 배태된다는 점, 그리고 그 결핍을 향한 우연한 공감으로 성장해 간다는 점에서 호모 포에티쿠스들은 자본주의의 결핍(틈)을 향해 스며드는 서정시라고 할 수 있다. 박성우가 시집 『웃는 연습』의 제일 원리로 삼은 것이 그것이다. 그에 따르면 우리의 삶을 지탱하는 것은 거대한 이념이나 자본의 기획이 아니라, 그것들의 틈을 오차 없이 메워 주는 소소한 일상이다. 호모 포에티쿠스들의 일상은 찬란하지는 않지만 역사적이고, 호모 포에티쿠스들의 스밈은 위대하지는 않지만 아름답다. 우리가 『웃는 연습』을 읽는 동안 발견하게 되는 것은 이와 같은 역사적이고 아름다운 삶의 순간들이다. 그러나 기억해야 한다. 도처에서 반짝거리는 일상의 아름다움을 포착해 내는 일이 쉽지 않다는 사실을.

> 늦은 밤 거울 앞에 앉은 사내여, 왜 웃느냐 너는 대체 왜 웃는 연습을 하느냐
>
> ―「마흔」 부분

이 시를 통해 우리는 삶의 역사적 순간들과 아름다운 장면들이 어떻게 시의 언어에 담기게 되었는지 알 수 있다. 그것은 끊임없는 "연습"의 결과이다. 그것도 "웃는 연습"이다. 웃는다는 것은 결핍(틈)을 지닌 누군가를 향해 스며드는 따뜻한 기척 같은 것이다. 이러한 기척의 언어가 박성우 시의 오랜 매력이라는 점을 우리는 잘 안다. 그의 기척은 웬만해서는 (불필요한) 의미와 겸상하지 않는다. 오히려 의미 너머의 삶을 발산하고 환기하며 삶 자체가 된다. 그래서 박성우의 시를 읽고 나면 어떤 생명력이 몸 안에서 꿈틀거리는 것 같다. 박성우의 시민詩民들―우리 시대의 호모 포에티쿠스들―이 기척의 언어로 타진해 오기 때문이다. 그러므로 박성우의 시는 해명되거나 분석되어서는 곤란하다. 그의 시는 의미의 파장을 노리는 것이 아니라, 우연한 접점이 운명으로 전이되는 스밈의 순간에 집중할 뿐이다. 따라서 읽고 공감하면 그뿐이다. 그것이 박성우가 "늦은 밤 거울 앞에 앉"아 "웃는 연습을 하"는 이유이다.

지금 이 순간에도 호모 포에티쿠스들은 "먼 기억을 중심에 두고/ 둥글둥글 살아"(「나이」)가고 있다. 어디선가 느리게 불어오는 저녁의 바람이 있다면, 그것은 '먼 기억의 중심'에서 시작된 기척일 것이고, 그 기척에 귀를 기울이고 있다면 당신은 호모 포에티쿠스임에 틀림없다. 그러니 오랫동안 외

롭고 쓸쓸했던 당신의 결핍(틈)을 그 기척에 내주어도 좋을 것이다. 온전히 스며들어 당신 또한 누군가를 향하는 시대의 기척이 될 테고, 박성우의 『웃는 연습』은 당신의 기척을 또 어딘가로 밀어 갈 테니까.

보호받지 못한 몸의 증언들

—박선희 시집, 『그늘을 담고도, 환한』

1.

박선희 시를 견인하는 미학은 몸의 사유다. 이렇게 말하는 것은 투명하지 않으므로 고쳐 말하고 싶다. 박선희는 몸이 사유하는 방식으로 시를 쓴다고. 그럼에도 부족함이 있다면 이렇게 다듬어 볼 수 있겠다. 박선희 시에서 사유하는 주체는 몸이다. 이러한 접근은 얼마쯤 감내해야 하는 위험 요소가 있겠지만, 경우에 따라 그것을 묵인하고 싶을 만큼 매혹적인 시적 방법이다. 그럼에도 매혹을 먼저 말하고 싶지는 않다. 몸의 사유가 얼마나 위험한 일인지에 따라 매혹의 치명성이 예리하게 반짝거릴 것이기 때문이다.

정신과 신체 혹은 영혼과 육체의 분리는 그 기원을 거슬러 갈 수 없을 만큼 오래전 일어난 일이다. 인간이 생각다운 생각, 이른바 사유 활동을 본격적으로 시작한 때가 고대 그리스 철학 시대로 알려져 있으니, 적어도 수천 년 동안 몸은 정신과 영혼의 규율 속에서 혹독한 존재론적 고독을 경험했을 것이다. 그사이 우리는 스스로를 사유하는 존재라고 규정함으로써 정신에 예속되었고, 근대 합리주의, 과학주의를 통해 이성 시대의 정점을 구가하는 중이다. 이에 반해 몸은 영혼에 부차화된 한갓 욕망 덩어리로 취급

되었다.

이렇게 근대 이성의 규율은 몸을 특별한 지위로 격하시켜 놓고 교묘하게 구속해 왔다. 몸은 선의 편에 설 수 없었고, 몸은 교양의 대상이 아니었으며, 몸은 언제나 해체 가능성으로 존재했다. 그러나 공교롭게도 이성과 정신이 고양되는 과정에서 몸의 비밀이 하나씩 폭로되기 시작했다. 몸의 유기적인 생명 현상이 드러나면서 소박하나마 신체의 자율성이 확인되었고, 정신 및 이성의 존재 근거로서 몸의 장소성이 제기되면서 몸은 하나의 자족적인 세계로 존재할 수 있게 되었다. 이것이 몸이 획득한 신체성의 많은 의의 가운데 하나일 것이다. 그러나 좀 더 주목하고 싶은 것은 신체 경험의 정당성이 사유 경험 수준으로 격상될 여지가 생겼다는 사실이다. 이러한 가능성은 몸을 정신과 분리된 대상이 아니라, 정신 작용의 장(field)으로 인정할 수 있다는 뜻이다. 그럼으로써 인간 생명 현상은 기계적인 기능 구조를 벗어나 유기체로서의 자기 원인 구조로 인식의 전환을 이끌어 내게 되었다.

이런 점이 근대 이성의 규율에 도전하고 있는 박선희 시가 안고 있는 위험 요소가 될 것이다. 같은 의미에서 신체 경험을 인간 삶의 자기 원인으로 삼고 있다는 사실은 그의 시에서 읽어 낼 수 있는 매력이 되기에 충분하다. 다음 시에서 박선희가 구조화하고 있는 신체 경험의 사유를 감지할 수 있다.

그러나 나는 걷는 나무
새의 발자국처럼 작은 무늬를 찍으며 길을 간다
계단이 가로막으면 접었다 펼 수 있는 관절을 생각하거나
겨드랑이에 날개가 돋는 꿈을 꾸며
헛발질 없이 목발의 나사를 풀고 조이며
비밀결사 동지처럼

두 그루의 나무가 겨드랑이에서 자라는

네 발의 직립보행!

—「걷는 나무」 부분

근대적 삶의 한 표상으로 '사유의 미학'을 제출하는 것은 어렵지 않다. 우리는 생각하는 능력에 관한 한 다른 생명체를 향한 배타적 독점권을 주장해 왔다. 데카르트는 사유하는 인간이라는 '코기토cogito'를 통해 신과 자연으로부터 인간의 독립을 선언했다. 사유하는 능력을 통해 인간은 신(자연)의 절대적 세계에 도전할 수 있게 되었고, 외부라는 미지의 세계를 탐험하고 그에 대한 앎을 축적해 왔다. 그럼으로써 인간은 신(자연)의 손아귀에 있던 세계 질서의 주도권을 가져올 수 있었다. 그러나 이성과 사유가 비만해질수록 우리 인간의 몸은 점점 세계를 감지해 낼 수 있는 감각의 기회를 박탈당하고 있다. 보고 듣고 맛보고 느낄 수 있는 감각의 기회는 그것들의 보조 도구에게 주도권을 넘겨주었다. 다양한 디지털 기기는 우리 몸이 세계를 직접 감각하는 것을 못마땅하게 여긴다. 보고 듣는 감각 행위마저도 각종 도구를 통해 사유하기 시작한 것이다. 이런 상황이 가속화된다면 미래 세계를 다루었던 영화에서처럼, 인간은 호모 사피엔스를 넘어 신체 없이 존재하는 기형적인 정신(뇌) 활동으로 진화해 갈지도 모른다.

박선희는 사유의 전면화 속에서도 「걷는 나무」를 통해 존재의 본질이 신체성에 있다는 사실을 확정한다. "두 그루의 나무가 겨드랑이에서 자라는" 일은 몸에 의한 몸의 확장이자 자기를 생성하는 존재의 한 상징처럼 읽힌다. 보다 섬세하게 눈여겨볼 지점은 몸의 존재론을 통해 확보한 "직립보행!"에 대한 선언적 전망이다. 그것은 "비밀결사 동지처럼" 몸을 결속하면서 사유가 아닌 몸이 미학을 통해 세계 속에 존재하려는 시도에 가깝다. 박선희 시는 이러한 몸의 시학을 입증하듯, 시집 곳곳에서 신체 감각의 생명력을 발산한다. 그렇다고 해서 그의 시가 감각의 세계에 머물러 있는 것은 아니다. 그의 시는 몸으로 '사유'하기 시작하면서 세계 인식의 활력을 확보하고 있다.

2.

그렇다면 몸의 사유를 어떻게 받아들여야 할까? 박선희의 표현을 가져와 말해 보자면, 사유는 감각에 덧댄 '부목' 같은 것이다. 시집 『그늘을 담고도, 환한』에는 몸의 결여 혹은 신체적 미완성의 흔적이 곳곳에서 보이는데, 사유는 그러한 결여의 세계를 지탱해 주는 방법으로 기능한다. "나의 직립과 보행의 길을 세워 준 것은/ 늘 바깥이었다"(「울퉁불퉁한 손」)라고 할 때, 몸의 외부에서 몸이 바로 설 수 있도록 해 주는 바깥이 사유의 방식이었던 것이다. 이렇게 사유의 부목이 덧대어져 있는 박선희 시에서 결여되는 것은 주로 신체, 그중에서도 '발'이다. "유독 걸음이 불안한 여자"(「30초의 발목들」)처럼, 그것은 걷는 존재의 불안에 주목한 결과이다.

시는
네 발로 기던 나를 세운 목발이며
걸을 때마다 허공에 매달린 왜소한 왼쪽 다리며
텅 빈 교실의 파수꾼이며
빈 시간을 눌러 대던 건반의 울음이며
찔레꽃 아래서 숨결을 불어넣던 연애며
청천벽력, 온몸에 줄을 매달고 중환자실에 누워 있는 어머니며
바닥을 드러낸 저수지 아래서 옛집을 더듬던 기억이며
잃어버린 신발을 품고 깨어나던 꿈이며
함석집 처마 밑에 찍힌 낙숫물의 리듬이며
푸르고 누런 계절의 흔적을 물어 나르던 현기증이며
자나 깨나 밀려와 물의 깊이를 재는 파도의 분노며

밤을 인질로 곧게 세우는 펜촉
마침표를 찍는,

다시 시작이다

—「시」 전문

시인이라면 자기만의 시론을 가져야 한다는 믿음이 일반적이지만, 그것이 고집스럽게 지켜 갈 수 있는 시론인지는 의심의 대상이 되곤 한다. 그런 까닭에 시 편편마다 그 자체가 시론이라는 의견에 고개를 끄덕이는 경우가 많다. 따라서 시는 양식의 문제이기에 앞서 존재의 질문을 해결해야 할 의무가 있다. 왜 시여야 하는지, 시로 존재하는 일이 어떤 의미인지를 따져 물을 수 있어야 하는 것이다. 이러한 물음의 근저에는 시가 인간 삶의 결정적인 순간을 잉태해야 한다는 당위가 전제되어 있다. 인간과 동떨어진 시를 상상하는 일은 불가능하기 때문이다.

이러한 관점에서 「시」는 시의 존재 물음에 대한 박선희의 시론으로 읽혀도 좋다. "시는" 이렇게 운을 뗀 후, '~이며'의 시행을 잇대어 배치하는 것이나, 비유적 사유를 통해 의미의 확정을 지연하고 있는 전략은 그가 시의 속성을 얼마나 속속들이 간파하고 있는지를 보여 준다. 비유의 속성이 의미의 개방성이라는 점에서 자기 시론에 대한 해명은 계속해서 유보되고, 그럼으로써 그는 향후 전개될 시적 가능성을 활짝 열어 놓는다. 이렇게 1연에서 시적 순간을 열거함으로써 그는 마침내 "마침표를 찍는, / 다시 시작"이라는 열린 순환의 인상적인 구도를 완성해 낸다. '마침표'에서 종결을 읽어 내지 않고 '다시 시작'이라는 개시의 전망을 확인하고 있는 것이다.

이제 1연의 각 행이 '~이며'의 통사 구조를 이룬 이유를 알 수 있다. 박선희 시는 매 순간 '다시' 시작하는 삶의 충동들로 가득하다. 이것이 문장에 마침표를 찍을 수 없는 이유다. 매일매일 다시 살아지는 것처럼, 그의 시는 끝나는 곳에서 다시 써진다. 그렇다면 그의 시가 다시 써지는 이유는 어디에 있을까? 「시」 1연에서 다시 시작되는 삶은 정상성의 범주에서 이탈해 있는 것처럼 보인다. "왜소한 왼쪽 다리" "텅 빈 교실" "빈 시간" "바닥을 드러낸 저수지" "잃어버린 신발" 같은 결여의 세목들이 차근차근 쌓여 삶을 이어

간다. 그럼에도 결여의 형식들이 마침표를 찍지 못하는 것은 그것들을 지탱하고 있는 "목발"이 있기 때문이다. 이렇게 삶에 덧대어진 부목이 바로 박선희의 시적 사유이다. 그리하여 이제 보게 될 시처럼, 그는 몸의 영감을 사유하는 시 쓰기를 통해 거듭되는 일상을 새롭게 시작할 수 있다.

정해진 길의 무게,
그 신호 체계 앞에서 내게 주어진 길은
비보호 좌회전
눈치껏 안전을 확보하며 달려야 한다
쿨렁, 방지턱을 넘어선다

오랫동안 보호받지 못한
늑골의 통증,
또 시작이다

—「비보호 좌회전」 부분

삶은 언제나 "정해진 길의 무게"를 버티며 전개된다. 우리는 "내게 주어진 길"에서 그 길의 무게를 버티며 "눈치껏 안전을 확보하며 달려야" 하고, 수시로 삶을 막아서는 "방지턱을 넘어"서야 한다. 그래야 하는 이유는 공적 규범, 이른바 이성과 합리로서의 "신호 체계"가 "비보호"이기 때문이다. 누구도 우리의 삶을 보호해 주지 않는 상황에서 우리는 스스로를 보호해야 하는 의무의 '무게'까지 짊어져야 한다. "늑골의 통증"은 이렇게 "보호받지 못한" 삶을 상징하는 몸의 기호이다. 따라서 "장애 2급, 그녀가 적은 것은/점심을 함께 먹어 줄 사람"(「밥터디」)이라고 했을 때, "함께 먹어 줄 사람"은 "장애 2급"의 신체적 통증의 무게를 나누어 질 부목 같은 존재여야 한다. 이 부목 같은 존재를 통해 박선희는 "생의 질곡 건너온 허연 종아리"(「고요」)에서 '늑골의 통증'을 감지하고 견뎌 낸다. 여기에서 한 걸음 더 나아가 보호받지 못하고 눈치껏 살아온 존재들에게 한 편의 시가 "진통제를 삼키기 위한 밑밥"(「밥차」)이기를 희망하기도 한다.

3.

인간의 몸이 감지하는 통증은 수를 헤아릴 수 없다. 저마다의 통증은 나름의 발생 맥락을 신경다발처럼 삶 도처에 뿌리 내린 채 잠복해 있다. 인간의 몸은 그 자체로 통점의 거대한 배양소이며, 통점은 서로에게 기대는 구조로 긴밀하게 네트워크 되어 있다. 잠복해 있는 통증은 몸이 무너지는 순간을 기다려 눈을 뜬다. "퇴행성 회전근개 파열 진단을 받"(「수명을 생각하다」)고 몸의 내구성을 생각하는 것은 "소나ㄱ비가와서오ㅅ도저ㅈ고머리도저ㅈ고"(「폴더를 접고 허리를 펴다」)처럼 분절된 삶에서 발견된 통점들이다. 이렇게 박선희의 시는 분절된 자음과 모음의 나열을 통해 우리 삶이 감추고 있던 불안의 양상을 압축적으로 보여 준다. 맥락도 없이 불쑥 끼어 든 'ㄱ/ㅅ/ㅈ' 자음이 마치 통증을 견디는 신음처럼 읽힌다. 삶 곳곳에 잠복해 있던 통증은 "몸속에서 울어 대는 저 깊고 느린 울음"(「첼로 연주자」)처럼 무맥락적으로 튀어나온다. 그 울음을 "지친 영혼의 눈을 적"시는 "지상에서 가장 슬픈 음"(「샤콘느」)으로 규정함으로써 박선희는 몸의 통증을 통해 영혼을 깨우고자 한다. 물론 이때 영혼에 닿는 것은 몸의 눈물/울음이다.

> 남자가 전신마취 속에서
> 나사못에 박히는 동안
> 여자는 모니터 앞에 앉아
> 너무 늦은 것은 아닐까
> 무너져 내릴 것 같은 모진 시간

801호
삐걱이는 침대 위에 누운 남자와
그 옆에 바짝 붙어 있는 여자
오랜 세월을 견뎌 낸 청동 주전자
주둥이는 간병인을 들이자 하고
설레설레 고개만 흔드는 손잡이

암벽등반을 배우겠다는 여자,
침대 바닥에 누워 버린 절벽이 된 남자가
발 뻗고 편히 자자 달랜다

곁을 지키던 여자
누운 입에 죽 떠 넣어 주고
여린 햇살에 기대 얕은 잠에 든다
어깨를 다독이는 남자의 눈빛
슬쩍 등에 손 올리면
난로 위의 주전자처럼 끓어오를지 몰라
환하게 울음 울지도 몰라

—「누운 입」 전문

남자는 "삐걱이는 침대 위에 누"워 있고, 여자는 "그 옆에 바짝 붙어 있"다. 여자는 "암벽등반을 배우겠다"고 하고, 남자는 여자가 타고 오를 수 있는 "절벽이 된"다. 두 사람 사이에는 "오랜 세월을 견뎌 낸 청동 주전자"가 놓여 있다. 특별하지 않은 병실 풍경일 수 있지만, 눈여겨보고 싶은 지점은 두 사람 사이에서 끓어오르는 주전자이다. 남자와 여자는 청동 주전자를 통해 대화를 주고받는데, "간병인을 들이자 하"는 사람이 있고, 그 제안에 "설레설레 고개만 흔드는" 사람이 있다. 정황상 남자가 간병인을 들이자는 쪽으로 보인다. 덧붙여 두 사람의 관계가 부부일 거라고 짐작할 수 있지만, 이 시는 끝까지 남자와 여자라는 객관적 지칭을 고수한다.

두 사람을 부부라는 공동체가 아니라 남자와 여자라는 개별 인물로 설정한 것은 박선희 시에서 흔히 볼 수 있는 배치다. "너의 문 앞에서 튕겼던 나처럼"(「닫힌 문」), "너를 거꾸로 세운 적 있다"(「롤러코스터를 타다」), "도심 한복판에서 너를 만나다니"(「맨드라미」), "너는 바다를 한 번도 본 적 없던 사막"(「칠월」), "너는 내 눈 속을 헤집으며"(「위한다는 일」)처럼 박선희는 '나'의 외부에 '너'의 존재를 세워 두었다. 그럴 때 결여된 신체성에 덧댄 사유의 부목처럼, 너는 나의 결여를 지탱하는 자아화된 존재에 가까워진다. 너는 나의 결여를 발견하고 나의 결여를 대체하는 존재, 다시 말해 '결여된 나'가 되는 것이다. 따라서 "슬쩍 등에 손 올리면/ …(중략)…/ 환하게 울음 울지도 몰라"라는 진술은 남자의 '통증'이 여자에게서 '울음'으로 전이될 거라는 것, 즉 주둥이와 손잡이가 하나의 '청동 주전자'가 되어 끓어오르는 상징 구도를 해명해 낸다. 남자의 결여가 '환한 울음'으로 대체됨으로써 이 시는 "무너져 내릴 것 같은 모진 시간" 같은 결여의 순간을 지탱할 수 있게 된 것이다. 이렇게 울음을 통해 통증의 순간을 해소하고, 삶의 결여된 시간을 버틸 수 있는 것은 세상의 모든 존재들은 결여 이전의 몸을 기억하고 있다는 믿음에서다.

온 맘을 다해 절 세 번만 해도 존재가 바뀐다는데 튀어 오르는 용수철을 꾹꾹 누르듯 애써 감금시킨 채 견디던 날들 점점 높아지는 수온 속에서 흰 배를 뒤집어 보이며 둥둥 떠오른 물고기 같은 시간

기다리고 있다고 건네던 너의 목소리 자유로웠던 몸의 기억들을 더듬어 곧장 달리기만 하면 되는 거야 바싹 마른 입술을 비집고 핏물이 배어 나온다 기다림에도 유효기간이 있을까

네가 없다면

—「너에게 가는 길」 부분

짐작하겠지만 우리의 삶은 매 순간 "흰 배를 뒤집어 보이며 둥둥 떠오른 물고기 같은 시간" 속에 놓여 있다. 그럼에도 매일매일 다시 살아갈 수 있는 것은 "자유로웠던 몸의 기억들을 더듬"을 수 있기 때문인데, 이 기억을 환기해 주는 것은 "너의 목소리"이다. 우리의 삶이란 스스로를 "감금시킨 채 견디"면서 "바싹 마른 입술을 비집고 핏물이 배어 나"오는 순간에도 자유로웠던 몸의 기억을 상기시켜 줄 목소리를 기다린다. 그럴 때 들려오는 '너의 목소리'는 결여된 우리의 삶을 견디게 하는 부목이 된다. 따라서 '너'라는 부목이 없다면 새로운 삶을 향한 "기다림"은 기대되지 않을 것이다.

이렇게 박선희는 '결여의 신체성'을 시적 대상으로 삼아 통증의 현상학을 실현하고 있다. 그의 통증은 고독해진 내상, 즉 몸 안의 결여를 기표화하는데, 그럴 때 결여된 몸은 바깥의 '너'를 향해 울음의 형식으로 통증을 타진하고, '너'는 "밖으로 드러난 불안을 어루만지며/ 흔적을 수장할 물때를 기록"(「측도 가는 길」)한다. 박선희는 이 '물때의 기록'을 온몸으로 살아 낸 결여의 내력이라고 간주하고 싶었을 것이다. 따라서 시집 『그늘을 담고도, 환한』을 읽는 동안, 한 점 깊은 어둠으로 남아 있는 몸의 결여를 발견할 수 있다면, 그리고 그 결여의 자리에서 흘러나오는 울음을 감지할 수 있다면, 우리는 어떤 삶이 "온 맘을 다해" "견디던 날들"이 있었다는 것을 증언할 수 있어야 한다. 그것이 박선희 시의 심연을 건너온, 즉 삶이라는 증언대 위에 세워진 보호받지 못한 몸의 목록들을 읽어 버린 우리들에게 주어진 소명일 것이다.

삶이라는 갑옷 틈새로 스며드는 상흔들

—엄하경 시집, 『내 안의 무늬』

1. 궁핍한 시대로의 초대

사람들은 다른 날보다 일찍 전등을 끄네
서둘러 나도 마음을 끄고 애월을 빠져나왔네
흰 고양이 눈 가득 불온한 섬광이 번쩍일 뿐
그곳엔 아무도 없었네

—「애월, 그 적막」 부분

엄하경 시집 『내 안의 무늬』를 읽는 일은 삶과 비-삶의 중간 지대를 걸어가는 것처럼, 우리의 감각을 무용하게 만들어 버린다. 이렇게 말한다면, 누군가는 그의 시에서 마취성 감각을 발견해 낸 것으로 오해할지 모르겠다. 그렇더라도 그 오해를 눈감아 주고 싶은 것은 그의 시가 우리의 감각을 가수면 상태로 만들어 버리는 독특한 미적 전략 때문이다. 가수면 상태를 도취된 세계라고 부를 수 있을 텐데, 그렇다면 시집 『내 안의 무늬』는 마취와 도취 사이에서 모호해지기로 작정한 것일까. "전등을 끄"는 일을 마취의 세계로, "마음을 끄"는 일을 도취의 세계로 받아들인다면, 그의 시도는 일단 성공한 것 같다. 우리 감각의 외부('전등'의 세계)가 차단되는 일이 마취되는 일이고, 우리 감각의 내부('마음'의 세계)를 격절시키는 일이 도취되는 일이기 때문이다. 이렇게 마취와 도취의 두 세계가 닫힌 곳에서는 "불온한 섬광이 번쩍"일 수밖에 없는데, 이 '섬광'이야말로 마취와 도취의 세계에 갇힌 인간 존재의 고양된 영혼이라는 생각이다. 그의 시를 읽어 가면서 이러한 상상을 해 보는 일은, 좋았다. 그러나 아렸다. 마취와 도취의 세계로부터 다시 인간적 감각을 회복했을 때 "내가 기다린 것은/ 흔적도 없는 헛것"에 불과했기 때문이다.

이제 '흔적도 없는 헛것'을 어떻게 하면 난처하지 않게 받아들일 수 있을까. 이렇게 이야기를 풀어 가는 것이 순리일 듯하다. 우선 마취와 도취로부터 해방된 지점에서 만난 '흔적도 없는' 세계는 '삶'에 대한 경험적 잔상으로 받아들이자. 어떤 이유에서인지는 모르지만, 우리의 경험은 종종 흔적없이 소환되는 경우가 있다. "현관의 지문 인식 키도 나를 읽지 못하고/ 불협화음으로 거부한다"(「손금, 늙는다」)라고 했을 때의 '지문'처럼, 당연할 것만 같았던 경험 세계와의 소통이 차단되는 사태에 빠지기도 하는 것이다. 우리가 우리의 경험을 '읽지 못'할 때, 우리의 경험은 흔적 저편으로 소멸해 버린다. 그렇게 우리의 경험 세계가 소멸해 버린 '헛것'의 세계는 자연스럽게 비-삶의 세계에 근접해 간다. 알다시피 '헛것'이란 삶의 실재에는 포섭되지 않지만 지속적으로 실재적 삶에 간섭하고자 하는 외부자이고, 그런 까닭에 비-삶의 세계는, 어느 면에서는 비루한 우리 삶의 구원자이거나 삶이 나아가고자 하는 환상의 세계에 가깝기 때문이다. 따라서 엄하경이 "이 궁핍한 시대에도/ 시인의 직무는 다만 시 쓰기"(「횔덜린을 읽는 밤」)라고 믿을 때, '궁핍한 시대'란 사실 삶과 비-삶이 충돌하는 지점임을 말하고자 한 것이다. 그리하여 엄하경의 시는 삶과 비-삶의 전등을 동시에 끈 채 '불온한 섬광'의 세계를 보여 주고자 한다.

2. 불온한 섬광

우리의 시대는 거의 예외 없이 궁핍했다. 우리가 살아가는 시대는 항상 불편했고 불미했으며 종종 부당하기도 했다. 이러한 인식 근저에는 무릉도원이나 유토피아 같은 보다 나은 세계가 있을 거라는 묵시적 환상이 깔려 있다. 그 세계는 분명 환상에 불과하지만, 바로 그 환상이 지금 이곳의 궁핍한 삶을 견디게 하는 힘이 되는지도 모른다. 횔덜린이 시 「빵과 포도주」에서 궁핍한 시대의 "시인들은 성스러운 한밤에 이 나라에서 저 나라로/ 나아가는 바커스의 성스러운 사제와 같다"[1]라고 한 것은 궁핍한 인간의 삶을 보다 높고 새로운 경지로 이끌어야 하는 사명이 시인에게 있다는 것을 강조한 것이다. 엄하경은 그러한 높고 새로운 경지의 세계에 진입하기 위해서는 '불온한 섬광'이 필요하다는 생각이다. 다음과 같은 시에서 그의 불온성을 감지할 수 있다.

줄 끝에 생을 매단 사내를 본다
소나기 퍼붓는 오후
시커먼 고압선에 매달려
고장 난 전선을 잇고 있는 저 사내
그 손끝에서 생이 스파크처럼 전율한다

사내의 발 아래 과속의 차들이 질주하고
전깃줄 끝에서 식은땀 같은 빗물
주르륵 주르륵 흘러내린다

---

1 프리드리히 횔덜린, 장영태 옮김, 『궁핍한 시대에 시인은 무엇을 위하여 사는가』, 유로, 2012, 323쪽.

가파른 벼랑 끝에 서 본 자는 안다
생이란 얼마나 잡고 싶은 것인지
사내가 줄을 놓쳐 버릴까 봐
나는 그만 아뜩해진다

손 안에 홍건히 고이는 두려움
나도 줄 하나 잡고 있었다
아찔한 고압선 한 줄 잡고
가랑잎처럼 흔들리며
시커멓게 입 벌린 정글의 생을
살얼음 딛듯 걸어가고 있었다

엑셀레이터를 힘주어 밟는다
손 안의 줄 행여 놓칠세라
나도 한 마리 맹수처럼 질주한다

—「외줄 타기」 전문

어떻게 살아갈 것인가 하는, 삶의 방식을 앞에 둔 주체들 간의 충돌에서 불온성이 발생한다는 점을 생각해 보자. 세계를 불온하다고 인식하는 주체는 거의 언제나 권력의 상위 구조에 포섭된 자이다. 반면 그들에게 도전하는 일을 운명으로 타고난 권력 바깥의 존재들은 불온한 자이고, 그들은 매순간 불온할 것인가 그렇지 않을 것인가를 두고 갈등하는 자들이다. 그렇기 때문에 불온성은 본질적으로 불평등한 관계를 전제하면서, 역으로 불평등을 향한 도전을 즐긴다. 따라서 궁핍한 시대가 있다면, 그 시대는 불온하다고 인식하는 주체의 시대이자 불온하게 존재하는 자들의 불온성이 폭발하는 시대이다. 따라서 「외줄 타기」에서 "줄 끝에 생을 매단 사내"를 두고 궁핍한 시대를 살아가는 우리 시대의 불온한 초상으로 보는 것은 타당하다. 그들이 목숨을 걸고 만지는 "고장 난 전선"이 불평등한 권력 관계처럼 보이고, 그렇기 때문에 고장 난 곳을 만지는 그들의 손끝에서 "생이 스파크처럼 전율"하는 불온한 섬광을 읽게 된다. 불온한 자들에게 삶의 도처는 그처럼 '고장 난 전선'이 깔려 있고, 그곳에 닿는 불온성이 생명력 넘치는 섬광을 만들어 낸다. 엄하경의 시가 자주 들여다보고, 그보다 자주 발견해 내는 지점이 '고장 난' 삶과 그 삶에서 발광하는 생명성인 것은 그가 자신의 삶과 이 세계의 순환원리로 불온성을 내세우고 있기 때문이다.

살아서 막바지 배수진을 치는 꽃게
힘차게 날 세운 집게발을 들어 저항하고
나는 주방용 가위로 집게발 하나를 톡,
잘라 버렸다 한 발을 잃고도 서해산 꽃게
생존의 항거를 쉽게 포기하지 않는다
그때 나는 보았다 꽃게의 투명한 눈 속에서
힌두쿠시산맥에 퍼붓던 융단폭격과
마을이 사라진 뒤 혼자 남은 소년의 두 눈을
정당하게 맨손으로 다스리지 못하고
가위를 든 나의 비겁함을 똑바로 응시하는
아프가니스탄 소년의 정렬한 눈빛을 보았다
마침내 한 발을 잃은 꽃게의 분노가
방심한 내 손가락을 와락 깨물고 만다

—「꽃게」 부분

세계와 자아를 동일한 시적 논리의 지점으로 모아들이는 서정시의 기율은, 다른 면에서 보면 시적 주체가 세계에 가하는 일방적 폭력이라고 할 수 있다. 서정시의 이념은 철저하게 인간 주체에 봉사하며, 따라서 대상화된 세계는 거의 예외 없이 사물화되어 나타난다. 이러한 맥락에서 보자면 궁핍한 시대에 서정시를 통해 불온성을 폭로하는 것 자체가 사물화된 세계에 가하는 서정시의 폭력성을 고백하는 일이다. 서정시야말로 시대와 세계의 불온성을 드러내는 데 최적화된 인간 존재의 양식이라는 뜻이다. 인용한 시 「꽃게」가 서정시일 수밖에 없는 이유가 거기에 있다. 이 시에서 "나"가 꽃게의 "집게발 하나"를 자르는 이유는 꽃게가 "날 세운 집게발을 들어 저항"하기 때문이다. 이때 '저항'은 삶의 존재론적 형식과 다르지 않다. 궁핍한 시대에 삶의 논리는 저항의 논리를 부추기고, 저항의 논리는 불온성에 닿음으로써 폭력을 불러온다. 이렇게 삶에서 촉발된 불온성이 폭력성으로 전이되는 것은 궁핍한 시대를 살아야 하는 모든 존재의 숙명이다.

「꽃게」는 일차적으로 꽃게와 나 사이에 발생하는 사적 폭력성을 통해 화자의 경험적 세계를 확장해 간다. 이후 "융단폭격" 후에 살아남은 힌두쿠시 산맥의 "소년의 두 눈"과 "아프가니스탄 소년의 정렬한 눈빛"과 만나게 되는데, 이때 소년들의 눈빛은 공적이면서 세계사적 폭력의 한 장면을 조명한다. 중요한 것은 사적 폭력이든 공적 폭력이든 폭력의 기원에는 "생존의 항거"가 있다는 점이다. 엄하경의 시가 삶의 불온성에 천착하면서도 그것을 사적인 차원이 아니라 세계사적 개인으로 확장해 나갈 수 있는 것은 그의 시가 궁핍한 시대에 뿌리내리고 있다는 증거가 아닐까. 궁핍한 시대에 저항이나 항거의 논리로 무장한 불온성은 개인의 삶을 추동하면서도 삶을 개인의 영역에 한정하지 않고 극단의 지점, 다시 말해 비-삶의 경계까지 단숨에 밀어붙인다. 이 시에서 비-삶의 지경은 "분노가/ 방심한 내 손가락을 와락 깨"무는 순간이다. 이 순간에 우리는 나태한 삶을 각성하게 되고 새로운 세계를 발견하게 된다. 엄하경이 발견한 세계는 삶의 "밑창에 새겨진 쓸쓸한 상흔들"(「낡은 구두 한 켤레」)이다. 삶의 밑창이 비-삶의 세계를 형상화하고 있다는 점에서 엄하경의 비-삶은 삶이 남긴 상흔들에 가깝다. 그리하여 엄하경은 일상이라는 삶의 궤적과 그 궤적이 남긴 비-삶의 상흔들 사이를 부단히 직조해 간다.

3. 존재론적 상흔들

단지 살아 있다는 사실만으로 우리는 존재한다고 말하지 않는다. 존재는 삶이라는 욕망의 뒤편에 반드시 비-삶의 영역인 그림자를 거느린다. 욕망이 크고 강할수록 그림자의 곳곳에는 깊고 예리한 상처가 남게 마련이다. 욕망은 주체가 외부를 향해 쏘아 대는 불온한 도전이고, 그 도전은 매번 강력한 세계의 폭력과 충돌하기 때문이다. 이렇게 욕망과 상처가 '불온한 섬광'을 촉발하는 존재론적 구조를 우리는 궁핍한 시대라고 불러 왔다. 이러한 시대에 시는 다양한 방식으로 상처를 치유해 왔다. 특히 서정시는 주체의 자기 고백이라는 상처 핥기를 통해 존재의 궁핍함을 드러내고자 했다. 엄하경의 경우 상처 핥기는 "끝날 것 같지 않던 스무 살 그 빙하기를/ 맨발로 견디면서 나는/ 함부로 울지 않는 법을 배워 갔다"(「그 서늘한 기억의 언저리」)에서 보듯 '견딤'의 태도로 나타난다. 그가 "부드러운 나로 남겨지고 싶다"(「블랙타이거의 껍질을 벗기다」)라거나, "다리미 쥔 손에 힘을 싣는다"(「다림질하며」)라고 말할 때, 그리고 "누군가 아프지 않았으면 좋겠다"(「다시 쓰는 동화」), "잊지 않을 것이다, 죽어도"(「피에타」), "빛바랜 신화를 뚫고 날아갈 것이다"(「다시, 은을암」)처럼 소박하나 강한 의지를 드러내는 것도 견딤의 시간을 건너왔기 때문이다. 엄하경이 존재론적 상흔들을 어떻게 견뎌 내는지 다음의 시가 명쾌하게 보여 준다.

> 내 안에는 부화되지 못한
> 천 개의 달이 뜨고 진다
> 바삭 마른 미라가 된 달들이
> 몸속을 떠도는 동안
> 구석구석 뻗어 있는 강물도
> 물길을 닫는다

불온한 달이 뜰 때마다
부화를 꿈꾸며 품어 보지만
신열과 한기 사이에서
달구어지지 않는 나의 몸은
부화의 온도에 도달하지 못한다

내 몸속으로 비 내리지 않는
천 개의 날들이 지나고서야
식어 버린 온도계를 거두었다
부화되지 못하기에 내 안에 뜨는 달은
이지러진 채 불멸이다

—「폐경 즈음」 전문

3연으로 되어 있는 이 시는 각 연마다 섬광을 품고 있는 시어를 배치해 두었다. "미라"(1연)-"불온한 달"(2연)-"불멸"(3연)로 전개되는 달에 관한 시상은 "불온"을 매개로 감각(미라)으로부터 비-감각(불멸)으로 나아가는 변증법을 이룬다. 특히 불온이라는 시어가 유발하는 첨예한 긴장 탓에 누군가 칫, 하고 성냥을 그어 도화선에 불을 붙이기만 하면 금방이라도 뜨거운 섬광을 폭발시킬 것 같다. 그럼에도 이 시가 폭발하지 않는 것은 "부화의 온도"가 설정된 탓이고, 그 온도에 미달할 수밖에 없는 이유는 "신열과 한기"가 결렬하게 충돌하기 때문이다. '신열'과 '한기'가 서로를 지향하면서 만들어 내는 불온성을 통해 엄하경은 견딤을 시적 방법론으로 제시할 수 있었다. 이 시에서는 '폐경'을 통해 견딤의 극적인 순간을 짚어 냈다.

엄하경은 폐경 현상을 통해 삶이 우리에게 남겨 주는 존재론적 상흔을 가장 극적인 방식으로 보여 준다. 폐경 상태는 생산성을 상실했다는 점에서 삶과 비-삶의 경계에 놓여 있다. "부화되지 못하기에 내 안에 뜨는 달"이 삶과 비-삶을 동시에 살아가는 존재의 상징이 되는 건 당연하다. 그 존재는 정해진 수순처럼 "불멸"의 경지로 나아가는데, '불멸'을 성립시키는 것이 "이지러진" 상흔이라는 점은 역설적이다. "나도 나를 뚫고 피어나면 좋겠다"(「파꽃처럼」)라는 욕망처럼, "무수한 상처의 피톨들이/ 꽃으로 피고 나비로 날아오를 때까지/ 절룩이며 걷고 또 걸어"(「부러진 기둥」)가겠다는 의지처럼, 엄하경의 시에는 불멸을 향해 "피어나"고 "날아오"르는 불멸의 이미지들로 가득하다. 그럴 때 그의 "꽃"과 "나비"는 "나를 뚫고" 지나간 "무수한 상처의 피톨들", 즉 존재론적 상흔의 주체들이다. 이는 상흔이야말로 다른 누구도 아닌 상흔의 주체가 스스로에게 남기는 삶의 역사라는 역설적인 사실을 폭로한다. 그 상흔을 두고 엄하경이 삶의 '무늬'라고 말하는 것은 당연해 보인다. 무늬는 존재가 삶으로부터 비-삶으로 나아가기 위해 제출해야 하는 존재의 증명서 같은 것이기 때문이다. 따라서 엄하경이 「내 안의 무늬」를 시집의 표제로 삼은 것은, 그 스스로 존재론적 삶을 증명하고 싶었기 때문이고, 삶으로 얼룩진 무늬의 상흔을 뒤로하고 시를 통해 불멸하는 비-삶을 증명하고 싶었기 때문이라는 우리의 판단이 존중받을 수 있다.

발길 둘 곳 몰라 서성대는 나에게
저녁 기도에 참석하지도 않을 거면서
여긴 무엇 하러 왔냐며 경비원,
날카로운 후레쉬 빛을 들이댄다
얼어붙어 발자국조차 찍히지 않는
깜깜한 대웅전 앞마당
앞선 사람들이 남긴 무늬 위에
조심스레 나를 얹어 본다
왜 왔냐 왜 왔냐
주장자처럼 후려치는 내 안의 질책
단단한 얼음길 위를 떠돌며
나를 온전히 내려놓지도 못하고

오도 가도 못한 채 산문 안에 갇혀
길 잃은 내가 허랑하게 서 있다

—「내 안의 무늬」 부분

이쯤에서 처음의 화법을 떠올려 보자. 「애월, 그 적막」을 읽어 가면서 전등을 끄는 행위를 통해 우리는 우리의 감각이 외부와 차단될 수 있다고 말한 바 있다. 그렇게 마취된 삶으로부터 우리는 또한 스스로의 마음을 꺼 버림으로써 이제는 비-삶에 도취된다고 적기도 했다. 그런데 이 시에서는 “발길 둘 곳 몰라 서성대는 나”, 즉 도취된 나에게 “날카로운 후레쉬 빛을 들이”대면서 “무엇 하러 왔냐”고 묻는다. 이때 “후레쉬 빛”은 도취된 “나”를 각성시키기에 충분하다. 삶의 빛을 차단함으로써 마취되고, 그 마취로부터 스스로 비-삶의 도취에 이르렀던 주체는 다시 빛에 노출됨으로써 비-삶으로부터 삶으로 복귀하게 된 것이다. 그러나 한번 비-삶으로 건너갔던 삶은 처음의 상태로 회복될 수 없다. “주장자처럼 후려치는 내 안의 질책”하는 목소리가 생겼기 때문이다. 그 목소리는 “여긴 무엇 하러 왔냐”라고 다그치는 “경비원”의 목소리이자 “오도 가도 못한 채 산문 안에 갇혀/ 길 잃은” 주체의 침묵이기도 하다. 다그치는 목소리와 침묵하는 주체의 구도가 신열과 한기의 충돌처럼 읽히는 것은 우연이 아니다. 엄하경은 신열과 한기, 목소리와 침묵의 충돌을 통해 삶과 비-삶의 경계에 불온한 섬광을 만들어 내는 데 남다른 장점을 보여 준다. 이 시에서 “길 잃은 내가 허랑하게 서 있”는 곳이 삶과 비-삶의 중간 지대임을 따로 말해야 할까.

지금까지 읽어 온 엄하경의 시는 궁핍한 시대에 삶이라는 갑옷 틈새로 파고드는 비-삶의 상흔들을 선명한 언어로 포착해 내고 있었다. 여기서 선명하다는 것은 불온하다는 것과 다르지 않다. 선명한 것들은 그 내부에 불온한 섬광을 지니고 있고, 그 섬광의 폭발을 통해 선명성을 획득하기 때문이다. 엄하경의 시가 비교적 뚜렷한 목소리로 궁핍한 시대를 노래하고, 도처에 널린 우리 삶의 상흔들을 어렵지 않게 수습해 낼 수 있었던 것도 선명한 불온성에 힘입은 바 크다. 첫 시집을 내는 시인들이 종종 빠져들곤 하는 오류들, 이를테면 수사적 과잉이나 세계 인식의 경직성으로부터 엄하경이 자유로울 수 있었던 것도 마찬가지다. 엄하경의 시는 세계와의 정면 대결을 피하지 않는다. 오히려 그는 힘껏 부딪침으로써 존재의 갑옷을 뚫고 스며드는 상흔들의 무늬를 그려 낸다. 그 무늬의 불온성이 계속해서 시를 써 나가는 힘이 될 것이라고 생각한다.

고백에 저항하는 증언 목록들

—박성준 시집, 『잘 모르는 사이』

"자, 나는 증언했다. 내일이면 이미 나는 '목격자'에 머물러 있진 않으리라."

근래 읽었던 문장 가운데 비교적 인상 깊게 남아 있는 구절이다. 이 문장은 박일호의 시집 『8월』의 후기 중 일부로, 도쿄 게이자이 대학 서경식 교수의 책 『시의 힘』에 실려 있다. 알다시피 서경식 교수는 고등학교 3학년 때 자비로 시집을 출판하면서 박일호라는 필명을 썼다. 서경식 교수 개인의 역사적 서사를 감안하면, 박일호라는 이름은 재일 한국인으로서 자기 정체성에 혼란을 겪었던 서경식의 내면이라고 할 수 있겠다. 이를테면 서경식의 내면인 박일호는 주변인으로서 목격했던 사건들을 서경식에게 고백했을 테고, 서경식은 그 고백에 저항하는 방식으로 중심을 향해 증언의 문장을 기록했을 것이다. 그래서일까? 『시의 힘』 표지에 실린 "절망의 시대, 시는 어떻게 인간을 구원하는가"라는 문장이 고백(절망)과 증언(구원) 사이를 헤집는 칼날 같은 고뇌처럼 보인다.

박성준의 시를 읽고 서경식 교수의 문장들을 떠올렸던 건 "시인아/ 시인아/ 이름 없이 부른 이름의 타협 자리에 속아 부르던 시인아"(「반란하는」)라고 부르짖던 목청이 서경식 교수의 저 문장처럼 시집을 덮는 순간까지 뇌리에서 강하게 진동하고 있었기 때문이다. 당연하게도 시인의 운명에 관해 숙고해 보았으며, 오래지 않아 시인은 '고백'하는 존재라는 낯익은 결론에 이르게 되었다. 그런데 이내 우리가 고백에 한 번이라도 진실하게 반응한 적 있었나, 되짚어 보고는 아연하여 고쳐 생각하지 않을 수 없었다. 그것은 고백하는 자와 고백받는 자 사이에 발생하는 소통의 문제였다.

그러므로 과연 이 수줍은 고백의 형식이 시의 뼈대를 이루고, 독자와의 소통을 위한 가설물이 될 수 있을까? 이러한 다소 위험한 발상에 이어 곧장 또 이런 생각이 찾아들었다. 시를 이야기하는 구조에서 굳이 고백을 축자적 의미 그대로의 고백에 국한할 이유가 있을까? 비유적인 의미에서 고백은 때로 속삭임이기도 하고, 고함이 되기도 하며, 더러는 증언으로 몸을 바꿀 수는 없을까? 이런 생각의 와중에 서경식 교수의 저 문장이 탐조하고 있는 진의를 뒤늦게 수긍할 수 있었다. '고백'의 자리에 '증언'이, '시인'의 자리에 '목격자'가 놓여도 좋겠다고, 마치 아버지처럼, 그는 너그럽게 허용해 줄 것 같았다.

이쯤에서 박성준의 『잘 모르는 사이』는 '증언하는 자'와 '고백하는 자'가 '시'를 놓고 다투는 구도로 읽힌다고 말해도 좋겠다. 둘의 정체가 명백하게 드러나지는 않지만, 그렇더라도 누군가는 '증언'을 하고 다른 누군가는 '고백'을 한다. 이 증언과 고백의 형식이 '목격자'로서의 소임을 다하는 개별 발화의 형식이라는 것을 우리는 모르지 않는다. 우리는 누구라도 예외 없이 목격자로 존재하며, 아무것도 목격하지 못하는 경우 우리는 아무것도 아닌 존재가 된다. 그 목격의 내용과 형식이 우리 삶의 규율이 될 거라는 사실도 틀림없다. 그러나 이제 말하건대, 모든 고백과 증언은 목격한 것들에 대한 우리 나름의 저항이기도 하다. 저항이 아니라면 아무것도 아니다. 저항을 통해 우리는 '인간을 구원'할 수 있다. 물론 우리는 그 저항의 형식과 내용이 시 장르의 문법으로 충실히 이행하고 있다는 사실을 잘 안다.

친구가 사람을 죽였다고 고백했다 그럴 리가 없다고 생각하며 나는 라면을 끓였다 달걀을 풀지 말아 달라고, 친구는 내게 부탁한다 봉지 속에 면발을 사 등분으로 부술 때마다 경미하게 눈가가 떨려 왔다 그게 누구였냐고 왜 그랬느냐고 물으려던 찰나, 당혹은 비밀이었다 나는 가위로 얼린 파를 싹둑싹둑 자른다 양은 냄비의 뚜껑을 덮고 온몸에 열이 돌 때쯤에도 도무지 친구가 무섭지 않았다 고백이란 스스로를 보호하기 위한 방책에 지나지 않았기 때문에, 나는 사람을 죽였다는 그 손 또한 아름다워 보이기 시작했다 질투가 필요했다 이따금씩 서로의 눈을 찾아오는 짐승들에게도 얼룩을 허용해야 했다 라면이 다 익을 동안 한 사람의 죽음과 우리는 상관이 없어진다 단지 라면이 매웠을 뿐, 땀인지 눈물인지 모를 공포가 난투처럼 창을 만든다 서로의 얼굴에 환하게 솟구치는 천국, 나는 여전히 구원을 믿지 않는다

—「인연」 전문

이 시는 "친구가 사람을 죽였다고 고백"하는 것으로 시작하여 "나는 여전히 구원을 믿지 않는다"라고 사실을 확인하는 것으로 끝난다. 그 사이에 '고백하는 자'와 '믿지 않는 자'의 '타협'이 이루어진다. 서경식 교수가 이야기한 '타협 자리'를 확인할 수 있는 시다. 그들이 타협의 대상으로 삼고 있는 것은 '당혹한 비밀'이라고 하면 적당할까? '고백하는 자'는 발화하지 못한 '비밀'들을 "경미하게 눈가가 떨"리는 방식으로 암시하고, '믿지 않는 자'는 "땀인지 눈물인지 모를 공포"를 애써 외면하고 있다. 이 어긋남의 형식을 박성준은 "고백"이라고 감히 선언한다. 그리하여 "고백이란 스스로를 보호하기 위한 방책에 지나지 않"을 뿐임을 분명히 한다.

그렇다면 이제 '고백'은 '타협'의 다른 표현일 수 있다. 위 시에서 보듯, '고백하는 자'와 그 고백을 '믿지 않는 자' 사이에 하나의 '타협 자리'처럼 "환하게 솟구치는 천국"이 놓인다. 그곳은 고백의 발화자와 수신자 모두를 대체로 만족시킬 수 있는 안전지대다. 이곳에서는 고백을 위한 의례들이 마

련되곤 하는데, "라면을 끓"이고 "얼린 파를 싹둑싹둑 자"르는 행위가 상징적인 의미에서 그렇다(원형적인 의미에서 모든 의례는 희생양을 바치는 것으로 진행되며, 그것은 먹고 마시는 축제로 연계된다는 점에서 라면을 끓이는 행위는 충분히 의례적이다). '천국'이 "누가 죽어야만 시작되는 세상"(「천국」)이라는 점에서 '천국'은 발화자와 수신자 사이에 타협된 상징 공간이 되는 것이다.

그렇지만 '믿지 않는 자'는 고백을 통해 발화되는 것들을 본질적으로 믿지 않는다. 다시 말하지만, 고백이란 자기방어의 발화일 뿐이다. 바로 이러한 지점에서 우리는 '믿지 않는 자'를 '증언하는 자'로 바꿔 불러도 될 것이다. 왜냐하면 위 시에서 '믿지 않는 자'는 '고백하는 자'의 전언을 수신하는 자이면서 동시에 그 전언의 진위를 판단하고, 그것을 독자들에게 보여주는 발화자이기 때문이다. 그런 의미에서 그를 '증언하는 자'라고 부를 수 있을 것이다. 따라서 박성준 시에서 '고백하는 자'는 주로 일그러진 윤리를 보여 주고, '증언하는 자'는 그 윤리의 불가능성을 폭로하는 소임을 맡은 것처럼 보인다.

문제는 이러한 고백과 증언이 늘 '사건'을 대동하고 있다는 점이다. 사건은 언제나 충돌/갈등의 현재적 의미로 표면화되는 법이다. 이를테면 박성준이 "죄송합니다/ 오늘은 아무도 죽지 않아서 일거리가 없습니다"(「토포필리아」)라고 고백하는 경우마저도, 그것은 사건이 발생하지 않았다는 '사건'을 거느린 형국이 된다. 그런 까닭에 사건의 주인공들은 늘 모종의 사건이라는 '사건'에 노출되어 있고, 그 순간을 통과해 가면서 그 이전과는 다른 모습을 보일 수밖에 없다. 여기서의 '모습'은 정체성의 심각한 변화를 표면화한다는 점에서 그렇다.

> 옛 애인의 어머니에게서 부고가 왔다 어쩌다가 네 친족의 죽음이 나에게도 수신되었다
>
> 얼마나 웃자란 걱정이어야 지천의 꽃나무들은 발 삔 소리만큼 저대

로 지고, 병명도 없이 제 그늘을 고쳐 써야 하는지

창밖의 풍경이 창을 흔들다가 지친 사이
의문처럼, 나에게까지 보낸 부고를 천천히 읽었다 냄새가 필요했다

언젠가 가지 마 붙잡았던 손아귀의 힘만큼 나는 지금 뻐근한 창밖을
주무르고 얼굴에서 얼굴 하나가 빠진다

벚꽃이 지고 난 자리에 엽록으로 환해지는 결이 보이기 시작했다 그
토록 햇빛은 햇빛이 많았다

—「소유」 전문

사건은 언제나 외부로부터 불쑥 밀려들어 우리의 이성과 감성의 감각을 교란한다. 사건이 수신되는 방식은 "어쩌다가"처럼 느닷없고, 그 현재성은 "부고"처럼 사건 전후의 격절隔絕을 강화한다. 이러한 사건을 수신함으로써 비로소, 이 시에서처럼, 우리는 어떤 "웃자란 걱정"에 노출된다. 좀 더 세심하게 말하자면, 노출된다기보다 사건의 당사자가 되고 만다. 그것은 우선 "옛 애인"이 과거로부터 현재로 소환되어 나타나기 때문이다. 부고 수신 이전까지 "옛 애인"은 비접점의 존재였지만, 이제 그는 '지금 여기'에서 화자의 감각에 맞닿아 있다. 이 현재적 의미란, 사실, 서정시에 담긴 숙명적인 유전자의 개별적 발현 방식이라고도 할 수 있다. 모든 서정시는 체험된 사건에 대한 현재성 외에 다른 것이 아니기 때문이다.

또 하나, 사건의 당사자가 된다는 것은 사건의 파장을 흡수한다는 뜻이기도 하다. 이 시에서 그것은 인식적 개안開眼으로 나타난다. "벚꽃이 지고 난 자리에 엽록으로 환해지는 결이 보이기 시작했다"라는 눈뜸은 사건 이전에는 가능하지 않았던 사실이다. 그렇다면 이 언술은 고백인가 증언인가? 이 문제를 해명하려면 '부고'의 정체를 먼저 해명해 둘 필요가 있다. 도대

체 누구의 부고란 말인가? 표면상으로는 옛 애인인 "네 친족의 죽음"이고, 그 죽음의 송신자는 "옛 애인의 어머니"이다. 어째서 송신자가 "옛 애인"이 아니고 그 "어머니"여야만 했을까? 혹시 "죽음"의 주체가 "옛 애인"은 아닐까? 문학 언어의 자의적 통사 구조를 감안할 때, 이러한 독법은 나름의 설득력을 지닌다. 그러니까 "나에게도 수신"된 "죽음"은 "옛 애인"의 것일 수도 있다는 뜻이다. "가지 마"라고 언젠가 "붙잡았던 손아귀의 힘"을 "나는 지금" 다시금 감각하면서 문득 "얼굴에서 얼굴 하나가 빠"져나가는 것을 확인하고 있다는 점에서 그렇다.

이처럼 우리는 "옛 애인"의 "부고"가 "친족의 죽음"으로 건조하게 대체되는 경우를 우리 시에서 종종 목격한 바 있다. 이러한 경우를 흔히 객관화 혹은 거리 조절 등의 개념으로 설명한다. 하지만 박성준은 그것을 고백의 양식으로 담아낸다. 이를테면 "부고"는 "옛 애인"이 "나에게" 보낸 고백이라는 것. 이 고백은, 알다시피, 일그러진 윤리(죽음) 속에서 발생하는데, 이 고백을 증언하는 화자는 그것을 "웃자란 걱정"으로 치부해 버린다. 그것은 고백의 유효성에 "의문"을 제기하는 방식으로 나타난다. 그리고 그러한 "의문" 제기는 증언의 폭로성을 정당화한다.

'고백하는 자'와 '증언하는 자'는, 그러므로 공유하는 '사건'을 통해 끊임없이 매개된다. 박성준은 이 같은 사건의 현재성을 '그리움'이라는 고백/증언의 접점 형식으로 구축한다. 이 접점에서 박성준은 "한 번쯤 죄인이 되지 않고서 누군가를 그리워할 수 있는지"(「뜨거운 곡선」) 묻는다. 이때 '죄인'은 고백하는 자의 일그러진 윤리의 불가능성을 폭로하는 증언의 주체이면서 그 효과라고 할 수 있다. 알다시피 증언은 언제나 일그러진 윤리와 불편한 사건을 폭로한다는 점에서 다분히 '죄의식'을 동반하기 때문이다. 따라서 박성준의 이번 시집에 빈번하게 등장하는 '그리움'의 모티프는 이 같은 '죄의식'과 연동해서 읽힌다. 그것은 고백을 듣고 난 후 "다음 시간은 또 어떻게 견뎌야 할지 왠지 모를 부채감을 가지고 시시덕거"(「과제」)리면서 증언을 준비하는 일과 다르지 않다.

그런데 박성준 시에서 중요한 건 고백과 증언의 불협화음은 언제나 서로에 대한 '저항'을 발생시킨다는 사실이다. 그리하여 저항은 고백과 증언을 모두 무화시킨다. 고백이 왜 필요하고, 증언이 무슨 소용이 있는가? 이 물음에 끌어들일 수 있는 이유는 많겠지만, 박성준이 기획한 해명은 '자의성'이라고 생각한다. 고백과 증언 모두 사건에 대한 자의적 해석과 판단의 결과라는 이야기다. 그러므로 자의성은 '고백하는 자'와 '증언하는 자'가 구체적이고 개별적인 캐릭터라는 사실을 확증한다. 고백과 증언이 쉽게 엉키어 아무것도 아닌 사건이 되는 것은 이러한 이유 때문이다. 따라서 박성준 시에서 각각의 캐릭터(증언하는 자/고백하는 자)는 시시각각 충돌하고 때때로 협력하는 모습을 보인다. 소통 아니면 단절이라는 배타적 세계가 고백과 증언이라는 외피를 두르고 서정시의 기능을 하는 것이다.

고백과 증언의 자의성이 충돌하면서 서로에게 저항하는 형식을 띠는 것은 자연스럽다. 자의성이란 배타적이며 소통의 계기보다는 고립과 자폐의 가능성을 탐색하는 법. 그런 점에서 서정시는 언제나 자의적이다. 서정시는 독자와의 소통 가능성을 모색하면서 그와 거의 같은 비중으로 소통 불가능성 또한 마련해 놓기 때문이다.

> 욕을 하고 있었다 힘껏, 어제 읽다 만 소설 속에 등장한 왕이 마음에 들지 않아서였다
> 외국에서 자란 한국인 친구는 작가가 멍청하다며 나에게 동조해 주었다
>
> 나는 왕이 문제였고 친구는 작가가 문제였다
>
> 이런 건 다시 써야 한다고, 네가 다시 써 보라고
> 절망하기 좋은 날씨처럼 친구는 나를 자주 작가라 부른다

엄마의 모국어로 꿈을 꾼 적 있지 그때마다 배경은 늘 몰락한 도시야

맞춤법은 여간해서 잘 맞힐 수가 없고, 비를 믿을 수 없는 이유는 틀린 철자를 고치고 싶지 않아서였다

법을 고치는 대신 힘껏 팔목을 잡았다 잡고, 계속 잡고 있었다 친구가 여자라는 것이 문제가 되었다

—「솔비」 전문

화자와 청자를 전제하는 고백과 증언의 언술 양식은 필연적으로 소통 맥락을 구성한다. 이 경우 소통 맥락은 발화자와 청자 사이의 시공간적 연대를 기본으로 하며, 인식적 · 정서적 공감은 물론 가치관의 방향성까지 자장을 확장한다. 고백이 수용되고 증언이 진실을 획득할 수 있는 것은 그러한 소통 맥락 안에서다. 그러나 박성준의 시에서는 이러한 소통 맥락의 단락短絡 현상이 반복적으로 나타난다. 그 이유는 고백과 증언의 주체가 동시에 등장하여 서로의 언술 양식(고백/증언)에 따라 자의적인 발화를 전개하기 때문으로 보인다.

우선 이 시에서 발화하는 두 명의 캐릭터는 친구 사이다. 명시적이지는 않지만 직접 화자인 나는 문맥상 남자로 보이고, 간접 화자이자 나의 친구는 여자로 제시되어 있다. 이들이 발화를 촉발하게 된 소통 맥락에는 “읽다 만 소설”이 등장하는데, 읽기 행위가 중단되었다는 사실에서 이미 소통의 불가능성이 노출된다. 그렇기 때문에 “나는 왕이 문제였고 친구는 작가가 문제였다”라는 소통 단락의 원인 분석은 필연적이다. 그렇다면 이 시에서 증언하는 이와 고백하는 이는 각각 누구인가. 결론적으로 말하자면, 증언의 언술은 언제나 직접 화자의 발화를 통해 실행되며, 간접 화자는 고백의 형식을 띨 수밖에 없다. 그것은 고백의 언어가 내밀하고 감성적인 데 반해 증언의 언어는 합리적으로 폭로함으로써 논리적 파장을 구축하는 특징을 지니기 때문이다. 따라서 “이런 건 다시 써야 한다고, 네가 다시 써 보

라"는 은밀한 고백에 대해 "나"는 고백의 내밀한 형식을 상징적으로 발현시켜 주는 "꿈"을 소환해 낸다. 하지만 그 꿈은 "몰락"과 "틀린 철자" 같은 단절되고 불통하는 이미지들일 뿐이다. 증언하는 자에게 고백의 언술 양식은 체질화되지 않는 불감의 영역이기 때문이다.

따라서 고백과 증언의 다른 발화 양식으로서의 "법을 고치는" 문제가 나에게는 불가능하며, 바로 그 불가능성으로 인해 "친구가 여자라는 것이 문제가" 된다. 그렇다고 해서 박성준이 여성/남성의 생물학적 변별을 고백/증언의 발화 양식으로 끌고 가는 것은 아니다. 박성준의 이번 시집에는 여성/남성의 구도가 제법 빈번하게 나타나는데, "랑은 랑이 아닌 가운데에서 랑을 떠올렸다// 둘이 되었다"(「평형감각」)에서 확인할 수 있듯, 이러한 구도는 본질적으로 화자의 내적 '평형'을 유지하기 위한 불가피한 조치다. 스스로의 감각을 분할하여 균형을 맞추고자 하는 자기 소통의 방식을 박성준은 고백과 증언으로 제출하는 것이다. 따라서 내밀한 형식의 고백은 증언을 위한 무의식적 자기 발화라고 해도 좋을 것이다.

그렇다면 이제 앞에서 '고백하는 자'와 '증언하는 자'를 개별적인 캐릭터라고 했던 것을 취소해야 하는가? 이 문제는 '목격자'에 머물러 있지 않으려면 '증언'을 해야 한다는 서경식 교수의 문장에서 해결의 실마리를 찾을 수 있다. 우리는 모두 모종의 사건에 대한 목격자라는 사실을 상기하자. 시인 또한 목격자이다. 그러나 시인은 목격자에 그치지 않는다. 그는 언제나 목격한 것을 증언하는 자이다. 그렇다면 고백하는 자는 누구인가? 그 또한 시인임이 틀림없다. 그러므로 고백과 증언은 서로 다른 윤리가 아니다. 고백이 발화자의 내적/개인적 윤리라고 한다면, 증언은 발화자의 사회적/공적 윤리이기 때문이다. 이러한 의미에서 우리는 박성준의 『잘 모르는 사이』가 '고백하는 자'와 '증언하는 자' 사이에서 발생하는 윤리적 저항을 "혼자 묻는 질문"(「아름다운 재료」)의 형식으로 풀어놓고 있음을 확인할 수 있다.

오기誤記를 향해 미끄러지는 느낌들
—임지은 시집, 『무구함과 소보로』

쌓고 쌓는 것이다
쌓고 무너뜨리는 것이다
무너뜨리고 토닥거리는 것이다
—「건축 두부」 부분

쌓고 무너뜨리는 일이 우리들의 삶이라면, 무너뜨린 것을 토닥이는 일은 시인에게 주어진 몫이다. 그렇게 시는 오랫동안 우리의 무너진 삶을 토닥거려 왔다. 하지만 어쩐 일인지 이즈음의 시는 토닥거림보다 무너짐을 선택한 것 같다. 무너짐으로써 시는 역설적으로 삶을 토닥거리기로 작정한 것인지도 모른다. 임지은 첫 시집 『무구함과 소보로』에서 읽고 싶은 것도 쌓고 무너뜨리고 토닥거리는 어떤 활력이지만, 새로운 시집이 출간되었다는 이야기를 들을 때마다 다음과 같은 생각을 하는 것은 시를 둘러싼 이즈음의 분위기에 눌려 지레 위축되는 버릇인지도 모른다.

또 한 권의 시집이 세상에 버려졌다. 이 명제는 두 가지 면에서 가혹하다. '또'라는 반복의 강박증이 '시집'의 탄생을 무감각하게 만들어 버린다면, '버려졌다'라는 인식은 모종의 비극을 암시하는 것 같다. 그것이 시집의 운명이라도 되는 것처럼, 팔리지 못하고 읽히지 못하고 회자되지 못한 채 시의 공동묘지로 운구되는 시집들을 본다. 한 권의 시집에 관한 기본적인 입장이 이처럼 가혹했던 적이 '또' 있을까 싶게 근래 우리 시의 생산성은 축복에서 멀어져 있다. 그럼에도 축복받지 못하는 시집이 쏟아져 나오는 이유는 분명하다. 우리에게는 아직 무너져야 할 삶이 있고 그것을 토닥여야 할 '시'가 있기 때문이다. 그러므로 『무구함과 소보로』를 읽는 것은, 비유적으로 말하자면, 버려질 운명에 처한 시집을 펼쳐 "아직 시인이란 꿈을 보관 중인"(「오늘은 필리핀」) 우리 자신을 발견하는 일이 될 것이다.

> 지루한 생각을 열고 뛰어나가는 개처럼
> 첫 문장은 시작된다
>
> —「부록」 부분

'부록'이 존재하는 방식처럼 끝나야 시작할 수 있다는 말에서 출발해 보자. 그동안 특별한 의심을 품지 않았던 것처럼 삶의 끝에서 죽음은 시작하고, 문장에 마침표를 찍어야 새로운 문장을 시작할 수 있다. 이러한 분절적인 상상 혹은 인식은 삶과 죽음을 같은 위상에 놓을 때 가능하다. 그리고 특별한 경우가 아니라면 우리는 저들이 배치되어 있는 위상이 동일하다는 것에 이의를 제기하지 않는다. 그런 까닭에 대비되는 것들은 대등하다는 인식에 암묵적으로 동의하고 있을 확률이 높고, 실제로 우리는 그렇게 생각하고 행동하는 경우가 많다. 그러나 삶이 본질에서 죽음과 같지 않은 것처럼 시작과 끝도 같을 수 없다. 시작이 미지의 세계를 향한 개방이라면 끝은 기지의 세계에 대한 폐쇄이기 때문이다. 미지와 기지, 개방과 폐쇄의 대비가 대등하면 안 되는 것은 그것들을 추동하는 주체의 존재론적 위상이 다르다는 점과 관련된다. 시작하는 주체와 끝내는 주체는 질적으로 같을 수 없다. 개방과 폐쇄가 지향하는 대상이 같을 수 없다. 끝과 폐쇄가 이미 있는 것들에 관한 주체의 결정이라면, 시작과 개방은 아직 없는 것들을 향한 주체의 의지이다. 이러한 관계를 거칠게 확장해 보면, 끝나고 폐쇄되는 것들이 '사실'에 관한 일임에 반해, 새롭게 개방되고 열려야 하는 것은 그 사실로부터 새롭게 발견되어야 할 '진리'가 된다. 발터 벤야민이 비평이 관계해야 할 대상은 '사실 내용'이 아니라 '진리 내용'이라고 말하면서, 비평의 진정성은 '이미' 있는 것을 부리는 것이 아니라, '아직' 없는 것을 만들어 내는 데서 출발한다'[1]고 한 바를 떠올려 보자. 그에 따르면, 사실적으로 모든 존재하는 것들은 진리를 잠재적으로 감추어 놓고 있다. 마찬가지로 한 편의 시를 쓰면서 혹은 읽으면서 우리가 끝내야 할 것은 이미 존재하는 사실이고, 반대로 개방하고 도전해야 할 것은 아직 존재하지 않은 진리에 대한 탐색이다. 임지은이 "지루한 생각을 열고 뛰어나가는 개처럼/ 첫 문장은 시작된다"라고 했을 때, '지루한 생각'과 '첫 문장'의 관계가 그러할 것이다.

시차의 애티튜드

다시 말하지만, 여기 한 권의 시집이 세상에 버려졌다. 누군가 그 시집의 쓸모에 대해 말해야 한다면, 가장 먼저 시인의 변론을 찾아 읽는 것도 방법이 될 것이다. "아마 우리가 접시란 걸 닦고 있었다면/ 가장 소중한 걸 깨뜨렸을 것이다"(「시인의 말」)라는 발화는 시집 『무구함과 소보로』의 시인 임지은의 육성이다. 이렇게 쓰고 보니 앞에서 인용했던 시 「부록」의 구절과 공교롭게도 닮았다. 동의하지 않을 수도 있겠지만, 나는 임지은의 '가장 소중한' 것을 '지루한 생각'으로 바꿔 보고 싶다. 이를테면 이런 식이다. '가장 소중한 걸 깨뜨림으로써/ 첫 문장은 시작된다'. 이러한 상상은 '우리가 접시란 걸 닦고 있었다면/ 그것이야말로 가장 지루한 생각일 것이다'라는 전제에서 만들어진다. 이쯤 되면 「부록」의 구절과 「시인의 말」을 구분하는 일이 뫼비우스 띠에서 안팎을 가려내려는 시도처럼 헛되다는 사실을 알게 된다. 이것이 우리가 임지은의 시집을 찾아 읽어야 할 이유 가운데 하나라면 너무 소박한 것일까?

---

1 류신, 「거미, 상징의 파천황」, 『다성의 시학』, 창작과비평사, 2002, 41쪽.

남편은 벽을 바라봤다

벽 속에 뭐가 있나요?
벽 속엔 아무것도 없다고 했다

남편은 저녁도 먹지 않고
주말 영화를 시청하듯 벽을 바라봤다

여보, 오늘은 월요일이잖아요
그는 이제 벽 속에서 내일을 보고 있다고 했다

잠도 자지 않고
벽을 바라보던 남편은 벽에 기대었다
그의 입술이 살짝 벽에 닿았다

대체 무슨 맛이죠?
그는 벽 안쪽의 깊은 고독이 느껴진다고 했다

깜빡 잠이 든 내가
화장실에 가려고 일어났을 때
남편이 벽으로 빨려 들어가는 것을 목격했다
흐름이 조금 밀리고 그는 벽의 일부가 되었다

빰일 거라고 만진 곳은 엉덩이고
진심이라고 만진 부분은 주로 거짓인 벽

—「깨부수기」 부분

지루한 생각이든 반복적으로 닦아 대는 접시든, 그것들은 깨져야 할 대상이라는 것이 시집『무구함과 소보로』의 입장이다. 그런 점에서「깨부수기」는 임지은의 시적 출발을 가장 선명하게 밝히는 시에 해당한다. 이 시에서 깨부수어야 할 대상은 표면적으로는 '벽'이다. "진심이라고 만진 부분은 주로 거짓인 벽"이라는 언술이 근거로 제시될 수 있다. 이 경우 벽이 상징하는 바는 도식적이고 정형적이며 역사적이다. 벽은 타파하고 초월하고 극복해야 할 모든 구체적인 사례들의 선봉에 선 표제이기 때문이다. 그러나 시는 그렇게 단순하지 않아야 한다는 것이 우리들의 바람이다. 시의 언어가 백과사전적 의미에서 표제로 작동하는 기제가 되어서는 곤란하다는 것도 그 안에는 포함되어 있다. 임지은에게 그것은 그리 어려운 일이 아니다. 그것을 잘 알고 있는 우리로서는 이 시에서 깨부수어야 할 대상으로 벽이 아니라 '남편'이어야 한다는 욕망에 충실하고 싶다. 벽은, 짐작하다시피, 너무 진부하고 낡았으며 도처에서 상투적인 대상이 아닌가!

이제 우리의 시선은 '남편'을 향하고 있다. 우리의 시선에 포착된 남편의 시선은 벽을 향해 있다. 화자가 우리의 시선을 대리한다고 할 때, '화자→남편→벽'으로 초점화된 방향성은 그럴듯하면서 주목할 만한 구도를 그려 낸다. 이러한 시선의 일방성을 통해 화자는 "주말 영화를 시청하듯 벽을 바라"보는 남편에게 "오늘은 월요일"이라는 사실을 일깨워 준다. 이러한 발화에는 벽을 바라보고 있는 시선의 애티튜드attitude가 담겨 있다. 애티튜드가 모종의 태도나 자세를 지시하기는 하지만, 거기에는 실현되는 태도를 발생시키는 보다 심층적인 감정이나 욕망 등이 있다. 이를테면 애티튜드는 시선의 감정 혹은 욕망의 자세를 다루는 것이다. 그런 의미에서 벽을 바라보는 남편에게 '월요일'이라는 사실을 상기시켜 주는 화자의 애티튜드는 "주말 영화를 시청하듯"에서 확인하는 것처럼 시차적으로 충돌한다. 벽을 향한 남편의 자세/태도를 향한 화자의 애티튜드가 '주말'인 데 반해, 화자의 발화는 '월요일'로, 또다시 "벽 속에서 내일을 보"는 방식으로 시차를 형성하는 것이다. 이렇게 주말로부터 월요일로 다시 내일로 미끄러지는 시선의 애티튜드는 임지은이 즐겨 구사하는 방식이다. 시집 몇 군데만 뒤적여 보면 임지은의 애티튜드를 확인할 수 있다. "안팎이 뒤집힌 물고기나/ 올라갈 수 없는 사다리처럼/ 가능성과 불가능성이 교차된 이불"(「생각 침입자」), "함께 있기는 싫고/ 혼자 있기는 더 싫어서/ 나는 나를 겹쳐 입었습니다"(「아무것도 아닌 모든 것」), "그러니까 지금 꾸는 이 꿈은 삶과 무관하다/ 무관하지 않다/ 안과 밖이 통로처럼 뒤엉켜 있다"(「소년 주머니」) 등이 임지은의 애티튜드를 보여 주는 예가 될 것이다. 임지은은 안 혹은 밖, 함께 혹은 혼자, 꿈 혹은 삶 등 어느 한 지점에 고정되기를 거부하고 그 사이를 미끄러지면서 시차를 영(無, zero)에 수렴시켜 간다.

미끄러지는 인식들

이렇게 미끄러지는 애티튜드는 대비되는 것들로부터 대비 자체를 무용하게(zero) 만들어 버린다. 그것을 임지은의 시적 전략이라고 해도 좋고, 임지은의 인식론적 세계 발견이라고 해도 좋겠지만, 적어도 거기에는 시적 세계를 향하는 임지은만의 압박과 강박이 작동하고 있다는 점을 알아 둘 필요가 있다. '화자→남편→벽'이라는 구도에서 '화자'의 압박은 '남편→벽'의 구도에서 방향성(→)을 압착해 버림으로써 "남편이 벽으로 빨려 들어가" "벽의 일부가 되"게 한다. 이때 화자의 압박은 물리적 결합(남편+벽)에 그치지 않고, 남편≠벽의 부정 형식과 벽⊃남편의 위계를 통해 새로운 존재의 발견에 이르게 한다. 그리하여 최종적으로 임지은이 발견한 것은 남편/벽 같은 물리物理로부터 물物을 제거한 리理의 가능성이다. 그 세계에서 임지은은 '진심'과 '거짓'마저도 해체해 버린다. 이러한 인식적 미끄러짐은 임지은이 줄곧 시적 방법론으로 삼고 있는 뫼비우스적 상상력을 추동해 가는 애티튜드이다.

이렇게 임지은의 시가 물의 세계로부터 리의 세계로 흘러갈 수 있는 것은 이미 존재하는 것을 깨부수어야 한다는 강박적 사명이 발현한 까닭이다. 임지은이 "과학의 법칙을 거스르는 의자에 앉아/ 중력을 기다리는 사과나무의/ 기울기로/ 한 잎, 한 잎 페이지를 넘"기는 일을 두고 "발끝부터 새로워지려고 이름을 지우고 시를 씁니다"(「꿈속에서도 시인입니다만」)라고 공손하게 고백할 때, 그 고백의 다소곳함 속에 치명적인 독을 묻힌 가시 바늘, 다시 말해 아직 존재하지 않는 세계를 향한 시선의 애티튜드가 숨어 있다는 것을 알아야 한다. 임지은에 따르면, "우리는 진화를 거듭하며 미끄러질"(「기린이 아닌 부분」) 운명에 속하는 존재이기 때문이다. 이렇게 시를 쓰는 일이 '발끝부터 새로워지려'는 시도라고 한다면, 그 시도는 당연히 익숙한 것들과의 결별에서 시작해야 마땅할 것이다.

얼음 같은 심장 아래 잠들어 있다
아이는 내가 시를 쓸 때 깨어난다

아이는 성별이 없다
정확한 나이도 모른다
번개맨인지 캡틴 아메리카인지 모를
파란색 쫄쫄이를 입고 있다

오늘은 시가 잘 써어지지 않는다고 생각할 때 아이는 말한다

"I can do this all day."

아이는 게임과 웹 서핑을 좋아하지만
정작 중요한 메모는 손으로 적는다

거기에는

불빛, 멀리뛰기, 희망, 미래,
병원, 일요일, 신념, 희생 같은 것들이 적혀 있다

아이가 살던 시대에는 카세트테잎이
어지럽게 돌아갔다
내가 알던 시대는 이미 지나갔다

—「I can do this all day」 부분

이 시는 각몽覺夢을 모티프로 삼고 있다. 비유적이든 아니든, 잠에서 깨어나는 각몽 서사의 가벼움에 관해서라면 따로 말하지 않아도 될 듯하다. 각몽은 새로운 발견을 위한 전제임이 틀림없으나, 그것은 반복되는 순간 전혀 새롭지 않게 된다. 그러나 공교롭게도 이 반복을 통해 인간은 자신에 '대한', 그리고 자신에 '관한' 사실과 사태를 이해하기 시작했다. 그것은 인간이 발견한 최초의 반복적인 사태라고 할 수 있는 밤낮의 교체, 다시 말해 밤의 끝에 낮이 시작되고 낮의 파국이 밤의 도래라는 자연법칙을 깨닫는 일이었다. 여기서 잠시 구분해 두고 싶은 것은 자신에 대한/관한 섬세한 접근이다. 거창한 것은 아니지만, 이 글에서는 자신에 '대한' 이해를 자기를 대상화하여 자신이 유일무이한 속성으로 뭉쳐진 존재라는 사실을 발견한 것으로, 자신에 '관한' 이해를 인간이 자신을 둘러싼 세계와의 관계 속에서 어떠한 사태 속에 놓여 있는지를 확인하는 일로 규정하고자 한다. 이러한 전제는 이 글이 임지은 시의 뫼비우스적 상상력을 이야기하고 있기 때문이다. 안과 밖의 경계로부터 그 경계를 미끄러지면서 경계의 경계성을 지워 버리는 상상력은 안 또는 밖에 '대한' 존재론적 이해로부터 그것들에 '관한', 다시 말해 안과 밖이 서로의 내부를 향해 돌진해 가는 관계적 사태를 요구하는 데까지 나아가기 때문이다.

이러한 관점에서 시 「I can do this all day」는 "잠들어 있다"로부터 "깨어난다"에 이르는 짧은 각몽을 실현한 후, "내가 알던 시대는 이미 지나갔다"를 지나 후반부에 이르러 "나를 알던 사람들은 어디쯤 쓰러졌는가?"랄지 "언제까지 할 셈이죠?" 같은 의문 부사(어디/언제)를 통해 발견의 애티튜드를 제안한다. 물론 이 모든 전개는 "내가 시를 쓸 때"라는 조건을 충족할 때 가능하다. 이러한 조건이 충족될 때 "아이"는 깨어날 수 있다. 그런데 깨어난 아이는 "성별이 없"고, "정확한 나이도 모"르며, 그렇기 때문에 "번개맨인지 캡틴 아메리카인지 모"른다. 여기서 임지은이 은연중에 강조하는 것은 각몽 자체가 존재론적 정체성을 획득하는 계기는 아니라는 사실이다. 인용하지는 않았지만, 시 중반부의 "나는 숨이 끊어질 듯한 기분으로/ 세상의 모든 아이는 고아라고 쓴다"라는 구절이 그러한 사유를 뒷받침한다. 임지은에게 시를 쓰는 행위는 아이를, 사물을, 세상을 깨어나게 하는 일이지만, 그렇게 깨어난 것들은 '고아'에 가깝다. 알다시피 고아는 자기의 존재론적 근거와 단절된 존재가 아니던가! 이렇게 된 이상, 임지은이 '숨이 끊어질' 만큼 고통스럽게 써내는 시가 사실은 상징적인 의미에서 고아와 존재론적으로 다르지 않음을 짐작할 수 있다.

그런 점에서 시 「코가 하나 눈이 두 개」에서 "죽은 내가 나를 만나러 왔다"라고 하는 것은 고아의 전형적인 자기 찾기로 읽힌다. 그러나 이 시가 "바람이 분다 나무가 흔들린다 창문에 그린 무한대가 일어나 입김 밖으로 걸어나간다"로 마무리되는 건 고아의 자기 찾기가 실패한 후, 삶과 세계의 골짜기로 미끄러지는 메아리처럼 반복적으로 분열되고 있음을 말해 준다. 자기의 반복적인 분열은 자기와 자기 아닌 것의 경계를 영(zero)에 수렴해 가는 일이다. 이렇게 임지은은 뫼비우스적 상상력을 시적 방법론으로 삼고 있는데, "오늘이 어제 같습니다/ 내일도 다르지 않을 겁니다: 구간 반복"(「자동 조정 장치」)같이 그의 시가 "카세트테잎"의 반복성/순환성을 동력으로 삼는 데서 그것을 확인할 수 있다. 임지은이 "I can do this all day", 즉 '종일 할 수도 있어'라고 말한 것도 이러한 자기 반복의 순환성을 강조한 결과이다.

오기誤記의 사태

이 글을 시작하면서 임지은의 시가 "지루한 생각을 열고 뛰어나가는 개처럼/ 첫 문장은 시작된다"(「부록」)라고 말한 바 있는데, 이제는 지루함의 근거가 삶과 시의 뫼비우스적 순환 구조에 있다고 조심스럽게 말할 수 있게 되었다. 아울러 그 지루함은 자기 근거를 발견하기 위한 노력의 일환이었으며, 카세트테잎이 작동하는 방식처럼 일정한 궤도를 반복적으로 순환함으로써 발생한다는 사실도 분명해졌다. 그러나 중요한 것은 임지은이 그 '지루한 생각'으로부터 '개처럼' 뛰어나갈 준비를 하고 있다는 사실이다. 순환의 반복 속에서 '나는 누구인가'라는 질문을 한 번도 포기한 적 없다는 점이 그것을 뒷받침한다. 가령 이런 식이다. "나는 매일 다른 나와 마주쳤다/ 자주 너답지 않아, 라는 말을 들었다/ 나다운 게 뭐지? 생각하는 동안 다섯 명이 되었다……// 나는 충분히 나인 척했어/ 거의 내가 될 뻔했어/ 넌 제발 나인 척 좀 하지 마!"(「내가 늘어났다」). '나인 척'하는 일이 '나'가 되는 일과 무관하다는 점은 익히 알려져 있다. '척하는' 일은 같지 않다는 걸 인정하는 것에서 시작한다. 그런 까닭에 "나는 매일 다른 나와 마주"칠 수 있는데, 그렇게 '척하는' 일의 반복적인 순환이 도달하는 지점은 "거의 내가 될 뻔"한 사태이다. '척하는' 일에서 '될 뻔한' 사태까지 임지은은 '나'라는 존재를 증명하기 위해 뫼비우스의 순환 속으로 '매일' 미끄러지는데, 이 미끄러짐의 배후에 "나는 늘 진심이 모자랐습니다"(「생선이라는 증거」) 같은 고아적 자기 인식이 자리하고 있다. 그러한 인식의 결과가 다음 시에서 볼 수 있듯 '책'을 소환해 낸 건 의미심장하다. '책'이라고 자기를 인식하는 순간은 시집 『무구함과 소보로』를 지배하는 중요한 장면으로 기억되어야 한다. 임지은의 시집이 시 「부록」을 첫 시로 하여 이제 만나게 될 「식물에 가까운 책」을 마지막 시로 배치하고 있다는 점은 시인이 '거의 될 뻔'한 사태가 책과 무관하지 않다는 결정적인 증거가 된다.

나는 책으로 된 사람이었다
귓속이 글자들로 젖어 있는

활짝 펴지는 순간 오랫동안 준비해 온 인사를 내밀었다

안녕, 한참을 넘겨도 안녕,
51페이지에 걸쳐 안녕, 끊길 듯이 안녕
수많은 안녕이 딸려 나왔다

본론이 뭔데?

온몸을 뒤져도 할 말을 찾을 수 없었다
나는 인사말만 적힌 책이었다

무슨 말이라도 해야 할 것 같아
서점 주인의 손을 빌려 왔지만
머릿속이 하얘졌다
마음은 어떤 식으로 쓰는 거였더라?

꽃.

나는 끝을 꽃으로 잘못 썼다
신기했다
식물에 가까운 책이라는 게
끝이 없는 이야기라는 게

나는 열린 채로 창가에 놓였다

누군가 쏟은 물에 잘 자랐다

젖어 있는 얼굴을 그늘에 말렸다

—「식물에 가까운 책」 전문

“나는 책으로 된 사람이었다”라는 선언은 시집 마지막 작품으로 손색이 없을 만큼 단호한 인상을 준다. 『무구함과 소보로』를 일반적인 독법에 따라 차례대로 읽어 온 독자라면, 과연 임지은이 시집 전체를 통해 무슨 이야기를 들려주고 싶었는지 이 선언을 통해 분명하게 확인할 수 있으리라. 그러나 한편으로 ‘사람이었다’라는 선언은 존재의 위치와 진술의 위치가 시차를 두고 있는 까닭에 과거로부터 현재, 그리고 미래로 미끄러져 갈 여지를 남겨 둔 형국이기도 하다. 시차를 포함하여 존재론적으로 미끄러지는 일에서 임지은만큼 매력적인 전략을 구사하는 건 쉬운 일은 아니다. 그렇다고 그것이 임지은의 독자적인 시적 전략이 되기에 충분하다고 말할 수는 없다. 알다시피 시어와 시어를 미끄러져 가면서 분열되고 지연되는 시적 방법론은 최근 십수 년에 걸친 우리 시의 흐름이었다. 20세기까지 시적 방법론으로 승인되었던 동일성의 시학이 21세기에 들어서면서 차이와 중심 없음으로 대체되는 현상을 우리는 가까이 목격했다. 그리고 그 격류에 적어도 한쪽 바짓가랑이는 여전히 적셔 두고 있지 않은가!

그렇다면 임지은의 시가 21세기 우리 시의 유행하는 흐름에서 자기 숨을 쉴 수 있는 돌파구를 어디에서 마련해야 마땅할까? 이 물음에 “나는 인사말만 적힌 책이었다”라는 자기 확인을 통해 “온몸을 뒤져도 할 말을 찾을 수 없”는 “본론” 없는 서사야말로 임지은이 육성으로 삼아야 할 지점이라는 생각이다. 물론 임지은은 이미 자기 목소리를 내는 방식을 알고 있다. “나는 끝을 꽃으로 잘못 썼다”라는 시행이 그것을 보증한다. ‘끝’으로부터 ‘꽃’으로 미끄러져 가는 인식과 사유야말로 “끝이 없는 이야기”의 조건이 될 수 있다. ‘끝’을 ‘꽃’으로 오기誤記하는 방식이 시적 의미를 “끝이 없는 이야기”로 미끄러트리는 임지은식 발화라고 한다면 잘못일까? 그렇지 않을 것이다.

우리의 상상과 사유는 언표의 순간 그 본질을 놓치고 만다. 그것은 사유와 언어가 작동하는 방식이 같지 않기 때문이다. 어쩌면 21세기는 서정시의 동일성이 아니라 같지 않음에서 발생하는 진실, 다시 말해 오기의 진심을 시적 방법론으로 요청하는지도 모른다. 그런 점에서 잘못 쓰기이면서 결코 잘못 쓰이지 않은 임지은의 시는 그늘에서 말라 가는 한 권의 책과 같다. 젖은 책은 물기가 마르더라도 최초의 상태로 회복되지 않는다. 젖음으로써 임지은은 "나인 척했"고 "거의 내가 될 뻔했"던 우글우글한 책을 향해 미끄러져 간다. 이때 젖는 일은 자기를 오기하는 일이다. 그것이 '끝'이라고 쓰고 싶었지만 결국에는 '꽃'이라고 쓰게 된 핵심적인 오기의 사태일 것이다.

이제 처음에 제기했던 문제로 돌아가 임지은식으로 다시 말하는 것으로 마무리하고자 한다. 또 한 권이 시집이 세상에 버려졌다……. 이것이 시집 『무구함과 소보로』를 말하기 위해 제출한 최초의 명제였다. 그런데 임지은의 시집을 다 읽고 난 지금, 과연 그 명제에 마침표를 찍는 것이 마땅한 일인가? 임지은의 시가 뫼비우스적이라는 데 동의한다면, 순환하는 구도 어디에도 마침표를 위한 자리는 존재하지 않는다는 것도 인정해야 할 것이다. 임지은이 선언한 것처럼, '끝'과 '꽃'의 두 면은 자기를 구속하지 않고 서로를 향해 열려 있다. 임지은은 이 열림의 순환 궤도를 미끄러지면서 "바깥에게 안을 들켜 버리고 싶은 창문의 기분"(「기분의 도서관」)을 느낀다. 모든 오기는 바로 이 '느낌'에서 비롯하였으며, 그럴 때 오기는 느낌에서 발견하게 되는 진심과 다르지 않게 된다. 따라서 "느낌은 내 앞에 남자처럼 앉아 있다 할 말이 있다는 듯 오른손 위에 왼손을 올리고 느낌이 말하고 움직이는 걸 본다 느낌에게 잘 보이고 싶어 목이 마르다 …(중략)… 이 느낌은 마르지 않을 것이다"(「느낌의 문제」)라고 임지은이 말하는 진심도 충분히 이해할 수 있다. 임지은이 '젖어 있는 얼굴을 그늘에 말'리더라도 그 '느낌은 마르지 않을 것'이라고 한 것은 앞으로도 느낌의 오기를 포기하지 않겠다는 시적 도전으로 받아들여야 한다. 이를테면 다음과 같은 시가 그 도전 의지를 독자들에게 약속하는 사례가 될 것이다. 미리 말하지만, 다음 시에서 임지은은 '지루한 생각'을 담고 있는 "컵에 고인 세계를 엎지"름으로써 마르지 않는 느낌의 세계를 구축할 수 있다는 것을 강조한다. 그럴 때 그 느낌의 세계는 "안이 곧 밖이 될" 세계이자 "나는 너의 미래가 될" 세계가 될 수 있다. 그것이 '끝'이 오기된 '꽃'의 세계이자 '지루한 생각'을 뛰어나가 시작되는 '첫 문장'이 될 것이다. 그렇게 임지은의 시는 '지루한 생각'을 '엎지른' 세계 속으로 미끄러져 간다.

안이 곧 밖이 될 거야
도착은 이미 흘러나왔다
나는 너의 미래가 될 거야

우리는 기울어진 의자에 걸터앉아
쓱쓱 맛있게 시간을 비벼 먹는다
아이가 컵에 고인 세계를 엎지른다

—「미래의 식탁」 부분

나로부터 자신이 되는 일

—노향림 시집, 『푸른 편지』

젊은 시인들의 시에서는 기발한 감각을 찾아 읽게 되고, 중견 시인의 시집을 읽는 동안에는 오랜 응시 끝에 도달한 깨달음의 깊이에 탄복하곤 한다. 젊은 시인들은 또 세계를 돌파해 버리겠다는 각오로 언어를 날카롭게 전진 배치하는 즐거움이 있고, 중견 시인들은 삶의 윤리가 얼마나 유연하고 가변적인지를 보여 주기 위해 시어를 폭넓게 운용하는 저력이 있다. 이렇게 세대론의 관점에서 어떤 현상을 가름하는 일이 딱딱 맞아떨어지는 듯싶으면서도 한 호흡을 건너고 나면 죄책감 같은 것이 아주 안 생기는 것은 아니다. 그럼에도 젊은 시인과 중견 시인으로 경계를 나누어 놓는 일은 간단하고, 그 간단함에 비하면 제법 쓸모 있기도 하다. 심지어 도식화하고 단순화하는 일은 아주 명료한 것처럼 보이기도 한다. 그래서 우리의 사유가 군더더기 없이 깔끔하다는 착각에 종종 빠진다. 그 착각에서 벗어나는 일이 쉽지 않다는 것을 잘 안다. 그래서 노향림 시인의 『푸른 편지』를 읽는 동안 나는 착각으로 빠져들고 싶은 자신과 아주 치열하게 싸우지 않으면 안 되었다. 등단 반세기를 목전에 둔 시인의 시집이라는 사실이 강하게 작용한 탓이다. 열두어 편을 읽을 때까지는 버틸 수 있었으나, 결국 나는 착각의 세계에 온몸을 담그고 말았다. 그건 불가피한 일이었다.

2019년 현재, 노향림 시인의 시는 감각되지 않고 발견되지 않는다. 대신 그의 표현을 가져오자면 "어지러이 찍힌/ 저 낯선 짐승의 커다란 발자국들"(「시계는 낙타 울음소리로 운다」)처럼 두렵고 분명하고 단단하다. 그럼에도 그의 시를 우리 시대의 부조浮彫로 읽기를 먼저 경계하고자 한다. 그의 시는 평균적인 삶 이상은 한 번도 거들떠본 적 없는 사람의 표정 같아서 정면보다는 측면이 더 어울림직하고, 어떤 잔상殘像처럼 처음에는 흐릿했다가 시간이 흐를수록 명징해지면서 비로소 '나는 누구인가'라는 질문을 불쑥 던져 놓기 때문이다. 그런 까닭에 그의 시를 읽는 일은 부조된 시어를 해석하고 문장을 감각하는 것에 그쳐서는 곤란하다. 그가 "나는 다시 깨진 화분을 큰 화분 배후에/ 슬그머니 밀어넣는다"(「면류관을 쓴 선인장」)라고 썼을 때, 그는 모든 것을 다 말해 버린 셈이다. 그의 시는 누군가의 "배후에/ 슬그머니 밀어넣"어진 삶의 파편들이라고. 이를테면 다음과 같은 시에서 그는 서로의 모서리를 잃어버린 파편 조각을 더듬어 복원 불가능한 삶에 도전한다.

제주 바다를 끌어안은 채
겨울 칼바람을 견디며 서 있는 그를 보았다.
이른 봄 채 녹지 않은 눈 속에서도
자홍색 만개한 으름덩굴이 제 어깨를 감싸 안아 줄 때까지
제 몸속 코르크가 큰 혹 덩이로 자라나기까지
혹으로만 숨 쉬는 혹느릅나무,
나는 뿌리 드러난 그의 언 발을 슬며시 만져 보았다.
단단하기만 했다.
무엇을 위해 그는 제 몸속 감옥을
저처럼 견디고 있는 것일까.
노란 무늬 잎이 새로 돋아날 때쯤
싱싱한 생각들을 밤새 켜 놓고

제 몸속에 불꽃 환하게 피울 날 올 거라는 믿음 하나로
그는 혹을 키우며 서 있을 거다.
아니, 날아다니고 있을 거다.
그런 그를 보기 위해 밤이면 꿈속처럼
나는 제주 바닷가 하늘을 날아다녔다.

—「느릅나무를 숨 쉬다」 전문

개인적인 버릇일 수도 있지만, 나는 시를 읽을 때 what과 why 두 가지를 먼저 살핀다. 무엇을 이야기하고 있는가. 왜 그것을 이야기하는가. 그러나 두 질문의 출처는 내가 아니라 시이다. 시가 나에게 자신은 누구인지 그리고 왜 존재하는지를 묻는다. 따라서 시를 읽는 일은 시가 나에게 요구하는 두 물음에 대한 해명 과정이고, 때로는 어쩔 수 없는 변명으로 장황해지는 일이기도 하다. 내 기준에 시는 자기 존재의 근거를 스스로 탐색하는 힘이 있어야 하는데, 그 탐색의 기원이 시인이라는 점에서 결국 나는 시인의 자기 존재에 관한 물음에 답해야 하는 이상한 상황에 놓이는 것이다. 그럼에도 나는 시가 묻고 독자가 답하는 상황보다 더 절박하고 간절한 순간을 알지 못한다. 시는 그런 순간에 태어나고 그런 순간을 위해 자신을 폭로한다. 독자는 시가 폭로되는 순간의 유일한 목격자이며, 그러므로 충분히 증언자이기도 하다.

그런 의미에서 "혹으로만 숨 쉬는 혹느릅나무"는 노향림 시인의 시론처럼 읽힌다. 애초에 "혹"이 없었을 테지만, 어쩐 일인지 느릅나무는 "제 몸속 코르크가 큰 혹 덩이"를 품게 되었고, 그것을 시인은 느릅나무가 보여주고자 하는 질문의 하나로 받아들인다. "무엇을 위해 그는 제 몸속 감옥을/ 저처럼 견디고 있는 것일까"는 시인의 질문이라기보다 '무엇을 위해 나는 내 몸속 감옥을/ 이처럼 견디고 있는 것일까'라는 시인 혹은 느릅나무의 고백에 더 가깝다. 계속되는 시행은 이 물음에 대한 시인의 답이겠다. 그러나 세상일에 정해진 답이 존재하기 힘들 듯, 이 시가 던지는 질문에 노향림

시인의 해명은 명확하지 않다. 질문의 절박성만큼이나 답해야 하는 강박이 심하게 드러난다. "그는 혹을 키우며 서 있을 거다./ 아니, 날아다니고 있을 거다"에서 "아니"의 급박함을 상상해 보자. 일차적으로 뭔가를 해명한 후 곧장 그 해명을 부정해야 할 때, 저 '아니'는 단호할 수밖에 없다. 그러나 이 시에서 '아니'는 진술을 부정하기 위한 것이라기보다는 '아니'를 중심으로 전후의 진술이 모두 진실일 수 있다는 사태를 불러온다. 던져진 시적 질문에 대한 시인의 답변이 이처럼 증폭될 수 있는 것은 오롯이 질문의 힘이다.

이제 시인은 시가 던지는 질문의 덫에서 헤매는 가련한 존재임을 인정할 수밖에 없다. 노향림 시인은 그 사실을 누구보다 잘 알고 있는 듯하다. 시집『푸른 편지』를 여는 첫 시「도원에 이르는 길」에서 "당신은 밤하늘을 날아 내 마음 몇 바퀴 돌아도 도원에 이르는 길 찾지 못할 겁니다"에서 그 기미를 감지할 수 있다. 위험을 무릅쓰고, 이 시구를 단순화시켜 '당신=질문', '내 마음=해명'으로 대치시켜 보자. 어떤 질문도 나의 해명을 통해서는 궁극의 진리에 이를 수 없다는 명제를 읽어 낼 수 있다. 그리고 이 명제의 본질이 '나'라고 인식되는 주체의 불완전성에 닿아 있고, 그렇기 때문에 누구도 세계가 던지는 질문 앞에 '아니'라는 절박하고 간절한 자기부정의 자세를 갖추어야 한다는 것을 깨우쳐 준다. 이는 등단 50주기를 앞둔 시인에게서 기대하는 것치고는 맥 빠지는 일일 수도 있겠다. 그러나 너무 단순해서 가끔은 무시해 버리고 싶어지는 이러한 진리가 실제로는 한 번도 무시된 적 없다는 것 또한 분명하게 알아 둘 필요가 있다. 가령, 다음과 같은 시를 보라. 인간이 인간으로 존재하는 한, 그리고 인간이 스스로 인간임을 인식하는 한, 신은 가장 단순한 진리 앞에 현현顯現될 준비를 한다. 노향림 시인은 이 극적인 순간을 포착해 내는 데 탁월하다.

세상에서 가장 키가 작다는 사내,
콜롬비아 보고타에 사는 이 난쟁이는
일 미터도 안된 68.58센티 키로

기네스북에 등재되어 있다.
어느 날 자신보다 더 작은 키 54.6센티가
네팔의 한 작은 시골 마을에 산다는
소식에 그는 크게 실망했다. 그러곤 날마다
길가에 앉아 있는 앉은뱅이꽃만큼
자신의 키를 조금만 더 줄여 달라고 신에게 기도했다.
그러나 네팔의 찬드라 바라두르 단기가
끝내 기네스북에 올랐을 때
그가 72세라는 걸 알았을 때
자기보다 더 오래 살도록 기도해 주기로 마음먹었다.
노을 속에 선 채 목소리는 반딧불이만 하고
말없음표인 양 키가 줄어졌다 해도 그의 간절한 마음이
하늘에 닿았는지 갑자기 하늘에서 뇌우가
어떤 목통보다 강하게 찌렁찌렁 노래했다.
그의 해맑은 기도 소리가
그렇게 나에게도 감청監聽되었다.

—「세상에서 가장 작은 이야기」 전문

어떤 백과사전을 들여다보아도 나는 '기도'보다 오래된 인간 형식을 발견할 수 없었다. 물론 이때의 기도가 종교적인 차원에 국한되는 것은 아니다. 모든 기도는 종교 이전에 존재론적이다. 하나의 생명이 탄생하여 처음으로 이 세상에 첫 숨을 토해 낼 때, 그 미미하기만 한 몸 안의 온기와 공기와 생기는 그 자체로 하나의 기도가 된다. 위 시의 제목을 가져와 쓰자면, 기도는 "세상에서 가장 작은 이야기"인 것이다. "세상에서 가장 키가 작다는 사내"가 바라는 것은 "조금만 더" 작아지는 것. 이렇게 작아지는 것에 관한 이야기를 품고 있는 이 시는 '조금만 더'라는 인간의 동물적 욕망을 결국은 원초적 인간성으로 전환해 내는 저력을 보여 준다. 따라서 "자기보다 더 오래 살도록 기도"하는 행위는 '조금만 더'라는 동물적 맹목성의 윤리적 버전이다. 이러한 전환의 힘은 "더"에 있다. '더'를 위해 인간은 기도하고 신은 '더'에 응답한다. '더'에는 다른 어떤 표현보다 간절한 인간의 통렬함이 담겨 있기 때문이다.

노향림 시집『푸른 편지』에는 이러한 '더'의 기도들이 곳곳에서 발견된다. "성공해서 내려오라며 차창 너머 손 흔들던/ 부모님 모습이 출렁이는 돛폭처럼 부풀어 와/ 나는 서울역 광장 시계탑 아래 혼자 오래 서 있었네"(「하와이」), "숯보다 짙은 그늘이 고여 있는 눈은/ 외로운 가을 하늘인 듯 맑고 차갑다"(「먼 누란은 포구에 있다」), "지금도 엄니, 하고 부르면 그 바다엔/ 제 살점 다 내주고 가시가 되어 헤엄치는/ 푸른 싱싱한 벵에가 쫓아 나온다"(「어머니의 바다엔 병어만 산다」), "누군가 내 첫 시집을 반송해 돌려보냈다./ 겉장 양 날개가 다 닳아 없어진 채/ 가는 발목에 하늘을 끌고 오느라/ 까맣게 숯이 되어 돌아왔다"(「돌아온 첫 시집」) 같은 시구들은 노향림 시인만이 고백할 수 있는 '더'의 기도문이다. 인간이 감추고 있는 가장 깊고 어두운 심연마저 활짝 열어 주는 이러한 시구들이 기도가 아니면 무엇이란 말인가. 나는 인간이 신 앞에 보여 줄 수 있는 유일한 아름다움이란 인간적 윤리를 실현하는 일이라고 생각한다. 그리고 인간적 윤리의 지극한 경지는 다른 사람들을 자기 심연으로 초대하는 일이다. 우리가 '더'의 기도문에서 읽어 내야 하는 것은 노향림 시인이 독자들을 초대하고 있는 그 심연의 풍경이다.

우릴 먼 데서 온 외계인처럼 쳐다보지 마세요.
그저 좀 작은 몸으로 태어난 사람일 뿐입니다.
'난장이가 쏘아 올린 작은 공'에서 태어났으니
우리를 난쏘공이라 불러요.
불시착한 행성처럼 등에 혹이 매달려 있지만
천연기념물인 듯 우릴 신기하게 쳐다보지 마세요.
삶의 궤적에 따라 몇 생을 건너뛰어

당신들의 후생일 수도 있어요.

—「난쏘공 부부」 부분

우리는 모두 작게 태어난다. 그런데 이 시에는 우리의 작음보다 "그저 좀 작은 몸으로 태어난 사람"들이 있다. 그들은 스스로 "우리를 난쏘공이라 불러" 달라고 요구하지만, 우리는 그들을 "천연기념물인 듯" "신기하게 쳐다" 볼 뿐이다. 여기까지는 우리가 익숙하게 알고 있는 서사 패턴이다. 노향림 시인은 여기서 조금 '더' 나아간다. "그저 좀 작은 몸"이 "당신들의 후생일 수도 있"다는 것. 이 진술을 예언이라고 해야 좋을지, 경고라고 해야 마땅할지는 모르겠지만, 이 시행이 난쏘공 부부가 좀처럼 내보이지 않는 심연의 풍경일 거라는 짐작이 틀린 것만은 아닐 것이다. 이때의 심연은 충분히 니체적이다. 니체가 『짜라투스트라는 이렇게 말했다』에서 인간은 심연 위에 걸려 있는 위태로운 밧줄 위를 걸어가는 존재라고 한 것과 이 시에서 "삶의 궤적에 따라 몇 생을 건너뛰"는 일은 겹친다. 니체가 불안한 밧줄 위에서 위버멘쉬를 향해 묵묵히 걸어가는 인간의 여정을 이야기했다면, 이 시는 인간이 윤회를 통해 도달할 수도 있는 다른 존재로의 가능성을 열어 두고 있다는 점에서 그렇다. 따라서 인간 심연의 풍경을 읽어 내는 일은 인간적인 윤리에 가장 근접하는 일이 될 것이다. 그런 점에서 노향림 시인의 시는 그 윤리로부터 울려 나오는 기도의 형식과 부합한다.

유성호 평론가가 해설에서 "존재론적 원적"을 이야기한 것도 노향림 시인의 시가 인간 심연의 윤리적 풍경으로 가득 차 있는 것을 말한 것이다. 인간의 기원을 거듭 따져 묻다 보면, 인간을 최초의 인간으로 탄생시킨 윤리의 돌연변이적 우연을 발견하게 되는데, 그 우연의 장면을 유전해 오고 있는 곳이 인간의 심연이다. 노향림 시인이 기도의 형식으로 발화를 하는 것은 심연의 질서에 순응하는 일이고, 그럼으로써 그는 자신의 기도에 대한 자기 응답에 도달할 수 있다. "단 한 사람의 숨은 독자는 바로 그 시를 쓴/ 시인 자신인걸요"(「단 한 사람의 숨은 독자를 위하여」)라고 말할 때, 그리고

"제 얼굴 되비춰 보던 가지들/ 이따금 진저리치듯 쏴아 몸을 흔든다"(「절두산 근방에서」)라고 적을 때, 노향림 시인은 자기 심연의 풍경을 들여다보는 중이다. 자기를 자기의 심연으로 초대함으로써 노향림 시인은 마침내 자기를 폭로한다. 그의 시집 『푸른 편지』는 이렇게 폭로된 심연의 풍경들이다. 이러한 풍경들이 우리가 젊은 시인과 중견 시인을 지나 만나는 등단 반세기를 앞둔 시인에게서 기대하는 것 가운데 하나라고 하면 너무 소박한가? 설사 소박하다 할지라도 거기에는 시의 외줄을 건너느라 일생을 집중해 온 푸른 영혼이 있다는 것을 잊지 않았으면 좋겠다.

불가역적인 사랑과 '이녁'이라는 운명

—김효선 시집, 『어느 악기의 고백』

"책에서 배운 사랑은"(「골목이 없다면」) "지리하고 멸렬한 전생을 반복하"(「종묘제례악」)는 일이라고 부추기는 시집이 있다. 그 시집은 "사랑이라고 말하는 사람들에게"(「서서 울어야 할 때가 온다면」) "벚꽃 핀 길에서 영원히 돌아오지 않을 처음처럼"(「외출」) "사랑은 이미 지나간 것 지나간 것"(「너는 팥배나무 위에 종다리를 앉혀 놓고」)이라고 말하기도 한다. 김효선 시집 『어느 악기의 고백』 얘기다. 이 시집을 읽는 일은 "너무 오래 사랑한 죄"(「몽상, 애월에서」)에 대한 고백록을 읽는 일처럼 아리고 캄캄하다. 시집을 관통하는 어떤 아픔이 "내가 나를 버릴까 봐"(「여자 47호」) "가슴 밑바닥에서 오래오래 뒤척였을"(「내 마음의 몬순을 지나」) "인人이 박혀 버린 시간"(「시다모 내추럴」) 속으로 우리를 이끌기 때문이다. 그러니까 이 시집은 '사랑'에 관한 반성이자 '사람'을 향한 그리움의 고백과 같으며, 그래서 시인이 "오래오래 사랑할 테다"(「애인」)라고 다짐하는 순간의 결연한 표정을 보게 한다.

김효선의 시에서처럼 사랑과 사람의 일은 오랫동안 우리 시의 윤리였다. 사랑이 윤리의 최고선이었다면 사람은 최저선에서 우리 시의 윤리가 되어 왔다. 시대에 따라 사랑과 사람의 윤리는 근거리에서 밀착하기도 했고, 또 어느 순간에는 두 윤리 주체가 극단으로 고립되기도 했다. 기억할지 모르겠지만, 지난 세기에 우리 시는 사랑과 사람에 관한 담론으로 치열했었다. 사랑을 우위에 놓았던 쪽도, 사람을 우위에 놓았던 쪽도 각자의 방법으로 윤리의 정점에 서고자 했었고, 그러한 경쟁은 흥미롭게도 우리 시의 윤리가 삶의 총체성을 충분하게 재현해 낼 수 있게 했다. 이를테면 사랑의 일도 사람의 일도 모두 삶이라고 하는 '현장'을 반짝이게 한 것이다. 분명 그랬다……. 지난 세기의 일이기는 하지만. 그러나 지금 우리 시는, 동의하지 않을 사람도 분명 어딘가에는 있겠지만, 사랑과 사람의 현장에서 이탈하고자 한다. 사랑도 놓치고 사람도 잃어버리면서 시는, 김효선 시인의 말을 잠깐 가져오자면, "흰 절벽 끝에 한 발로 서 있는"(「물 밖에서 가정하다」) 형국이 되었다.

이 밑도 끝도 없이 막막한 상황에서 우리 시대의 시인들은 시를 쓴다. 김효선 시인도 그렇다. 그의 시는 "절벽에 핀 나리꽃은 얼마나 아찔한 목소리인지"(「바다유리심장」)를 누구보다 분명하고 인상 깊게 적어 내려간다. 약간의 과장을 무릅쓰고 말해 본다면, 김효선 시인은 '절벽의 시학'을 자신의 시적 윤리로 삼고 있는 것 같다. 가령 이런 시가 그렇다.

밤의 바다를 지난다
만선의 꿈을 실은 집어등의 불빛과
우후죽순 자라나는 해안의 가게들
없던 알레르기가 생겨나고
늙는 게 지루해서 등만 내미는 등대

마지막이라는 말을 꺼내기 위해
긴 밤의 바다를 지날 때
보드랍던 눈썹 하나 눈동자에 떨어져
바늘보다 더 날카로운 혀를 뱉어 내고

나이테가 있어야 나무가 자랄 수 있다면
풀은 마디마디 어제의 기분을 저장해 놓고
숲에서 잃어버린 사람을 봄에 마주친다고 해도
밤의 바다는 숲으로 가는 길을 묻지 않는다

해무가 세상의 전부일 때도 있는 것처럼

—「각자도생」 전문

절벽에서라면 우리의 삶은 "바늘보다 더 날카로운 혀"를 가질 수 있을 것이다. 어쩌면 그 혀는 "마지막이라는 말을 꺼내기 위해" 자기를 날카롭게 벼려 놓았을 것이고, "기꺼이 죽음을 마"(「마가리타」)실 준비가 되어 있을 것이다. 절벽에서 죽음을 그려 내는 상상력은 익숙한 편이지만, 김효선 시인이 "세상의 전부"를 마지막 패처럼 꺼내 놓을 때, 절벽과 죽음의 상상력은 조금 다른 방식으로 극적인 효과를 만들어 낸다. 이를테면 김효선은 절벽을 통해 허무도 아니고 무상도 아닌 격정과 격절이 충돌하는 현장을 상상해 낸다. 그리하여 정말로 절벽과 마주한 우리가 한 치 앞도 예측할 수 없는 "해무가 세상의 전부일 때" '각자도생'의 길을 가도록 이끈다. 각자도생의 여정을 앞두고 우리는 "가장 힘든 순간에 무너지지 않으려고 숨을 참는"(「올라갈까요 찌르르」) 법을 배웠고, 그러한 견딤의 미학으로 우리는 "심장이 고장 나 그르렁거려도"(「해골 해안」), "심장에 바늘을 꽂은 채/ 내리는 비 쪽으로 쏠리는 어깨"(「분홍바늘꽃」) 위로 "생의 가장자리만을 골라 후드득 떨어지는/ 불운의 물방울들"(「매일매일의 숲」)을 맞으면서도 끝내는 "조금만 더 살아 보자 살아 보자"(「여자 47호」)고 다짐할 수 있게 되었다.

이렇게 김효선 시인은 죽음의 언저리에서 외줄을 타는 것처럼 아슬아슬하게 자기를, 그리고 시를 견뎌 내는 중이다. 물론 우리는 김효선 시인의 삶과 시를 지탱하는 보이지 않는 힘의 실체를 어렴풋이 눈치챘다. 김효선 시인이 '사람'과 '사랑'의 본질적 대상으로 조심스럽게 꺼내 놓은 '이녁'이 그것이다. 2인칭으로 불리는 이 말이 특별히 중요한 것은 그 말이 1인칭의 둘레를 이루는 데 있다. '이녁'은 언제나 '나'의 발화를 통해 존재할 수 있으며, '이녁'을 통해 '나' 또한 자신을 향한 믿음의 강렬함을 확인할 수 있다. 그리하여 절벽에 발을 딛고 서 있는 '나'에게 "이녁, 이녁이라는 환한 등"(「이녁이라는 말」)은 죽음의 둘레를 밝히는 위성적 존재가 된다. 시집 『어느 악기의 고백』에서 '나-이녁'의 구도는 '나-당신', '나-너' 등으로 변주되면서 '죽음-삶'의 긴장을 만드는데, 우리가 김효선의 시에서 충돌하는 두 힘의 운명적 조우를 목격하는 경우가 많은 것도 '이녁'의 존재 때문이다. 그럴 때 "너는 가장 멀리서/ 나를 살게 하는 101가지 방법 중에/ 101번째 오늘"(「오늘의 운석」)이 될 수 있다.

이것이 절벽 위에 아슬아슬하게 서서 자신을 둘러싼 2인칭의 무수한 대상들을 하나하나 호명하는 이유다. 김효선 시인이 "우주보다 더 먼 곳에서 나를 기다리는 한 사람"(「세모의 세계」)을 호명하는 일은 '나-이녁'의 구도 속에서 '우리'의 연대를 거듭 확인하는 일이기도 하다. 그것은 "우리는 서로에게 상처 주기 위해 태어난 사주"(「우리 작약할래요?」)여서 "근친의 힘은 비참한 죽음에 있"(「폴터가이스트」)고, 그래서 '우리'는 "너는 동쪽으로 나는 서쪽으로 질문도 없이// 오늘만 살기로 한 시한부"(「서로의 미륵을 부르다」)에 불과하다는 사실을 인정하는 일이다. 동시에 '이녁'이야말로 "어디를 가도 쫓아오는 전생의 후예"(「결혼」)임을 간파하는 일이다. 그럼에도 '이녁'은 '나'의 둘레에 머물 수밖에 없다는 사실을 김효선 시인은 잘 안다. 그것이 절벽을 마주한 자의 운명이라고 말해 버리는 일은 손쉬운 일이지만, 어쩐지 운명이라는 말로는 가두어 둘 수 없는 것들이 있을 것도 같다. '나'의 온 존재와 '너'의 온 존재가 서로를 간절하게 호명했을 때, 거기에는 두 온 존재의 총합을 넘어서는 '잉여의 세계'가 발생하게 되고, 그럴 때 그 세계는 운명으로도 어찌할 수 없는 법이다. 운명 속에 포섭되지 않는 어찌할 수 없는 것, 김효선 시인은 그것이야말로 다시 '사랑'이 아닐까 생각한다.

지문을 찍고 나면
서쪽 심장을 내준 것 같아
지문 인식기를 통과할 때마다
누군가 대신 거기 서 있다

운명의 절반을 껴안아 무너져 버린 부위

먼발치에 서서 무른 사과를 먹는 사자처럼
나무 위에서 새끼를 떨어뜨리는 독사처럼
서쪽에서 태어난 몽고반점은
간절하다가도 독기가 차올라 숨이 멎는다

굴러갔는데 굴러오지 않는 대답
구름도 숨어 버린 하늘에
누가 엎드려 울다 간 흔적일까
강물에 두 손을 모으고 오래 물을 흘려보냈다

무엇으로 서쪽을 닦아 내 지문을 지울 것인가
가만히

찔레꽃이 핀다 슬개골이 아프다

—「사랑하는 서쪽」 전문

지금까지 김효선 시집 『어느 악기의 고백』을 차근차근 읽어 왔다면, 이 시에서 "운명의 절반을 껴안아 무너져 버린 부위"가 '절벽'을 의미한다는 것쯤을 어렵지 않게 파악할 수 있다. 이 절벽에 나 "대신 거기 서 있"는 누군가 있는데, 그는 "운명의 절반을 껴안"고 있는 나를 '대신'하는 존재로 읽힌다. 나는 그에게 "서쪽 심장을 내"주었고, "지문 인식"이라는 존재 증명의 현장을 함께한다. 그럴 때 그 "누군가"가 '이녁'이 될 거라는 생각으로 자연스럽게 이어진다. 이렇게 김효선의 시에는 나의 둘레를 이루는 무수한 이녁들이 있고, 나와 이녁은 절벽의 서로 다른 쪽을 이루면서 절반씩의 운명을 서로에게 기대어 놓고 있다는 사실을 강조한다. 이것이 김효선 시인이 말해 주고 싶은 사랑의 현장이다. 우리가 짊어지고 가는 운명 가운데 절반은 '나'의 것이고, 나머지 절반은 '이녁'의 것이어서, 사랑은 내 안에 들어와 있는 이녁의 운명을 혹은 이녁에게 있는 나의 운명을 발견하고 서로 맞추어 보는 일이라는 것. 그런 의미에서 "찔레꽃"과 "슬개골"도 절반씩의 운명을 "핀다"와 "아프다"에 걸쳐 놓은 하나의 절벽이 되어야 한다. 따라서 김효선이 시집『어느 악기의 고백』을 통해 말하고 싶은 것을 이렇게 받아들여도 될 듯하다. 살아가면서 "누군가의 생을 대신 살고 있는 기분이 든다"(「매일매일의 숲」)면, 비로소 우리는 진정한 사랑의 순간을 지나가는 중이라는 것을. 그 사랑이 하나의 절벽이 되어 나와 이녁을 되돌릴 수 없는 운명으로, 불가역적인 만남으로 이끌어 가는 중이라는 것을.

내밀한 고통의 가장 환한 증거들

—이잠 시집, 『늦게 오는 사람』

이잠 시인의 시집 『늦게 오는 사람』에서 나는 특별히 「끝없는」이라는 시를 좋아하게 되었다. 단숨에 좋아하게 된 것은 아니고 읽고 또 읽으면서 차츰, 스미듯, 좋아하게 되었다는 뜻이다. "자국도 남지 않은 슬픔" 같은 시행이 우선 좋았다. 곧이어 "환청 같은 푸른 밤길"의 모호한 감각을 눈여겨보았고, 마침내 시행 "세상 모든 것들과 작별하고 고립했다"에서 나는 다 알아 버렸다. 아니, 알아 버렸다는 느낌을 받았다. 작별과 고립의 서사가 이번 시집의 전체라는 걸.

이렇게만 이야기하면 이잠 시인의 시를 단순하게 여기는 감이 있다. 작별의 형태와 고립의 모양으로 싹둑 재단했다는 찜찜함이 남는다. 시가 그렇게 허술한 예술이 아니란 걸 알기 때문에 한 번 더 읽기로 했고, 읽었고, 발견했다. 그의 시가 "잡을 수도 없고 되풀이될 수도 없"는 순간에 머물러 있다는 것. 이잠 시인이 세르게이 예세닌의 시구를 가져와 말하고 싶었던 건, 그러나, 그게 전부였을까? 나는 아니라고 본다. 그래서 일부러 예세닌의 「푸른 밤」을 찾아 읽었고, 거기에서 "푸른 밤, 달밤에/ 나도 한때는 예쁘고 젊었네"라는 도입부를 만났다. 그리고 최종적으로 결론 내렸다. 시집

『늦게 오는 사람』은 '한때'의 이야기라는 것. 이제는 그 '한때'와 작별하고자 하며, 그렇게 '한때'로부터 고립하고자 한다는 것.

그렇다면 왜 이잠 시인은 '예쁘고 젊었'던 '한때'로부터 작별하고자 할까? 그의 시는 이 물음에 대한 답처럼 여겨지지만, 시인의 화법은 언제나 모호할 수밖에 없다는 걸 안다. 그 모호함을 걷어 내려는 악착같은 시도가 시 읽기라는 것도 안다. 그러함에도 이잠 시인이 그 '한때'와 작별하고 난 기분을 짐작하지 못하는 바 아니다. 작별과 고립을 선택함으로써 그는 "비로소 풀려나 아무 것도 아닌 영원"(「조막단지」)에 이르지 않았을까?

거울이 사라졌다
거울이 사라진 거울을 들여다본다
거울 속에는 분명 오래전부터 내가 있었는데
가장 오래된 얼굴이 생각나지 않는다
사라진 거울 앞에 서 있는 시간이 길어졌다
언젠가 내 손바닥으로 쓸어 지운 눈 코 입
치 떨며 제 입으로 파먹은 환멸의 얼굴
어쩌면 거울이 사라지기 이전부터 얼굴은 없었는지 모른다
벽에서 관절 꺾는 소리가 들려왔다
사과저녁나방이 무음으로 날아와
사라진 거울 속으로 사라졌다
거울이 사라진 거울은 침묵하고 있었다
사라진 사과저녁나방의 얼굴
사라진 가장 오래된 얼굴이
침묵의 소용돌이에서 나를 응시했다

—「사라진 얼굴」 전문

알려진 것처럼, '거울'은 자기 존재를 확인할 수 있는 매체다. 그렇다

면 그 거울을 바라보는 '행위'를 무어라고 부를 수 있을까? 어쩌면 미러링 mirroring이라는 말이 도움이 될지 모르겠다. 미러링은 정보통신 분야에서 특정한 위치에 있는 기기의 데이터나 화면 등을 동시에 다른 기기에 복제하여 데이터를 보호하거나 성능을 향상하며 사용자 활용을 높이는 기법이다. 이 용어가 심리학에 오면 '한 사람이 다른 사람의 제스처, 말투 또는 태도를 무의식적으로 모방하는 행동'으로 개념이 재구성된다. 미러링적 측면에서 보면, 우리가 거울을 보는 행위는 우리 존재를 재구성하려는 시도이며, 이런 시도를 통해 자기 존재의 근원에 한 걸음 다가갈 수 있게 된다. 이 시에서는 "거울이 사라졌"고, 그로 인해 "나를 응시"할 수 있게 되었다. 뭐, 이런 이야기를 통해 '한때'와 결별한 시인의 '고립'을 말할 수도 있겠다. 근본적으로 고립은 소외처럼 배제의 이념이 아니기 때문이다. 고립은 자립이나 독자의 길을 걷는 삶의 방식이다. 철저하게 혼자가 됨으로써 비로소 자기를 형성할 수 있다는 점에서 그렇다. 그렇게 본다면 "거울이 사라진 거울"을 '자기가 사라진 자기' 정도로 돌려 읽을 수 있지 않을까? 이렇게 되면 언뜻 자기 상실 같은 말을 떠올리기 쉽다. 하지만 그건 어쩌면 너무 쉬운 독해라는 생각이다. 이잠 시인의 시집을 읽으며 몇 군데 밑줄 그어 놓은 걸 보면 그렇다. "상처들이 무늬가 되기까지 전 생애가 걸리겠지"(「옹이의 끝」), "나와 반짝이는 하루만 살고 국경선 너머 영영 어디 가셨나"(「롱가에바 잣나무」) 같은 구절에서 보이는 '전 생애', '영영'은 이잠 시인의 시가 무엇을 향해 있는지 지시하는 이정표처럼 보인다. 나는 그 이정표가 가리키는 자리에 놓여 있는 것을 어슴푸레 알 것도 같다. 흐릿하고 모호하지만, 그 이정표를 따라가다 보면 "내밀한 고통"(「파묘」)과 마주할 거라는 생각이다.

> 사람들은 내밀한 고통을 꾸리고 살다가 혼자 죽어 간다 고통은 이해받을 수 있는 것이 아니며 뜻밖의 증거물을 남기기도 한다 사람은 사라져도 녹슨 경첩은 남아 한 사람의 고독을 완벽하게 완성해 주었다 누구에게도 이해받지 않기 위하여 무덤 안에서 무덤 밖에서 아무

도 모르게 견디는 무딘 시간이 있었고 죽어서도 이사해야 하는 수고로움이 남아 있었다

—「파묘」 부분

흔히 '전 생애'나 '영영'의 시간을 무한에 가깝게 생각하는 사람이 있다. 일상에서 이런 표현은 사실 그렇게 사용된다. 그러나 '전 생애'란 유한하고, 유한한 인간이 말할 수 있는 '영영'이라는 시간도 유한의 범위를 벗어날 수 없다. 우리는 이것을 인생이라고 말한다. 인간의 고통은 이런 유한성에서 비롯한다고 숱한 철인哲人들이 말해 왔다. 이잠 시인도 인생은 "내밀한 고통을 꾸리고 살"아가는 일이라고 생각한다. 그리고 시에 따르면, 내밀한 고통의 증거물은 "완벽하게 완성"된 '고독'이다. 그러니까 사는 일은 고독을 완성해 가는 일이 되고, 고독은 내밀한 고통에 뿌리내리고 있다는 것이다. 과연, 그럴 수 있겠다는 생각이다. 이잠 시인의 시집 곳곳에서 그러한 고통의 내밀성을 만날 수 있고, 결국에는 그런 것들로 이루어진 인생의 단면과 그것으로부터 고립되고자 하는 고독의 지향을 만나기 때문이다. "여든일곱 친정 엄마가 작은 상자를 내민다/ …(중략)…// 뚜껑을 열어 보니 밀라노 21 패션 프리 사이즈/ 꽃무늬도 아닌 줄무늬 팬티 석 장"(「주머니, 밀라노 21」)도 어찌 보면 인생의 종착지에 다다른 '친정 엄마'에게는 가장 내밀한 고통의 증거물로 제시된 고독의 상징 같은 게 아닐까? "꽃무늬도 아닌 줄무늬"가 인생의 완성된 고독에 해당하는 것이다. 그 고독은 "떠나고 난 뒤에 남은 저 좁고 컴컴한 마음의 갱도"(「황보광산」)에서 "세상 모든 것들과 작별하고 고립"(「끝없는」)된 채 "진흙 속에 얼굴을 묻고 운 적이 있"(「그라데이션」)다. 이잠 시인은 바로 그것이 인생이라고 말하는 것 같다. 그러나 인생, 그것에 관해 우리는 아는 게 별로 없다. 인생은 형체가 불분명하고, 수시로 모습을 바꾸어 나타난다. 그러므로 사는 일은 '내밀한 고통'의 순간을 "아무도 모르게 견디는 무딘 시간"의 연속이라는 것에 동의할 수밖에 없다. 그것이 인생이다.

내가 물이라면 너는 떼 지어 쫓아오는 검은 물뱀으로 내가 물의 통통 불은 젖통이라면 너는 내 심장에 빨판을 붙이고 찌르르 채혈하는 거머리로 내가 달아나는 암사슴이라면 내 허벅지를 물어뜯는 불곰의 얼음 이빨로 물 위를 날아가는 오색찬란한 물고기로 고요한 못물 속을 유영하는 묵직한 구름으로 나에게 다가왔다.

—「환상 계통」 전문

그렇다. 인용하고 있는 시에서 '너'의 자리에 '인생'을 바꿔 넣으면 사는 일이 왜 "내밀한 고통"에 해당하는지 알게 된다. 인생은 "떼 지어 쫓아오는 검은 물뱀"이기도 하고, "내 심장에 빨판을 붙이고 찌르르 채혈하는 거머리"이면서, "내 허벅지를 물어뜯는 불곰의 얼음 이빨" 같은 것이다. 그러면서도 인생은 때때로 "오색찬란한 물고기로" "묵직한 구름으로" 모습을 바꾼다. 나는 인생에 관해 이만큼 완성도 있는 시적 통찰을 보여 준 작품을 많이 알고 있지 못하다. 그러나 이잠 시인의 시에서라면, 얼마든지 인생의 내밀한 고통과 마주할 수 있다. 그중에서도 나는 "떨리는 가지 끝으로 번지는 가장 환한 그늘"(「그림자 나무」)에서 내밀한 고통을 시적으로 형상화한 꽤 근사한 장면을 보았다. 이 장면은 이잠 시인이 「시인의 말」에서 "느려서 그렇지 오기는 온다./ 가장 환한 얼굴로 나의 사랑, 나의 삶"이라고 말했던 것과 일란성 쌍둥이처럼 닮았다. '가장 환한 그늘'이자 '가장 환한 얼굴'로서의 인생, 그것은 '느려서 그렇지' '떨리는 가지 끝으로 번'질 줄 아는 힘을 가졌다. 이렇게 번져서 마침내 '가장 환한' 정점에서 시인의 고립/고독과 만난다. 이잠 시인의 『늦게 오는 사람』에 실린 시를 읽다 보면 그런 고립과 고독을 향한 내밀한 고통이 환하게 형상화되는 순간과 마주하게 된다. 마치 "캄캄한 저수지를 노 저어 가는/ 지느러미, 지느러미"(「노 저어 가다」)처럼, 이잠 시인의 시는 온몸으로 자기의 고립을 밀고 간다. '한때' 자기였던 자기를, 환하게, 그리고 고독하게.

제4부

절필이 완성되는 법

—안도현의 시적 뒤척임에 관하여

2013년 7월 4일, 시인 안도현은 트위터를 통해 절필을 알렸다. "박근혜가 대통령인 나라에서는 시를 단 한 편도 쓰지 않고 발표하지 않겠다. 맹세한다. 나 같은 시인 하나 시 안 써도 그녀가 행복했으면 좋겠다. 다만 오래가지 못할 것이다." 선언처럼, 안도현은 시 쓰기를 그만두었고, 박근혜 대통령은 행복했는지 어땠는지는 모르지만, 오래가지는 못했다. 그리고 2017년 5월, 안도현은 4년의 절필에서 돌아와 『시인동네』 5월호에 「그릇」과 「뒤척인다」 두 편을 발표했다. 이때는 물론 박근혜가 대통령이 아닌 나라였다.

안도현의 말처럼 "나 같은 시인 하나"쯤 절필한다고 세상이 혁명적으로 바뀌는 것은 아니다. 사람들은 시 쓰는 일쯤은 사적 영역에 해당한다고 여긴다. 시와 사회, 시와 정치, 시와 민족 등을 함께 사유하기에는 21세기의 지적 풍토가 야박해진 탓이다. 그러나 역사적으로 시인의 절필 뒤에는 언제나 정치적 올바름에 관한 시대의 양심이 있었다는 점을 기억해야 한다. 이를테면 절필은 시대의 올바름을 향한 최대의 저항이자 순수한 싸움이었던 셈이다. 절필이 '쓰고 안 쓰고'의 문제가 아니라 '옳고 그름'에 관한 시대적 고민이며, 절필의 시간은 아무것도 하지 않는 무위가 아니라 끊임없이 뭔가를 도

모해 가는 당위의 운동이라는 뜻이다. 절필의 시간에도 시인은 역설적으로 시대를 향한 역사적 운동만큼은 절필할 수 없다는 뜻이다. 옳고 그름은 정해져 있는 게 아니니까. 답을 정하는 순간, 옳음도 그름도 어긋나고 마는 것이니까. 절필은 끝이 아니라 새로운 올바름을 향한 시적/시대적 쓰기의 출발이니까.

이렇게 말하고 나면, 절필이 겨냥하는 대상은 비단 '정치적'인 저항에 국한될 수는 없다. '정치적'이라는 말에는 이미 올바름이라는 시대적 포즈가 규정되어 있다. 알다시피 정치는, 현실 정치와 별개로, 그 본질상 올바름을 향해 나아가는 생물과 같다. 그렇다면 이쯤에서 그 살아 있는 생명에 관해 물어야 한다. 절필이 겨냥하는 대상은 무엇이어야 하는가? 이 물음에 마땅한 답을 나는 이렇게 준비해 두었다. 절필이 겨누는 저항의 저편은 마땅히 비-정치적 세계라는 것. 문제는 무엇이 비-정치적이냐이다. 견해가 분분할 수 있지만, 나는 '그름'의 가능성을 인정하는 것이 비-정치성의 본질이라고 말하고 싶다. 옳음을 향한 정치의 변증법적 모순이 비-정치적, 즉 안티테제라는 뜻이며, 비-정치성이 도모하는 게 궁극에는 새로운 정치성이라는 것이다. 그렇게 본다면 그름의 비-정치성은 올바름의 정치성에 내재한 모순이자 새로운 가능성으로 나아갈 힘의 기원이 될 것이다.

이쯤 되면 안도현의 절필 선언은 나라의 정치 때문이 아니라, 비정치적인 나라 탓이라는 결론이 어색해지지 않는다. 시대의 그름-가능성에 맞서는 데서 절필이 탄생할 수 있다는 뜻이다. 절필은 그름-가능성으로부터 올바름-가능성으로 밀고 가려는 운명적인 선택이었다. 올바름-가능성이란 진실을 향한 여정이다. 동의하다시피 진실의 다른 이름 가운데 하나가 문학사적으로 절필의 형식을 띠었다는 걸 우리는 안다. 따라서 절필과 진실의 상관성에 관해서 길게 말할 필요는 없을 듯하다. 다만 궁금하다면 기욤 뮈소의 소설 『작가들의 비밀스러운 삶』을 읽어 보라. 세계의 진실을 목격해 버린 작가가 선택할 수 있는 일이 절필 말고 무엇이 있을 것인지. 절필을 통해 작가가 지켜내고 싶었던 게 무엇인지 간략하게 말해 보자면, 절필은 침묵이며 침묵은 때로 무엇보다 강한 침투력으로 진실을 향해 나아가는 힘이 있다는 사실이다. 이제 보게 될 시에서 "둘레에 가만 입술을 대 보"는 일이 진실에 접면하는 침묵의 순간이 될 것이다. 그 침묵을 통해 "나는 둘레를 얻었고/ 그릇은 나를 얻"게 되었다. 입술이 말하지 않고 침묵함으로써, 안도현은 '둘레'라는, 절필 이후의 시적 행보를 증언해 줄 세계를 얻게 된 것이다.

1
사기그릇 같은데 백 년은 족히 넘었을 거라는 그릇을 하나 얻었다
국을 담아 밥상에 올릴 수도 없어서
둘레에 가만 입술을 대 보았다

나는 둘레를 얻었고
그릇은 나를 얻었다

2
그릇에는 자잘한 빗금들이 서로 내통하듯 뻗어 있었다
빗금 사이에는 때가 끼어 있었다
빗금의 때가 그릇의 내부를 껴안고 있었다

버릴 수 없는 내 허물이
나라는 그릇이란 걸 알게 되었다
그동안 금이 가 있었는데 나는 멀쩡한 것처럼 행세했다

—「그릇」 전문

이 시는 절필 이후에 발표된 첫 작품이다. 애초의 절필 선언이 시인의 외부, 다시 말해 정치적 그름-가능성에 있었다는 사실을 떠올려 보자. 시간이 흐르면서 제기했던 문제는 표면적으로 해소되었다. 그렇다고 그름-가

능성이 올바름-가능성으로 곧장 전환되었다고 볼 수 있을까? 알 수 없는 일이다. 그름이든 올바름이든 '가능성'은 말 그대로 확정될 수 없는 영역이다. 그런 까닭에 생물로서의 정치적 사태가 전개되는 추이를 계속 지켜볼 수밖에 없다. 하지만 그것과 별개로 절필의 시간은 시인에게 특별한 내적 경험의 순간을 만들어 주었다. 도식적일 수 있겠으나, 4년이라는 절필의 시간을 견디는 시인을 "백 년은 족히 넘었을 거라는 그릇"으로 바꿔 보자. 절필하는 동안 "국을 담아 밥상에 올릴 수도 없"는 일은 "시를 단 한 편도 쓰지 않"는 일에 해당한다. 그리하여 "둘레에 가만 입술을 대 보"는 것처럼, 안도현은 절필의 시간을 오롯이 "나를 얻"는 일로 보낼 수 있었다. 이것이 인용한 시에서 1의 일이다. 이후 2에서는 1에서 얻은 일을 구체적으로 풀어놓는다. "빗금의 때가 그릇의 내부를 껴안고 있"는 일에서 "버릴 수 없는 내 허물이/ 나라는 그릇이란 걸 알게 되"는 에피파니로 이어지는 과정은, 그동안 안도현의 시가 장점으로 삼았던 서정시의 당연한 수순이다. "그동안 금이 가 있었는데 나는 멀쩡한 것처럼 행세했다"라는 자각도 마찬가지다. 안도현의 시가 에피파니적 순간에 도달할 수 있는 것은 그가 매번 자기를 극복해 가는 존재이자 자기 한계에 도전하는 시인의 운명에 충실했다는 걸 입증한다. 그렇지 않았다면 어제 쓴 시의 뒷면에 오늘 새로운 시를 쓸 수는 없을 테니까.

그러나 진짜 중요한 일은 다른 데 있다. 진실을 아는 사람은 그 진실을 지켜 내야 할 책임이 있다. 그리고 책임의 무게는 진실을 감당할 수 있는 자격으로 이어진다. 그름-가능성을 올바름-가능성으로 전환해 내려면 시인 스스로 올바름-가능성을 감당할 수 있어야 한다는 뜻이다. 그렇게 본다면 세상 모든 진실은 그것의 무게를 감당할 수 있는 자에게만 목격되어야 한다. 안도현의 절필 선언은, 그러므로, 진실의 무게를 견뎌 보겠다는 나름의 선언이었다. 따라서 절필의 내면은 훨씬 복잡한 양상을 띨 수밖에 없다. 절필 선언 이후 너는 절필의 자격이 있는가, 라는 메아리가 내면 깊은 곳에서 울리기 때문이다. 그러므로 절필 선언보다는 선언 이후의 내적 울림이 절필의 필연성과 진정성의 담보물이 된다. 안도현이 절필의 시간을 건너 발표한 두 편의 시는 절필 선언 이후 그의 복잡해진 내면세계를 확인할 수 있는 물증이다. 「그릇」을 통해 파악할 수 있는 건 안도현이 목격된 진실 사태로부터 자기 재발견의 경험에 이르고 있다는 점이다. 이 자기 발견의 경험이 올바름-가능성에 대한 책임감의 한 형태인 건 당연하다. 물론 자기 '허물'에 대한 경험적 인식이 절필 선언을 계기로 완성되었다고 보기는 어렵다. 「그릇」에서 "빗금의 때가 그릇의 내부를 껴안고 있"다는 걸 발견하고, 그 의미를 인정하기까지는 첨예한 내적 갈등이 있었을 것이다. 안도현은 그러한 내심의 혼란한 양상을 함께 발표한 「뒤척인다」에서 형상화하였다.

> 뒤척인다 부스럭거린다 구겨지고 있다
> 펼쳐졌다가 돌아눕고 있다 떠돈다 가라앉았다가
> 풀어졌다가 뜨거워지고 있다 눅눅하다 흐르고 있다 깊어진다
> 너 언제까지 이러고 살래, 엄마, 고시랑고시랑하더니
> 운다 서늘하다 짜깁고 있다 수수하다 드러눕는다
> 둘러싼다 쌓인다 다그치고 있다 스멀댄다 기어가고 있다
> 들이마신다 타박거린다 망설인다 쿨럭거린다 쥐어박고
> 있다 헐씨근거린다 올라탄다 몽그작몽그작하더니
> 이 나쁜 년아, 애비 없는 자식이란 말 아니? 이 씨발 년아,
> 미끌거린다 매슥매슥하다 뜨고 있다 추근거리는데
> 콩당콩당한다 띄운다 뜬다 흘러 들어간다 아롱거린다
> 차오르고 있다 켜진다 따돌린다 떼쓰고 만지고
> 다짐받고 투항하고 출랑대는데 싸르륵거린다 내린다
> 망해도 좋아, 날 좀 내버려 둬, 작렬하고 있다 모여든다
> 흩어진다 뿌린다 두드러진다 더듬거린다 쿨럭이다가
> 다물어진다 수런댄다 미끌어지고 있다 갈망한다
>
> —「뒤척인다」 전문

「그릇」이 '그릇'에 입술을 맞추면서 내밀한 자기 사유에 침잠하고 있다면, 「뒤척인다」는 몸의 역동적 움직임을 언어의 날것 그대로 보여 준다. 이 시에 동원되는 뒤척임의 다양한 방식은 절필의 시간을 견디는 시인의 모습을 떠올리게 한다. 시인은 구겨지고, 흐르고, 떼쓰고, 흩어지고, 수런댄다. 일상에서 이런 뒤척임은 하나의 몸짓에 불과하지만, 시인의 뒤척임은 내적 사유의 치열함을 드러내는 증거의 목록이다. 그렇다면 안도현이 뒤척임을 통해 드러내고 싶었던 게 무엇일까? 의도했는지는 알 수 없지만, 이 시는 '뒤척인다'로 시작해 '갈망한다'로 마무리된다. 그러니까 뒤척임의 배후에 갈망하는 심연이 있다는 뜻이다. 안도현은 시 전체에서 뒤척임의 다양한 양상을 보여 준 후, 그것을 한몫으로 움켜쥐는 '갈망한다'로 마무리한다. 의미상으로 보면, 시인의 내면에 '갈망'이 있고, 갈망으로부터 절필을 견디는 다양한 방식들이 형상화된 후, 최종적으로 '뒤척인다'라는 시어가 제출된 것이다. 따라서 「뒤척인다」의 언표는 1행부터 뒤척임의 다양한 양상을 전개하지만, 그 독해는 읽기의 역순으로 이행되어야 한다는 사실을 알 수 있다.

그렇다면 안도현이 갈망하는 건 무엇일까? 「뒤척인다」를 절필을 회수하는 시로 읽는다면, 갈망의 지점을 눈치 못 챌 일은 아니다. 그렇지만 선뜻 말하지 않는 데는 나름의 이유가 있다. 시가 일차방정식 구하듯 딱딱 맞아떨어지는 양식이 아니라는 게 하나의 이유라면, 시인이란 절필 이전에도 절필 중에도 절필 이후에도 시인의 운명에서 놓여날 수 없다는 게 두 번째 이유다. 첫째 이유에 관해서라면 굳이 말하지 않아도 될 듯하다. 다만, 시인의 운명에 관해서는, 특히 절필을 선언하고, 견디고, 회수하는 시인의 운명에 관해서라면 한두 마디쯤 설명을 붙여야 할 듯하다. 안도현은 절필 이후 첫 시집에서 "대체로 무지몽매한 자일수록 시로 무엇을 말하겠다고 팔을 걷어붙"(「시인의 말」)이는 법이라고 말했다. 그러니까, 다른 시인은 모르겠지만, 안도현은 스스로 '무지몽매한 자'로서의 시인이었음을 고백한 것이다. "내가 정작 말할 수 있는 것은 없다는 걸 깨"달았다고 바로 앞에 적어놓은 문장에 따르면 그렇다. 시인의 운명이 이렇듯 '대체로 무지몽매한 자'라면, 시인의 갈망은 마땅히 무지몽매한 자기를 발견하는 데 있을 것이다. 그리고 안도현이 "나무는 그 어떤 감각의 쇄신도 없이 뿌리를 내리지 않는다"라고 「시인의 말」을 마무리한 것으로 미루어, 안도현이 무지몽매로부터 한 걸음쯤 걸어 나왔다는 사실을 알 수 있다.

이렇게 본다면, 안도현의 「그릇」과 「뒤척인다」는 절필의 시간을 오래 침묵하고, 온몸으로 뒤척였던 시인의 자술서처럼 읽힌다. 이 자술서를 통해 안도현은 자기 '쇄신'을 강조한다. 엄마와 시인의 변증법적 대화에서 그 현장을 목격할 수 있다. "너 언제까지 이러고 살래"라는 엄마의 올바름-가능성에 대해 시인은 "이 나쁜 년아, 애비 없는 자식이란 말 아니? 이 씨발 년아"라는 그름-가능성으로 응수한다. 이러한 존재의 뒤척임은 최종적으로 "망해도 좋아, 날 좀 내버려 둬"라는 절필의 방식으로 드러난다. 물론 우리는 이 대화를 잘 설계된 우화로 받아들여야 한다. 그리고 안도현이 온갖 뒤척이는 몸짓들 사이에 이 우화를 삽입해 놓은 뜻을 짐작해야 한다. 그건, 내 생각에는, 인간 존재의 근원에 관한, 시인에게는 시적 근원에 관한 혁명적 재탐색의 뒤척거림처럼 보이기 때문이다.

알다시피 안도현은 절필을 통해 새로운 시적 가능성을 모색했다. 그 모색의 일단이 절필 이후의 시집 『능소화가 피면서 악기를 창가에 걸어둘 수 있게 되었다』에 정리되어 있다. 공교롭게도 이 시집에는 안도현이 오랫동안 몸 부리고 살았던 전주 둘레의 시편과 시인의 존재론적 뿌리인 고향 예천 둘레의 내력이 함께 실려 있다. 이 시집이 나올 무렵, 그는 전주를 떠나 고향으로 돌아갔다. 거처를 옮기는 일도 시인에게는 감각의 쇄신을 도모하는 일이 될 것이다. 그 첫 번째 쇄신은 "나라는 그릇"에 새겨진 "자잘한 빗금들"에 낀 "허물"인 "때"를 수용하는 데서 시작했다. 허물처럼 끼어 있던 삶의 그름-가능성을 인정하고, 그것으로부터 올바름-가능성으로 나아가려는 뒤척거림이 시집 『능소화가 피면서 악기를 창가에 걸어둘 수 있게 되었다』라고 하면 지나친 일일까? 그렇지 않다는 생각이다. 이제 안도현의 시적 입술이 닿는 모든 존재는 새로운 '둘레'를 얻게 될 것이다. 나는 이 둘레야말로 쇄신된 감각이라고 부르고 싶다. 둘레를 통해 존재와 존재가 스미는 모습을 상상해 보라. 이 둘레에서 펼쳐졌다가 돌아눕고 가라앉았다가 풀어졌다가 뜨거워지는 시가 태어날 것이다. 안도현이 써 나갈 둘레의 시에서 나는 올바름-가능성을 자주 만날 수 있기를 기대한다.

서로의 표정이 되는 삶과 시

—이재무의 「즐거운 소란」과 복효근의 『예를 들어 무당거미』

시가 삶의 한 세목을 어떤 식으로든 품고 있다는 믿음을 근거로 말하자면, 우리가 삶에서 느끼는 무게를 고스란히 시의 무게로 환산해 볼 수도 있겠다. 그래서 저울의 눈금을 보고 무거운 시 혹은 가벼운 시로 가려서 말하는 사람도 더러 있다. 그럴 때 시의 무게에 대한 감각은 삶의 감각을 빼닮을 수밖에 없다. 여기서 문제 삼고 싶은 것은 저울의 정체이다. 알다시피 저울은 영(0, zero)을 향해 질주하는 속성이 있다. 어떤 사물이나 사상이 저울을 짓누를 때, 저울은 영을 사수하는 형식으로 무게의 눈금을 드러낸다. 가령 눈금이 지시하는 1킬로그램의 무게는 영을 향하는 저울의 사투에 해당한다. 그래서 무게가 사라지는 순간 저울 눈금은 다시 영의 세계로 환원될 수 있다.

이재무와 복효근의 시를 읽다 보면 저절로 이러한 저울 눈금을 계량해 보게 된다. 알다시피 두 시인은 오랫동안 서정의 윤리를 착실하게 지켜 왔고, 서정이야말로 시가 삶에 취할 수 있는 가장 다정하고 바람직한 태도라는 믿음을 증명해 왔다. 그러나 한편으로 두 시인의 서정은 결이 다른 무늬를 그려 온 것도 사실이다. 나는 그 다름의 기원을 저울의 정체에서 찾았고, 두 시인의 서정이 서로 다른 저울에서 계량되고 있다는 것을 말하고 싶다. 이재무 시인이 삶의 저울에 시를 올려놓았다면, 복효근 시인은 시의 저울에 삶을 내려놓고 있다는 것이다. 이 다름에서 두 시인의 서정이 분기되는 것 같다.

삶의 저울에 올라선 시들: 이재무 시집『즐거운 소란』

이재무 시인은 1983년에 등단하여 시력 40년을 오롯이 채웠다. 시집『즐거운 소란』은 그간 쌓아 온 시의 내공이 얼마만큼 명징해졌는지 가늠하게 해준다. 시집에는 힘들이지 않고 쓴 시편들로 채워져 있으나, 힘들이지 않게 보이기 위해 얼마나 힘썼는지를 우리는 모르지 않는다. 시의 힘을 빼기 위해 이재무 시인이 전력투구하여 시를 써 왔다는 것을『즐거운 소란』은 그 자체로 증명한다. 아니, 사실은 이재무 시인이 시를 통해 보여 주고자 한 것은 삶의 힘 빼기에 가깝다. 그는 일상이라는 삶에서 인간이 보여 주는 고투의 시간을 누구보다 잘 안다. 어깨를 짓누르는 것들과 마음에 들어앉은 것들의 무게를 버티고 지탱하는 순간들이 우리의 지나온 시절을 이루고 있으며, 우리가 사실은 그러한 무게로 우리의 삶을 혹독하게 밟아 왔다는 것을 이재무 시인은 담담하게 읽어 낸다. 가령 다음과 같은 시에서 무던하지만 솔직한 삶에 관한 담론을 들여다볼 수 있다.

> 아프리카 원주민들은 강을 건널 때 강물에 휩쓸리지 않기 위해 머리 위에 큰 돌을 이고 건넌다. 짐을 진 자는 함부로 고개를 쳐들 수 없다. 고개를 아래로 숙여 자기를 들여다본다.
>
> 삶이 가끔은 잠이었으면 좋겠다는 생각이 들 때가 있다. 첫새벽 악몽에 시달리다가 잠에서 깨어 가슴을 쓸어내리듯 더러는 고달픈 삶에

서 깨어 가슴을 쓸어내리고 싶은 것이다.

—「삶」 전문

"삶"의 자리에 "악몽"을 놓아 보는 일은 그리 어렵지 않다. 인류가 전파해 온 대부분의 잠언은 삶과 악몽의 친연성을 이야기해 왔다. '고해'라는 인생의 별칭도 그중 하나이다. 고달픔 자체는 완벽한 삶의 형상을 이루며, 삶이란 본디 운명의 무게를 견뎌 내는 일에 가깝다. 그러한 의미에서 2연에서 말하는 "고달픈 삶"이란 1연에서 "아프리카 원주민들이" "큰 돌을 이고" 건너야 하는 "강물"의 다른 얼굴이 아닐까? 이재무 시인이 '원주민'을 끌어와 삶의 진경을 보여 주고자 하는 의도는 명확하다. 아무리 인류의 문명과 문화가 찬란한 금자탑을 쌓아 올려도, 그리하여 인류가 두 발로 땅을 딛고 선 존재를 초과하여 수백 층 높이에서 활개를 쳐도, 결국 인간의 근원은 대지에 엎드려 있는 삶에서 한 치도 이탈할 수 없다는 것을 보여 주고 싶었을 것이다.

이렇게 본다면 이 시에서 "큰 돌"이나 "짐을 진" 같은 무게 감각은 삶의 은유일 것이다. 중요한 것은 '돌'이나 '짐'이 그 자체로 '삶'을 대체할 수 있다는 것. 자전적 이야기로 읽히는 「2021년에 쓴 약전」의 마지막 구절이 "평지돌출 우여곡절 파란만장 요철의 시절을 살아오는 동안 두 번의 이혼 위기가 있었고 55킬로 몸무게가 70킬로가 되었다"라면서 무게 감각을 삶과 등가로 묶어 놓음으로써 이재무 시인은 은유로서의 삶을 완성해 낸다. 그 덕분에 "악몽에 시달리다가 잠에서 깨어 가슴을 쓸어내리"는 일이 사실은 일상(삶)에서 한 걸음 물러나 시를 쓰는 일이라는 걸 깨닫게 되었다. 그런 깨달음의 끝에서 시집 『즐거운 소란』은 삶이라는 악몽에 관한 후술後述이라는 나름의 체계를 완성할 수 있었다.

그러나 한편으로 이재무 시인은 "아직 생의 문장은 미완이므로 나는 마침표를 얼른 지"(「그리고 가을이 깊어지면」)워 낼 줄 안다. 이재무 시인에게 미완의 삶은 '거의' 언제나 유년기를 떠올리게 하며, 그 시절에 이미 "생활로서의 시 쓰기"(「시인의 말」)가 시작되었다고 말한다. 그래서일까? 시집 『즐거운 소란』에 실린 시편들은 작정하고 "변성기 소년의 성대"(「즐거운 소란」)를 거쳐 나온 소란한 것들의 즐거움을 보여 준다. 가령 "하늘하늘 첫눈이 내리고 있네/ 순결한 모국어가 송이송이 내리네/ 첫눈/ 입술을 가만히 열어 발음하면/ 마음에 몰래 파문이 일었다 지네"(「다시 첫눈에 대하여」) 같은 구절을 보라. '첫'이라는 발음에서 '순결한 모국어'의 경지를 읽어 낼 수 있는 이유는 삶에 찌든 노회한 자의 목소리가 아니라, '변성기 소년'의 투박하나 진심 어린 '성대'의 떨림을 읽어 냈기 때문이다. 그리하여 "마음에 몰래 파문"을 만드는 소란하고 즐거운 일이 고스란히 시 쓰기의 일이 된다. 세상의 모든 첫사랑이 너무 늦게 발견되는 것처럼, 이재무 시인의 시는 뒤늦게 찾아온 변성기 소년의 몸속에 "두근두근, 살고 있"(「첫사랑」)는 순결한 것들이다. 시력 40년을 채웠지만, 다음 시에서 확인할 수 있는 것처럼, 이재무 시인의 시에는 여전히 "홍안의 소년"이 살고 있다. 그 소년이 온몸으로 피워 낸 "소름 꽃"이 그에게는 시가 아닐까? "내 안에 들어와 살고 있는 자가/ 내 생을 흔들고 있다"(「인연 2」)라고 한 것처럼, 이재무 시인의 몸 안에 들어와 있는 소년의 파문 같은 목소리가 오늘의 시를 토해내고 있다.

어둠이 빠르게 마을의 지붕을 덮어 오던
그해 겨울 늦은 저녁의 하굣길
여학생 하나가 교문을 빠져나오고 있었다.
마음의 솔기가 우두둑 뜯어졌다.
풀밭을 흘러가는 뱀처럼 휘어진 길이
갈지자 걸음을 돌돌 말아 올리고 있었다.
종아리에서 목덜미까지 소름 꽃이 피었다.
한순간 눈빛과 눈빛이 허공에서 만나
섬광처럼 길을 밝히고 가뭇없이 사라졌다.
수면에 닿은 햇살처럼 피부에 스미던 빛

고개 들어 바라본 하늘엔
밤의 상점처럼 하나둘씩 별들이 켜지고
산에서 튀어나온 새 울음과
땅에서 돋아난 적막이 길에 쌓이고 있었다.
말없이 마음의 북 둥둥, 울리며 걷던 십 리 길
그날을 떠나온 지 수 세기
몸속엔 홍안의 소년 두근두근, 살고 있다.

—「첫사랑」 전문

시의 저울에 올라선 삶들: 복효근 시집 『예를 들어 무당거미』

"시는 울면서 웃는 방식"이라고 말할 줄 아는 시인의 시를 읽는 유일한 방법은 "어쩔 수 없다./ 가는 데까지 가"(「시인의 말」) 보는 것이다. 복효근 시인의 『예를 들어 무당거미』는 "왔다 가는 것에 무슨 주석이냐는 듯/ 씨앗도 남기지 않는 결벽"(「능소화가 지는 법」)의 내부로 가득하다. 그 내부에서 "나비는 최선을 다하여 죽어 갔"을 것이고, "꽃은 사력을 다해 껴안았"(「화장」)을 것이다. 여기서 '최선'과 '사력'은 이 시집을 "가는 데까지 가" 보게 하는 두 축으로 기능한다. 가령 "혼자 살다가, 버티다가/ …(중략)…/ 앞집 할머니 콜택시 불러 요양병원으로 떠난다"(「입춘 무렵」)라고 할 때, "혼자 살다가"는 최선의 영역에서, "버티다가"는 사력의 영역에서 '할머니'의 삶을 들여다보게 한다. 그것이 '울면서 웃는' 삶의 본질이다.

매일 아침 지나치던 사내
오늘 아침은 주춤, 주춤 한 걸음씩 떼어 놓으며
반신마비된 몸을 이끌며 다가온다

안 보이던 한 일 년 사이 뇌졸중이 다녀가셨나 보다
휙휙 지나치던 시간을
이제는 일분일초 더듬으며 간다

이나마 얼마나 다행이냐는 듯
이게 어디냐는 듯 미소까지 보이며
춤을 추듯 간다

무너지는 쪽을 다른 한쪽이 추어올리며
주춤

주
춤

막무가내로 아름다운 춤이 있다

—「생이 그대를 속일지라도」 전문

이런 시를 읽고 나면 대개는 삶의 비정함을 먼저 확인하게 되고, 뒤이어 삶의 기이함을 깨닫게 된다. 비정하다는 것은 "매일 아침"으로부터 "오늘 아침"에 이르는 환원 불가능한 시간에서 비롯한다. 돌이킬 수 없다는 사실만으로도 인생은 얼마나 아름다운가! 재생되지 않음으로써 삶은 유일한 원본으로서의 아우라를 확보할 수 있고, 반복되지 않음으로써 삶은 매 순간을 결정적 장면으로 이끈다. 반면 기이함은 "반신마비된 몸을 이끌며" 지나가는 "사내"로부터 끌려 나온다. 환원되지 않는 시간을 향해 "일분일초 더듬"고 있는 인간의 맹목이야말로 우리 인생에서 기이한 장면에 해당할 것이다. 삶의 기이함을 증명하는 장면은 또 있다. "휙휙 지나치던 시간"이 그것이다. 이제 사내 앞에서 시간은 질주할 수 없다. 사내는 질주의 시간과 더듬는 시간 사이를 통과하는 중이며, 그나마 삶이라는 시간의 궤도에서 이탈하지 않은 것만으로도 "얼마나 다행이냐는 듯" "미소까지 보이"고 있다. 이런 장면에서 복효근 시인의 시가 최선의 삶으로부터 사력의 삶으로 이행해가는 전형을 발견하는 일은 시 읽는 즐거움 가운데 하나일 것이다.

『예를 들어 무당거미』는 그간 복효근 시인이 눈 밝게 짚어 온 근거리의 일상성을 견고하게 유지하고 있지만, 거기에 더해 삶에서 필연적으로 발생하는 변곡점의 둔각과 예각의 기울기를 끌어안는 일에 조금 더 열심을 부린 모습이다. "댓돌 위에 눈부시게 닦아 놓은 남자 흰 고무신 한 켤레// 영감님 쓰러져 신발 한번 신어 보지 못한 몇 년"(「흰 고무신에 대한 소고」) 같은 구절이 둔각의 심연을 일깨워 준다면, "문틈에 끼여 발톱 하나가 빠졌습니다/ 빠진 발톱은 버렸지요/ 빠진 발톱도 나를 버렸고요/ 난 버려졌습니다"(「그러고 보니 우리 처음이네요」)에서는 삶을 찔러 오는 예각의 서늘함을 깨닫게 해 준다. 복효근 시인의 시적 장점은 이렇게 일상의 찰나에서 형성되는 삶의 각도를 눈썰미 있게 분별할 줄 아는 것이고, 그러한 분별을 통해 "막무가내로 아름다운 춤", 다시 말해 살 만한 삶, 살아 봄직한 삶을 향해 시를 밀어 가는 힘에 있다.

앵두가 탐스럽게 익었노라
블루베리가 보랏빛으로 영글어 가고 있노라
백합이 피고
산수국이 피고 있노라 말하지만

집 뒤 대나무밭 대뿌리가 마당 쪽으로 파고들어
여기저기 죽순이 돋는다

내 만약 무슨 일이 있어 한 해만 돌보지 않는다면
앵두고 블루베리고 백합이고

대밭으로 변하고 말 것이니

때로 한눈을 팔고 딴짓을 하고
술 마시고 웃기도 한다만
세상엔 내 과실밭과 꽃밭과 구들장을 파고드는
대뿌리가 천지에 얽혀 있어

내가 수고로이 일하며 살아야 할 이유가 여기에 있다
겨우겨우 그 기록이 나의 시다
그래서 나의 직업은 시가 못 된다

—「나의 직업」 전문

특별하게 이 시에 눈이 가는 이유는 "내 만약"이라는 가정적 상황이 우리가 숱하게 겪어 왔던 쓰라린 현실이기 때문일 것이다. 세상에는 "앵두" "블루베리" "백합" "산수국"처럼 자기를 개방한 채 다가오는 것들도 있지만, "대뿌리"처럼 자기를 은폐한 채 치명적으로 "파고들어" "돋는" 것도 많다. 우리 삶이 둔각이든 예각이든 평정을 잃고 꺾이는 순간에는 어김없이 '대뿌리' 같은 게 모습을 드러내고, 우리는 그러한 것이 삶의 "천지에 얽혀 있"다는 걸 발견하게 된다. 따라서 복효근 시인이 "겨우겨우 그 기록이 나의 시다"라고 말할 때, '겨우겨우'가 사실은 '최선'과 '사력'의 다른 말이라는 걸 모르지 않는다. 복효근 시인의 시 쓰기는, 그런 점에서, 최선의 시 쓰기이자 사력의 시 쓰기다.

이렇듯 시집 『예를 들어 무당거미』에는 "뜨겁게 끓어도 김이 나지 않"는 "매생잇국"(「매생잇국을 먹으며」)처럼, 최선을 다하고 사력을 더해도 겉으로는 쉽게 그것을 간파할 수 없는 삶으로 가득하다. 그런 삶들이 "나 잘 살고 있어요"(「근황」)라든가 "나도 죽는 날까지 살아야겠다"(「어떤 법문」)라고 다짐한다. 하지만 복효근 시인이 "외롭지 말자/ 그립지 말자/ 더더욱 사랑하지는 말자"(「술 깰 무렵」)라고 할 때, 우리는 그것을 '외로워하자/ 그리워하자/ 더더욱 사랑하자'로 읽고 싶어진다. 시는, 어쩔 수 없이, 그런 것이다. "웃는 듯 마는 듯 눈가가 젖"(「두 여자」)는 게 시다. 그리고 그런 것이 바로 우리 삶이다.

'나'라는 감각의 경계에서
—김언의 『백지에게』와 박지웅의 『나비가면』

시간을 견디는 나름의 놀이 가운데 하나는 읽었던 책을 아무 생각 없이 들춰 보는 것이다. 경험한 책을 다시 경험하는 일은 자연스럽게 독서 부담을 덜어 준다. 언제든 다시 책장에 꽂아 넣어도 마음에 거리낄 일이 아니라는 점도 재독의 매력이다. 그러다 보면 저절로 또 몰입하는 순간이 찾아오기도 한다. 가령 "0을 아무리 들여다보아도 보이는 것은 아무것도 없다. 하지만 0을 렌즈로 삼으면 온 세상이 보인다"(로버트 카플란, 『존재하는 무 0의 세계』) 같은 문장에 그어진 밑줄을 보게 되는 순간이 그렇다. 곧바로 이어지는 문장은 "0을 통하여 수학이라는 거대한 유기체를 조망해 볼 수 있고……"인데, 눈이 짚어 가는 기호의 발화 내용을 밀어내면서 머릿속에서는 '나를 통하여 세계라는 거대한 유기체를 조망해 볼 수 있다'라는 홀로그램이 솟아오른다.

0을 나로, 수학을 세계로 대체한 나의 (무)의식이 무슨 이유로 끌려 나왔는지 알 수 없지만, 짐작하는 바가 전혀 없는 것은 아니다. 최근 여러 날을 두고 읽었던 시집 두 권이 있다. 김언의 『백지에게』와 박지웅의 『나비가면』이다. 두 시집을 읽으면서 나는 '나'라는 지시어가 주체이면서 객체라는,

발화하는 자이면서 발화되는 자라는, 보는 자이자 보이는 자라는 너무나도 당연한 생각을 새로운 발견인 것처럼 여기던 차였다. 한 권의 시집에서는 '나'가 대상으로 삼은 '보이는 나'가 읽혔고, 다른 시집에서는 대상을 '보려는 나'가 눈에 밟혔다. 여기까지 생각하고 나니 로버트 카플란의 문장이 이렇게 다시 읽혔다. '나를 아무리 들여다보아도 보이는 것은 아무것도 없다. 하지만 나를 렌즈로 삼으면 온 세상이 보인다.' 이쯤 되면 '나를 렌즈' 삼는 다시 읽기의 힘을 인정할 수밖에 없다.

'이것'과의 사이에서 불화하는 시

김언의 『백지에게』는 "무의미한 사랑"(「무의미」)을 "기다리는 사람"과 "지나가는 사람"(「언제 한번 보자」)의 이몽異夢 서사로 읽힌다. 이렇게 단정해서 말할 수 있는 것은 그의 시가 분열의 상황을 능숙하게 다루고 있다는 사실과 분열을 통해 딱히 주장하고 싶은 메시지가 없다는 사실을 확인했기 때문이다. 김언은 스스로 "나는 오늘 산책을 했고 나는 어제 결혼을 했고 나는 그저께 이혼을 했고 그 전날에 죽을 뻔했고 그 전전날에 실제로 죽었고 앞으로도 영원히 존재하지 않는 사람이 그 전전전날에 태어났고"(「영원」) 같은 방식으로 분화하기를 즐긴다. 마치 "여분의 얼굴을 언제나 지참물처럼 들고 다니"(「파티에 가는 일기」)면서 "누가 나를 부르"기를 기다리고, 기다렸다가 "가 보면 아무도 없"(「누가 불러서 왔습니까?」)는 사태로 스며들기로 작정한 것 같다.

이렇게 지나가는 사람과 기다리는 사람의 관계는 부르는 사람과 부름에 응답하는 사람의 관계와 다르지 않다. 서로 비켜 가는 관계에서 '무의미'의 충격이 발생한다. 무의미는 김언의 시가 호출되는 자리이기도 하다. 그곳에서 그의 시는 메시지 없는 전언처럼 읽히는데, 그 이유는 김언의 화자가 "꿈에 제안을 받았고 꿈에 제안을 받아들"(「제안」)여, 절반의 언어는 꿈에 남겨 둔 채 절반의 언어로 이야기하기 때문이다. 따라서 그의 시를 읽자면 부득이 그의 꿈에 동의하지 않으면 안 된다.

이것은 모두 자면서 일어나는 일
어딘가 불이 붙고 어딘가 타고 냄새가 나고
어딘가 세상 사람이 하나씩 나를 부르고
내 집에 불이 났다고 이른다
어서 일어나라
어서 일어나라
이것은 모두 자면서 일어나는 일
내 생각과 의지와 현재와는 상관없는 일
내 생각은 침대에 있고 내 의지는
영안실에 있으며 내 과거는 하나씩
망각을 완성했다 세상 사람이 하나씩
꿈을 꾸듯이 말한다
어서 가라
어서 가라 너의 집으로
불이 붙는 너의 침대로 이불이 아니면
덤불 속으로 옮겨붙는
불길 속으로
어제는 전쟁 오늘은 전쟁 한동안 휴식
일어나라 어서 일어나라
미래는 침대에 있고 미래는
영안실에 있으며 미래는 불을 보듯
빤한 과거를 내밀고 나온다
더 나올 것이 없는 날에도
이것은 나온다

모두 자면서 뛰쳐나온다

—「이것은」 전문

김언에게 “이것은 모두 자면서 일어나는 일”이다. 중요한 것은 ‘이것’이라는 지시 대상이다. ‘이것’이라는 호명은 지시 대상을 일깨우고, 그것의 자립에 균열을 일으킨다. 그리하여 완고하게 지탱해 왔던 대상의 고독한 실존은 보는 자의 경험과 내면으로 귀속된다. 그렇게 해서 김언의 ‘이것’은 보는 자와 보이는 대상을 인접하게 만들고, 궁극에 가서는 차이를 삭제해 버린다. ‘보이는 나’를 시적 대상으로 삼게 되는 그의 시가 자기 응시의 순간을 발견하는 것이다. 이렇게 하나의 시선이 보기와 보이기를 동시에 실현하게 됨으로써 그의 시는 “내가 분실될 때를 대비해서” 지나가는 “검표원”(「신원」) 처럼 “대체 누구시냐는 표정”(「약속」)을 짓는다. 그럴 때 봄/보임의 겹침 현상은 꿈이라는 시스템과 다르지 않다. 꿈의 표상 내용(보이는 것)이 꿈꾸는 주체의 자각 내용(보는 것)과 일치한다는 의미에서 그렇다.

이것이 김언의 시에서 이몽 서사가 읽히는 이유다. 인물들은 자주 잠에 빠져들고, 김언은 그들의 꿈을 시로 써낸다. 프로이트가 재치 있게 설명한 것처럼, “꿈은 더할 나위 없이 아름다운 시학, 뛰어난 비유, 비할 데 없는 멋진 유머, 절묘한 아이러니를 가지고 있”(『꿈의 해석』, 열린책들, 2004, 93쪽)기 때문이다. 그러므로 시 「이것은」이 선언적으로 진술하고 있는 ‘이것’은 ‘보이는 나’와 그것을 ‘보는 나’ 사이, 즉 꿈에 관한 이야기일 확률이 높다. 김언이 “나와 이것 사이에 들어간 불화”(「혼자 울고 있다」)라고 말할 때, 불화가 발생하는 자리가 바로 나와 꿈 사이가 되는 것이다. 이렇게 ‘사이에 들어간 불화’가 선명하게 노출되는 시가 「없다」이다.

돌이 걷고 있고
내가 피곤하고 있고
문제는 바로 그가 되고 있고

너는 누구랑이고 나는 무언가이고
그 창문은 깨지고 있고
검은 돌은 그만두고 있고
연기는 올라가다가 사라져 있고 비고 있다.

—「없다」 부분

「없다」를 발생시키는 시적 방법은 "돌이 검고 있고"처럼 구문을 통해 존재를 거듭 확인하는 일이다. 이러한 구문에는 보이는 현상("돌이 검고")이 있고, 그것이 사실이라는 것을 확정("있고")하는 자가 있다. "내가 피곤하"다는 현상이 있고, 그 "있고"를 통해 거듭 증명하는 구문의 시 쓰기를 통해 김언이 전략적으로 노출하는 것은 '보이는 나'에 대한 '보는 나'의 주도권이다. 어떤 존재가 '되는' 것보다 그 존재가 '그것'으로 존재하고 '있다'는 것을 확인하는 일이 중요하다는 뜻이다. 그럴 때 김언의 시는 발생한 꿈 자체보다 그것이 꿈이었다고 증명하는 사실 자체를 강조한다.

김언은 이렇게 어떤 대상이 존재하는 것을 입증하고자 한다. 그리고 그 사이에서 발생하는 불화에 주목한다. 이 모든 것이 가능한 이유는 그의 시에서 존재하는 것들이 모두 꿈의 일이기 때문이다. "자고 일어나니까 가족들이 모두 죽어 있었다./ 나만 빼고 모두 죽어 있는 가족들이 안방에도 있고/ 거실에도 있고 부엌과 화장실에도 있었다"(「가족」)처럼, 김언은 꿈의 일을 시로 인식한다.

'저것들'을 그리워하는 시

박지웅 시집 『나비가면』은 접어 놓은 갈피 때문에 시집 아래쪽 귀퉁이가 제법 두툼해졌다. 다시 펼쳐 든 페이지에는 이런 구절에 밑줄이 그어져 있다. "어른은 좀 슬픈 직업이지요"(「어른이나 당구장이나」). 같은 시 후반부에는 이런 구절도 있다. “남의 속을 끓여서 먹는 게 원래 맛있는 법이죠.” 두 구절을 나란하게 놓자 이런 생각이 떠올랐다. 남의 속을 들여다보는 시인이란 슬픈 직업이 아닐까? 그래서 시인은 더더욱 기를 쓰고 인간과 세계의 내면을 들여다보려는 것인지도 모르겠다.

박지웅의 시에서 자주 만날 수 있는 풍경은 “그러고 보니 저것들이 다 그물이다”(「아무도 믿지 않아 모두가 버린 이야기」)류類다. ‘남의 속’에 해당할 법한 일상에서 발견하는 삶의 얼룩 같은 것에 눈을 두는, 마음을 두는, 언어를 두는 그런 순간이 “그러고 보니”라는 화제 전환의 시점으로 출현한다. 그런 다음 ‘저것’을 ‘그물’로 보아 내고 ‘저것’에 ‘그물’의 가면을 씌우고 만다. 박지웅의 시는 이렇듯 가면의 시선으로 ‘다시 보는’ 세계에 관한 이야기이다. 그럴 때 다시 보기는 제대로 보지 않기의 다른 표현이고, 박지웅의 표현을 가져오자면 “은유를 사용”한 보기에 해당한다.

일찍이 파도는 인간의 눈가를 해안으로 삼았다
오래되었다, 인간이 한 인간의 눈에 빠져들었던 첫날이

은유를 사용함으로써 그는 첫 번째 낭만적 인류가 되었을 것이다 눈 속에 은백양銀白楊 부리는 파도를 그러모아 연인의 속눈썹에 집을 지었을 것이다 이후 다시 세상에 나오지 않은 일을 일러 사람들은 눈먼 사랑이라 불렀을 것이다

눈을 바친 뒤에서 보이는 집이 있다
손짓이 패총처럼 쌓인 눈을 가진 이들의 거처

눈과 마음 사이에 해안선 하나 길게 이어질 무렵을 그리움이라 부르는가 가슴벽에 흰 피 바르는 백파의 손을 지그시 어루만지는 일을 그리 부르는가

누군가 오래 쓰다듬은 손은 물거품이 되고 누군가 오래오래 바라본 눈에는 해안이 생기는 것

눈 감아야 보이는 사람이 있다 눈을 감아야 보이는 눈동자가 있다 그곳에서 우리 백 년도 못 살고 흰 파도에 밀려나오곤 했으니

—「파도경전」 전문

은유의 인식론이 시인의 윤리 가운데 하나라고 한다면, 박지웅에게 은유는 눈 감고 보기와 다르지 않다. 박지웅의 시는 직시直視나 응시凝視와 거리가 멀다. 눈을 감았다고 해서 무시無視인 것도 아니고, 암시暗視도 아니다. 박지웅의 눈 감고 보기는 착시를 위한 도전이다. "산 자들이 쓰다 버린 문자는 무당이 주워 쓰거나 귀신이 드나드는 통로가 된다"(「가끔 타지 않는 편지가」)라는 인식이 착시의 사례가 될 것이다. 박지웅이 「파도경전」에서 "인간의 눈가를 해안으로 삼"은 이유 또한 착시를 끌어내기 위한 포석이다. 그럴 때 "누군가 오래오래 바라본 눈에" 생기는 "해안"으로 밀려오는 "흰 파도"는 "그리움"의 착시 효과일 것이다.

박지웅의 착시는 "사람이 드라이플라워로 발견되"(「드라이플아워」)게 하고, "사과는 검은점무늬가 들면서 표범이 되"(「왜 사과는 표범이 되었나」)게도 한다. "꽃신 한 짝"은 "죽은 박새"(「꽃내권역」)로, "혓바닥은 말들이 이륙하는 활주로"(「실어」)로, "애인은 바바리맨"(「서점에서 팬티 사기」)으로, "부장副葬이 어느 잠결에 본 편지"(「곁에 없는 말」)로, "하늘땅을 가만히 뜯어 보니/돌의 팔다리가 보"(「돌의 활동」)이는 것은 모두 착시의 결과이다. 이러한 착시의 밑바닥에 「흰색 가면」의 시 세계가 놓여 있다고 하면 지나칠까?

어수룩한 개는 아무거나 주워 먹었다
쥐약과 건넛산에 놓인 달을 잘 구별하지 못했다
달이 어렴풋이 뒤뜰에 지면 홀린 듯 달려갔다

키우던 개와 닭은 주로 화단에 묻혔다가
이듬해 유월 머리가 여럿 달린 수국이 되었다
…(중략)…
잠자리에 들 때마다 머리가 핑 돌았다
핏발 선 꽃들, 힘세고 오래가던 어지럼들
닭 뼈다귀를 화단에 던져주면
수국은 혈육처럼 그러안고 밤새 핥는 것이었다

—「흰색 가면」 부분

「흰색 가면」의 서사는 "어수룩한 개"가 "쥐약"과 "달"을 "잘 구별하지 못"하는 착시에서 시작한다. 그런데 "개와 닭"을 "수국"으로 잘못 보아 낸 것은 시인의 몫이다. 또 하나의 착시는 "수국은 혈육처럼" "닭 뼈다귀를" "그러안"는 장면이다. 이러한 착시의 표정을 박지웅은 '흰색 가면'이라고 이름 붙인다. 해설을 쓴 엄경희 평론가가 박지웅의 시를 「백지를 위한 파반느」라고 잠정적으로 규정한 것이나, 박지웅 스스로 「백지농법」에서 시 쓰기를 "백지의 마음을 얻지 않고서는/ 거둘 것 없는 농사"라고 한 것을 보면, '흰색'은 박지웅 시의 매력적인 상징임이 틀림없다. 박지웅은 그러한 상징의 가면을 쓴 채 '저것들'의 세계를 본다. 그런 후 '저것들'에 "홀린 듯" 그의 시선은 착시의 세계를 "밤새 핥는"다.

지난 계절, 김언과 박지웅의 시집을 거듭 읽었다. 읽는 날이 거듭될수록 시집에 접어 놓은 갈피의 색채가 다르다는 사실을 알게 되었다. 두 시인의 타고난 시적 품성이 각자의 갈피를 구축한 것이다. 그런 한편, 시집을 읽는 독자의 안목이나 취향이 서로 다른 시의 갈피를 눈여겨보게 했을 것이다. 그런 것을 보면 시인의 품성과 독자의 안목은 영원히 타협해서는 안 될 관계처럼 보인다. 그러함에도 '이것'과 '저것들' 사이에서 발생하는 불화의 뜨거움을 딛고 김언의 시는 김언의 어법으로, 박지웅의 시는 박지웅의 화법으로 자립해 있다. 앞의 시인은 '나'를 보고 있는 '나'와의 불화를 시로 쓰고자 했고, 뒤의 시인은 '나'가 보려는 착시의 세계를 시로 써냈다. 거듭 읽는 동안 '저것들'에 홀린 시인의 모습과 '이것'과 불화 중인 시인의 표정이 머릿속에 그려졌다. 시 읽기의 즐거움이 이만하다면 한 계절의 시간쯤은 무릎 아래 눌러두어도 좋지 않을까?

발굴하는 토피아topia, 복권되는 생활

—이현승의 『생활이라는 생각』과 고두현의 『달의 뒷면을 보다』

1. 기율들

여기 신분증 하나가 있다. 이 신분증에는 우리의 사진이 인쇄되어 있고, 우리의 존재를 증명하는 시간적 기호(생년월일)와 공간적 점유(주소)가 표기되어 있다. 우리는 신분증 하나로 현실의 거의 모든 일을 해결할 수 있다. 심지어 신분증은 우리 없이도 우리의 일을 처리해 낸다. 신분증의 위력은 우리가 존재하지 않는 가상 세계에서도 유효하다. 그렇기 때문에 원본인 우리는 우리의 권리를 신분증에게 양도하는 것이 최선이라는 사실을 안다. 기꺼이 우리는 신분증에게 우리를 의탁하고 스스로 은폐되고자 한다. 신분증이 활보하는 거리에서 우리는 익명의 존재가 된다. 그러므로 존재하지만 존재하지 않는 이 형용모순의 생활이 이천 년대 시적 담론의 중요한 기율처럼 활보하는 것도 더 이상 특별한 일은 아니다.

우리는 지금 그 거리에서 유기체적 생활을 대체해 버린 이미지(신분증)의 시대를 온몸으로 통과하는 중이다. 절정의 포즈pause를 통해 우리는 생활을 이미지(신분증)로 위조했고, 이 명백한 이미지가 우리의 생활을 판단, 결정하도록 방기했다. 그렇게 우리는 사본 이미지가 또 다른 이미지를 양산하는, 원본 없는 삶을 통과하는 중이다. 우리는 스스로 유령이 되어 백수, 청춘, 실업, 폭력, 불구, 장애, 질환, 병증, 이혼, 성소수자 등에 관한 시적 담론에서 구체적 맥락을 은폐시켜 버렸다. 그것들은 비정규직처럼 시에서 시로 흘러 다닌다. 이 시에서 복무하다가 의무복무 기간이 만료되면 또 다른 시를 찾아 시적 계약서를 작성한다. 이러한 이미지의 유동성으로 우리의 감각은 현혹되고, 생활의 진경眞境은 조타수를 잃고 현란해진다. 어리둥절해서 우리는 환시와 환청의 세계에 자주 노출된다. 어느덧 "이미지야말로 건강한 생활"이라는 아포리아적 선언에 우리는 기꺼이 심장을 내어 줄 태세다. 이 새로운 현상이 일견 낯선 미학적 발견으로 추인되면서 부재하는 존재의 이미지가 정치적 위상을 확보했다는 증언도 심심찮게 들려온다.

그러나……, 그렇다. 시가 시 · 공간 속에서 생활의 구체적 적층을 통해 구성된다는 오랜 관습이 불현듯 떠오른다. 시가 역사 앞에서 쉽게 휘발되지 않아야 한다는 믿음을 간절하게 믿고 싶어진다. 이 지점에서, 시는 원본으로서의 생활을 회복하고 그것의 내밀한 충동과 심미적 작동 방식을 복귀시켜야 한다는, 낡은 수첩 한 귀퉁이에 흘려 쓴 오랜 다짐을 들추어 볼 필요가 있다. 벤야민이 말했지 않은가. 복제된 이미지는 아우라를 붕괴시킨다고. 아우라의 복원, 그것은 생활 원본을 복권시키는 일이다. 아우라의 복원은 이천 년대 시의 불가해성과 반향 없는 울림으로부터, 그리고 노출 과잉의 이미지 왜곡으로부터 서정시의 권리를 복권시키는 작업이다. 복제 불가능한 아우라야말로 시가 존재하는 제1원리라고 우리는 믿어 왔지 않은가.

시적 발화의 차원에서 고두현과 이현승의 최근 시집은 생활의 원본을 미적 근원으로 삼고 있다는 점에서 주목할 만하다. 얼핏 두 시인의 시적 정향점이 상이해 보이는 것도 사실이지만, 생활의 저의와 그 이면에 놓인 비의를 탐침하고, 그것의 굴곡을 입체적으로 감각해 내고 있다는 점에서 두 시인의 시적 항로는 좌표적 동일성을 확보하고 있다. 괜찮은 서정시가 생활의 폐허를 실감하고, 그러한 경험의 고유성에 아우라 즉, 생명을 부여해야 한다는 차원에서, 두 시인이 발화하고 있는 생활 항체로서의 시는 그 값을 충분히 다하는 것으로 보인다.

2. 이현승의 경우: 발굴하는 피부 호흡의 정치성

이현승에게 생활은 '피부'에서 감각되고 '생각'을 통해 명확해진다. 구체적 질료인 피부 감각과 그것들을 취사선택한 추상으로서의 사유가 조응할 때, 우리는 존재론적 고통의 윤리를 활성화할 수 있으며, 인간이란 "아플 때 더 분명하게 존재하는 경향"(「빗방울의 입장에서 생각하기」)을 갖고 있다는 진술은 입증된다. 그렇기 때문에 우리는 이현승의 시에서 생활의 고통이 야기하는 존재론적 비정함을 때때로 환기하게 되며, 그 비의의 잠재적 폭력에 손쉽게 노출되기도 한다. 뇌관을 장착한 채 떠도는 풍문을 먼발치에서 지켜보는 심정으로, 순간순간 통과해 가는 생활을 발견하게 되는 것이다. 이 경우, 이현승은 생활의 뇌관을 해체하고자 시도하지도 않고 생활로부터 달아나지도 않는다. 그는 폭발의 순간에 그 폭발을 온몸으로 껴안음으로써 차라리 스스로 폐허가 되는 생활을 선택한다.

피와 땀으로 이룬 모든 것을
세월은 거의 힘을 들이지 않고 빼앗아 버린다.

내버리다시피 판 주식을 사서 대박 난 사람처럼
불행은 감당할 수 없는 바로 그 자리를 비집고
재앙은 불평등에 그 본성이 있다.

누군가 지금 그에게 가벼운 안부라도 묻는다면
바늘로 된 비를 맞듯 그는
땅에 붙들리게 될 것이다.

화산재를 잔뜩 뒤집어쓴 얼굴로.

—「심문」 부분

"재앙은 불평등에 그 본성"을 두고 있다는 윤리적 인식은 생활의 비정함을 충분히 폭로한다. "피와 땀"으로 점철된 생활은 간단없이 탈취당하고, 그 폐허의 자리에는 이율배반적인 "불행"이 들어선다. 불행이 이율배반인 이유는 그것이 상대성을 지닌 제로섬게임이기 때문이다. "내버리다시피 판 주식을 사서 대박 난 사람"이 구축하는 구조는 제로(0)를 중심으로 음수(−)의 존재와 양수(+)의 존재가 대칭적으로 양립하지 않는 데 있다. '불행'하게도 우리의 생활은 균형의 긴장을 잃어버렸다. 그것은 불행의 소멸이 행복이나 행운을 가져오지 않는다는 암묵적 동의에서 비롯되었다. 생활의 중심이 두 존재 세계의 어느 지점에 놓이더라도 '불행'은 전혀 사라지지 않는다. 그것이 생활의 게임에 참가한 우리가 '불행' 앞에 무력해질 수밖에 없는 이유가 된다.

이 극도의 무기력이 인간 본성이라고 말한 사람은 하이데거였다. 그는 인간이 세상을 향해 '내던져진' 존재라고 선언함으로써 우리의 생활이 자의적으로 시작되지 않았다는 사실을 일깨워 주었다. 그것은 우리의 생활이 "잘못을 저지르기도 전에 미리 벌을 받는"(「자기공명조영술」) 것과 다르지 않으며, 그렇기 때문에 "실패란 얼마나 안온한 집인가"(「다단계」)라는 자기기만적 해명의 역설을 가능하게 한다. 그것은 우리의 생활이 "땅에 붙들리듯" 최저의 순간을 저인망처럼 훑어 나가는 가운데 매번 아슬아슬한 뇌관을 운명적으로 건드릴 수밖에 없음을 확인하게 한다. 당연히 생활의 뇌관은 폭발하고, 그 폭발의 결과로 우리는 "화산재를 잔뜩 뒤집어쓴 얼굴"이 된다. 그 얼굴이, 이를테면 세상에 '내던져진' 생활인들이 살아가는 '불행'한 표정일 것이다.

생활에 대한 이 같은 인식은 "바늘로 된 비"를 직접 감각하는 피부로부터 발생한다. 그런데 피부는 놀랍게도 온통 예외 없는 통점들로 가득 차 있다. 이 통점들은 생활을 호흡하면서 피부 저변에 놓인 살과 핏줄과 그리고 한층 궁극에 이르러서는 잠재적으로 충동하는 욕망들까지 생명을 불어넣는다. 이현승에게 피부호흡으로 감각되는 생활의 작동 방식은, 이를테면 "고통보다, 통증보다 분명한 고독이 있을까/ 질푸르게 자라나는 풀숲을 볼 때마다/ 털이 자라나는 집중된 느낌, 두렵다."(「누가 이 구불구불한 생에 주석을 달 수 있단 말인가」)에서 확인할 수 있듯, '고통'이나 '통증'에 대한 피부감각으로부터 그 구체적 질감이 휘발된 사유로서의 '고독'에 이르는 여정이기도 하다. 이 여정은 "털이 자라나는 집중된 느낌"을 사유함으로써 최종적으로 '두렵다'는 윤리적 인식을 승인한다. 이 승인의 주체는, 그러나 생활하는 주체가 아니라 생각하는 주체이다. 이현승이 피부호흡을 통해 환기하고자 하는 생활은 "교수대 위 목 꺾인 사람이 지린 오줌 같은/ 어쩔 수 없는 육체"(「덩어리」)라는 구체적 질감을 감각한 후, 그 감각을 "결국은 생각이 없어지는 방식으로"(「부끄러움을 찾아서 2」) 부조해 낸 것들이라는 점에서, 생각인은 생활인의 "피와 오줌이 정수된 형태이며 망명의 은유"(「봉급생활자」)로 존재할 수밖에 없다. '피와 오줌'이라는 구체적 질감으로서의 생활은 '정수'라는 일종의 균질화 과정을 거침으로써 삶의 이미지를 형성하는 것이다. 여기에서 우리는 생활의 피부호흡이 사라진 사본으로서의 이미지란 생활이 망명해 버린 '은유'라는 이현승의 인식적 기율을 목도할 수 있다.

원질로서의 '생활'과 매질로서의 '생각'이라는 은유 도식은 이현승 시의 미적 구도 앞자리에 놓여 있다. 그럼으로써 '생활'의 감각적 세목과 구체적 질감에 생명을 불어넣는 '생각'이 서정시의 반성적 동일성을 확보하는 일이라는 점을 실증할 수 있고, 최종적으로 이현승은 "내가 가장 확실하게 아는 것은/ 확신할 수 있는 사실이 거의 없다는 것"(「뜨거운 사람들 2」)이라고 선언할 수 있다. 우리가 "가장 확실하게 아는 것"은 피부 호흡을 통한 감각일 테지만, 사실 그마저도 "확신할 수 있는 사실"은 아니다. '확실'이라는 감각적 구체와 '확신'이라는 반성적 생각의 상호 구축이 성립할 때, 우리는 이현승 시가 갈파하고 있는 것처럼 서정시의 구체적 생활을 복권할 수 있다. 이를테면, 다음과 같은 발화들이 복권된 생활의 실례에 속할 것이다.

구멍 난 양말을 신고 있네.
나는 또 잠수정 생각,
이대로 잠수한다면 아마도 물이 새겠지.
속절없이 채워져 가라앉겠지.

—「양말」 부분

밤마다 이가 자라는 쥐처럼
손끝이 가렵다.
가려워서 부끄럽다.

—「일생일대의 상상」 부분

여기 통증은 조금 안다는 사람들은 다 모였는데
봉인된 저 상자는 누가 무엇으로 열었는가.
하긴 아픈 사람만 봐도 같이 아픈 곳이 천국일 테지.

—「천국의 아이들 2—이영광 형께」 부분

생활을 생각한다는 것은 단순히 즉물적 반응을 교환하는 일은 아니다. 생활은 생각을 증폭시키고 생각은 생활에 실감을 준다. "구멍 난 양말"은 생활의 구체적 실제로 작동하며, 이것이 상상적 증폭을 통해 '잠수정'으로 실현되면서 우리의 생활을 "속절없"는 것으로 소환한다. 그러므로 '속절없음'이란 '구멍 난 양말'이 증폭된 구체적 실감이 아니고 무엇이겠는가. '가려움'에서 '부끄러움'으로 증폭되는 일도 그렇고, '통증'을 통해 '천국'을 상상하는 경우도 피부호흡을 통해 감각하는 구체적 실감을 부조해 내는 방식임에 틀림없다.

하지만 이현승 시에서 생활의 실감은 아직 정치적이지 못하다. 이 발언은 이현승 시가 서정시를 통해 확보할 수 있는 울림의 농도를 충분히 머금고 있지 못하다는 말이기도 하다. 우리는 서정시의 본령에 자기 동일성이 놓여 있다는 데 다른 생각이 없다. 그러나 그 같은 동의는 서정시가 자칫 자기 고립적 동일성이라는 함정에 빠질 위험에 노출되어 있음을 고백하는 것이기도 하다. 그것은 '동일성'이라는 말이 지닌 배타적 속성에서 비롯된다. 하지만 서정시가 적어도 허공을 향한 중얼거림이 아니라고 한다면, '동일성'은 타자를 수용할 수 있을 정도의 지평을 확보할 필요가 있다. 그것을 실현하고자 하는 은밀한 욕망이 정치성일 것이다.

이현승 시는 공교롭게도 이 정치성의 변방에 뿌리를 내리고 있다. 그 주된 이유는 사유思惟의 사유화私有化에 있다. 생각하는 일이 사적인 영역임에 틀림없다고 해서 정치적 변방성이 서정시에 충실하게 복무하지 못할 이유는 없다. 오히려 이현승은 "한때, 그리고 여전히 정치적 콘크리트를 꿈꾸는 자들, / 기꺼이 한 몸 시멘트가 되고자 했던 자들의 음성처럼 목쉰 소리"를 향해 "당신하고는 말이 안 통해를 통과"(「칸나는 붉다」)해 버린다. 정치적 변방성을 극복하는 방식으로 이현승은 "당신하고는 말"로 '소통'하는 것이 아니라 그것을 '통과'해 버리는 것이다. 이러한 '통과'는 구체적 생활이 피부 감각에서 촉발하여 반성적 생각에 이르기까지의 순차적 궤적을 형성한다. 이 궤적은, 이현승의 어법을 따르자면, "누구에게나 순간 이동"인 '통과'이며 "불시착한 나의 삶"(「웰컴 투 맥도널드」)의 중요한 증거로 제출된다.

맹렬하게 가속도를 더하던 빗줄기들은
빙점을 통과하면서 가벼이 흩날리기 시작했다.
드문드문 생각난 문장처럼 눈발은 성기고
검은 저녁의 재가 석양을 뒤덮자
순식간에 북적이는 거리가 만들어졌다.

집으로 향하던 발걸음들이 갑작스러운 눈발에

하나같이 낭패감으로 허둥대는 길에서
나는 큰아이가 다니는 병원의 소아과 선생을 지나쳤다.
호주머니에 돌멩이를 잔뜩 넣은 버지니아 울프처럼
그녀는 잔뜩 앞으로 쏠린 채 걸어가고 있었다.

—「갑자기 시작된 눈」 부분

생활은 유물론적 시 · 공간의 지점을 '통과'해 내는 일과 다르지 않다. 생활은 매 순간 그 종착점을 알지 못하고 달려간다. 그런데 알다시피 '통과'의 순간에는 단연코 예측하지 못할 우연성이 작동하는 법이다. 그렇기 때문에 생활은 예상되는 변곡점들을 순순히 '통과'하도록 허락하지 않는다. '빗줄기들'이 '빙점'을 통과하는 찰나에 질적 전화를 일으키는 것처럼, 이현승 시에서 생활은 변곡점의 순간마다 '속도'를 상실하고 '무게'를 획득한다. 생활에서 '속도'란 자폐적인 이미지의 질주 외에 다른 것이 아니다. 그런 '속도'가 '무게'로 치환됨으로써 우리는 생활의 구체적 질감을 비로소 회복할 수 있다. 그러므로 우연히 만난 "소아과 선생"이 "호주머니에 돌멩이를 잔뜩 넣"고는 그 '무게'에 짓눌려 "잔뜩 앞으로 쏠린 채 걸어가"는 것은 틀림없는 생활이다. 우리는 그러한 생활을 "터널과 터널 사이 구간의 운전자"(「인정도 사정도 없이」)가 되어 끊임없이 '통과'한다. '통과' 중인 우리는 "위험과 안도 사이에서 여전히 모험 중인 사람들, / 떨어질 높이를 안은 채 두렵고 즐거운 사람들"(「롤러코스터」)로서, 롤러코스터의 '속도'를 언제라도 추락의 '무게'로 되돌릴 준비가 되어 있다.

이현승 시는 이 같은 사람들의 생활을 피부로 호흡하면서 인간 존재의 근원을 탐색하기 위한 시추공을 곳곳에 박아 놓고 있다. 이 탐색은 "무언가를 잃어버린 지점으로"(「사라진 얼굴들」), 다시 말해 무한 복제되는 사본의 위력 앞에서 그 정치성을 잃어버린 원본의 생활로 돌아갈 때 마침표를 찍을 수 있다. 이현승 시에서 그 지점은, 역설적이게도 "더 이상 사람이 살지 않는 별"(「통행료」)이라는 걸 어렵지 않게 유추할 수 있다. 생활은 "원래부터 누군가에게 증강현실"(「평균적인 삶-증강현실」)이기 때문이다. 그런 점에서 시적 발화의 내밀한 욕망을 생활로 복권시키는 일은, 적어도 이현승의 경우에는 원본으로서의 구체적 질감을 증폭시키는 일이 되며, 우리가 주목하게 되는 이현승 시의 격조는 그러한 증폭의 폭발력을 통해 서정의 섬세한 비의적 감각을 실감으로 폭로하는 '통과'의 순간에 있다고 할 것이다.

3. 고두현의 경우: 복기하는 생활의 에피파니

고두현에게 생활은 원본을 다시 살아가는 일이다. 그가 "처음 아닌 길 어디 있던가"(「초행」)라고 묻는 일은, 그러므로 그 길을 다시 한번 가 보고자 하는 내심의 발화이다. 한 번 살아서는 도저히 간파할 수 없는 생활의 비의를 그는 기억을 재생하는 방식으로 다시 살아 내고자 한다. 이러한 생활에의 기획이 의도하는 바는, 이를테면 이런 것이다. (처음 간신히) 살아 본 생활을 (다시 한번 제대로) 살아 냄으로써 서정시의 긍지는 '간신히'와 '제대로'의 자기 동일성의 자장 안에서 발생한다는 사실을 증명하는 것. 이를 위해 고두현은 살아 본 생활을 '복기'하는 것으로 자신의 시적 전략을 마련하고 있다. 생활을 되짚어 가는 일은, 그러나 고두현에게 원본을 사본화하는 것과 동일한 수준의 반복을 의미하지는 않는다. 두 번째 생활을 산다는 일은 다시 사는 일이 아니라 '새롭게' 사는 일이기 때문이다.

너도 나처럼 한때는 누구 손에서
땀에 젖은 숫자를 세며 마음 졸이고
또 한때는 그리운 사람의 음성 타고
전화박스에서 몸을 떨기도 했겠지.

앞서간 사람들 숱하게 밟고 간 흙바닥에

풀 죽어 묻혀 있던 너를 보는 순간
얼마를 기다렸을까.
어머니 돌아가시기 전
사람이 다 지 아래를 보고 사는 거라……

키 큰 나무 올려다볼 때마다
손금 사이로 나직나직 말을 건네는 너.
오, 우리에게도 등불처럼 두 손 오므리고
함께 노숙의 밤을 밝히던 그런 시절이 있었네.

—「동전을 줍다」 전문

고두현의 경우 이현승의 피부호흡과는 다른 방식의 생명 감각을 보여 준다. 이현승이 외부 세계의 첨예한 감각을 수용하고 그것을 시적 감수성의 상상력으로 치환시킴으로써 폭발력 있는 서정을 구축하고 있다면, 고두현은 일종의 뇌 호흡을 통해 폭발된 감각을 되새김하고 그 새김의 무늬를 생활의 의장意匠으로 착종해 낸다. 고두현이 시인의 말 형식으로 시집 앞머리에 배치한 "10년 만이다. 오래 벼렸더니/ 둥글어졌다.// 사는 일/ 사랑하는 일/ 군말 버리니/ 홀가분하다"는 고백은, 그런 의미에서 새겨들을 필요가 있다. 서정시의 본질이 시간에 대한 경험 형식을 반영한다는 점을 상기하면, "군말 버리"기까지 투여된 '10년'이라는 시간성은 고두현 시를 지배하는 기율이 되기 때문이다.

「동전을 줍다」에서 확인할 수 있듯, 고두현에게 시간성은 "한때는"이라는 회고적 시선을 통해 확보된다. 고두현은 시간의 저편(과거)을 시간의 이편(현재)에서 끊임없이 새김질해 가면서 "그런 시절"을 호흡한다. 반성적 사유 형식으로 제출되는 뇌 호흡은 시적 대상을 구체적 감각으로 발현시키는 것이 아니라, 감각의 잔상을 보호하고 시간 저편의 잔상을 시간 이편에서 새롭게 발견해 낸다. 이러한 존재론적 갱신은 "사람이 다 지 아래를 보고 사는 거라……"는 어머니의 유언을 복기하는 과정에서 이루어진다. 시간 저편을 복기해 냄으로써 이편의 시간성은 뇌 호흡의 절정, 다시 말해 에피파니적 전율의 순간에 도달한다. 고두현은 이 순간의 정서적 폭발을 이런 식으로 오래 전율한다. "새로 생긴 파독전시관서 앳된 처녀 여권 사진과/ 고국에 보낸 송금 영수증, 월급 명세서/ 손때 묻은 흑백 영상 보고 나면 눈물 쏟게 되지요"(「독일 마을에 가거든—바래길 연가 · 화전별곡집」)

고두현이 에피파니적 순간을 즐겨 구조화한다는 사실은 그가 시적 감수성으로서의 생활을 대하는 태도와 연계된다. 그가 "필사筆寫란 누군가를 마음에 새겨 넣는 일/ 그 속으로 가장 깊어 들어가는 것"(「너를 새기다—바래길 연가 · 앵강다숲길」)이라고 진술할 때, '필사'는 곧 '생활'의 다른 이름이다. 그에게 생활은 "누군가를 마음에 새겨 넣는 일"이자 "그 속으로 가장 깊이 들어가는" 일이다. 이 과정은 고두현에게 생활을 다시 사는 일이고, 다시 사는 생활의 호흡법은 당연히 되새김으로서의 뇌 호흡일 수밖에 없다. 이렇게 원본으로서의 생활을 새롭게 '필사'함으로써 고두현은 적층된 서정의 시간성을 최대치로 증폭시킬 수 있으며, 바로 그 찰나를 되새김질로 복기함으로써 고두현은 생활의 비의를 한 꺼풀씩 벗겨 낼 수 있게 된다. 이 벗겨냄의 순간이 고두현의 시에는 장관을 이룬다.

"이제는/ 잔가시 골라 건넬/ 어머니도 없구나"(「혼자 먹는 저녁」), "내 몸 중 가장/ 겸손하고/ 거룩한 흉터"(「거룩한 상처」), "보드라운 이불 밑으로 반쯤 비어져 나온/ 저 성스러운 발의 맨 얼굴"(「뒤꿈치」), "왜 그때는 몰랐을까// 내가 그토록 가닿고 싶었던/ 바다 건너 땅끝에서/ 여태까지 가장/ 오래 바라본 곳이/ 바로 여기였다는 걸"(「집 우宇, 집 주宙」) 등 고두현이 발견해 낸 생활의 비의는 다양하다. 이러한 인지적 발견의 충격이 고두현 시의 한 켜를 형성한다. 그러나 고두현 시의 진경은 그러한 발견에 이르는 노정의 간결함과 에피파니적 순간의 명징함에 있다. 이러한 염결성은 생활을 복기하는 형식으로는 최선이다. 그의 표현대로 복기란 생활에서 '군말 버리기' 외의 다른 것이 아니기 때문이다. 이러한 시적 방법은 다음 시에서 그 내용과 형식을 이룬다.

풍천에 닿기 전까지
온몸이 투명할 것
심장만 바알갛고
나머지는 보이지 말 것

풍천에 닿을 때까지
몸 비우고
마음 비우고
눈만 맑게 헹굴 것

담수를 만나는 순간
무엇보다
염도를 낮출 것
소금기를 전부 뺄 것.

—「다시 풍천楓川을 위하여—댓잎장어」 전문

바닷물과 민물이 만나는 어름을 풍천楓川이라고 이르니, 장어에게 그곳은 생활의 변곡점이라고 할 수 있다. 장어는 담수에서 부화하여 소금기 가득한 해수에서 생애의 대부분을 보내다 알을 낳기 위해 담수로 돌아온다. 그러므로 풍천은 장어가 담수어에서 해수어로 혹은 해수어에서 담수어로 존재론적 갱신을 이루는 공간이다. "양지바른 나뭇가지/ 참새 떼/ 쪼르륵// 바닷가 성벽 위/ 갈매기 떼/ 끼루룩// 햇살 눅을 때까지/ 줄지어/ 앉아// 딱 제 몸만큼 유지하는/ 저 그림자의/ 간격"(「절묘한 사이」 전문)을 확보해 내는 공간이 풍천인 것이다. 그곳에서 고두현은 "난생/ 처음 편지할 때/ 썼다가 지운"(「자기 앞의 생」) 저편의 생활을 새롭게 복기하기 시작한다.

이때 고두현이 복기하는 생활은 대부분 "잠깐 스친 네 눈빛"(「입춘대설」)이거나 "이 짧은 진동 하나"(「문자메시지」) 혹은 "누군가 일순간에/ 베어 버"(「별을 위한 연가」)린 것처럼 많은 이야기들이 생략되어 있는 순간들이다. 장어가 해수에서 담수로 혹은 그 역으로 이행해 갈 때 '풍천'을 '통과'하는 그 정점의 생활을 복기함으로써 고두현은 담수어에서 해수어의 (살아 본) 생활을 혹은 그 역으로서의 생활을 전면적으로 복원해 낸다. 여기서 우리는 고두현이 복기하는 생활의 방법적 기율이 자기 갱신에 있음을 확인하게 되고, 그 실증을 다음 시를 통해 확보하게 된다.

닿는 건
순간이지만

머무는 건
오래인

저 다리미 속
잉걸불.

—「첫눈」 전문

복기 대상으로서의 생활은 "순간"적으로 우리를 스치듯 "닿"고 사라져 버렸지만, 그것들은 역설적이게도 우리의 생활에 "오래" 머무는 감각적 충격을 남겼다. '순간—오래'의 간격 구도를 통해 고두현은 그러한 생활의 비의를 절묘하게 간파해 낸다. "순간"과 "오래"의 시간적 간극이 충돌하는 지점에서 발생하는 저 "잉걸불"은, 그것이 환기하는 다양한 상징 구도 속에서 인간 존재를 새롭게 갱신해 낸다. 풍천을 통해 기수와 담수를 통합해 낸 것처럼, 그리고 "순간"과 "오래"의 충돌을 통해 "잉걸불"을 발화해 낸 것처럼, 고두현은 (처음 간신히) 살아 본 생활을 (다시 한번 제대로) 살아 냄으로써 인간 존재의 "저 은밀한 눈길"(「달빛, 창, 은행나무」)로부터 단숨에 "오, 은하의 물결에서 막 솟아오르는/ 너의 눈부신 뒷모습"(「달의 뒷면을 보다—바래길 연가 · 섬노래길」)을 포착해 낸다. 그 "눈부신" 생활이 "천년을 하루같이/ 하루를 천년같이"(「천년을 하루같이—물건방조어부림 1」) 사는 영속적 시간성을 획득하는 건, 그러므로 당연한 일이다.

4. 토피아topia로 돌아오기

고두현이 복기하고자 하는 구도가 생활의 영속적인 자기 갱신에 있다는 사실은, 이현승이 감각적 실제를 '통과'해 가는 생활과 다르지 않다. 이현승이 생활의 최전선에서 몸소 피부 호흡으로 생활을 돌파해 내는 역정을 보여주고 있다면, 고두현은 '통과'한 생활을 추수하여 그것들에게 생명의 영속성을 부여해 낸다. 이러한 '통과'와 '갱신'의 시 쓰기가 생활 원본과의 감응을 통해 실현될 수 있다는 사실은 자명하다.

이제 우리 앞에 놓인 신분증을 다시 들여다보자. 갱신되지 못한 신분증에는 우리 존재를 증명하는 '지금 여기'가 부재한다. 부재로써 존재를 증명하는 '지금 여기'가 토피아topia였다고 우리는 어렴풋하게 기억한다. 그러나 우리에게서 권력을 승인받은 신분증은 U- 혹은 Dys-의 세계에서 우리의 생활을 소진시키는 데 골몰해 왔다. 이천 년대 시들에서 상상력의 피로감을 발견하게 되는 것은, 역설적이게도 유토피아의 환상과 디스토피아의 몽상을 직조하고 그것을 재생산하는 데 최선을 다했기 때문이다. 그러나 "아무리 버둥거려도 발이 땅에 닿지 않"(이현승, 「사라진 얼굴들」)는 U- 혹은 Dys-의 세계에서는 우리의 생활이 결코 "물 밑에서 혼자 몸 뒤트는/ 강심의 뿌리"(고두현, 「하룻밤에 아홉 강을 건너다」)에 닿을 수 없다. 이 명명백백한 진리 앞에 원본 아닌 세계를 최선으로 살아가는 일은 무기력해질 수밖에 없다.

물론 이러한 망각의 윤리가 혹은 아우라의 붕괴가 이천 년대 우리 생활의 단면이라는 사실을 부정하는 것은 아니다. 그럼에도 동시대의 이면을 응시하는 우리의 눈에 자꾸만 남루한 생활의 원본이 아른거린다. 지금 우리는 "보드라운 이불 밑으로 반쯤 비어져 나온/ 저 성스러운 발의 맨얼굴"(고두현, 「뒤꿈치」)을 목도하듯, 가상(u-/dys-)의 층위에 포위된 실재(topia)를 목격하고 있다. 실재는 쉽게 진력이 나고 회복이 더디며 아무리 살아도 연습이 되지 않는데, 그렇기 때문에 실재는 비밀스러운 숨구멍들로 가득한데, 가끔은 질식의 순간들이 도래하여 희미해지기도 하는데, 그렇다고 실재가 아주 파기되는 경우는 드문데……, 그렇다면 이 막무가내로 살아지는 "맨얼굴"의 생활을 한목에 잡아챌 종족은 어디에 있는가. 아울러 신분증 혹은 이미지에 양도했던 생활의 채권을 누가 회수해 줄 것인가.

그 종족은 시인들이라고, "맨얼굴"의 투명한 생활을 우리에게 돌려줄 수 있는 사람들도 우리 시대 시인들이라고 목청을 돋우어 선언해 주어야 하겠다. 토피아에서 생활의 실재를 발굴해 내는 이현승의 상상력이 그렇고, 발굴된 생활을 원본으로 복원해 내는 고두현의 윤리가 믿을 만하기 때문이다. 스스로를 소진하는 이미지의 복제가 아니라, 적층된 시간을 닦아 대며 생활의 굴곡에서 삶의 비의를 캐내고 있는 두 시인의 고고학적 호흡이 따뜻하기 때문이다.

소여의 세계, 예감의 시
—신두호론

1.

신두호 시인의 첫 시집 『사라진 입을 위한 선언』(창비, 2017)이 나왔을 때 「소여들」을 여러 번 읽었다. 거듭 읽었던 이유 가운데 하나는 제목 때문이었다. '소여'라는 말이 문학보다는 인식론적 철학에서 활발하게 쓰인다는 것을 알았고, 그런 까닭에 시집에서 만나는 그 말은 꽤 낯설었다. 이러한 이물감 탓에 일부러 '소여'라는 말을 검색해 보고는 다른 의미에서 뜻밖의 사태와 마주하기도 했다. 한자를 다르게 쓰긴 하지만, 소여는 작은 상여를 의미했다. 이러한 사태가 「소여들」을 거듭 읽게 만든 또 다른 이유를 불러왔다. 시 읽기가 "묘지는 우리에게 고유한 이정표였"다는 시행에 걸려 나아가지 않았던 것이다. 이 구절이 포함된 시의 일부를 먼저 읽어 보고 이야기를 덧붙이는 것이 낫겠다.

묘지는 우리에게 고유한 이정표였는지
그 마을을 관광객으로 빠져나오며
나는 내가 일종의 유언임을 알아차렸다

열기가 뱀처럼 이슬 위를 흘렀다
진동이 벽을 기억하는지
깨어나지 않는 침묵 속에서
동물들이 침을 삼켰다
혀가 사라졌다 길의 근황처럼
나는 벽을 볼 수 없었고 아직 벽에서 멀어지는 중이었고
질문을 매기듯 가로등을 따랐다
누군가가 영혼에 익명성을 수여한 것 같아서
우리가 문에서 등장하듯
나는 혀에서 빠져나온 입술을 걸었다
질문을 찾는 대답으로 하나둘 헤어졌다

—「소여들」 부분

이 시를 거듭 읽을 수밖에 없었던 이유가 눈에 보이는가? 아마도 그랬을 것이다. 인용한 부분은 '소여'라는 말의 두 가지 맥락이 모두 담겨 있다. "묘지" "유언" "깨어나지 않은 침묵" 같은 언어 표상이 죽음의 도정을 연상하게 한다면, "누군가가 영혼에 익명성을 수여한 것 같아서"에서는 '주어진 것' 내지 '사고 대상으로 의식에 직접 주어진 것'이라는 인식론적 맥락을 떠올리게 된다. 시인의 의도가 어떠하든, '소여'를 대하는 입장은 이렇게 두 가닥의 해석 맥락을 상정함으로써 이 시를 한두 번 읽고 넘길 수 없게 되었다. 마찬가지로 "진동하는 벽"과 "깨어나지 않는 침묵" 같은 구절도 중층의 의미 맥락 위에 놓여 있다. 이들은 '이정표'가 지시하는 기표들처럼 어떤 기점의 전—후를 한꺼번에 보여 주려는 시도들 같다. 이정표에서 기대하는 게 왔던 길과 가야 할 길을 한눈에 조망하는 일이나, 가야 할 길과 가지 말아야 할 길을 동시에 노출하는 일인 것처럼, 신두호 시인의 시는 인식의 이중노출을 잠재적 방법론으로 삼아도 좋을 만큼 특징적이었다.

신두호 시인이 그러한 복선의 언어 표상을 통해 얻을 수 있는 미적 효과

는 크게 세 가지라고 생각한다. 첫째, 경험한 사실과 경험하고 싶은 욕망 사이에 타협점을 설정함으로써 시적 장력의 표면을 긴장감 있게 조성할 수 있다는 점이다. 이러한 구도는 시적 대상과 그 대상을 인식하는 화자의 접촉을 최소화할 때 가능하다. 찰나에 발생하는 시적 통찰이나 영감적 요소를 적극 활용하는 시 쓰기 전략이라는 뜻이다. 둘째, 상호주의의 가능성을 타진할 수 있게 되었다는 점이다. 설명을 덧붙이자면, 시가 화자의 일방적인 발화가 아니라 독자와 소통하기 위한 울림과 반향이라는 시론을 제안하는 일이다. 이는 독자에게 시에 직접 참여할 수 있는 여지를 남긴다. 셋째, 근대적 사유론에 균열을 가함으로써 동시대적 감각을 첨예화할 수 있다는 점이다. 이 관점은 개인적으로 신두호 시인의 시에서 가장 중요하게 짚어 보고 싶은 지점이다. 몸과 마음, 감성과 이성, 감각과 사유 등으로 이분화된 근대 인식의 수직적 체계(이 체계가 그름과 옳음의 문제로 비화되었다는 점에서 '이성' 중심의 근대성은 '감성' 세계를 철저하게 식민지적으로 지배해 왔다.)에 수평적 균형을 시도함으로써 근대 이후 가속화되었던 억압으로부터의 해방을 노릴 수 있게 되었다.

이러한 전제에서 신두호 시인의 신작과 근작을 읽었다. 시를 쓰는 일에 규칙이 없고, 시인의 삶과 사유가 매 순간 갱신된다는 점에서 기존에 알고 있었던 신두호 시인의 방법론이 무용할지도 모르는 일이겠으나, 그럼에도 그의 전작 위에 근작과 신작을 올려놓는 것은 그 변화의 형세를 나름으로 파악하는 데 용이하겠다는 계산이 있어서다. 그렇다고 우리의 삶이 언제나 계산의 범주로 다 포섭할 수 없는 여분의 세계가 있다는 것을 모르지 않는다. 내심으로는 그 여분의 의외성을 발견할 수 있기를 바란다. 그것이야말로 신두호 시인의 신작을 읽어 낸 소기의 성과가 될 것이기 때문이다.

2.

다시 '소여'로 돌아가서 이야기하고자 한다. 우리가 감각하고 인식하는 것들은 언제나 '주어지는 것'들인가? 칠흑 같은 밤중에 똑 똑 똑 문을 두드리는 정체불명의 대상들처럼, 세계는 그렇게 다가오는 것인가? 그렇다면 우리는 대상을 인식하는 주체가 아니라 대상으로부터 인식을 강요당하는 사로잡힌 자가 아닌가? 소여의 상자를 열자 이러한 질문들이 속수무책으로 쏟아져 나온다. 이 질문에 따르면 알 수 없는 힘이 우리에게 그것들을 똑바로 보도록 강요하고, 저항하지 못하고 그것들을 고스란히 우리의 시신경 속에 불꽃처럼 새겨야 하는 것이 소여의 세계처럼 보인다. 이것이, 도대체, 인간이다. 느닷없이 정수리를 뚫고 쏟아져 내리는 영감의 칼날에 심장을 관통당하는 것이 시인의 숙명이기도 하다. 그런가? 그래야 하는가?

반짝이기만 하는 저편이
눈앞에 펼쳐지고
햇볕이 가닿기도 했지만
이제는 간신히 어둠 속에
순간들을 붙잡으려 하고 있어

깨지기 쉬운 보석들처럼
수중에 머무는 불빛들은
지하의 광물을 의심케 하지만
광물 아닌 보석이 있다면
보석 아닌 광물이란 없는 걸까

낮은 숨으로 이어지는 잠이
깊은 밤을 만들어 나가듯
내려가는 길에 꿈이 생겨나
물길이 마를 수도 있겠지

—「연습」 부분

인용하지는 않았지만, 이 시는 "머리를 물속에 담그고" 손도 발도 움직이지 않고 "물 위에 그저" 떠서 물속을 바라보는 장면으로 시작한다. 인용한 부분 바로 앞에는 "손에 닿을 것 같은 건너편이/ 반짝이고 있으니"라는 구절이 있다. 도입부부터 '그저'라는 맥락 없는 시어가 돋아 보인다. 그런 까닭에 모든 것들은 주어져서 "반짝이기만 하는 저편이/ 눈앞에 펼쳐"져 있는 듯하다. 이를 두고 소여의 세계라고 부를 수 있겠다. 소여의 세계는 '반짝이기만' 할 뿐이다. 이것이 중요하다. 주어진 세계는 존재하고 있을 뿐, 그 존재를 증명해야 하는 몫은 시인에게 있다. 시인은 소여의 세계를 증명하기 위해 반짝이는 것들을 "의심"하는 자이고, "광물 아닌 보석이 있다면/ 보석 아닌 광물이란 없는 걸까"라고 소여의 세계를 전도시켜 보는 자이다. 이런 방법론이 신두호 시인의 시에서 자주 목격되는 균형 감각의 한 양상이다. 그의 시는 표면적으로는 날카롭게 곤두서 있는 것처럼 보이지만, 사실은 그 예리함이 세계 인식의 균형점을 오차 없이 지시하는 바늘과 같다. 그의 바늘은 언제나 최적의 지점을 겨냥한다. 인용한 부분의 마지막 연에서 그러한 균형 감각이 부감된다. "낮은 숨"이 조성하는 평면성을 "깊은 밤"을 통해 입체화하고 있는 것이나, "꿈이 생겨나"의 생성의 의지와 "물길이 마를 수도"의 소멸의 운명을 나란하게 놓음으로써 신두호 시인은 편파의 셈법과 거리를 두고자 한다.

언뜻 이런 셈법은 시인에게 부적절하다는 생각도 든다. 그래야 마땅할 것이다. 시적 직관과 통찰이 시인에게 고유한 세계 인식의 편파에 기대는 활동이라는 점에서 균형 감각으로서의 시 쓰기는 지루해지거나 일반화될 염려가 있다. 그러나 다른 생각을 해 볼 여지가 없는 것은 아니다. 일단 시 장르에 초점을 맞춰 보자. 시는 언어를 가장 첨예하고 결정적으로 다루는 예술이라는 사실에 동의할 수 있다. 그리고 언어는 표기 기호로서의 평면성과 의미 환기로서의 입체성으로 구성되었다는 사실도 인정할 수 있다. 익숙한 용어를 가져오자면 전면으로 기울어 가는 기표와 배후를 지탱하는 기의를 떠올리면 된다. 그러면 신두호 시인의 균형 감각이 어디에서 발생하는지 짐작할 수 있다. 그의 시는 표기된 평면성과 환기된 입체성 사이에 한 치의 균열도 허락하지 않는 균형점을 지향한다. 정말 그러한지 검증해 보는 것도 좋겠다.

밝아졌다가 어두워지는 일이
많아졌다가 적어지는 일과 같아진다

겹쳐지는 손들의 무리 속에서
하나의 새로운 손이 발견되고
기도는 말에서 멀어진다

나의 손을 벗어난 사물들과
나의 입을 떠나간 말들이
각자의 자리를 찾아간다
어두운 것은 어두운 데로 밝은 것은 밝은 데로
늘어났다가 줄어든다

—「증감」 부분

인용한 부분은 「증감」의 첫 3연이다. 1연에서 눈길을 끄는 것은 "같아진다"라는 진술인데, 이는 "밝아졌다가 어두워지는 일"과 "많아졌다가 적어지는 일"을 하나의 사태 속으로 끌고 가는 역할을 한다. 이렇게 '증감'의 순환은 소여된 것들이 "각자의 자리를 찾아"가는 과정처럼 보인다. 어둠과 밝음도 "늘어났다가 줄어"드는 순환의 사태를 통해 각자의 자리를 찾는다. 그러나 증감은 언제나 증에서 감으로 혹은 그 역으로 전환되는 변곡점이 있는데, 이 순간만큼은 증 혹은 감 어느 쪽으로든 편파일 수밖에 없다. 그런 사태는 "겹쳐지는 손들의 무리"에서 "새로운 손이 발견되"는 순간과 다르지 않다. 이 순간에 새로운 소여의 사태가 발생할 수 있고, 일상적 감각과 언어를 흔들어 버리는 낯선 소여 앞에서 "기도는 말에서 멀어"질 수밖에 없다. 눈치챘겠지만, '기도'가 의미를 환기하는 사태라면, '말'은 표기되는 기호에 해당한다. 새로운 소여의 사태가 발생할 때 기호와 의미는 서로에게서 멀어짐으로써 고착화된 세계 인식의 거리를 새롭게 확보한다. 이렇게 "벗어난 사물들"과 "떠나간 말들"이 "각자의 자리"를 확보하는 일에서부터 균형의 추는 작동한다. 따라서 신두호 시인은 '증감'의 반복과 순환의 논리를 통해 소여된 세계를 편파적으로 수용할 수 있는 여지를 차단하고, 기표 혹은 기의 어느 한쪽으로 쏠려 가려는 유혹에서 자유롭게 된다.

3.

그렇더라도 소여의 세계를 편파로부터 지켜 내는 일이 쉬울 리 없다. 주관적인 언어 미학을 목적으로 하는 시에 있어서는 특히 그렇다. 그런데 소여의 세계, 즉 시인에게 주어진 세계는 다른 관점에서 보면 무한한 세계 가운데 시인이 감각적으로 선택한 세계이기도 하다. 단적인 예로, 어떤 사태나 사물에 대한 인상이 그렇다. 따라서 어떤 사태를 파악하는 일은 그 사태의 전모에 대해서가 아니라 특징적인 인상에 대해서일 확률이 높다. 이를테면 소여의 세계에서 특별히 부감으로 인식되는 사태가 존재한다는 뜻이다. 이 사실을 확장해 보면, 특수한 맥락에서 그 맥락을 구성하는 요인들이 인상적으로 다가온 세계가 바로 시인이 포착한 세계일 것이다. 그렇다면 소여의 세계란 주어진 것이 아니라 암암리에 선택된 운명적인 세계가 아닐까? 덧붙여 그 선택은 소여의 세계가 펼쳐 놓은 선택 가능한 것들 가운데 몇몇의 세계가 아닐까? 이 지점에서 신두호 시인의 균형 감각이 절정에 이른다고 하면 어떨까? 세계가 시인에게 보여 주고자 하는 소여를 신두호 시인은 누락 없이 정밀하게 선택하여 수용할 줄 안다. 소여의 세계와 선택의 순간이 정확하게 합치될 때, 그 순간에 발생하는 '내적 체험'의 사태를 그는 이렇게 설명한다.

목적지가 출구가 되는 길을 찾아
나는 끊임없이 이동해야만 했다
머리 위를 채우고 있는 모든 것
나의 주변과 등 뒤까지를 장악하고 있는
어떤 울림과 생김새들을 알아차려야 했다
사라지지 않는 자연 안에 머물러 있었다
끊어지거나 나뉘는 일 없는 푸른 빛깔들이
나의 시야를 어지럽게 만들었다
그때 나는 길 위에 멈춰 설 수 있었다
지나칠 수 없는 속도를 가만히 지켜보았다
흩어지는 자연의 속도에 대해서
알 수 있는 길은 없어 보여서
같은 장소에 오래도록 머물렀다
만질 수도 붙잡을 수도 없는 윤곽이
광경 속으로 흘러들고 있어서
여름은 푸른 빛깔을 더하는 것 같았다
다시 움직이는 데에는 용기가 필요했다
자연의 일부분으로 스밀지도 모른다는 생각
전해지는 여름의 열기로부터 생각은
나를 나의 바깥으로 내보내려고 했다

—「내적 체험」 부분

「내적 체험」은 연의 구분 없이 70행 넘게 끌고 간다. 이러한 지구력은 기본적으로 반복과 반복의 회피가 순환하는 방식에서 발생한다. 여기서 말하는 반복(회피)은 소여의 세계와 시인의 선택적 수용이 코드-ON/OFF의 메커니즘을 구성한다는 의미다. 반복의 지점에서 코드-ON 된다면, 반복을 회피하는 순간 코드-OFF 된다. 코드-ON 상태에서 소여의 세계는 시인의 주관적 선택 내용으로 수용되지만, OFF의 경우 소여된 것과 선택적 지향은 어긋난다. 따라서 이 시에서 자주 반복되는 구문(코드-ON 상태)은 "있었다", "중이었다" 같은 존재의 발현(소여의 세계)이 될 수밖에 없고, 이것을 회피하는 코드 또한 "않았다", "모른다", "없었다" 같은 부정 서술일 수밖에 없다. 그러나 주목하고 싶은 것은 ON/OFF 자체가 아니라 ON에서 OFF로 (혹은 그 역으로) 전개해 가는 "해야만 했다" 구문이다.

문제는 이 같은 당위의 서사가 윤리적 입장을 강조한다는 사실이다. 일차적으로 '해야만 한다' 구문은 주체의 욕망을 드러내는 것 같지만, 그 이면에는 주체에게 그러한 욕망을 발동시킨 사회 역사적 윤리가 은폐되어 있다. 이 경우 배후의 윤리가 코드-ON 되면 주체의 윤리는 코드-OFF 된다. 가끔은 반대의 경우도 나타나지만, '나'의 윤리에 앞서 배후의 윤리가 강력하게 작동한다는 사실을 경험적으로 알고 있다. 주체는 언제나 미성숙한 존재로 세계에 소여되고, 성숙한 기성 주체에 의해 인식되며, 그들을 배후 삼아 주체의 주체-되기가 진행되기 때문이다. 이렇게 주체는 배후/주체 윤리의 코드를 ON/OFF로 순환하면서 성장하고 성숙해 간다. 이 성장과 성숙의 순환 구조를 우리는 '내적 체험'이라는 말로 대신할 수 있지 않을까? 그러므로 「내적 체험」에서 발휘하고 있는 시적 지구력은 당위의 세계를 밀고 가는 힘인 동시에 당위의 세계로 떠밀려 가는 태도의 균형이고, 이 균형이 순간적으로 균열하는 자리에서 "나는 나를 바깥으로 내보"낼 수 있다. 즉 나의 외부가 된 '나'는 역설적으로 이 세계 바깥에 새롭게 소여된 자로 탄생하는 것이다. 그러므로 이 '나'는 기존 방식이 아니라 새로운 관점에서 인식되어야 한다.

> 비를 준비하는 구름들의 이동
>
> 암실처럼 붉은 밤을

흘러 다니며 부유하는 속삭임들
기원을 찾아 떠도는 말들 사이에
내가 나타났다가 사라지기를 반복할 때
피부를 타고 흐르는 어둠과 정적

세계가 온갖 생명체들로 채워져 있을지 몰라
그것들을 구분하려 생긴 신호와 표시들
이제는 무력해진 법률 속에
점멸하는 것만이 유일한 생명의 일
손을 내미는 것이
두 눈을 감는 것과 같아
그곳에서 자취를 감추는
너라는 목소리의 형상

길은 하나의 색상으로 통일되어 있다
우리가 서로에 기울어지기 전부터
직선적인 태도로 완성되어
합의되기 이전의 세계를 구석들로
말로 흉내 낼 수 없이 구체적으로
만들어 보여 주고 있는 길

—「안개 속의 뇌」 부분

소여의 세계는 '이동'하고 '부유'하며 '떠도는' 것들로 가득하다. 그렇게 "흐르는" 세계는 인식론적인 방법으로 주체와 "합의되기 이전의 세계"이다. 따라서 그 세계는 미결정 상태에서 "기원을 찾아 떠도는 말들"과 같고, 그러한 말들 "사이에/ 내가 나타났다가 사라지기를 반복"한다. 이러한 구도는 신두호의 시에 중요하게 작동하는 원리이다. '사이'는 "온갖 생명체들로 채워져 있"는 소여의 세계이고, 그 세계는 "그것들을 구분하려 생긴 신호와 표시들"로서 인식되어야 할 세계이다. 이 '사이'를 구축함으로써 신두호 시인은 소여된 세계로부터 주체 탄생의 거점을 확보할 수 있게 되었다. 모든 창조의 순간이 틈, 균열 같은 '사이'를 매개로 발생한다는 사실을 떠올려 보자. 모든 존재는 그 '사이'를 비집고 헤집으며 마침내 다른 차원으로 통과해 나온다. 기능적으로 '사이'는 "길"과 다르지 않은 것이다. 인용하지 않은 부분에서 이 '길'은 "헤쳐 나가야 할 것으로 주어"져 있고, 바로 "그곳에서 너는 두 눈을 뜨고" "너라는 존재의 실물을 맞이"할 수 있는 것도 그 '길'이 어떤 것들 '사이'를 매개하고 있기 때문이다.

모든 존재는 이 '사이'를 통과하는 순간 '사이'의 틈/균열을 무기력하게 만든다. 통과하는 일은 '사이'를 메우는 일이며, 통과가 완료됨으로써 '사이'는 다시 '사이'가 된다. 신두호 시인은 이렇게 '사이'가 발생하기 직전의 순간을 "점멸"의 세계(코드-ON과 코드-OFF가 순환하는 세계)로 명명함으로써 존재 탄생이 임박했음을 알린다. 즉 '사이'에 소여의 세계가 충만해지는 순간 "유일한 생명의 일"이 개시되는 것이다. 이러한 시적 방법론은 "나는 凹凸의 영혼들을 찾는 중이었다"(「소여들」)에서 징후를 드러낸 바 있다. '요철'의 세계는 '사이'를 무력화하는 극적인 방식이다. 이렇게 소여와 인식, 점멸, 요철, 코드-ON/OFF 등 대응하고 있는 두 세계 '사이'에서 신두호 시인은 최적의 균형점을 발견해 냄으로써 '사이'라는 세계의 균열에 도전한다.

머물러 있는 동안에 기다림을 마주한다 어디에서 그로부터 어딘가로 이동해 온 몸이 자리 잡은 곳에 목적이 나타나기 시작한다 누구의 몸이라고 불러도 좋을 어떤 살갗들 허공을 떠받치고 있는 머리는 흔들림 없는 추처럼 몸의 가장자리를 장식한다 느려지다가 정지하는 일 속에 목적이 깃든다 눈은 시야를 번복하고 굴곡으로부터 먼 곳에 반짝이는 움직임들을 따라가고 깜빡이는 눈꺼풀은 허공을 갱신한다 …(중략)… 모든 가로지르며 산란하는 불빛들의 시간에 눈을 뜬다 시간의 단위로 나뉘는 나뉘지 않는 장소와 사물에 어둠이 깃드는 것을 본다 오고 있는 어쩌면 오고 있지 않은 무언가의 어디에로부터 머무름은 기다림을 만난다 시간이 떠나지 않는 기나긴 거처에 어둠이 내려앉는 동안에 가벼워진 머리를 흔든다 그가 자신의 등 속에서 서서히 사라지는 모습을 실현해 옮긴다 남은 머리가 그가 사라지는 동안의 예감을 하나의 표현으로 반복해서 말하려 한다

—「어스름들」 부분

이 시는 "머물러 있는 동안"으로 시작하여 "그가 사라지는 동안"으로 끝난다. 머무르는 상태에서는 "기다림을 마주"하게 되고, 사라지는 동안에는 "예감을 하나의 표현으로 반복"한다. 「어스름들」이 놓인 자리는 머무름과 사라짐이 작동하는 '동안'의 세계이고, 이러한 시차에 입각한 신두호의 시는 작동의 계기와 완료 사이에서 "눈은 시야를 번복하고 굴곡으로부터 먼 곳에 반짝이는 움직임들을 따라가고 깜빡이는 눈꺼풀은 허공을 갱신"해 나간다. 눈여겨볼 것은 함돈균이 시집 『사라진 입을 위한 선언』을 해설하는 자리에서 신두호 시인은 "위태롭고 고독한 자리에 시인이라는 존재를 앉혀 놓는다"라고 했을 때, 위태로운 자리란 '머물러 있는' 순간이고 고독한 자리는 '사라지는' 순간으로 연결된다는 사실이다. 즉 신두호 시인의 시는 언제나 위태롭게 머물러 있는 세계에서 촉발되어 그 세계가 고독하게 사라져 가는 순간을 응시한다. "마주한다" "시작한다" "장식한다" "깃든다" "갱신한다" "본다" "만난다" "흔든다" "옮긴다" 같은 술어들이 이러한 특징을 뒷받침할 수 있다. 이러한 술어들은 소여의 세계가 나타날 때, 그 의외의 사태로 인해 발생하는 위태로운 상황을 강조하기 위한 전략처럼 보인다. 이러한 술어들이 주체와 세계 '사이'를 매개함으로써 소여의 세계가 인식 대상으로 포착될 수 있었다.

그렇다면 그가 사라지면서 반복하고 있는 '예감'을 표현하는 일이 무엇을 말하는지 짐작할 수 있다. 예감이 발생하는 지점은 소여의 세계와 인식 주

체가 접촉하여 소통하기 시작하는 순간이다. 즉 미인식 주체(사라지는 그)로부터 인식 주체(남은 머리)로 갱신해 가는 순간 예감이 발생하는 것이다. 신두호 시인은 이 "예감을 하나의 표현으로 반복해서 말하려" 하는데, 그가 표현하는 예감은 다른 말로 하면 그의 시다. 소여의 세계와 접촉하고, 거기에서 촉발된 모종의 예감을 시로 써냄으로써 신두호 시인은 '사이'의 시학을 마무리한다. 예감이란 소여된 시적 대상과 인식 주체 '사이'에 머물러 있는 모종의 기다림이기 때문이다. 그 사이에서 소여의 세계와 인식 주체는 배경으로 사라지고, 하나의 예감이 전면으로 부상한다. 부연하면 소여의 세계와 인식 주체가 접촉하여 벌어진 틈/균열을 뚫고 하나의 예감이, 한 편의 시가 모습을 드러내는 것이다.

이제 「어스름들」에서 아껴 두었던 문장 하나를 꺼내야 할 순간이다. "과정의 벌어진 틈을 통해 바라보는 대기에 예감이 깃든다"라는 문장이 그것이다. 신두호 시인의 시가 발생하는 메커니즘을 이보다 더 선명하고 적확하게 드러낸 곳을 찾을 수는 없다. 틈(사이)을 채우고자 하는 감각을 예감으로 돌려 말할 줄 아는 것이 균형 감각이다. 그러므로 신두호 시인의 균형 감각은 균등이나 공정 같은 물리적 감각이 아니다. 존재와 세계 사이, 존재와 존재 사이, 세계와 세계 사이에서 그것들이 서로를 향해 깃들어 가게 만드는 것이 신두호 시인의 시가 예감하고자 하는 존재 인식론적 균형이다.

발표 지면

제1부

20세기의 긴 터널을 빠져나오자, 문학의 밑바닥이 하얘졌다

(『문예연구』, 2018년 여름호)

호모 페이션스를 기다리며(『리토피아』, 2016년 여름호)

새로운 문학의 '서언'을 쓰기 위하여(『시조미학』, 2022년 봄호)

한국문학은 성공해야 하는가?(『문예연구』, 2022년 가을호)

"내가 있다"–신 되기로서의 시 쓰기(『딩아돌하』, 2022년 가을호)

시대의 문학, 시대의 비평(『작가의 눈』, 2017년 통권 24호)

제2부

'사이'의 원근법, 모색하는 연대(年代/連帶)의 윤리

—정양 시의 발생론적 위상학(『문예연구』, 2015년 봄호)

결여된 말의 세계, 침묵의 시학

—최하림의 시적 자의식에 관하여(『문예연구』, 2019년 여름호)

T–Text의 기원을 향해 미끄러져 가는 시간들

—강연호론(『파란』, 2018년 가을호)

이별의 감별사

—김유석론(『시사사』, 2018년 3–4월호)

진심을 묻는 눈에게 나는 아무 고백도 하지 않았다

—김성규론(『파란』, 2018년 겨울호)

'완벽完璧'이라는 무성음

—김종삼론(『문예연구』, 2016년 봄호)

제3부

제4부

절필이 완성되는 법

—안도현의 시적 뒤척임에 관하여(『열린시학』 2023년 여름호)

서로의 표정이 되는 삶과 시

—이재무의 「즐거운 소란」과 복효근의 『예를 들어 무당거미』(『문예연구』 2022년 여름호)

'나'라는 감각의 경계에서

—김언의 『백지에게』와 박지웅의 『나비가면』(『시와 사상』, 2021년 겨울호)

발굴하는 토피아topia, 복권되는 생활

—이현승의 『생활이라는 생각』과 고두현의 『달의 뒷면을 보다』(《동아일보》 2016. 1.)

소여의 세계, 예감의 시

—신두호론(『딩아돌하』 2020년 겨울호)